문학과 그 주변

국립중앙도서관 출판시도서목록(CIP)

문학과 그 주변 : 송하섭 문학평론집 / 지은이: 송하섭.
― 서울 : 청동거울, 2006
    p. ;   cm. ― (청동거울 문화점검 ; 42)
ISBN 89-5749-079-5 03810 : \15000
810.9-KDC4
895.709-DDC21   CIP2006001894

청동거울 문화점검 **42**

문학과 그 주변

2006년 9월 5일 1판 1쇄 인쇄 / 2006년 9월 10일 1판 1쇄 발행

지은이 송하섭 / 펴낸이 임은주 / 펴낸곳 도서출판 청동거울 / 출판등록 1998년 5월 14일 제13-532호
주소 (137-070) 서울 서초구 서초동 1359-4 동영빌딩 / 전화 02)584-9886~7
팩스 02)584-9882 / 전자우편 cheong21@freechal.com

주간 조태림 / 편집 문효진 / 디자인 임명진 / 마케팅 김상석 / 관리 이현정

값 15,000원

ISBN-10 : 89-5749-079-5
ISBN-13 : 978-89-5749-079-2

| 송 하 섭 문 학 평 론 집 |

문학과 그 주변

청동거울

책머리에

환갑, 진갑을 넘길 때만 해도 내가 나이 들었다는 생각을 가지지 않았었다. 그런데 정년을 해서 직장을 떠나게 되니 정말 이제 나이가 들었구나 하는 생각이 든다. 그만큼 우리들의 삶에 있어 직장이라는 것이 중요한 의미를 가지는 것일 게다. 사십오 세에 정년이라는 사오정, 오십칠 세까지 직장에서 물러나지 않고 버티고 있으면 도적이라는 오칠도, 이런 말이 유행하고 있는 이때, 육십오 세 정년을 하게 되니 왕도둑인가 싶기는 하지만 막상 사십여 년 지켜오던 교직에서 물러난다 하니 감회가 깊다. 동사무소에서 노인 교통수당을 지급할 테니 신청하라는 연락을 받고 동사무소를 찾아가는 심경이 야릇하다.

인생길에는 여러 번의 마디가 있는 것 같다. 학교를 선택하여 진학하는 마디, 직장을 선택해서 자리잡고 또 옮기는 마디, 배우자를 선택하는 데 따르는 마디 등. 대나무가 마디를 이어서 자라는 것처럼 사람도 이러한 여러 가지 마디를 거치면서 성장하고 발전하며 또 기우는 것이 아닐까. 이제 나는 직장에서 정년의 마디를 맞았다.

흔히들 인생은 육십부터라느니, 정년은 또 다른 일의 시작이라느니 하는 호사스런 말들을 하지만 우리네 같은 보통 사람의 경우는 정년이면 이제 용도폐기의 길에 들어선 것이다. 하기는 정년을 지나서도 왕성하게 연구 활동을 하고 저술 활동을 하는 분들이 더러 있다. 학문적 업적으로나 건강으로 볼 때, 그리고 학교나 학계에서 간절히 요구하는 경우는 좋은 일이나 대부분의 경우에는 정년을 넘어서 그러한 활동을 계속하는 것은 오히려 욕심으로 보여 아름답지 않은 처지가 많다.

옛날에는 학자가 환갑을 맞으면 제자들이 정성스럽게 기념 논문집을 만들어 봉정하고 어떤 경우에는 정년에도 그러한 행사들을 했었는데 이제는 대학의 교수 수도 많고 그런 일이 주변에 폐만 되는 일이 되어서 자칫 비례(非禮)가 된다 하겠다. 그래서 나는 환갑에도 내가 발표한 논문들을 모아 『허구의 양상』이라는 책을 엮어 그동안 책 받은 빚을 갚았었는데 이번에 정년을 맞게 되니 동료와 제자들이 이런저런 이야기들을 해서 일언지하에 사절하고 그간 발표했던 글들을 모아 내가 자비로 출판해서 정리하고자 했다.

지금 와서 돌이켜 생각하니 학문에 미쳐서 공부한 결과 교수직을 가졌다기보다는 교수직을 가지기 위해서 이런저런 글을 쓰고 공부한 것 같아서 양심의 가책까지를 느끼는 것이 솔직한 고백이다. 그동안 각종 문학지에 월평을 썼던 것, 주문을 받아서 써준 수필류, 서평, 인물평 등을 모아 보니 이렇게 잡다한 문집이 된 셈이다. 정리하는 것이 무슨 의미가 있을까 생각했었는데 그래도 정년하는 마당에 이렇게라도 정리하면 마음이 좀 편할 것 같고 그동안 많은 책을 받았는데 그 빚을 조금이라도 갚아 볼까 하는 생각에서 이렇게 했다.

단국대학교 문예창작전공 최수웅 박사가 교내에 있는 문화기술연구소 연구원들과 함께 전적으로 일했으며 김수복, 양은창, 강상대 교수가 많이 조언해 주셨다. 감사드리며 어려운 상황에서도 출판을 허락해준 청동거울 식구들에게도 고마운 뜻을 표한다.

2006년 8월
대전 우거에서 저자

차례

제3부 시와 수필의 세계

제4부 사람 냄새를 찾아서

제1부

현대소설 단편

소설에서의 새로움과 옛스러움

8월은 확실히 젊음의 달인가 보다. 작열하는 태양과 찌는 듯한 무더위 그리고 아직 여진으로 남아 있는 소나기, 거리를 메우고 있는 피서 인파, 그런 가운데에도 결실을 준비해야 하는 분주함. 이런 열기를 안고 살아야 하는 8월은 분명 젊음의 달인 모양이다. 그래서 8월의 문예지들은 젊은 작가들의 특집을 꾸미고 있는 것이 아닐까. 우선 《문예사조(文藝思潮)》만 하더라도 연재물을 제외하고는 신인의 소설로 꾸미고 있고, 《현대문학(現代文學)》의 "신예작가 7인 소설 특집"이나 《문학사상(文學思想)》의 "여름. 젊은 소설 특집"이 그것을 말해 주고 있다고 하겠다.

몇 해 전만 하더라도 8·15 광복과 관련하여 역사적인 의미를 찾아서 특집들을 꾸미곤 했었는데, 이제는 그런 면면은 찾아보기 어렵다.

문학을 통한 역사 인식이 그동안 지나치게 행사적이고 표피적이었던 데 대한 거부감에서일까. 아니면 이제는 문학이 역사를 인식하는 데 있어서 1년에 한 번씩 맞는 기념일 중심으로 되어서는 안 된다는 자각에서 비롯된 것일까. 이것도 아니면 우리 근대사에 있어서 가장 큰 아픔으로 남아 있는, 아니 그 아픔이 지금까지도 지속되고 있으며, 그 문제의 해결이 우리에게 지워진 최대의 역사적인 과제가 되어 있는 일제하의 삶과, 그것으로부터의 벗어남, 그러나 그것은 다시 민족분단이라는 쓰라림을 안겨 주었고, 급기야는 동족상잔이라는 참담한 비극으로 남아 있는 이러한 역사적 사실들이 문학작품 속에 투사되기에는 오늘날 발등에 떨어지고 있는 문제들이 더더욱 급박한 것으로 인식되고 있는 것에서일까. 여하튼 잡지를 만드는 편집자의 입장에서나 작가의 입장에서, 더 나아가서는 독자들의 요구조차도 지금까지의 사고에서 전환되고 있는 듯한 느낌을 받는다.

이러한 경향은 이들 신예작가들의 작품 가운데에서도 확인되고 있다. 말하자면 그러한 역사 인식이 거의 배제되고 있는 것이다.

1. 새로운 소설적 방법 찾기

역시 신예작가들은 무엇인가 새로움을 모색해 보고자 하는 노력들이 돋보이고 있다. 그 새로움이 긍정적이 되었던 그렇지 않던 그것과는 별개로 일단 그러한 노력은 의미 있는 것으로 받아들여야 할 것으로 본다.

소설도 이제는 어떤 생물체처럼 운명을 다하고 새로운 양식으로 변화될 시점에 처하게 되리라는 오르데가 이 가제트(Ortega y Gasset)의 지적이 현실로 다가오지 않는다 하더라도 작가는 언제나 새로운 주제와 형식, 그리고 표현기교를 끊임없이 시도해 나가야 한다고 할 때, 이는 고정 관념에 안주하고 있는 세대에서보다는 신예에게서 그것을 기대할 수 있을 것이다.

먼저 이달의 신예작품 가운데 두드러진 현상은 그동안 작가가 독자들에게 분명하게 말해 주던 주제라든지 소설의 진행이 보다 작품을 자세히 읽고, 생각하면서 읽지 않으면 파악하기 어렵게 된 요소들이 많아졌다는 점이다. 가령 문형령의 「속리(俗離)! 속리(俗離)!」(《문학사상》 8월호)의 첫 문단을 보자.

어떻게 그럴 수 있어요.

나는 육교를 달려 올라간다. 못, 저 창공의 비어 푸른 하늘이 못, 너는 고개를 숙인다. 이럴 때, 그는 뭐라고 말할까? 아래로 쏠려 내리는 너의 머리칼은 유난히 검다. 육교 아래로 햇빛, 힘없는 햇빛들이 자꾸 떨어진다.

나는 길 건너 계단 아래로 내리며 손을 위로 한 번 올렸다가 내린다.

너는 내 기억 속에서 고개를 끄덕인다. 그는 여전히 말을 하지 않고 있다. 그러면 뭐라고 정말 말할까. 모른다는 것. 나는 공중에 못 박혀 있는 새를 본다. 길가에 서서, 택시가 빠르게 잡힌다. 도대체, 그럴 수가 있어요, 어떻게.

여기에는 '나'와 '너', 그리고 '그'라는 인칭 대명사가 나오고 있다. 이 문장 자체도 쉽게 이해될 수 없다.

'나'는 육로를 올라가 길 건너 계단 아래로 내리며 손을 한 번 위로 올렸다가 내리고 길가에 서서 택시를 잡는 행동인데 여기에 기억 속의 '너'와 '그'가 끼어들어 의식의 흐름이 표출되고 있다.

소설이 끝날 때까지 '너'와 '그'는 분명하게 정체가 드러나지 않는다. '너'는 누이동생이었다가 부인이 되기도 하고 또 다른 자기 자신이 되는 것 같다. 그렇다고 해서 이 작품이 난해한 문장의 연속인 것만은 아니다.

소설화자인 '나'의 살아온 개인사가 잘 드러나 있고, 자기의 형과 누이동생, 어머니, 자기가 근무하던 학교의 교장, 이런 인물들의 개성과 삶도 파악할 수 있도록 이야기가 전개되고 있다.

중간 중간에 시도 때도 없이 드러나는 과거의 이야기와 그때의 의식이 끼어들기는 하지만, 그러나 정작 이 작품을 통하여 작가가 하고자 하는 이야기는 속리산 법주사 미륵대불 안에 있었다는 팔봉 김기진의 형 김복진의 독립운동을 증명하는 목제함을 찾아 어느 겨울날, 신문기자·평론가·장학관 등과 함께 그곳에 찾아가는 이야기이다. 여기에 함께 가는 일행을 만나는 과정, 길을 달려가면서의 이야기, 그리고 그곳에 도착하고, 도착해서 미륵불에서 나온 유물의 확인, 그러나 목제함은 없었고 은으로 만든 나비와 물병과 손바닥을 가슴에 단 세 사람을 보고 김복진의 마음을 잡아보는 이야기와 새벽 예불을 보면서 세속과 생활의 문제를 생각하는 이야기이다.

소설의 종말에 이르러서야 법주사를 찾는 실제적인 이야기와 의식 속의 가족과 얽힌 사고가 "너는 내 앞에서 운다"로 연결되고 있다. 과연 '너'는 누구인가? 그리고 '그'는 누구이며, 아니 그보다도 '나'는 누구인가? 이 작품은 독자에게 많은 여백을 제공하고 있다.

또 하나의 다른 실험을 심상대의 「말끝 이어가기 놀이」(《현대문학》 8월호)나 박상우의 「제8요일의 사랑 이야기」(《문학사상》 8월호)에서도 찾아 볼 수 있다.

서울의 일상생활에 권태를 느낀 제약회사 직원인 정달식의 자조적인 어느 하루를 이야기한 「말끝 이어가기 놀이」는 제목 그대로 말끝 이어가는 재미를 보여주고 있다.

　방을 나선 정달식씨는 거실을 지나갔다. 거실을 지나간 정달식씨는 현관으로 나갔다. 현관으로 나간 정달식씨는 구두를 신었다. 구두를 신은 정달식씨는 현관문을 열었다. 현관문을 연 정달식씨는 부리나케 승강기 쪽으로 달려갔다. 승강기 쪽으로 달려간 정달식씨는 재빨리 버튼을 눌렀다.

재빨리 버튼을 누른 정달식씨는 승강기가 올라올 때까지 허둥지둥 했다…….

이런 식이다. 작품 가운데 여상고를 졸업하고 자기 회사에 입사한 젊은 여직원과 야유회를 마치고 돌아오던 길에 차 안에서의 애무를 이런 식으로 묘사해 나가는 것은 실감을 살리는 데 어느 정도 기여하고 있다. 소설의 어떤 장면 묘사에서는 받아들임직한 실험으로 보인다.

「제8요일의 사랑 이야기」 역시 소설 속의 이야기보다는 진술 방식에 있어서 새로워 보려고 노력한 작품이다.

증권회사 직원인 '나'가 일상과는 다른 사랑을 실현해 보려 하나 결국 기존 관념에 순응하게 된다는 그런 이야기인데, 포장마차에서 만난 소설가라는 사람과 함께 여관에 들어가 일방적으로 혼자 자기의 사랑 이야기를 고백하는 형식을 취하고 있다. 대화 상대자의 대답이나 표정도 묘사되는 바가 없다. 오로지 혼자만의 고백체일 뿐이다.

고백 속에 스토리도 있고 인물들의 성격도 있다. 일체의 대화도 없이 묘사도 없이 화자가 성격 없는 대상을 향하여 고백만 할 따름이다.

이와는 달리 상징적 구조와 표현을 통하여 독자에게 많은 여백을 주는 작품으로는 하창수의 「담배와 창문」 그리고 함정임의 「제자리 놓기의 방식」도 다시 읽어 볼 만한 작품이었다.

이 달의 신예작품들에서는 이처럼 기존의 작품적 수법에서 벗어나 새로움을 창조해 보려는 몸부림이 많았고, 그것은 한결같이 독자에게 소설적 과제를 더해 주는 것이었으며, 작가와 더불어 독자도 소설의 이해를 위하여 함께 땀을 흘려야 소설적 즐거움을 느낄 수 있다는 것을 보여주는 것이었다. 그러나 여기에는 앞으로 더 많은 실험과 검증이 필요하다는 것도 과제로 남겨 주고 있다는 것을 알아야 할 것이다.

2. 화해의 결말짓기

사람들은 흔히 한국 서사문학과 서양 서사문학의 차이를 말할 때, 우리의 것이 행복한 결말이 많은데 비해, 서양의 경우는 비극의 결말이 많다고 한다. 그리고 마치 비극의 결말이 우위인 것처럼 생각하는 사람들이 있다. 그러나 이러한 것은 아무런 근거 없이 우리의 것은 낙후된 것이고, 서양의 것은 발전된 것이라는 일종의 서양 우위의 시대적 생각에서 비롯된 것이라 할 수 있다. 이 점은 요즈음 많은 사람들에 의하여 지적되고 상당한 사고의 전환이 이루어지고 있는 중이다.

우리는 비극으로 끝나는 「춘향전」이나 「심청전」을 생각할 수 없다. 오히려 우리의 일상적인 삶이 그렇게 행복한 결말로 끝맺지 못하는 경우가 많아서 이처럼 행복의 결말을 바라는지도 모른다.

우리는 이들 작품들이 그 행복한 결말을 위하여 초점이 모아지고 있다는 데 관심을 가질 필요가 있다.

요즈음 각종 TV 연속극을 보면 엿가락처럼 질질 끌어가다가도 결말 가까이 오면 갑자기 화해의 행복한 끝맺음을 하는 것을 자주 볼 수 있다. 왜일까. 우리는 전통적으로 행복한 결말에 대한 정서가, 그러한 인정이 넘치는 데에 기인하는 것으로 보아야 하지 않을까. 그런데도 학식이 있다는 사람들, 서양물을 많이 먹었다는 사람들에게서 이러한 화해의 결말에 대하여 촌스럽다니, 아직 전근대적이라느니 하는 평을 듣는 때가 종종 있다.

이 달의 《문예사조》에 발표된 홍진복의 「단모음의 조화」나 김령의 「위선」은 모두 화해적 결말의 작품이라는 데 관심을 모은다. 「단모음의 조화」는 칼잡이로 삼남매를 가르치고 남에게 아쉬운 소리 하지 않고 살아가는 경수와, 양반의 가계라고 해서 경수네를 멸시하고 살아왔지만 이제는 몰락해서 어렵게 살아가는 한동리의 대붕이가 각각 아들과 딸이 서울의 같은 회사에서 근무하면서 사랑하게 됨으로 혼사의 말이 오고가고 하지만 경수가 이를 용납하려들지 않다가, 동리 잔치에 쓸 돼지를 잡는 현장에서 이들이 갈등을 화해한다는 이야기이다.

전통적인 신분상의 계층 의식 때문에 2세들의 결혼에 갈등을 일으키는 구조는 흔히 다루어 온 소재들이다. 그런데 이 작품은 시골의 전통적 행사인 잔치 준비를 위한 토속적인 인정의 분위기에서 화해를 이룩한다는 점에서 이런 유형의 사례를 하나 더한 셈이다.

양반의식을 가진 사람이 자기가 가장 경멸하는 상대방의 돼지 잡는 현장에서 주변 사람들과 어울려 술을 마시고 급기야는 화해를 이루는 것이다.

갈등을 화해로 이끄는 계기나 전기로 봐서 무리한 바가 있고, 우리의 관습으로는 질 이해기 되지 않는 도끼를 이용한 돼지잡이 같은 것이 어색하기는 하지만, 그리고 낡은 소재라는 인식을 숨길 수 없지만 이러한 기법은 발전시켜 볼 만하다 하겠다.

「위선」은 생전에 도저히 용납을 못 할 정도로 가정과 자식들에게 잘못한 아버지에 대하여 갖은 고생 끝에 중학교 교사가 된 아들인 '나'가 오랫동안 자기 아버지를 용서하지 못하고 증오하며 제사조차 지내지 않았는데 어렵게 마련한 자가용을 몰고 고향에 가다가 교통사고를 당하면서 아버지를 용서하게 된다는 이야기이다.

이 작품은 우리의 토속 신앙을 매개로 하고 있다는 데서 신예답지 않은 발상을 보여준다. 죽게 된 아들의 치료비까지 가지고 가출할 정도로 극악한 위인인 아버지가 죽자 어머니는 기독교인이 된다. 그래서 이를 빌미로 자기의 사촌들이나 집안에서 많은 비난을 해왔음에도 불구하고 끝내 제사 지내기를 거부하였다. 그러나 사고가 나서 둘째 아들이 병원에 입원하게 되자 음악교사까지 지낸 아내가 점쟁이한테 가서 알아보고, 어려서 죽은 자기 형인 동자귀신 결혼까지 치르게 되며, 자기 또한 그 굴레 속에 들어가 아버지와의 화해를 이룬다.

과학화 시대에 모두들 합리적인 삶을 살려고 노력하는 이때, 무슨 소리인가 하고 도외시할 수 있는 이야기이기는 하지만, 오늘의 이 복잡한 현실이 과학적 사고만으로는 해결할 수 없고, 오히려 미신 같은 토속에 의해서 화해가 가능하다는 의미를 나타낸 것으로 이해된다. 그러나 그렇기에는 좀더 심정적인 전환의 계기를 설정했어야 하지 않을까 하는 아쉬움이 있다.

이런 화해의 결말을 그린 작품으로는 전통적인 유교 관념인 숭조의 틀에 꽁꽁 묶인 할아버지와의 끈을 끊으려 했지만, 할아버지의 죽음을 통하여 다시 잇는다는 이순원의 「매듭을 이은 자리」(《현대문학》 8월호)나, 어려서 데려다 키운 한 여인의 일생을 통하여 갈등을 일으키고 있던 '나'가 다시 화해를 하는 김성옥의 「어데만큼 왔노」 같은 작품이 있다면 김제철의 「고향무정」(《문학사상》)이나 이용범의 「1981년」(《현대문학》), 김소진의 「수습일기」(《현대문학》) 등은 그 반대의 결말을 수법으로 한 작품들이라 할 수 있다.

신예작가들의 작품에서 확인할 수 있는 한 경향은 소설에 있어서 비극적인 사건을 끝에 가서 화해적 반전으로 결말을 맺는 기법이 여전히 지속되고 있다는 점이다.

　이 달의 신예작품들은 이래저래 신예로서의 의미를 부여했던 것으로 평가할 만하다 하겠다.

(《문예사조》 1991. 9)

소설에서 만나는 사람들

우리는 새로 배달되어 오는 잡지를 펼치면서, 먼저 누가 어떤 소설을 발표했는가 하는 데 관심을 가진다. 즉 소설을 쓴 작가와의 만남이 이루어지는 것이다. 이어서 소설을 읽어가노라면 소설 속의 인물들과 만나는데 이것이야말로 소설을 읽는 궁극적인 재미요 의미가 되고 있다. 먼저 작가와의 만남을 통하여 그가 지금까지 발표한 소설들을 상기하면서 그 작가의 작품 세계를 이해하는 데 어떤 새로움이 있는가, 아니면 어떻게 변모하고 있는가에 흥미를 느끼게 되며, 그 작가의 시선이 어느 방향에 머물러 있는 것인가를 느끼게 된다. 또 소설 속의 여러 인물들을 만나면서 오늘날 우리 사회에서 어떤 인물들이 갈등의 대상이 되고 있으며, 오늘날의 사회가 개인들의 삶에 어떻게 의미지워지고 있는가 하는 문제를 살필 수 있다. 뿐만 아니라 다양한 문제 앞에 선 인간의 여러 군상을 접하게 되고 여기에서 어떠한 삶이 가치 있는 것인가를 가늠해 볼 수 있다.

이 달에도 여러 작가에 의해서 여러 인물이 창조되었다.

사랑의 문제로 고민하는 사람, 삶터의 문제로 가슴을 앓고 있는 사람, 또 자기가 하는 일에 대하여 회의가 일어서 걱정하는 사람, 근본적으로 산다는 것이 어떤 의미를 지니는가에 대한 철학적 고뇌로 잠을 이루지 못하는 사람, 그런가 하면 산업사회에서 인간의 가치를 참되게 인식하고자 하여 몸부림치고 있는 사람 등 실로 여러 인물들을 만나게 된다.

그리고 이러한 인물들은 기기묘묘한 사건들을 만나서 혹은 싸워 나가고, 혹은 패배하고 더러는 해결해 나가는 모습을 보여주고 있다. 결국 우리가 소설을 읽는다는 것은 어떤 인물이 어떠한 사건과 그것을 어떻게 대응해 나가는가 하는 우리의 일상생활 속의 또 다른 인간을 만나는 일이라고 할 수 있다. 그리고 좀더 나가서 그것이 얼마만큼 많은 사람들에 의하여 공감되며 그 이야기의 구조가 감동적으로 형상화되었느냐에 관심을 기울이게 되는 것이라 할 수 있다.

1. 명함 속의 인물

행·불행을 떠나서 우리가 숨을 쉬어 목숨을 부지하고 있는 한에는 살고 있는 것이 분명하다. 그러나 누구나 살고 있다는 이 엄연한 현상을 부인할 수 없으면서도 막상 자기가 지금 살고 있는 데 대한 어떤 의미를 찾아보는 경우는 드문 일이다. 자동차에 있어서의 기름처럼 우리가 굶지 않는 한 영양분이 공급되니까 생명을 이어 가고 있다는 물리적 생명현상 그것의 되풀이가 뜻 있는 삶인가.

인간은 그렇지가 않다. 이런 물리적 삶 이외에 생명을 누리고 사는 동안 시시각각의 의미를 찾아 보고자 하는 정신적 삶이 오히려 물리적 생명의 유지보다도 더 큰 의미로 파악된다. 그러면서도 우리는 그것을 망각하면서 살아가는 것이 일상사이다. 여기에 돌을 던져서 깨어나게 하는 일을 작가는 가끔 시도한다.

가령 윤대녕의 「그를 만나는 깊은 봄날 저녁」(《문학사상》) 같은 작품이 그러한 예가 된다. 우리는 직장생활을 하면서 수많은 사람들을 만나게 된다. 특히 섭외나 자재 등, 업무를 맡았을 경우에는 더더욱 많은 사람들을 만나지 않을 수 없다.

직장생활 6년, 경동실업 자재과에 근무하다가 과장이 납품 수량을 조절하여 공금을 횡령하는데, 그것을 알면서도 과장의 압력에 못 이겨 도장을 찍고 봉투 한 번 받았던 것이 공범이 되어 부모와 삼남이녀를 거느린 그를 희생시킬 수 없어 권고사직을 당하게 된 평사원의 이야기이다. 그러나 이 소설 속의 주인공은 자기가 실직을 당하게 된 사건이나 이에 대한 감정 내지는 갈등으로 고민하기보다는 보다 근원적이고 본질적인 "산다는 것"에 대한 문제를 생각하게 된다.

이처럼 무거운 주제이면서도 이 작가는 누구나 경험하는 일상적인 소재에서 흥미롭게 사건을 진행시켜 가고 있다.

업무상 만나서 사업상 교환한 명함, 이는 그 직장을 떠나면서 일단은 정리하지 않을 수 없다. 이 명함에서부터 이야기를 끌어내고 있는 것이다.

명함철에 모여진 232개의 명함, 그 가운데에는 언제 무슨 일로 어떻게 해서 받게 되었는지 그 명함 속의 주인공이 누구인지도 모르는 명함이 상당수가 있다. 혹은 술집에서 술을 먹다가 상대방의 친구를 만나서 우연히 명함을 교환하여 얻게 된 것도 있을 수 있다. 이러한 명함들 가운데에서 되도록 자기와 무관한 낯모르는 한 인물을 선택해서, 퇴직 전날, 전화를 통하여 만나게 되고 그와 보낸 하루 저녁의 사연과 대화로 짜여진 작품이다.

우리는 경험을 통하여 우리의 생활이 자신의 의사와는 관계 없이 진행되는 경우가 너무나도 많음을 안다. 아니 어떤 의미에서는 우리 삶의 모두가 그렇다고 볼 수 있으리라. 그러면서도 우리는 자신의 의지로 살아가는 것처럼 착각 속에 빠져 있다고 할 수도 있다.

전혀 기억에도 없는 백하상사 영업부의 대리로만 명함에 찍혀 있는 남기수에게 퇴직을 앞둔 경동실업 자재과 서상수가 전화를 해서 만나자고 한다. 상대도 이쪽을 모르면서도 만나지 않을 수가 없다. 더욱이 그는 자기의 생일이어서 가족들이 집에서 기다리는데도 불구하고 상대가 만나자는 용건을 말하지 않았음에도 같이 당구도 치고 1차, 2차, 3차에 걸쳐 술도 마신다.

상대가 자기에게 있어서 어떤 인물인지를 모르는 상태에서는 쉽게 거절할 수가 없는 것이다.

우리의 삶은 이처럼 인간과 인간으로 연결되어 있다기보다는 사회생활을 위한 비지니스로 연결되어 산다. 백하산업과 경동실업의 사원만 술자리에 있을 뿐 남기수와 서상수는 없다. 이 얼마나 비참한 산업사회에서의 인간적 비극인가. 그러나, 우리는 그러한 일상을 늘상 살아나가고 있으면서도 이를 잊고 살아가고 있는 것이다.

"허지만 우리들의 만남은 늘 이런 형식을 띠고 있는 것 아닙니까? 오늘서는 그걸 확인했습니다. 네가 먹이를 버는 동안에 만나야 했던 모든 사람들의 관세가 사실은 오늘 우리의 만남과 같았다는 걸 말입니다. 우리는 정말 일회용이고 폐기물이고 순종하는 백성이고 또 주검만도 못한 존재들입니다."

그는 이러한 현상을 개인적인 생활에 그치지 않고 사회적인 구조에까지 연장시킨다. 우리 사회의 독재나 파시즘도 결국 우리가 이러한 보이지 않는 힘, 즉 인간성이 상실되고 보이지 않는 그물처럼 우리를 구속하고 있는 힘에 대하여 눈감고 타협한 우리들 자신이 원인이라고 전달하고 있다. 신기할 정도로 섬세한 묘사와 흥미를 잃지 않는 사건의 진행을 통하여 우리 삶의 근원적인 문제로 고민하는 한 인간을 보여주고 있는 작품이었다.

2. 소설 속의 소설론

작가들은 소설 속에 자기의 소설론을 펼치는 경우가 있다. 사실은 우리 사회의 모든 직업인들이 자기 직업에 대하여 한 작가가 작품을 쓰는 자신의 태도를 밝히듯, 그렇게 밝히는 일이 필요한 시기이다.

산업사회로 이행되면서 많은 사람들이 자신의 직업에 대하여 화폐 교환 가치로만 인식할 뿐 사명감 같은 것을 상실하고 있다.

오늘의 작가들이 "우리는 왜 소설을 쓰는가?" 스스로 질문을 던져 본다는 것은 그런 의미에서 뜻이 있다고 하겠다. 가령 조성기의 「우리 시대의 소설가」 같은 작품도 그러한 물음의 표현이라고 볼 수 있다. 지난달에도 지적한 것처럼 요즈음 여러 작가들이 작품 속의 인물로 작가를 등장시키면서 이러한 질문에 스스로 답을 제공하는 경우를 보게 된다. 이 달에도 그러한 작품이 있다.

정찬의 「길속의 길」이 그것이다.

아내가 직장 생활을 해서 생계를 유지해 오기 때문에 직장을 가지지 않고도 소설을 써 올 수 있었던 주인공은 작품 전편에서 자기 소설론을 전개하고 있다.

소설이란 삶의 이야기이며 이 이야기 속의 중요한 뿌리는 착취하는 자
의 짐승 같은 탐욕과 탐욕에 저항하는 인간의 모습이어야 한다.

소설이란 관념의 현실을 가르는 아득한 허공에 다리를 놓는 일, 그리고
이 다리의 모습을 보여주는 운동

이러한 관념 속에 있던 작가는 자기 나름대로 혼신의 노력을 다하여
쓴 6백 장짜리 중편을 발표했을 때 '살은 없고 뼈만 앙상한 소설, 육체
는 보이지 않고 정신으로만 가득 찬 기형적 소설'이라는 혹평을 받고
스스로 소설에 대한 생각을 바꾸어 나가는 것이다.
청상과부인 자기 외할머니는 평생을 명주 길쌈을 해서 생활을 했는
데 그 길쌈은 결코 생활의 수단이 아니라 할머니에 있어서는 생활 그
자체였음을 깨달으면서.

정신이란 관념이며, 결국 나는 이 관념에 사로 잡혀 있었다는 것을 뜻
한다. 관념에 갇힌 자가 어떻게 현실을 잇는 다리를 만들 수 있을 것인가.
관념에 짓눌린 자는 메스를 만든다. 그 메스는 소설의 몸뚱이 속으로 들
어가 살을 파고 뼈를 가르고 혈관을 끊는다.
결국 그 몸뚱이는 망가지고 정신만이 펄펄 살아 소설의 이빨을 드러낸
다. 이 딱딱하고 흉측한 이빨을 스스로 볼 수 있는가. 어찌 볼 수 있겠는
가. 관념 속에 갇혀 꼼짝을 못하는 자가 어떻게 그것을 볼 수 있는 거리를
획득할 수 있겠는가.

이렇게 자각하는 내용이다.
그러나 이 이론이 아무리 소설론의 핵심을 이야기한 것이라 하더라

도 이렇게 논리의 서술이 겉으로 드러난 소설이라면 작가 스스로 또
한 번 뼈만 있고 살은 없는 소설을 시범적으로 제시한 꼴이 되고 만 것
은 아닐까.

소설 속의 작가가 저지른 오류를 소설의 작가가 실증한 셈이니 말이
다.

이 작품에는 작가와 소설 속의 인물 모두가 자기의 일에 대하여 고뇌
하는 인물을 제시하고 있다고 할 것이다.

《문예사조》 1991. 11)

소설에서의 상황

소설이란 결국 인간의 삶에 대한 이야기이고, 축약해서 말한다면 어떤 인간이 어떠한 상황에서 어떻게 생각하고 행동했다는 이야기이다.

인간은 태어나면서 각기 다른 환경과 성격을 가지고 한 생애를 살아가게 마련인데, 수많은 상황의 연속 위에 놓인다고 할 수 있다. 그 상황의 설정이 소설에서는 중요한 의미를 가진다.

우리는 눈을 뜨면서, 아니 목숨을 부지하는 한, 수많은 상황을 맞게 되어 있는데 그 가운데에는 심각한 상황도 있고, 웃지 못할 상황도 있으며, 별스럽지 않은 상황도 있는 것이다. 그리고 어떤 상황은 많은 사람들이 공통적으로 맞는 상황이 있는가 하면, 혼자만의 고통으로 남겨야만 할 상황도 있는 것이다. 뿐만 아니라, 어떤 상황은 인간의 삶에 있어서 아주 희귀한 상황인가 하면, 늘상 맞는 상황도 있다.

작가는 이들 인간이 맞을 수 있는 상황 가운데에서 가급적이면 모든 사람이 공통적으로 인식할 수 있는 상황을 제시하거나, 희귀한 상황을 제시함으로 흥미와 더불어 어떤 의미를 던진다고 볼 수 있다. 그래서 흔히들 이런 이야기는 소설이 될 것 같다던지, 이런 것은 소설감이라는 이야기들을 하게 되는데, 이는 곧 소설의 상황을 이야기하는 것이라 하겠다.

이 달의 소설들도 각기 다른 삶의 어떤 상황들을 제시해 놓고 있다. 문순태는 「정읍사」에서 시간을 백제시대로 설정하고 계백과 함께 참전했다가 낮도깨비처럼 망가진 얼굴을 가지게 된 한 장정의 사랑과, 그를 그리는 한 여인의 운명을 상황으로 제시하고, 무엇이 참다운 사랑이며, 국민으로서의 도리는 무엇인가를 일깨워 주는 이야기를 쓰고 있고, 이승우는 「생의 이면」에서 한 작가의 흔치 않은 기구한 어린 시절을 상황으로 제시하고 작품에 그것이 어떻게 투영되는가를 설명하고 있다. 또 김영현은 「고도를 기다리며」에서 군병원에서의 인간적인 부조리를 상황으로 내놓고 있으며, 안광은 「질주」에서 고등학교 동창 하나는 회사의 부장으로, 또 하나는 그 회사의 노조 부위원장이 된 상황을 설정하고 있다. 그런가 하면 김태호는 「화려한 고독」에서 한 법학교수의 젊었을 적 사랑의 장면을 상황으로 내놓고 있다.

1. 작가탐구의 의미

우선 이승우의 경우에서부터 이야기를 시작해 보자.

그는 이 달에 예의 중편 「생의 이면」과 단편 「근황」을 발표하고 있다. 두 작품 모두 작중화자가 작가로 되어 있다. 「생의 이면」은 '그를 이해하기 위하여'라는 부제가 붙어 있는데 15년 동안에 10권의 장편소설과 7권의 중·단편집, 그리고 3권의 에세이집을 가진 박부길이라는 작가의 〈작가탐구〉를 맡은 한 작가가 박부길의 작품, 그리고 그에 따른 자료를 중심으로 그의 유년기를 탐색해 나가는 이야기이다. 그러니까 이 소설은 소설을 쓴 작가 이승우가 있고, 그가 작중화자로 내놓은 〈작가탐구〉의 작가가 있으며, 또 작가탐구의 대상이 되어 있는 박부길이라는 작가가 있는 그런 작품이다. 결국 한 작가의 이면을 살펴봄으로 그 작가와 더불어 이해하고, 또 그 작품의 의미를 찾아보자는 것인데, 그는 왜 중간 화자를 하나 더 넣어서 작품을 진행시켜 나가고 있는 것일까. 이것이야말로 구성의 낯설게 하기 수법이 아닌가.

박부길은 '동심'이라는 개념을 가질 수 없을 만큼, 유년 시절이 복잡하다. 아버지는 천재적인 머리를 가졌다는데 고등고시를 공부하기 위하여 절에 들어가 있으며, 어머니는 교회를 다니다가 전도사와 함께 집을 나감으로 그는 큰아버지 댁에서 유년기를 보낸다. 그러나, 그것은 모두 거짓이다. 아버지는 큰집 뒤란에 정신이상자로 감금되어 있고, 어머니는 청상의 과부처럼 살아가게 할 수 없어 친정에 보내졌다. 그 과정을 그의 작품과 인터뷰를 통하여 천착해 나가는 과정이 소설적인 구성미를 더하고 있다.

한 작가의 기구했던 유년기를 이처럼 박진감 있게 추구하는 이유는 무엇인가. 그 자체에 얽힌 재미인가, 그렇지 않을 것이다. 그 작가나 작품의 이해에 기여하는 것 이외에 한 작가의 한 체험이 어떻게 작품으로 투영되는가 하는 것을 말하려는 것이 아닐까. 그는 "사람이 노출 본능 때문에 글을 쓴다는 것은 거짓"이라고 말한다.

현실이 행복해 죽겠다는 사람은 한 줄의 글을 쓰고 싶은 충동도 느끼지 않는다. 오직 불행을 자각하고 있는 사람만이 글을 쓰고 싶은 충동에 사로잡힌다고 말한다. 그래서 한 작가는 "자신의 불행한 현실에 마취제를 주사한다"고 쓰고 있다.

대체로 작가는 자신이 체험하는 불행과 부조리 때문에 마취제의 역할을 하는, 아니 '피난처'를 찾아서 글을 읽고 쓴다는 것이다. 여기서의 마취제와 피난처는 무엇인가. 현실에서 도피인가. 그것이 아니다.

한 인간의 완성을 위한 몸부림이라는 것이다. 아버지를 장례한 날, 큰
아버지는 이렇게 말한다.

아버지는 너의 가슴속에 있다. 아버지는 너의 정신 속에 있다. 너는 아
버지의 일을 함으로써, 아버지를 스스로 찾아낼 수 있을 것이다. 네 속에
있는 아버지가 너에게 힘을 줄 것이다. 너에 의해서 아버지는 완성되어
가는 것이다.

유년기에 찾을 수 없는 아버지를 찾아 정신적 방황을 했던 박부길이
끊임없이 찾아가는 아버지는 다름 아닌 소설이고, 그것은 아버지의 완
성을 향한 몸부림이다.

이승우의 또 다른 작품 「근황」은 훨씬 더 깊게 작가의 내면적 문제를
드러내고 있다. 작가 권세욱은 어느 날 밤, "쌍놈의 새끼, 너 똑바로
해. 수틀리면 죽여 버리는 수가 있어. 농담이 아니야. 비싼 술 쳐먹고
할 일이 없어서 내가 이 밤중에 농담 따먹기나 하고 있는 줄 알어? 대
체 니가 잘났으면 얼마나 잘났냐……?"는 협박 전화를 받는다. 그는
가급적이면 다른 사람한테 폐가 되는 일을 하지 않고 살아가려고 노력
해 왔는데 이 같은 전화를 받자 당황한다. 그래서 자기가 남에게 서운
하게 한 일이 없는가 찾아 보니 의외로 여러 사례를 찾게 된다.

어느 독자와 관계하며, 자기가 세들어 있던 집의 주인과의 관계, 그
리고 어느 평론가와의 불편한 관계 등. 그러나, 그 전화는 전화선의 오
접이었음이 밝혀지면서 반전을 이루는데, 인간이 한 생을 살면서 아무
래도 완벽한 삶은 살 수 없으므로 끊임없이 용서를 빌면서 살아가지
않을 수 없음을 말하고 있다.

그러나, 작가를 작중 인물로 했다는 데에서 시사하는 바가 남다르다

할 것이다.

2. 박진감의 묘미

박진감 있는 상황의 설정으로 관심을 모으는 작품으로는 안광의 「질주」를 들 수 있다. 이 작품은 차에 시동을 걸어 고속도로를 질주, 남해안의 어느 공장에 도착하는 것으로 끝난다. 차의 묘사나 질주의 속도감, 그리고 그 박진감 넘치는 질주 중의 회상들이 비트 소설을 연상시킨다.

노상에서 시작해서 노상에서 끝나는 소설이다. 그러나, 그 속에 담고 있는 의미는 출세주의 지향의 엄청난 폐단을 지적한다.

현대를 속도의 시대라고 하는데 그 속도의 의미는 무엇인가. 그것이 과연 우리에게 행복을 줄 수 있는 것인가. 하는 문제를 안겨 주고 있다.

고시에 패스한 '나'는 27세에 과장으로, 30세에 안전관리부장으로 승진한다. 고속이다. 그의 꿈은 40이 되기 전의 전문 경영인이다. 그는 자기가 계획한 일은 어떤 일이 있어도 성취할 수 있다는 자신감을 가진다.

한때 하면 된다던 말은 우리의 밀어붙이기식 발전의 표상과도 같았다. 그의 고등학교 동기 동창 진규는 이 회사의 노조 부위원장이다. 남해안에 있는 공장에서 한 노동자가 분신자살을 했다는 소식들 듣고, 두 사람 다 같이 차를 몰고 서울을 출발, 현지에 내려가면서 이야기가 시작되고 현장에 도착하기 전에 이야기는 끝난다. 둘은 경쟁적으로 고속도로를 질주한다. 그러면서 '나'의 회상 속에 살아온 과정이 삽입된다.

'나'는 음악대학에서 비올라를 전공했고, 서울 근교 대학에서 강의를 하는 청순한 26세의 여인과 결혼을 하는 데 모든 방법을 동원했다. 자신의 빈틈없는 계략으로 동창생 노조 부위원장의 마음도 움직였다. 자기의 욕구를 위해서는 어떠한 방법도 모두 동원한다. 그리고 이룩해 내고야 만다. 그러나 이러한 의욕과 성취는 끝내 파탄을 낳고 만다. 결혼 생활도 결국 이혼으로 정리되고 동창생과의 관계도 완전한 변심을 만들어내지 못하고 만다.

속도주의의 현대 문명에 대하여 심각한 반성을 제기한다. 사회적 성취와 고속도로를 달리는 자동차와의 연계가 이 작품으로 하여금 박진감을 더해 주고 있다.

그러나 이 작품의 참맛은 그 묘사에 있다. 가령, 자동차 시동이 걸린 후의 묘사를 보자.

그때부터 길이 열린다. 이제 내 눈앞에 보이는 모든 길들이 내 발 아래로 빨려들어 올 것이다.

시동을 걸 때마다 나는 오래 전부터 친숙했던 여자와의 성교를 생각한다. 나의 여자는 차갑고 매끄러운 몸매와 많은 기관을 가졌다.

대기의 비좁은 틈을 유연하고 날렵하게 가르며 바람과 같이 달려갈 수 있는 유선형의 몸매와 미끈한 피부, 그녀는 언제나 나에게 충실하다. 손가락 하나로 작동되는 그녀의 모든 기관, 잠을 깨고, 달려가고, 방향을 바꾸고, 숨을 쉬는 모든 일을 그녀의 부드러운 레저 의자에 앉아 팔만 움직여 지시할 수 있다.

전체가 이런 식으로 폭포수처럼 흘러내리고 있다. 근자에 만나 보기 어려운 묘사력이요, 박진감이다. 결국 '나'는 동창생이며, 노조 부위원장인 진규를 고속도로에서 밀어 중상을 입히지만 그가 남겨준 현장에 전해 달라는 편지를 읽으면서 종래에는 자기와의 대결임을 인식한다.

3. 새로운 설화 만들기

이 달의 소설에서 문순태의 「정읍사」를 지나칠 수는 없다. 늘 역사의식의 현장에 있던 문순태 씨는 이 작품의 배경을 백제 말로 옮겨서 역시 역사적인 문제를 말하고 있다. 역사 소설은 옛 이야기를 통하여 오늘의 이야기를 한다고 말하는데, 이 작품 역시 예외는 아니다.

신라가 외세의 힘을 빌려서 삼국이 형제처럼 지내던 질서를 무너뜨리고 고통을 더해 주었다는 기술은 오늘날의 현상으로 볼 때, 어떤 의미를 가지는 것일까. 비록 전쟁으로 망가진 몸을 가졌지만 자기 나라를 지키기 위한 최후의 노력으로 그 망가진 몸을 위안하고자 하는 것은 무엇을 말하는 것인가. 무엇보다도 그를 사랑하는 한 아낙네의 목숨을 다하는 기다림과 재회의 확신은 또 어떠한 의미를 지니는 것인가. 백제의 유민으로서, 아니 이 땅에서 복잡한 현실을 살아가는 사람으로서 깊이 음미해 볼 만한 형상화라고 하겠다.

고전 속의 정읍사는 단순한 님의 그리움으로 해석할 수 있겠지만, 이 작품을 통하여 문순태 씨는 역사의식과 만나는 새로운 신화를 창조하고 있는 것이다.

달하 노피곰 도다샤 어긔야 머리곰 비취오시라.

(《문예사조》 1992. 1)

소설에 있어서의 재미

가장 유치한 질문 같지만, 우리들은 왜 소설을 읽는가?

물론 이 질문에 대한 답은 여러 가지일 수 있겠으나, 뭐니 뭐니 해도 재미가 있어서 읽는다는 답이 정직한 답이 되지 않을까. 그런데 문제는 이 '재미'의 정도가 가지각색이라는 데 있다. 어떤 사람은 아기자기하고 스릴 있는 줄거리에서 재미를 구하는가 하면, 어떤 사람은 절묘한 이야기의 구성에서 재미를 느끼고, 또 어떤 사람은 개성 있는 표현 가운데에서 재미를 느낄 수도 있다. 그런가 하면 소설에서 작가가 독자에게 들려주는 이야기의 내용에 흥미를 느끼는 사람이 있는가 하면, 그것보다는 지금까지의 소설에서 보지 못한 새로움을 높이 사는 사람도 있을 것이다.

재미의 유형은 여기에서 그치지 않는다. 그 질 또한 천차만별이다. 어떤 사람은 관능적 사랑의 이야기만으로 재미를 즐기는가 하면, 그것 가지고는 안 되고 인간으로서 지켜야 할 윤리나 도덕적인 교훈이 있어야 참다운 즐거움으로 인식하려는 사람도 있다. 또 어떤 사람은 윤리 교사나 철학자의 연설처럼 자기들에게 들려주는 내용이 명확하여야 만족하는 사람이 있는가 하면 그렇지 않고 색시의 수줍음이나, 적당히 감추어진 여인들의 의상처럼 작가의 의도가 잘 숨겨진 곳에서 재미를 느끼는 사람도 있는 것이다.

이렇게 다양한 재미의 양과 질이 있음에도 불구하고 소설을 읽는 독자들은 어느 선에 이르러선 많은 사람들이 함께 재미로 인식하는 것이 있다.

가령 사랑의 이야기를 예로 든다고 할 때, 수많은 사랑의 이야기가 있고, 그 질에 있어서도 가지각색들이지만, 배운 사람이나 그렇지 않은 사람, 어른이나 아이를 불문하고 "아 그 사랑 이야기는 참으로 재미있다"라고 함께 느끼는 것이 있는 것이다. 어차피 우리 인간의 심성이 바로 동이부동(同而不同)이요 부동이동(不同而同)인 요소로 이루어 있는 까닭이다. 작가는 언제나 시대적으로 사회적으로 최대공약수의 재미를 창조하기 위하여 땀 흘리고 있는 것이라고 해도 지나친 말은 아닐 것이다. 어떻게 하면 이 시대의 많은 사람들이 공감하는 이야기를 찾고, 또 어떻게 하면 많은 사람들이 실감할 수 있도록 표현할 것이냐에 불철주야 고심하고 있는 것이다.

또 한 가지 무거운 과제가 있다. 이 재미가 어느 한 계절이나 한 시대에만 그렇게 느껴져서는 안 된다. 가급적이면 시대를 초월해서 오랫동안 많은 사람들에게 재미로 느껴질 수 있어야 그 작품의 생명이 긴 것이다. 어떤 재미는 오늘은 재미가 있었는데 얼마 지나고 보면 별스럽지 않은 것이 있다.

신문기사의 어떤 사건은 시중의 화제가 될 만큼 재미있는 이야기지만 얼마 가지 않아서 흔적을 찾아 볼 수 없을 정도로 사람들의 머리에서 사라지는 것을 볼 수 있다. 그러나 훌륭한 문학작품은 언제 읽어 봐도 인간의 가장 깊은 원초적인 문제와 닿아 있어서 감동의 정도를 더해 주고 있는 것이다.

이 달의 작가들도 이러한 재미를 창조하기 위해서 무던히 애쓰고 있음을 찾을 수 있다. 시공을 초월한 재미의 창조는 끊임없는 실험을 통해서 이루어진다는 것도 기억해 둘 만한 일이다.

1. 사건 앞의 재미와 뒤의 재미

10여 년 전만 해도 우리의 문학지들에서 중편을 찾기가 그렇게 쉽지 않았다. 그러나 이제는 한두 편의 장편 연재와 중편이 거의 빠짐없이 발표되고 있다. 단편 성질의 작품을 엿가락처럼 늘려서 원고료 수입이나 올리려 한다는 비난이 없는 것은 아니지만 그렇더라도 우리 소설의 호흡이 그만큼 길어진 것으로 봐서 반가운 일이 아닐 수 없다. 《문예사조》는 기존의 연재소설인 백용운의 「학의 날개는 무지개」와 이동희의 「땅과 흙」 이외에 지난달부터 이병구의 「철새의 삼 개월」 등을 연재하기 시작했다. 이는 잡지적 성격을 일견 표현하고 있다고 보는데 4편의 중·장편을 연재하고 한 편의 단편도 게재하지 않는다는 것은 문예지의 관례를 깨는 것으로 하나의 용기라 하지 않을 수 없다. 이들 작품들은 장편의 특징을 살려서 하나같이 느슨한 재미를 보여주고 있다.

연재물인 고로 지금으로서는 뭐라 언급할 수 없으나 가파른 고개를 오르는 힘겨움보다는 도도히 흐르는 강물처럼 웃음과 위안을 준다. 구인환은 《현대문학》 7월호에 중편 「살아 있는 날들」에 이어 이번 장편을 연재하는 의욕을 보여주고 있다. 언제나 인정미를 주제로 한 작품을 보여 왔는데 이 작품 역시 그러한 출발을 하고 있다.

단편과 중편이 나란히 메뉴에 올라 있을 때, 자연히 중편 쪽에 관심을 가지게 된다. 유순하의 「용가리 통뼈」와 이원교의 「무너지는 바다」

를 관심 있게 읽을 수 있었다.

두 작품 다 구성이나 문체적인 새로움을 보여주기보다는 그 이야기의 내용을 통해서 우리들의 삶의 현장을 드러내고 문제를 제시한 것이었다. 「무너지는 바다」가 아직도 산업화의 터울에서 재벌이나 정책자들의 비인도적인 처사로 영세 어민이 부당하게 희생되는 일종의 사회고발적 성질의 작품이라면, 「용가리 통뼈」는 교원 노조 후일담이면서도 치열한 계급적 대립의 문제보다는 인간의 본질에 대한 고뇌와, 회의, 그리고 그러한 가운데에서도 인간성을 지키려는 아름다움이 드러나는 것이었다.

20여 년의 교직 경험을 가진 중년의 강영수 선생, 교단에서 쫓겨난 여섯 명의 전직 교사가 교문 앞에서 무언의 시위를 하는 통로를 빠져 출근을 한다. 그는 그들 교원들의 처사에도 동조하지 않고, 또 정부나 당국의 처사도 못마땅한 편이다. 거기에다가 교원에 대한 학생들이나 사회의 태도도 마땅치 않아 별러오던 사표를 던지고 만다. 그러나 또 다른 사회에 뛰어들지만 여의치 못하다. 결국 사기꾼들에게 걸려들게 되고 막다른 골목에서 그는 자기와 같은 이유로 자기보다 먼저 교단을 떠난 정 선생에게 자기가 당했던 방법과 똑같은 방법으로 사기를 친다. 그러나 고등학교에 다니는 자기의 딸에 의하여 자신의 사기 행각이 실패로 돌아간다. 양심을 지켜준 것은 대학생인 아들도 아니요, 부인도 아니며 다음 세대인 고등학생이라는 데에서 하나의 시사를 얻게 된다. 몇몇을 제외하고는 강 선생과 같은 평균인들이 우리 사회를 이룩하고 있는 것은 아닌가. 스스로 어려운 지경에 빠지면 자기가 평소에 입으로 비난했던 부도덕한 대상 속에 자기 자신조차 빠져들고야마는 인간의 나약함, 그래서 나 자신부터를 먼저 채찍질하여야 한다는 뜻이 암시되고 있다.

여기에 비하여 「무너지는 바다」는 피나는 노력 끝에 작은 배를 마련하고 빚 속에서 어렵게 살아가는 박성구 선장이 이번 고기잡이에 실패하면 그나마 살아가기 어려운 때, 빚으로 어구를 정비하여 출어를 하려고 했는데 정부와 재벌이 짜고 수면매립 공사를 함으로 고기잡이를 할 수 없게 되자 이들 소규모의 선주들과 이에 항의하여 투쟁하는 치열한 삶의 현장을 제시하고 있다. 이 과정에서 배신자도 나오고 힘의 한계에서 오는 허탈감도 묘사되지만, 인간 내적인 문제를 제기하기보다는 사회적인 갈등이 중심 문제로 되어 있다.

어느 것이 더 많은 사람들에게, 또 시공을 초월해서 인생에 재미를 줄 것인가는 소설의 한 과제로 함께 생각해 볼 일이다.

2. 작중 인물로서의 작가들

근래에 소설 속의 화자를 작가로 하는 경우가 잦다. 가령 이 달의 작품들 가운데에도 윤후명의 「사랑의 먼 빛」의 작품화자 '나'는 시인이며, 홍상화의 「엉터리 장사꾼」의 '나' 또한 소설가이다. 또한 박양호의 「포경선 작살수의 비애」의 '나'도 교수이자 작가이다. 이처럼 작가를 소설 속의 화자로 등장시키는 것은 무엇을 겨냥한 것일까. 독자들로 하여금 더 많은 흥미와 신뢰감을 노린 것으로 보인다. 이들 소설화자들은 직접 소설 속의 사건에 관여하거나 사건 속의 인물이 되어 있지 않은 경우도 있고, 작중 중요 인물이 되어 있는 경우도 있다.

「엉터리 장사꾼」의 작중화자 '나', 즉 작가는 소설 속의 중요 인물로 사건의 진행에 중요한 역할을 한다. 이에 비하여 「포경선 작살수의 비애」는 관찰자이자 화자일 뿐이다. 그런데 이들은 다 같이 소설을 통한 사회적인 기능이나 발언에 대하여 회의적인 고백을 하고 있어서 흥미롭다.

    5공 시절 신문을 보려면 행간(行間)을 잘 읽어라, 라는 말이 있었다. 문장과 문장 사이를 잘 읽어라, 그런 이야기인데 신문의 문장과 문장 사이에는 흰 여백이 있을 뿐, 읽을 글은 없다. (…중략…) 사실 이 이야기를 만들면서도 작가로서 내가 가장 신경을 쓴 대목은 행간이었다. 하고 싶은 진짜의 이야기는 소설 문장과 문장 사이에 숨겨져 있다는 것이다. 그걸 읽는 사람이 몇이나 될지는 미지수이지만 말이다.

    그러자니 과연 이런 글을 쓰고 발표하는 것은 무슨 의미가 있는 것인가. 차라리 백지 한 장을 내밀어 놓고 이게 소설이요, 하고 우겨야 되지 않는가, 하는 심정이다.

—「포경선 작살수의 비애」의 결말

    어느새 한강물은 잔잔해졌고 그 위로 따스한 햇볕이 쏟아지고 있었다. 나는 보도를 따라 다시 발길을 옮겨 놓다가, 한강물에 비친 나의 옆모습을 슬쩍 보았다. 그곳에는 다른 사람의 슬픔을 싸구려 단어로 포장하여 팔아먹고 사는, 서푼짜리 비극을 향유하고 있는 엉터리 장사꾼의 모습이 있다.

—「엉터리 장사꾼」의 결말

    왜 작가들은 소설 속에 자신과 같은 작가를 등장시켜 이처럼 푸념을 하고 있는 것인가. 차라리 백지를 소설이라고 내놓는 것이 마땅할 것 같다는 것은 무슨 뜻이며, 스스로를 다른 사람의 슬픔을 싸구려로 팔아먹는 엉터리 장사꾼으로 비하하는 이유는 무엇인가. 작가의 뜻이 독자나 사회에 제대로 전달되지 않는데 대한 항변이며, 자기의 힘으로 무엇 하나 역사적인 문제를 해결할 수 없는 것에 대한 좌절이다.

「포경선 작살수의 비애」는 민주화 운동을 하는 총학생회장이 경찰에 쫓기게 될 때 이 학생을 숨겨준 정 교수가, 뿐만 아니라 객지에서 온 동료 교수가 질병으로 사망했을 때 친형제라도 그렇게 할 수 없을 만큼 인간적으로 돌봐줘 이런 사람이 있을까 싶을 정도였던 정 교수가, 한때 어용교수로 몰렸었다는 서글픈 사연을 밝힌 이야기이다.

10·26 이후 소위 민주화 바람이 불 때, 정 교수가 어용교수로 학생들이 작성한 명단에 올랐다는 것이다. 이것이 학연에 얽힌 총장 자리와 관련되어 있고, 학생들은 자기들이 민주화 운동을 하는 데 장애가 된다는 이유로 오히려 자기들이 존경하는 교수를 어용교수로 몰았다는 것이 밝혀진다. 사표를 받으러 왔다는 학생회장과 대화를 함으로 그 학생조차 정 교수가 물러나서는 안 된다고 주장하는데도 보직 교수들은 찾아와서 사표를 내고 일을 수습하자는 것이다. 이 황폐한 대학의 현실 가운데 수배를 받게 된 학생회장은 정 교수를 찾아와 피난처를 찾는다. 그런데 이번에는 당국에서 학생을 숨겼다 하여 괴롭힌다. 이 이야기를 짜면서 작가는 행간의 의미를 파악해 줄 것을 독자들에게 바라는 것이다.

「엉터리 장사꾼」은 분단의 전쟁 과정에서 북에 간 외삼촌을 기다리지 않고 재가한 외숙모를 40년 만에 만나면서 어렸을 때 과부인 외숙모와 난을 피해 외가에 가 있던 어린 '나'와의 아름다운 정 같은 것을 회상한 이야기인데, 자기의 상상으로는 외숙을 기다리다 정신 이상을 일으켜서 북의 연총리가 왔을 때 자기 남편이 온다고 소설적으로 생각했는데 막상 만나 보니, "여편네한테 동무라고 부르면 우짤기요. 안 만나는게 낫지…… 안 만나는게 낫지……"란다. 결국 자기는 작가로서

엉터리 장사꾼에 지나지 않는다는 자조에 젖고 만다.

　작가들 작중화자나 중요 인물로 등장시킨 소설적 재미를 맛볼 수 있는 작품들이었다. 이들 이외에도 박상우의 「나는 이제 인간의 빙하기로 간다·2」 같은 작품의 새로운 재미를 위한 몸부림 같은 것도 인상적이었다고 할 수 있다. 마치 한 폭의 추상화를 보는 것 같은 작품이었다. 복잡한 색채와 선 가운데에서 한 마리의 새가 어렴풋이 눈에 잡히는 추상화, 그것의 발견이 즐거움을 주듯이, 이 작품도 그렇게 감상할 수 있는 것이었음을 지적해 둔다.

《문예사조》 1991. 12)

소설의 주제와 문제의 핵심

농민과 농촌을 배경으로 한 모든 소설, 그리고 농촌과 농민을 소재로 한 모든 작품, 또 농촌과 농민의 문제를 주제로 한 모든 문학들이 이 《농민문학》이라는 마당에 모여 꽹과리를 두들기고, 북을 치고, 장구를 치고, 징을 두들겨 하나의 예술동네를 만들기 바라는 마음이다.

이번《농민문학》겨울호에 실린 작품은 김경란의 「재가 된 너를 위하여」, 김금철의 「위대한 애국자」, 김윤주의 「바람 부는 곳으로」, 안수길의 「미륵댕이에서 생긴 일」, 오유권의 「우리 동네 농부」, 이민형의 「동가리 땅」, 이순복의 「금메달 소식」, 그리고 제2회 농민문학상 수상작인 박경수의 「비」 이렇게 8편과 유승규의 유작 「추자골」이 한자리에 모여 있다.

우리는 먼저 《농민문학》이 다른 문학잡지와는 별도로 발간되어야 하는 당위성에서부터 생각해 볼 필요가 있다. 농민문학이나 농촌문학이라는 소재적인 분류로 장르를 설정하는 데에 대하여 여러 가지 이론이 있을 수 있겠지만, 우리의 특수한 농경사회의 역사적인 배경에서 볼 때 무리는 없는 것으로 볼 수 있다. 그렇다면 이 《농민문학》지는 농민문학이나 농촌문학이라 일컬을 수 있는 작품들로 엮어지고 농촌이나 농민의 문제들을 다루는 광장이 되어야 할 것으로 보는 것이다.

이들 작품들을 보면서 새삼스레 느끼는 것은 농민생활의 치열성이 상당히 걸러지고 있다는 점이다. 종래의 농민소설이라 할 때, 다분히 계몽적인 것이거나, 농민생활의 처참한 모습 드러내기가 주를 이루고 있었는데 이들 작품들에는 그러한 모습은 별로 찾아 볼 수 없다. 지금 우리 농촌은 산업화, 도시화의 그늘에 밀리고, 우루과이라운드라는 세계 경제 구조의 변화에서 그 어느 때보다도 심각한 문제를 안고 있는 현실인데도 그러한 문제를 정면으로 다루는 글들을 찾을 수 없다는 것을 어떻게 해석해야 할지 다소 안타깝다.

그런 가운데에도 역시 우리의 눈길을 끄는 것은 박경수의 수상작 「비」이다. 이는 일종의 고향인 농촌 방문기 소설인데, 도시에 나와 살던 한 작가가 자기 고향인 농촌을 찾아가면서 지난 시대에 있었던 농촌의 비극을 서술한 작품이다. 이는 귀향이나 귀농과는 다른 의미를 지닌다고 볼 수 있다. 살러 들어가는 것이 아니고 모처럼 고향을 찾으면서 떠날 당시의 농촌 상황을 그리는 것이기 때문에 아무래도 과거의 이야기에 초점이 모아지고 있다. 자연히 변화된 모습이 그려지고, 같이 살던 사람들의 이야기가 나오면서 어린 시절 마름에게서 논을 얻어 부치던 시절의 이야기로 이어진다.

객지 생활 30년 만에 고향에 돌아와 보니 자기네가 살던 오막집은 간 데 없고 다시 마름네가 살던 동네에서 제일 큰 집에는 자기보다 두어 살 위이던 최용팔이 산다. 용팔의 집에 찾아가 반가운 해후를 하면서 원수지간이 되었던 이 집을 사서 살게 된 내력과 그 집 우물가에 놓인 빗돌에 대한 이야기로 그 당시의 참담했던 농촌생활을 담담히 묘사하고 있는 작품이다. 이 빗돌은 마름의 횡포로 서울의 지주에 대한 사은비로 세워진 것인데 동네 사람들의 저항으로 밤에는 쓰러졌다가 낮에는 세워지는 지경이었다. 이 빗돌을 놓고 지주의 아들과 최용팔이 한바탕 싸움을 벌이게 되고, 그 여파로 마름에게서 논을 떼이게 된 용팔은 마름의 애첩을 겁탈하는 것으로 보복을 한 다음 줄행랑을 놓았다. 해방 후, 돌아와 부지런히 살아서 그 원수와도 같은 마름의 집을 사서 살게 되었다는 내력을 전해 듣는다. 그리고 그때 그 빗돌이 최용팔의 집 우물가에 놓여 이제는 빨래판이 되었고, 닭을 잡아 닭달하는 돌판이 되어 있다는 이야기이다. 빗돌은 일제하에서 농민을 착취하던 지주와 마름의 형상물로 제시되고 있는 셈이다. 아무리 참담했던 이야기도 지난날의 이야기일 때는 하나의 추억으로 변하는 것인가. 여기에는 증오도 분함도 모두 서정적으로 용해되어 있다. 더욱이 농촌의 훈훈한 인심, 용팔네의 닭을 잡아 대순 요리를 하는 정서에 밀려 오히려 아름다운 추억으로 용해된다. 30년 전의 아픔은 하나의 빗돌로 작가의 마음속에 그렇게 남아 있다. 마모되어 가는 빗돌처럼 말이다.

여기에 비하여 안수길의 「미륵댕이에서 생긴 일」은 이농의 문제를 다르고 있다. 「솔잎과 송충이」, 「바람과 인연」이라는 두 개의 이야기인데 전자는 서울 복부인들의 바람을 타고 투기꾼들에게 땅을 팔고 도시로 나갔던 농부 김시돌이 "은행에 잡히고 목재상에 잡히고, 이중 삼중으로 저당된 집을 속아 샀다가 집들이도 하기 전에 돈만 떼이고 쫓겨나" 고향으로 되돌아 왔다는 이야기이고, 후자는 옛날 미륵댕이에 미륵불을 모신 큰 사찰이 있었는데 상좌가 세속에 물들어 절을 떠남으로 줄줄이 중들이 사찰을 떠나 폐사가 된 것처럼 오늘날 많은 농촌의 청년들이 농촌을 버리고 도시로 떠나는 슬픈 현실을 그리고 있다. 미륵댕이라는 지명은 미륵불을 모신 사찰이 있다는 뜻이었는데 이제는 미륵불의 사찰은 간 곳이 없고 폐사찰이 되어 있는 모습이 어쩌면 오늘의 농촌이 아니냐는 이야기이다. 이는 농촌을 사찰로 도시를 속세로 묘사한 것에서 볼 수 있는 바와 같이 농촌을 정신적인 도량으로 인식한 것이라 하겠다.

작품화자인 전 노인과 윤 노인은 그 어렵던 시절 어렵게 농사를 지으면서 많은 자녀들을 키우고 가르쳤는데 이들이 모두 썰물처럼 고향을 떠나 도시로 나간 데 대하여 허탈에 빠져 있다. 지금은 옛날보다 농사 짓기가 많이 수월해졌는데도 "농사가 싫다고 뜨내기 맹이로 농토 버리고 떠나는 사람들이 늘어가니, 장차 이 들판이 망초밭이 안 될랑가 모르겠다"고 한탄을 한다. 이들은 새로 나온 농기구들에 의하여 자신들이 뒤로 밀리는 것에 대하여도 안타까워한다. 우리는 여기서 오늘의 우리 농촌을 이 같은 노인들의 시각으로 감상적인 차원에서 보아야 할 것인가에 대하여 심각히 생각해 볼 필요를 느낀다. 이제는 농민소설의 화자를 젊은 농민에게로 돌려야 하지 않을까.

끊임없이 농촌소설 창작으로 일관해 온 오유권의 「우리 동네 농부」역시 농촌 노인이 작품화자이다. "억척스럽고 욕심 많고 기운이 장사라는 악머굴네"인 이 농촌 부인은 딸 다섯 아들 셋을 열심히 길러서 모두 대처로 내보내놓고 추석에 찾아오면 이들에게 주려고 참깨, 콩, 팥, 녹두까지 차곡차곡 거두는 인물이다. 농촌을 마음의 고향으로 알고, 도시살이는 뿌리 없는 부평초와 같은 생활이라고 생각하는 이 부인은 없는 일꾼을 걱정하면서도 억척으로 농사를 짓는다. 40이 넘은 나이에 또 아이를 가져서 결국은 일을 하다가 산기를 느끼자 혼자 집에 들어가서 몸을 푼다는 이야기인데 농촌의 생산성의 상징으로 농촌의 부인을 내세운 것이 아닌가 보인다. 훈훈한 농촌의 정경과 농사에 전력을 다하는 모습인데 오늘의 농촌과는 동떨어진 농촌 정경 같아서 실감을 불러일으키지는 못할 것으로 보인다.

이민형의 「동가리 땅」도 소설화자는 중년 이상의 인물이다. 2대 독자인 그는 3남 2녀를 둔 농민인데 다 떠나고 넷째 하나만은 데리고 농사를 지으려 하지만 자기 집 주변으로 대학이 건설된다는 바람에 이마저 대학을 가려고 한다. 공부하려는 아들에게 "산다는 모든 근본은 땅에서부터 시작되는 거다. 사는 것도 죽는 것도 모두가 다 그 땅에서부터 시작해서 땅으로 사라지고 마는 거다. 땅 속에 씨앗을 심으면 그 땅에서 새싹이 돋아나듯 사람도 죽어 그 땅에 묻히면 또 생명이 어디선가 다시 태어난다는 법이라. 그래서 땅을 무시하고는 못 사는 법"이라고 타이르면서 농사짓기를 권유하지만 아들은 "등록금은 방학 때 공사판에 가서 벌어도 충분해요. 이제 학교도 코앞인데 교통비가 드는 것도 아니고, 그렇다고 하숙비가 들어가는 것도 아니잖아요" 하면서 오히려 아버지를 설득하려든다. 아버지는 타일러 거름을 지고 학교 시설지 옆에 남겨진 동가리 땅으로 가 보았지만 그 동가리 땅조차 농토로는 쓸 수 없는 땅이 되어 버려 한숨을 내쉰다는 이야기이다. 이는 자꾸만 줄어드는 농토에 대한 문제를 제시한 것인데 이러한 논리로 과연 농토 문제를 실감할 수 있을 것인지. 오늘날 동가리 땅이 아니라 제법 넓은 산논다랭이도 인력 부족으로 놀아나는 판이니 말이다.

《농민문학》에 게재된 작품이 아니라 《현대문학》 3월호에 실린 이동희의 「농부와 시인」의 경우도 사정은 마찬가지로 보인다.

출판사에서 젊음을 다 보내고 월간 종합지 편집책임을 맡고 있는 주인공은 시인이다. 직장생활이 여의치 못하자 평소에 그리던 농촌으로 귀농을 한다는 줄거리인데 오늘의 농촌이 그렇게 시적인 낭만으로 되돌아 갈 수 있는 곳일까 의문을 일으킨다.

피로 회복제를 사먹고 사우나에 가서 땀을 빼지 않고는 견딜 수 없는 직장, 쓰러지면 그만이라는 강박 관념에서 허덕이던 주인공은 이미 자녀는 다 성장하여 자기 갈 길을 간 상태이다. 후배 시인 기자와의 스캔

들을 문제삼은 아내의 투서로 그 직장생활조차 여의치 못한 주인공은 퇴직금을 생각하고 고향 농촌에 작은 집을 마련하여 농사를 지으려는 것이다. 그러나 그의 생각 중에 농사는 부업이다. "작품을 쓰는 것이 피를 말리는 작업인데 어떻게 정년퇴직 후에 할 수 있는가 말이다. 더구나 휴식을 취하는 밤에나 일요일, 휴일, 휴가 때 머리를 싸매고 앉아서 작품을 쓸 수가 있느냐 말이야"라고 하면서 농촌에 가면 작품을 쓸 수가 있을 것이라는 기대를 가진 것이다. 정말 오늘날 농촌에서의 삶이라는 것이 도시의 잡지사 편집 책임자의 삶보다 여유가 있어서 피를 말리는 시를 여유롭게 쓸 수 있는 곳인가. 퇴직금을 받아서 은행에 넣어 놓고 그 이자로 생활을 하면서 아마추어로 농사를 즐긴다는 생각은 건전한 것인가 묻지 않을 수 없다.

물론 이 작품에서는 이러한 환상이 무위로 돌아가고 있다. 퇴직금은 아내가 차지한다는 것이고, 직장에서의 문제도 잘 마무리되지 않아서 검찰에 불려 다니지 않으면 안 된다. 그러면서도 「막걸리 농촌 농업론」을 써서 자유기고를 한다. 농촌 총각의 결혼 문제도 제시하고 있다. 절에 들어간다는 후배 여류시인을 노총각 조카와 맺어 주는 것을 삽입하고 있지만 이 또한 너무 감상적이 아닌가 하는 생각이다. 역시 시적인 농촌관이 전편에 흐르는 기류이다.

이상에서 살펴본 대로 우리의 농민 소설들, 특히 《농민문학》에 게재된 소설들은 본격적이 농민, 농촌을 주제로 한 소설들이 아니라 농촌의 문제를 감상적으로 빗겨가고 있는 작품들이라는 것을 싫어도 지적하지 않을 수 없다.

이순복의 「금메달 소식」은 월남전에 참전했던 소설가 주인공이 전쟁 중 처참하게 죽어간 친구의 문제로 강박 관념에 싸여 정신적인 이상을 일으키는 비극적인 이야기인데 그 주인공의 생활지가 지방이라는 것을 빼고는 농촌, 농민과 별스런 인연을 찾을 수가 없는 작품이고, 김윤주의 「바람 부는 곳으로」는 더욱이 전혀 농촌, 농민과는 관련이 없는 작품이다.

김금철의 「위대한 애국자」는 공장 근로자가 작업 중 사고로 발을 다쳐 불구자가 되었는데 그 이유로 선을 보았지만 번번이 실패를 함으로 절망에 빠진다는 이야기이어서 역시 농촌 총각의 문제에서는 빗겨 서고 있다. 단지 그의 아저씨인 화자가 전쟁 중 부상을 당하여 한쪽 팔을 쓸 수 없는 형편에서 초등학교 소사로 30여 년을 근무하여 벌은 돈으로 정년퇴직 후 과수원을 경영하는데, 공장 근로자였다가 부상으로 다리를 저는 조카를 받아들여 일하는 과정에서 일어난 일이어서 작품의 배경이 농촌으로 되어 있을 따름인 것이다. 이는 농촌 소설의 범주에 넣기보다는 근로자 문제의 소설 영역에 속하는 작품으로 볼 수 있을 것이다.

마지막으로 김경란의 「분재가 된 너를 위하여」는 분재를 위하여 비틀리고 성장을 저지당하고 더러는 상처를 입는 나무와 못생긴 얼굴을 고쳐 보겠다고 가지가지 방법을 다하여 굶고, 약을 먹고, 성형 수술을 일삼는 여성을 비교하여 서사화한 작품으로 이는 농민이 주인공은 아니지만 농업의 하나인 분재를 통하여 인생의 문제를 제시하고 있다는 의미에서 새로운 농민문학의 영역을 여는 것으로 볼 수 있지 않을까 생각해 본다.

"우리 마 선생, 사람은 흙에서 태어나서 흙으로 돌아갈 사람들이야. 이 육신은 한 줌의 흙으로 돌아가버릴 그런 빈 껍데기란 밀이야. 육체는 어차피 시들고, 늙어 빠질 그런 운명이라구. 빈 껍데기에 치장을 한다고 아름다워지니? 그러니까 진정으로 가꾸어야 할 대상이 따로 있다는 말이지. 그게 바로 심성이란 말야"라는 진 선생의 권유는 오히려 농촌의 중요성을 설명하는 말보다도 성형수술따위나 하려는 현대인에게 본질적인 이야기를 들려주는 것으로 이해되는 것이다.

《농민문학》이 특수 전문 문학지로 자리잡기 위해서도 농촌의 문제에 더욱 다가서는 작품들이 많이 창조되어야 하지 않을까 보인다.

(《농민문학》1995.봄)

소설과 역사의식

몇 년 전만 해도, 우리 소설들은 갈등 요소를 역사적인 사건들 속에서 찾는 경우가 많았다. 6·25나 일제의 침략으로 경제적인 어려움을 겪고, 사랑하는 사람과 헤어지고, 기구한 운명과 만나며, 생존에 대하여 심각하게 회의하는가 하면, 밀려오는 역사의 파도에 대하여 저항하며 부딪치는 이야기들이 대부분이었다는 이야기이다. 그런데, 요즈음에는 그러한 갈등요소는 많이 줄고 그 자리에 현실의 문제가 들어서고 있다.

역사란 무엇인가. 현실의 과거형이 아닌가. 현실의 문제들이 집적되어 역사를 만드는 것이다. 그런 의미에서 본다면 소설에서 역사의식이나 현실인식은 별개의 갈등 요소가 아니라고 할 수도 있다.

단지 역사적인 문제에서 갈등의 요소를 찾을 때에는 역사 속에서 오늘의 이야기를 하게 되는 것이고, 현실의 문제를 직접 갈등 요소로 할 때에는 오늘의 이야기가 전면에 서는 것이다. 즉, 현재적인 자아와 가정과 사회가 갈등을 일으키는 요인이 되는 것이다.

어떤 이유에서일까?

일제 침탈에 의한 비극은 아직도 우리 사회 구석구석에 남아 있고,

그로 인한 이산가족이 사할린에, 알마아트에, 중국 연변에 그대로 남아 있는데, 그리고 6·25전란의 비극은 끊임없이 새로운 문제들을 만들고 있고, 해결의 실마리조차 말놀음의 차원에 머물러 있는데 어째서 이러한 갈등들이 소설에서의 갈등 요소에서 줄어들게 되었는가. 아무래도 오늘의 문제들이 역사의 문제보다는 더욱 심각한 것으로 작가의 눈에 비치고 있는 것은 아닐까. 아니면 지난 시대 경직된 사회의 분위기 속에서 이들 문제를 너무 많이 다루어서 이제는 싫증을 느끼게 된 것인지도 모를 일이다. 아니다. 그보다는 제한된 표현의 한계 속에서 지금까지 이룩한 픽션이 얼마나 변두리의 문제였던가 하는 데 대한 반성에서 보다 본질적인 문제를 다루기 위한 휴민기라고 보아야 하지 않을까.

이 달의 작품 가운데 김유미의 「토니 엄마」나 류기수의 「황혼으로 흐르는 사랑」 그리고 오성찬의 「폐종」 등은 요 몇 달 사이에 보기 드문 역사적인 갈등을 다룬 작품이고, 안정효의 「악부전」, 채희문의 「39」 그리고 윤후명의 「모래강을 향하여」, 김형경의 「모든 꽃씨는 까맣다」 등은 현실에서의 문제를 다룬 작품이라 할 수 있다.

1. 역사가 만든 비극적 삶

6·25를 겪은 지도 벌써 40년이 지났다.

30년을 한 세대라고 할 때 한 세대를 이미 넘어 선 것이다.

우리 사회의 중심부에는 전쟁 미체험 세대들이 앉아 있고, 체험 세대들이 노년에 들어섰다. 이 전란에 대한 문제는 체험 세대들에 의해서만 비쳐지는 것이 아니라, 미체험 세대들에 의해서도 평가되는 운명에 놓인 것이다. 그만큼 폭이 넓어졌다고 할 수 있고, 문학적 형상화의 깊이가 깊어졌다고 할 수 있다.

「토니 엄마」가 이를 잘 말해 주고 있다. 토니 엄마는 한국 여인이다. 전쟁 이후 집이 가난하여 식모살이를 하다가 열여섯에 주인 남자에게 정조를 빼앗기고 어린 네 동생을 먹여 살리기 위해서 매춘부가 되었다가 마음씨 고운 브라운이라는 미국 군인과 결혼해서 이제는 미국에서 남매를 두고 악착같이 일해서 경제적으로 살아 나갈 만한 자리에 선 여인이다.

자기가 못 배운 것이 한이 되어 아이들만은 잘 가르쳐야 하겠다는 일념으로 오직 아이에게 희망을 걸고 살아간다. 사형선고 받은 것 같은 환자들을 돌보는 간호보조원으로 일하면서 더러운 것도 참아 가며 아이의 뒷바라지를 하고 있다. 그런데 아이는 영어를 제대로 못 하기 때문에 어머니가 창피하다는 것이다. 심한 배신감에 젖은 그녀는 매일 술로 세월을 보낸다. 그러다가 한국 유학생 민경을 만난다.

이 작품은 이민경이 화자가 되어 진행된다. 이민경은 장관의 딸인데 아버지는 첩을 거느리고 집에는 잘 나타지도 않으며, 어머니는 어머니대로 뭇 남자와 놀아나므로 남들에게는 행복한 것처럼 보이지만 지극히 불행한 여인인데, 미국에 와서 토니 엄마를 만난 것이다.

하나는 전쟁과 가난이라는 역사적인 조건 때문에 불행하게 된 여인이고, 하나는 경제적인 여유와 사회적인 명예까지 누린 가정적 조건 속에 서 있지만 타락한 현실에서 불행한 두 여인의 이야기를 대비 시키고 있는 것이다. 그러니까 이 작품은 역사적 갈등 요소와 현실적 갈등 요소를 종합하고 있다.

민경은 심한 자폐증에 빠진 토니 엄마를 치료시키기 위하여 한국에 보낸다. 그러나 고향에 돌아온 그녀에게는 위안을 줄 것은 아무것도 없다. 오히려 네 동생의 비참한 생활을 보고는 이들을 미국으로 데려가야 하겠다는, 수십 년 전 자기가 떠날 때와 똑같은 현실을 보고 참담할 뿐이다. 큰 동생은 남편이 소개해 준 미국 회사에 다니다가 노사분쟁 후, 문 닫고 떠나서 남의 집 지하실 단칸방 신세를 지고 있는데, 그나마 집세가 올라 내주어야 할 형편이다. 여동생 하나는 자기가 미용학원까지 졸업시켰지만 공장에 다니는 남편과 함께 벌어도 집 한 채를 마련하지 못했다. 또 한 동생은 배를 타겠다고 떠났고, 또 한 동생 남숙이는 남의 집 식모살이를 갔다가 행방을 모른다.

데려가자. 다들 데려가자. 내가 이러고 있을 때가 아니다. 한시라도 빨리 들어가 열심히 돈을 벌어 동생들을 데려가자. 몸 아끼지 않고 무슨 일이든 닥치는 대로 하려 든다면 일감은 얼마든지 있다. 그리고 열심히만 일하면 살 수 있는 곳이다.

이 기간 동안 민경은 토니를 설득하여 어머니를 이해하게 만들고 다시 돌아온 엄마와 이해심 많은 남편이 평화로운 가정의 일상을 찾는 것으로 되어 있다. 그리고 그간 정 없이 지냈던 어머니에게 편지를 써야 하겠다는 민경의 생각을 끝으로 소설은 끝나고 있다.

미국에 대한 사대근성이나, 이쪽 현실을 정확하게 파악하지 못했다는 지적을 받을 수도 있겠지만, 6·25전란이라는 결과가 만든 2세담으로 귀 기울일 만한 작품이라 하겠다. 특히, 이 작가는 이러한 역사나 현실적인 이야기를 하면서 무엇이 우리에게 행복을 줄 수 있는가 하는 점을 잊지 않고 있음도 빠뜨리지 않고 있는 것이다.

한편 「황혼으로 흐르는 사랑」은 일제 말에서부터 6·25를 거쳐 오늘에 이르는 이야기인데, 앞의 「토니 엄마」와는 전혀 다른 시각이다.

전쟁이나 가난의 이야기가 아니요 오로지 사랑에 대한 이야기일 뿐이다. 전쟁은 이들 사랑의 장애 요소이지만, 이 전쟁으로 인해서 아픔을 말하지도 않는다.

주인공 장규는 일제 말, 학병으로 끌려간다. 그때 그에게는 사랑하는 소연이 있었다. 그는 해방 후, 돌아왔으나 학자가 되겠다고 미국에 유학 갔다가 6·25 휴전 후에 돌아온다. 폐허가 된 서울에서 소연을 찾지 못하고 다른 여인과 결혼한다.

한편 소연은 전란 중에 북에서 돌아온 오빠를 구하려 장교의 부인이 된다. 이처럼 이제는 각기 유부남, 유부녀요, 자식들까지 가진 의사인 대학 교수와 장군 출신 회사 회장의 부인이, 어느 날 하나는 의사로 하나는 그의 환자로 만나 옛정을 살려 로맨스그레이를 즐기는 이야기이다. 여기에는 역사적인 갈등도 찾아볼 수 없고 그냥 사랑의 이야기만 있는 작품이다.

같은 역사를 체험해도 사람마다의 시각은 이처럼 많은 차이를 가지는 것이 인간의 삶인가. 작가가 역사와 사회를 보는 눈이 어떠해야 할 것인가 하는 것을 이들 두 작품은 말하고 있다고 하겠다.

2. 역사의 진실 밝히기

역사는 사람들에 의해 기록되고 해석되어 왔다. 그러나 그 기록하고 해석하는 사람에 따라서 진실이 왜곡되는 경우가 하나 둘이 아니다.

특히, 우리의 현대사에 있어서는 이데올로기나 정권의 유지를 위한 가지가지 곡절 속에 아직도 새롭게 밝혀야 할 역사적 진실이 많이 남아 있다. 그러나 그것을 밝힌다는 것이 그렇게 쉬운 일만은 아니다. 이러한 문제를 다룬 작품이 바로 오성찬의 「폐종」이다.

작품이 전개되는 곳은 제주도. 왕년의 언론계 인사이면서 이제는 향토 사학자인 양충식 박사는 4·3 사건에 대한 진실을 밝히려 하나, 그 앞에 서주어야 할 하남 선생이 그 일을 거절함으로 실망하고, 새로운 의지를 찾아가는 이야기이다.

이야기의 시작은 조그마한 골동품 가게에서이다. 애 밴 여자가 낙태를 하는 데나 임신을 하는 데 고루 효험이 있다는 이유로 콧잔등이 망가진 동자석을 보면서, 역사라는 것이 얼마나 오도될 수 있는가 하는 것을 생각한다. 다시 연자매 밑돌 위에 놓여 있는 녹슨 폐종을 보면서 노욕에 차서 진실을 외면하는 하남 선생을 읽게 된다.

종, 시간을 알려주던 종, 그리고 세상을 향하여 잠자지 말고 깨어 있도록 일깨워 주던 종, 그 종이 종추를 잃은 채 폐종이 되어 있으니, 그것은 종의 기능을 상실한 것이 아닌가. 그 종추를 팔아 버린 사람은 누구인가.

일제하에서는 교육자로 민족혼을 일깨워 왔던 하남. 해방 후에는 신문사 논설위원 주간을 거치면서 꼿꼿하게 권력에 굴하지 않아 많은 일화를 남겨 놓았던 하남. 기자해직 사태가 발생하자 자진해서 물러앉은 하남. 그래서 많은 사람들에게 존경받는 정신적 지도자. 그래서 양 박사가 4·3사건의 진실을 밝히기 위해서는 하남의 힘이 절대적으로 필요하여 찾아갔지만 하남은 그 일을 거절한다.

"그렇긴 한데…… 나로서는 무어라 말할 수가 없군요."

하남은 신문사에서 물러나 몇 해 실직 생활 후, 방송사 사장을 맡고부터, 이렇게 변절한 것이다. 왕년의 언론계 인사들이 모인 망년회에서는 이런 하남을 우상으로 부각시키고 있지 않은가. 이들도 세상 돌아가는 데 대해서는 저들 나름대로 정의론자들인데, 이미 이들은 재벌

기업의 사보 편집자나 도청의 보존위원, 하다못해 중소기업의 술상무 비슷한 회장 자리를 차지하고 앉은 인사들이다.

양 박사는 폐종처럼 되어 버린 이들이야말로 역사를 왜곡하는 자들이라는 것을 인식하고 구토하게 된다. 개의 시신 속, 메말라가는 가죽에 수없이 꼬물거리는 구더기들. 그는 새롭게 다짐한다. 조광조, 김식 등과 왕도 정치의 실현을 위해 과감히 개혁을 시도했다가 실패로 돌아간 기묘사화 때의 충암 김정(1468~1520)을 생각하면서 폐종이 된 사람들에게 기댈 것을 포기하고 자신의 몸으로 종의 추가 될 것을 다짐하는 이야기이다.

이 시대에 원로는 누구인가. 어디에 있는가. 역사적인 진실을 밝히는 데 앞장서야 할 원로들은 어디에 있는가 하는 물음을 던져 주고 있다.

이 작품은 역사의 현장을 제재로 한 것이 아니고, 오히려 그후에 그것의 밝힘을 제재로 한 것이다. 오늘의 역사를 만들어 가는 세대들의 양심과 용기라는 것이 얼마나 소중한 것인가 하는 것을 느끼게 하는 이야기인 것이다.

늙어갈수록 탐욕스러워지는 늙은이들의 욕심이 지겨웠다. 희미한 하남 선생의 환영 위에 우욱 다시 음식 찌꺼기가 덮쳐지고 있었다…….

그렇지, 목탁들, 사회의 목탁들. 내노라고 재던 사회의 목탁들. 이제는 양볼에 살이 디룩거리고 허리가 펑퍼짐하게 굵어지고, 배가 나온 왕년의 목탁들, 한 세상을 다 살고, 이제는 아무 희망도 없이 세월을 낭비하고 있는 듯한 꼬락서니들, 그들 위에도 우욱 토사물이 덮쳐졌다.

《문예사조》 1991. 12

'사랑'과 '죽음', '밥' 이야기

일찍이 E.M 포스터는 소설의 주제가 되는 인간사를 크게 나누어 '태어남', '잠', '사랑', '죽음', '밥' 등 다섯 가지라고 한 바 있다. 여기에 M.제라파는 '일' 한 가지를 추가하기도 했는데, 결국 우리들의 삶의 문제는 위의 대여섯 가지 문제를 벗어날 수가 없는 것이고, 더러는 이러한 문제들이 복합되거나 반복되면서 갈등의 늪에 허덕이게 되는 것이 아닐까. 그리고 작가는 이러한 문제들에 대하여 자신들의 생각을 섬세하게 정리하고 감동적인 언어와 구조를 통하여 독자들에게 이야기하는 것일 게다.

이 달의 문학지에 발표된 단편들을 대상으로 살펴보면 '사랑'의 문제를 다룬 작품으로 임사라의 「심」과 원재길의 「새벽 편지」가 있고, '죽음'의 문제를 다룬 작품에 빈경현의 「인멸(湮滅)」이, 그리고 '밥'의 문제로는 이남희의 「정육점의 고무 영혼」을 찾을 수 있다.

먼저 임사라의 「섬」을 보자. 흔히 사랑의 갈등은 사랑하는 남녀가 결혼으로 이어지느냐 그렇지 못하느냐에 있다. 사랑하는 사이인데 결혼의 장애 요인이 나타나서 갈등을 일으키는 것, 그것이 일반적인 사랑소설의 주제였다. 그러나 그보다도 더 본질적인 갈등을 일으키는 것,

그것이 일반적인 사랑소설의 주제였다. 그러나 그보다도 더 본질적인 갈등은 사랑 그 자체에 있다고 할 수 있다. 정말 사랑이란 무엇인가. 섹스인가, 같은 방을 사용하는 결혼인가, 아니면 생활의 의지처인가. 그것에 생명을 걸 만한 가치가 있는 것인가.

이 작품에는 사랑에 실패하고 떠도는 남녀가 여럿 등장한다. 미국의 여행지에서 만난 두 여인, 윤지인과 서영의 사랑 실패담이 주를 이루고 있는데 그들의 상대역인 남자들도 역시 사랑에 실패한 사람들이다. 윤지인은 "돈이 너무 많아서 돈이 무엇인지 모르는" 민과 사랑을 나누었지만 그것이 언제나 부담이 되어 갈등을 일으키다가 민의 아버지가 형무소에 들어가 몰락하자 도망치듯 미국에 건너갔다. 결코 부가 사랑의 조건일 수가 없었던 것이다. 다시 미국에서 훤칠한 키와 서구적인 마스크를 가진, 그리고 아무것도 가진 것이 없는 빈과 만나지만 그는 허세로 가득 찬 룸펜이어서 그에게서 떠나고 만다. 서영 역시 대학 때부터 만나서 약혼을 하고 결혼 날짜까지 정한 남자가 있는데 또 다른 남자에게서 약혼자와는 다른 강한 애착을 느끼고 사랑에 빠지지만 결국 양쪽을 모두 포기하고 미국에 건너와 있다.

"사랑도 스쳐지나가는 한 줄기 바람 같은 것일 뿐이고, 진실도 상황이 바뀌면 달라지는 상대적인 것이라고 생각하게 되었지. 이제 난 내 생의 행로에 등장하는 누구와도 사랑을 나눌 수 있게 되었고, 그 짧고 허무한 사랑을 즐기며 살지. 하지만 난 누구도 결국 사랑하지 않아."

이 대화가 이 작품의 사랑에 대한 결론이 되고 있다. "그렇게 절대적으로 목숨을 걸어도 좋다고 여겨지던 사랑도 사실은 허상이라는 것을, 사랑이란 감정은 이 지상에 존재하지 않는 거야. 그렇기 때문에 그토록 절실하고 아름다운 걸 거야" 사랑에의 허무, 이것은 계속해서 되풀이되는 문제이다. 이 작품을 되풀이되는 사랑의 주제를 별다른 참신성 없는 멜로물로 형상화했다는 지적을 면키 어려울 것이다. 더욱이 화자의 시점이 자주 바뀌고 있다는 점도 이 짧은 단편에서는 효과적이지 못한 결점이 되고 있다.

이와는 다른 사랑의 시각이 원재길의 「새벽 편지」에 그려지고 있다. 외가에 맡겨져 부모의 사랑을 모르고 자란 소년이 외가에 세들어 살고 있었던 처녀 여교사에게 느꼈던 어머니 같은 첫사랑을 아이를 둘이나 가진 성인이 되어서도 잊지 못한다는 이야기인데 이 또한 참신성은 없지만 앞의 「섬」과는 다른 결론을 말하고 있다. "내가 한 사람을 사랑하고 그 사람이 나에 대한 기억을 접지 않는 한 두 사람이 영원히 헤어지는 일은 없는 거예요"라고 말하고 있다. 역시 사랑에 대한 체험과 시각은 이처럼 사람마다 판이한가 보다.

"팔 수 있는 게 얼마나 될까? 우선 각막을 팔 수 있겠지. 애꾸로 살면 되니까. 신장도 그렇고 골수도 피도……. 심장이나 간장도 이식수술이 가능하다는 말을 들었는데 그건 하나뿐이니까 애석하지만 제외해야 할 것이다. 암튼 팔 수 있는 걸 다 합하면 모두 얼마나 받게 될까? 내 쓸모가 이젠 상품으로밖엔 남지 않는 걸까. 설마 이런 것도 보험처럼 직업에 따라 차이를 두는 건 아니겠지. 위젠가 아르헨티나의 정신병원에서 환자의 장기를 떼어 팔아먹었다는 기사를 읽은 적이 있다. (…중략…) 부르르 진저리를 쳤다. 그런 일이 점점 퍼져 간다면 이젠 사람을 납치했다가 장기를 떼어 팔아먹는 범죄까지 생길지도 모른다."

'사랑'의 문제보다 '밥'의 문제는 훨씬 더 사회성을 지닌다. 오늘 우리 사회가 안고 있는 실직자가 소설의 주인공으로 등장하기 시작한 것이다. 인간이 오로지 경제적 소용 가치로만 전락되고 마는 이 처참한 현상은 이 시대의 작가 누구에게도 자유로울 수 없는 문제가 아니겠는가.

다음은 '죽음'의 문제를 다룬 민경현의 「인멸」을 살필 차례이다. 이 작품은 드물게 보이는 사회성의 문제를 종교에 연결시킨 작품이다. 그리고 예도의 길을 형상화한 작품이다. 학생 시위를 이끌어내는 걸개그림을 그린 한 여학생이 그 걸개그림을 몸에 감고 한 학생이 분신 자살을 하자, 깊은 산 속 암자의 탱화 등 불교 미술의 권위자인 큰 스님한테 숨어들어가 미술 공부를 하다가 구천의 길에서 죽은 자를 맞아 천상계로 인도하러 나선 보살이라는 인로왕보살(引路王菩薩)의 상을 그리고 사회로 나오다가 검거된다. 그녀는 형기를 마치었지만 그림 공부하기를 거부하고 절에 들어가 어린 아이들을 돌보는 일에 정성을 다하다가 한 어린이의 부주의로 불이 나게 되고 미처 빠져 나오지 못한 유아를 구하려 화염 속에 뛰어들었다가 사망한다는 이야기이다.

노스님의 시자인 석이라는 젊은이를 화자로 내세운 이 작품은 선문답 같은 사건의 진행과 불교적 향취가 어린 문체를 통하여 화택 같은 이승의 문제를 종교적으로 풀어 가는 아름다움을 주고 있다. 본찰 비로전 부처님의 뒤에서 장엄했던 광배(光背)의 도난 사건에서 출발한 이야기는 불교 미술에 깊이 빠진 여학생이 산문에서의 최종 작업으로 이 광배에 단청을 하려다가 도둑으로 몰려 검거되는, 그래서 예술적 세계보다는 어린이를 돌보는 현상적 문제로 돌아와 결국 죽음의 길로 이른다는 다분히 종교와 예술의 당위적 진로를 말하려 한 작품으로 볼 수 있는 것이 아닌가.

그림을 배우기 위한 정신적인 자세라든지 안료를 섞어 만드는 조색

(調色)법, 그리고 화안(畵安)과 도색(塗色)법 등 예도를 익혀가는 과정이 잘 묘사되고 있어 하나의 예술소설로도 볼 수 있겠는데 그보다도 이러한 예도가 사회적 삶과 종교에 접목되고 있음을 주목하지 않을 수 없다.

"그 일 때문이냐?" (그가 그린 걸개그림으로 한 학생이 분신한 일—인용자)
"……" 혜련은 대답하지 않았다.
"부란(腐爛)킬 거부하는 생명도 있는 법, 그 일은 잊으라지 않더냐?"
"잊을 것이 아니에요. 바로 썩지 않고 타버린 사람이니까요. 저로 인해서요."
"세상이 뒤집힌 탓이다. 그렇다고 꽃이 필 자리마다 불씨를 놓을 작정이냐?"
"허어! 네 속의 부처가 내 것보다 더 크고 독한 것을…… 내 망령이 네 망령을 이기지 못한 것을……"
"가져라. 가되 하나만은 분명히 알고 갈 것이니! 가히 보살도 살생을 하나니. 다만 그 속에 살의가 없는 것이 인간과 다른 것이야. *끄응*"
노사는 신음 소릴 내며 자리에서 일어나 방으로 들어갔다.

이런 문답에서 예도와 현실도와 불도의 합일을 읽을 수 있는 것이다. 이래저래 살기 어려운 계절이지만 이러한 소설을 읽으면서 심기를 달래는 것이 소설 감상법이 아니겠는가.

《월간문학》 1999. 8)

현실적 구조와 소설적 구조

이 달에도 여러 목소리의 소설을 만날 수 있었다. 현충일에 국립묘지에서 산 자와 죽은 자가 한자리에 모여 회포를 나누는 이야기인 구인환의 「살아 있는 풀들」, 정권과 권력이 야합된 마피아 조직의 이야기인 신상성의 「내 마음 안의 들쥐」, 군사 정권 안에서의 보스 문제를 파헤친 김석천의 「오랜 슬픔」, 만나지도 못하고 이별부터 하는 사랑 이야기인 김용국의 「그 가을의 손」을 《월간문학》 10월호에서 만날 수 있었고, 《현대문학》 10월호에서는 권태기에 들은 부부의 사랑 이야기를 차현숙의 「폭우」에서, 아들을 가지지 못하는 갈등을 김연수의 「스케이트」에서, 실직자 가정의 아이들이 어떻게 무너지고 있는가 하는 문제를 박청호의 「달콤한 인생」에서, 그리고 인간의 심리적인 두 영역이라 할 수 있는 사슴과 승냥이를 상징으로 하여 성적인 문제를 진지하게 형상화한 이야기를 최인석의 「구렁이들의 집」에서 만날 수 있었다. 또한 《문학사상》 10월호에서는 어쩌면 산업자본 사회에서 우리들 젊은이들이 안고 있는 '거세당한 시지프'로 인식되고 있는 외로운 젊은이들의 사랑 문제를 박상우의 「옥탑방」에서, 영상 광고 사회에서 만나게 되는 이미지 중독의 문제를 하성란의 「치약」에서 만났다.

역사적인 상처를 잊지 말라 하는 교훈도 의미를 가지지만, 이제 덮고 화해하라는 교훈도 중요하다. 소설에서 사회 역사적인 주제를 다룰 때, 대체로 역사적인 아픔을 감동적으로 제시함으로 언제가 깨어 있기를 기대하는 작품이 있는가 하면, 그 역사의 굴레에 매여 한 발자국도 전진하지 못하는 안타까움을 제시하여 새로운 희망을 불러일으키는 작품도 있다.

42만 평의 동작동 국립묘지에 안치되어 있는 영령들, 그도 모자라서 대전 국립묘지까지 마련하지 않으면 안 되게 되었으니 이 땅의 역사적 삶이 얼마나 치열한 것인가 하는 것을 생각하지 않을 수 없다. 거기 누워 있는 영령들을 역사적 인물로 평가하기 전에 한 사람의 인간으로, 한 가정의 가족으로 생각해 보지 않을 수 없다. 일제 침략 기간 중 독립 유공자로, 6·25 전쟁으로, 월남 전쟁으로, 그리고 여러 형태의 국가 유공자로 목숨을 잃게 된 그 분들, 그들을 단지 국가 유공자라는 공적인 인물로 의식하기 전, 개개 인간적인 삶을 찾아 나가는 일은 역사가 아니라 문학이 담당해야 할 과제이기도 하다.

구인환은 「살아 있는 풀들」에서 현충일의 국립묘지 참배 모습을 다양하게 묘사함으로 증오심을 불러일으키기보다는 죽은 자를 추모하고 산 자들은 새로운 희망을 가질 것을 기대하고 있다. 주된 이야기는 소설회지인 인헌이 월남전에 참전하였다가 전사한 동생 춘현의 묘소를 찾아 형제간의 지난 세월을 되돌아보는 것이지만, 같이 묻힌 동생의 친구 가족들을 통하여 그때의 슬픔을 되새기기보다는 살아남은 자들이 가지는 추모의 정을 담담하게 그리고 있다. 외아들을 잃고 대가 끊기게 되었다고 가슴 치던 아저씨가 보이지 않자 대신 잔을 올리는 농민, 현충일만 되면 어머니를 모시고 전 가족이 참배하는 것을 연중행사로 해서 새로 시집 온 사람이나 어린 아이까지도 전사자의 뜻을 마음에 새기도록 한다는 사람, 결혼 일주일을 앞두고 전사한 영령의 애인이 의젓한 대학생 아들을 데리고 참배하는 모습, 이런 정경은 아픈 과거를 슬픈 추억으로 승화하는 이야기가 되게 하고 있다.

반면에 신상성의 「내 마음 안의 들쥐」나 김석천의 「오랜 슬픔」의 경우에는 보다 치열한 눈으로 현실을 고발하고 있다.

「내 마음 안의 들쥐」를 보자. 직업학교 시절에 왼쪽 눈을 잃어 '애꾸눈'이 된 소설화자는 조그만 정비공장의 정비공이다. 그는 그 공장의 사장이지만 공장장이라는 명함을 가지고 행세하는, 강남의 관광호텔과 제주도에 몇 개의 카지노를 가진 지하금융의 큰손인 '짝눈이'의 하수인으로 일을 해왔다. 그는 비밀리에 피를 묻혀왔거나 파손된 '움직이는 궁전'이라는 별명을 가질 정도로 강인한 짝눈이의 차량을 남몰래 수선하고 닦아주는 일을 한다. 급기야 어느 날 긴급호출을 받고 나가니 자신들의 차량에 싣고 온 여인의 시체를 애꾸눈인 자기의 차량에 옮겨 싣고 달아나다 버림으로 자신을 범인으로 만들고, 영국에 위장 유학생으로 보내진다. 여기에서부터 추리소설처럼 진행되는데 시체가 된 여인은 여기자였고, 이 기자가 마약 마피아 조직인 여권의 실세 지청장과 짝눈이, '안가' 비밀 요정 여사장 등의 비밀을 캐다가 살해된 것이며, 이 사건을 미궁에 빠뜨리기 위해 외국에 보내진 자신에게 모든 책임을 덮어씌우고 결국 자객을 통해 살해하려 한 사건으로 발전한다. 여기자가 부인에게 맡겨놓은 문서와 사진 등 증거를 가지고 결국 여러 경로를 통하여 민주 변호사들의 호위 속에 이들의 범죄를 '양심선언'함으로 사건을 종결하는 이야기인데 영국에 머무는 동안 박세리 소식이 보도되고 있다든지, 짝눈이가 신창원이처럼 잡히지 않고 자신을 도와주길 바라는 이야기 등에서처럼 실존 인물의 이름을 등장시키면서 '하나회'의 안가를 내세우고 있는 점에서 오늘의 현실을 상징적으로 고발하고 있다. 영국 도피 중 여우, 고양이와 비둘기의 일화는 이들 동물의 세계와 인간의 세계를 우회적으로 비유하고 있어서 인상적이었으며, 귀를 기울이면 바다 속 물고기들의 떠드는 소리도 들을 수 있는데 땅 위의 '영원한 진실의 소리'는 발견하지 못하는 아쉬움을 표현하고 있는 것은 이 소설을 추리소설의 차원에 머물게 하지 않고 있다. 즉 현실의 역사 사회적 구조의 한 단면을 소설적 구조로 옮기고 있는 이 작품의 묘미를 보여주고 있는 것이다.

권력과 돈이 결탁하여 수단과 방법을 가리지 않고 범죄가 저질러지고 있는 가운데 어느 날 엉뚱하게 하수인이 주범이 되는 것은 오늘의 정치현실과도 무관하지 않은 것으로 보인다. 이른바 몸통은 무엇이며 깃털은 무엇인가. 소설화자는 이렇게 말한다.

내가 모르는 사이에 세상은 나를 유명하게 만들었다. 그러나 나는 유명해지고 싶지 않다. 평범하게 차 밑구녕으로 들어가 고장 난 부분을 수리해 주고 싶다. 록이나 품바를 들으며 더 좋다면 땅 속의 벌레들과 깊은 대화를 나누며 옛날같이 하루 종일 혼자 일하고 싶다. 고장이 나 멈춰 있는 차를 내가 움직이게 한다는 것은 얼마나 신나는 일인가. 내 손으로 죽은 물체가 살아 움직인다는 일이 말이다. 차를 수리하듯 불행한 사람도 내 손을 거쳐서 행복하게 한다면 얼마나 좋을까. 많지는 않지만 전과 같이 월급을 타서 막내랑 오순도순 살고 싶다.

그러나 대머리 지청장은 "나를 마약 총책으로 뒤집어씌워 체포하려하고, 짝눈이 사장은 살인마로 몰아 자객을 보낸" 것이다. 우리는 이 작품에서 오늘의 정치권력이 가지는 비도덕성의 일면을 느낄 수 있다. 지난 군사 정권의 비도덕성을 더욱 구체적으로 고발하고 있는 작품은

「오랜 슬픔」이다.

작가인 오문호는 권부의 실세로 최고 권력자의 후계 서열 검지에 속하는 Z의 보스 강철의 전기소설을 「보스」라는 제목으로 집필한다. "국민들의 입에서 '씨비씨비!' 하고 욕을 해대게 하는 군사 반란의 12·12 쿠테타와 '오 씨팔!' 하며 치를 떨게 하는 5·18 광주 학살로 정권을 찬탈한"의 표현에서 보이는 것처럼 이는 철저한 정치 세계를 직설적으로 묘사한 소설이다.

그들은 정권의 창출과 유지를 위해서는 수단과 방법을 가리지 않는다. 최악이든, 그것이 유례없는 악법이든 가리지를 않는다. 수단이 되고 방법이 될 수만 있다면 그것이 설사 들끓는 원성이 될지라도 서슴지 않는다. 역사를 두려워하지 않는다. 성공한 쿠테타는 구국이고 따라서 그 모든 것은 전리품이니까. 그래서 만든 것이 '국보위'이다. 꽤나 길고 난해한 '국가보위비상대책위원회'라는 말의 약자이다. 군사 반란 이전의 정치인은 모두 썩은 인간이고 나라의 재물만 탐한 부정부패자이므로 모두 척결, 정화한다, 라는 것이 그들 신군부가 만든 특별법이다. 비상계엄하이므로 허수아비를 앉혀서 의사봉만 탕탕 두들겨도 그것은 준엄한 법이 되어주었다.

이러한 구절만 본다면 정치 평론이 되고 있다. 그러나 이 작가는 서술의 과정을 보스 강철과 협의하는 것으로 그리고 있으며, 강철이 붙여준 이미향이라는 여인의 생애를 통하여 광주의 비극을 폭로하고 있다. 시장에서 좌판장수를 하던 어미를 마중 나갔다가 어미는 참혹하게 학살당하고, 15세의 소녀로 잔혹하게 폭행을 당한 그녀는 오로지 원수를 갚기 위하여 눈썹 한가운데 새까만 팥이 박힌 사내의 얼굴을 찾으려 청량리 588로 호스티스로 뛰어다니다가 이 작가를 만나 소설 속의 여인이 된다는, 이러한 장치를 통하여 현실적인 역사 사회적인 문제가 소설적 구조로 옮겨지고 있다.

우리는 근대화 과정에서 뼈아픈 역사의 마디를 넘어왔다. 그 많은 한이 우리 모두의 마음 밑바닥에 앙금으로 새겨져 있다. 그리고 이러한 삶의 문제는 종지형이 아니라 아직도 계속 되고 있는 진행형이다. 분단이 그대로 지속되고 있으면 전쟁은 그치지 않고 시끄럽고 요란하다. 산업화 과정에서 파생되고 있는 가지가지 폐해에 이제는 경제난까지 겹쳐 있는 실정이다. 이를 보는 작가의 눈이 어떠해야 될 것인가를 수시로 질문하지 않을 수 없이 상기시킬 필요가 있지만 이들을 위로하고 화해시켜야 하는 책임도 지고 있다. 이 달의 소설에서는 그러한 과제에 대하여 심도 있게 생각하게 하는 계기를 얻었다고 자위하자. 독서하기 좋은 계절, 이제 추석의 북새통도 지냈으니 소설책을 펼쳐들고 인생을, 사회를, 역사를 곰곰이 반추해 보는 일상으로 돌아가자.

《월간문학》 1998. 11)

소설의 사실성과 재미

결국 소설이란 허구적인 이야기를 독자가 '참말'로 인식하도록 쓰는 글이다. 즉 만들어낸 이야기를 사실로 인식할 수 있도록 쓰는 글이라는 이야기이다. 그런데 문제는 독자의 개성에 따라 "사실의 인식"이 천차만별하다는 점이다. 어떤 독자는 자기의 주변에서 일어나는 일처럼 손에 잡히는 일만을 사실로 인정하는가 하면, 어떤 독자는 다소 환상적인 이야기이지만 그 이야기가 가지는 의미를 중심으로 사실 이상의 진실을 찾으려는 부류도 있다. 그래서 소설적 사실이라는 것을 몇 마디 말로 설명하기가 어렵다.

이 달의 소설을 읽으면서 그러한 과제를 생각하게 된다. 신영철의 「겨울을 위한 서곡」이나 하윤진의 「행근 발자국」은 현실을 넘어선 세계를 이야기해서 참말을 전하려 한 작품이라 할 수 있다.

「겨울을 위한 서곡」은 기구한 운명의 한 여인의 이야기이다. 사실 우리 사회에는 이 여인과 같은 박복한 여인이 수없이 많다. 가난 속에서 자기의 모든 것을 희생하면서 살아온 선량한 여인, 그러나 끝내 행복을 누리지 못하고 억울하게 죽어간 여인이 얼마나 많았던가. 우리는 이산가족 찾기 방송으로 많은 날을 눈물로 지새운 경험을 아직도 가지고 있다. 6·25 전쟁 중에 서로 헤어져서 밤낮으로 애타게 그리워하다가 방송을 통하여 만나는 혈육들의 그 비참한 통곡을 보면서 당사자가 아니라도 우리는 가슴 아팠다. 그런데 요즈음 어느 TV 프로그램에는 가난 때문에 헤어졌다가 30년 혹은 40년 만에 만나는 가족들의 이야기가 줄을 잇고 있다. 다섯 살이나 여섯 살 먹은 어린 딸을 살기가 너무 어려워서 어느 집에 아이 보는 아이로 넘겨주었는데, 그후로 그 아이는 여기저기로 흘러 모진 고생을 하면서 자라나 이제는 가정을 이루고 아이까지 키우는 어머니가 되어서 어렸을 때 헤어진 부모가, 형제가 그리워서 방송에 나와 눈물로 호소한다. 한쪽에서는 어려서 눈물로 버린 딸을 몽매에도 잊지 못하고 어떻게 죽기 전에 한 번 만나라도 볼 수 없을까 고대하다가 방송을 통하여 만나는 모습을 보면서 인간의 기구한 운명을 눈물 흘리며 생각하게 된다. 그렇게 남에게 주어진 사람은 대부분이 여인들이었다. 이게 다 소설 같은 이야기가 아닌가.

「겨울을 위한 서곡」의 주인공 누이는 위에서 말한 전쟁이나 가난 때문에 버려진 여인은 아니다. 그런 면에서 역사에 기댄 비극의 여인이 아니어서 더욱 운명적으로 인식되기를 작가는 기대했는지 모른다. 아버지의 몰락으로 학업을 포기하고 동생들을 가르치기 위해서, 공장에서 공순이 소리를 들으면서 일한 착하디 착한 여인이다. 그녀는 간질 환자이면서도 열심히 일했지만 남자를 넷씩이나 만나는 비극을 겪는다. 결국 열한 살 된 정은이라는 딸 히니를 남겨놓고 간질병을 고친다고 기도원에 갔지만 죽게 되고 뒤에야 가족들은 그녀가 말기 암 환자였다는 것을 알게 된다는 이야기이다. 소설화자인 이 여인의 남동생은 어떤 의미에서 이 여인의 도움을 가장 많이 받은 가족이다. 그래서 그는 절규한다.

"아! 왜 이렇게 눈물이 나는가. 또한 왜 이렇게 부끄러운가. 사실 누이의 노동력을 착취한 것은 조국 근대화도 아니었고, 목사도 아니었다. 누이의 골수를 뽑아 먹고 있었던 것은 가족들이었고 또한 나였다. 그것이 결국 누이를 죽음에까지 이르게 한 것이다."

작가는 이 여인의 운명을 가족 탓으로 돌리고 있다. 이런 면에서 이 작품은 가족사 소설이다. 이 여인의 운명을 말하기 위하여 할아버지 적부터 3대에 걸친 이야기가 설명되고 심지어는 외가의 가족사도 언급되고 있다. 주인공 누이의 비극을 설명하면서 정작 누이의 고난담과 사연은 많이 생략되어 있다. 자연히 독자들은 주인공을 중심으로 한 사실성을 느끼기가 어렵다. 많이 듣던 이야기인데다가 실감의 결여로 독자가 참말로 인식하기에는 어려움이 따르지 않을까?

여기에 비하여 「행근 발자국」은 시사성을 안고 있어서 상당히 박진감을 느끼게 한다. 운동권 대학생들의 소설화자를 연락책으로 설정하고 있다. 노동운동의 앞장에 선 현모는 학교 재단에서 운영하는 공장 내 여성 공원들의 처우 문제와 부당 해고 근로자 문제 때문에 가졌던 시위 주동자로 수배를 당하고 있다. 운수회사 해결사 상무였다가 아들 때문에 그 직장을 그만두고 아파트 경비원이 되어 있는 현모의 아버지와의 사이를 왕래하면서 연락을 취하는 소설화자는 운동권에 속해 있으면서도 조직의 움직임을 객관적으로 인식할 수 있는 위치에 있다.

학교에서 받아온 상장으로 도배를 할 정도의 모범생이었던 현모, 경비실 책상에서 노학 연대투쟁의 신문 기사에 붉은 줄을 치면서 아들을 이해하려는 현모의 아버지, 그러나 정작 주동자인 승민이는 현모에게 짐을 지우고 자신은 반성문 하나로 빠져 나오는 현실, "우리의 동료들이 가투에 나서 목이 터지게 외쳤어도 되돌아오던 열렸던 울림", 연락

책은 운동에 회의를 느끼고 현모의 또 다른 은신처를 마련하러 가다가 되돌아오면서 미행자를 향하여 다가간다는 이야기이다. 그런데 미행 자의 발자국 소리를 행근 발자국으로 표현한 것이다. 어렸을 때 할머 니에게서 들었던 소금장수 이야기의 행근 발자국. 멋모르고 사용했던 송장뼈 때문에 귀신에게 생명을 빼앗긴 소금장수. "길에서 굶어죽은 송장"이 '행근'이라는 주석에 나타난 것처럼 이 시대의 젊은이들에게 따라붙고 있는 행근 발자국을 어떻게 해결하는 것이 현명할 것인가는 여전히 숙제로 남는다 할 것이다.

「황조(黃鳥)의 노래」는 4박 5일 간의 해인사 수련회 경험담이다. 수 련회 마지막날 마애불 등정 팀에 참여하였다가 소리를 공부한다는 정 동환이라는 사람을 '하늘에서 떨어지는 운석처럼' 만나 그가 부르는 춘향가를 듣게 된다. 사랑가였는데 여기서 그가 소리를 공부하게 된 사연이며 사랑하는 처 최은주를 찾는 내력을 듣는다. 그런데 그 최은 주라는 사람이 바로 이번 수련 중의 자기 조원이 아닌가. 소리를 더 공 부하고 내려간다는 정동환을 남겨 두고 절에 내려와 최은주를 만나 정 동환을 이야기했으나 잠시 놀랄 뿐 반응이 없다. 수련회를 마치고 최 은주의 차에 편승하여 귀향하면서 최은주로부터 그림 공부를 하다가 좌절한 사람, 시를 쓰다가 뜻대로 되지 않아 불법 승용차 운전을 하는 사람 이야기에 이어 소리 공부를 하러 떠난 남편 이야기를 듣는다. 그 런데 이게 웬일인가. 귀향길 어느 산기슭에 정동환의 묘에 참배하는 것이 아닌가. 소설화자는 마애불 아래에서 정동환의 환영을 만난 것이 다.

나는 이 글의 첫머리에 소설에서의 사실성에 대하여 이야기하였다. 죽은 정동환의 환영이 실제로 나타날 수 있느냐 없느냐 하는 것은 이 작품에서 문제가 안 된다. 이 작품에서의 사실성은 현실을 뛰어넘은 저편에 있기 때문이다. 작가는 후기에서 "현실의 족쇄는 늘 나를 에둘러가게 만들었다"고 쓰고 있다. 자기의 메시지를 에둘러 말하지 않고 독자에게 직접적으로 전달하기 위해서는 환영을 내세워야 한다고 생각했을 것이다.

이 작품에서는 "수행을 통하여 도달하고자 하는 길"이나, "'고호처럼 사물을 보는 고정된 사람의 인식의 틀을 고쳐 놓는 그런 전위적인 화가'를 지망했던 사람, 그리고 '자연적 정서를 뛰어 넘어 문명적 정서에 사람을 친화시키는 그런 전향적 시인'을 꿈꾸는 사람이 지향하는 길", "대금을 하던 아버지의 여한을 풀어주어야 한다는 남편의 길,"에 대하여 이야기하고 있는 것이다. 2차에 걸친 출가 끝에 결국 시신이 예술 지망생인 남편은 누구이며, 그는 왜 화자 앞에 환영으로 나타났는가. 이는 참다운 예술의 길은 무엇이며 그 길에 도달하기 위한 노력은 무엇인가를 말하는 것이 아닌가.

아까 그러면 그 무덤이 정동환씨, 당신 남편의 무덤이었단 말입니까. 나는 그 무덤의 임자가 가진 꿈을 다 펼쳐보지 못하고 죽었다는 그 화가 지망생이려니 어렴풋이 짐작했었다. 그런데, 눈부신 황금빛 깃털을 하며 날던 그 노래하던 새의 무덤이었단 말인가. 나는 어안이 벙벙하였다. 아무리 승속을 넘나드는 절집에서 겪는 일이었다고 하지만, 이렇게 꼬집으면 살에 아픔을 느끼는 살아 있는 자의 눈에 눈부신 황금빛 깃털을 내며 나타나 자기 아내에 대한 사랑을 전하고 가다니, 나는 무의식적으로 살을 꼬집어보았다. 꼬집힌 살은 아픔이 꽃처럼 눈부시게 피어났다.

살아 있는 아내에게 황조처럼 나타나 사랑을 전하고 날아간 저승의 소리군 지망생, 저 높은 예술의 경지를 추구하기 위하여 목숨까지 바쳤지만 결국은 이승의 사랑과 떨어질 수 없음을 말하는 것은 아닐까. 이승이나 일상을 떠난 구도가 무슨 의미가 있으며, 이승의 사랑을 떠난 예술의 세계가 어떤 뜻을 가지는 것인가.

「아라베스크」는 현대판 몽자류 소설이다. 작가 마광수의 『즐거운 사라』에 얽힌 사건을 잘 알고 있는 우리는 이 작품의 출발이 바로 작가 자신의 이야기라는 것을 부인할 수 없다.

나는 1992년 8월에 출간한 장편소설 『즐거운 사라』가 야하다는 이유로 그 해 10월 29일 뜬금없이 구속되었다. 판매 금지 처분만 해도 울화통이 터질 판인데 형사범 취급에다 역사상 유례가 없는 인식구속(그것도 강의가 한창 진행되고 있던 학기 중에!)이었으니 기통이 터질 노릇이었다. (…중략…) 감옥 생활이 끝나긴 했지만 재직하고 있던 대학에서도 직위해제를 당해 할 일이 없었다.

누가 보아도 작가 자신의 이야기이다. 그런데 그림을 한번 그려 보라는 친구의 권유로 사업가 k씨의 별장에 가서 한 보름쯤 지낸 어느 날 낮잠을 자는데 꼭 여자처럼 예쁘장한 남자가 나타나 "임금님께서 마 선생님이 오시기를 바라고 계시다"는 안내로 궁전에 들어가게 된다. 호화로운 궁전에서 공주 사라를 맞게 되고 상상의 극치라 할 수 있는 그곳의 쾌락을 누리다가 요괴의 국경 침입으로 궁 밖으로 나오게 되는데 눈을 떠 보니 벽난로 위의 벌집에 초대받았더라는 것이다. 꿈 속 궁전에 펼쳐지고 있는 그 현란한 환경과 생활, 그곳에서의 소설 주인공의 환락은 과연 꿈이 아니고서는 불가능한 일이다.

공주가 천천히 내 쪽으로 기어와 욕탕 안으로 들어온다. 그녀의 손에는 방금 딴 꽃 한 송이가 쥐어져 있다. 공주는 내 앞에 있는 여인의 음순에 꽃을 꽂아준다. 그러고 나서 내게 오랫동안 입을 맞춘다. 그때 지금까지 방울방울 술을 뿜어내던 분수가 문득 비눗방울을 쏟아내기 시작한다. 보라색, 하늘색, 노란색, 오렌지색, 비취색 비눗방울들이 투명하고 영롱한 빛을 발하여 은은한 음악소리에 맞추어 사방으로 퍼져나간다. 욕탕 안의 여인들은 해사한 웃음을 흘리며 비눗방울을 쫓아가 입에 머금으면서 오르가즘에 젖은 표정들을 한다. 샹들리에 불빛을 받은 비눗방울들은 더욱 더 신비한 빛을 발하며 여인들의 농염한 나신을 에워싸 나가고 있다.

이러한 묘사들을 놓고 사실성을 논하는 것은 무의미한 일이다. 작품 속에도 나오지만 그가 항상 주장하는 유미적 평화주의나 실용적 쾌락주의를 환상적으로 펼치려 하고 있을 뿐이다. 다양한 소설이 가지는 여러 종류의 재미 가운데 이러한 재미도 있다는 것을 인식하면 된다. 그것의 도덕성을 따지는 것은 그 다음의 문제이다. 이래저래 소설에서는 '소설 속의 사실성'에 대하여 음미해 보는 기회가 된 것 같다.

현대인의 정신적 상흔 어루만지기
— 강태근 소설집 『신을 기르는 도시』

1. 문학적 체험 쌓기와 아낌

최재서는 "문학은 가치 있는 체험의 기록"이라 했지만 내 보기에는 "체험을 가치화하거나 가치 있는 체험을 창조하는 일이 문학"이라고 말해야 옳을 듯싶다.

우리가 일상적인 삶을 그저 무관심하게 지나쳐서 그렇지 조금만 관심을 가지고 살펴보면 어느 것 하나 비범하지 않은 것이 없다. 보통 사람들은 굴곡이 큰 삶의 변화를 체험하면서도 그저 무감각하게 지나치고 말지만, 작가들은 그것의 의미를 놓치지 않고 찾아서 가치 있는 삶으로 변환시킨다. 똑같은 역사의 회오리를 경험했다 하더라도 보통 사람은 그 아픔, 그 슬픔, 그 괴로움, 때로는 그 웃음까지도 머리나 마음에 각인했다가 시간의 흐름에 따라 잊고 말지만 작가는 그것들을 그냥 버리지 않는다. 그것들이 우리의 인생에나 역사에 어떠한 의미를 지니는 것인가를 생각하고 세련된 언어를 통하여 기록하는 것이다.

작가는 또한 거기에만 머무르지 않는다. 끊임없이 가치 있는 체험을 상상을 통하여 만들어 나간다. 흔히들 문학은 현실의 모사가 아니라 굴절이라고 말들을 하는데 그 굴절의 능력이야말로 문학의 창조적인 작업임을 설명해 주는 근거가 아닌가. 어떤 작가는 자기의 체험 범위를 넘어서지 못하고 작품이 그 체험 범위 안에서 맴도는 경우가 있는가 하면, 다른 어떤 작가들은 상상을 통하여 읽는 이들에게 더 많은 체험을 제공해 준다. 이 상상력이 곧 작가의 능력이 아니겠는가. 그리고 그 상상력의 확충은 쉴새없이 간접체험을 쌓아나가는 데에서만 가능할 것이다.

또 그 직접체험이나 간접체험이 작품이 되기 위해서는 작가에게 인생과 역사를 꿰뚫어 보는 탁월한 판단력이 있어야 함은 물론이다. 무엇보다도 작가에게 있어 이 능력이야말로 오랫동안 많은 사람들에게 사랑받는 작품을 남기느냐 그렇지 못하느냐 하는 갈림길이 된다고 할 수 있다. 공감의 범위가 바로 이것에서 결정되기 때문이다. 그래서 작가들은 늘 체험의 인생적 가치화를 위하여 어떤 언어를 선택할 것인가 하는 과제로 머리를 싸매고 있는 것이 아닌가.

우리는 부지런히 자신의 체험을 확충해 나가면서 그것을 성실하게 형상화해 나가는 한 양심 있는 작가를 강태근에게서 찾는다.

그는 고등학교 학창 시절 또래들 중에서 자기 나름의 체험을 정련된 언어를 통하여 가치화시키는 데 뛰어난 능력을 가지고 있었다. 그래서 각종 문예 능력의 경연장에서 단연 장원이요, 최우수요, 또 가작이었었다. 그러나 그는 이러한 능력을 다른 사람들처럼 쉽게 소진하지 않았다. 소설은 기교의 뛰어남에서만 성취될 수 없다는 것을 일찍이 인식했기 때문인지도 모른다. 그는 일찌감치 우리 시대 최대의 작가라 할 수 있는 황순원의 눈에 들어 그가 봉직하고 있던 경희대학에 문예 특기생으로 뽑히었고 그에게 살뜰히 사랑을 받아 왔음에도 불구하고 문예지 추천 같은 관문을 거부하고 묵묵히 인생 공부를 계속해 왔다.

그는 대학을 마치고 중등학교 교직에 들어섰고, 군대의 의무를 마친 다음, 다시 공부를 계속하여 대학원에서 석사와 박사를 거쳐 대학 교수가 될 때까지도 안으로만 체험을 다지고 있을 뿐 작품으로 형상화하는 일을 보류해 왔었다. 그는 불교와 기독교 등 종교적인 공부도 게을리 하지 않았다. 그러다가 그는 뜻하지 않게 뼈아픈 인생적 체험을 겪으면서 서서히 붓을 들고 자리에서 일어나 책상 앞에 정좌하고 앉은 것이다. 그렇다고 해서 그동안 그가 글쓰기를 게을리 한 것은 결코 아니다. 그의 서재에는 쓰고 발표하지 않은 작품들이 상당량 있다는 것이 그를 잘 아는 사람들의 설명이다.

이제 그는 불혹의 나이를 훨씬 넘어서서 근자에 발표해 온 작품들을 한데 묶어 작품집을 낸다. 따라서 이 작품들은 다른 어떤 작가들이 그때그때 청탁에 의하여 억지로 쓴 작품들과는 달리 진정으로 쓰고 싶을 때 자신의 역량을 총집결하여 한 편 한 편 써온 정성이 담긴 작품들이다. 다른 사람들이 작가적 성패를 논의하려 할 나이에 그는 이제 새로 출발하는 심정으로 원고지를 메우고 있다. "대기만성(大器晩成)"이라는 낡아 빠진 한문 어귀는 그에 의해서 여전히 우리를 향하여 다시 새로운 언어로 살아날 전망이다.

2. 미치게 만드는 사회

이 작품집에는 2편의 중편과 5편의 단편, 그리고 4편의 실명소설(實名小說)이 모여 있다.

소설이란 결국 인간세계를 들여다보는 작업이라고 할 수 있다. 그것은 관객으로서 들여다볼 수도 있고, 자기가 직접 그 안에 들어서서 보여주는 방법도 있다. 그 인간 세계를 얼마나 널리, 또 얼마나 정확히 보여주느냐 하는 것이 작가의 역량일 수도 있다.

강태근은 이 인간 세계를 들여다보는 관찰자 내지는 설명자를 정신과 의사로 설정한 경우가 많다. 두 편의 중편, 즉 「그 여자의 겨울」이나 「신(神)을 기르는 도시(都市)」의 소설화자가 모두 정신과 의사로 되어 있고, 그가 상당한 애정을 가지고 있는 「왼손을 위하여」 역시 정신과 의사가 소설화자이다. 뿐만 아니라 단편 「고향」의 주인공인 국민학교 여선생이 정신이상자이며, 「신정읍사(新井邑詞)」의 막쇠 영감도 종국에는 온전한 정신을 지니기 어려운 상태에 이른다.

정신질환자는 다른 환자와 달리 심한 정신적 상처에서 비롯된다. 상처를 주는 가해자는 인간일 수도 있고, 또 제도일 수도 있으며, 이데올로기일 수도 있지만 그 가해의 정도가 외상에 그치지 않고 보다 근원적이다. 인간에게 가장 소중한 것이 생명이라면, 이 생명을 생명이게 하는 가장 큰 요건이 바로 이 정신이라고 할 때 정신질환이야말로 가장 비극적인 병이라 아니 할 수 없다. 다른 병은 의식이 있는 상태에서의 투병이지만 정신질환은 제정신이 아닌 상태에서의 투병이기 때문에 투병이라고 하기조차 어렵다. 다른 병은 자기 의지로 치료해 나갈 수 있지만 정신질환은 자기 아닌 다른 사람의 뜻으로만 치료가 가능하다.

바로 이러한 환자를 치료하는 곳이 정신병원이며, 치료하는 담당자가 바로 정신과 의사이다. 어째서 인간이 정신을 잃게 되는가. 아주 잃으면 차라리 죽음이지만, 죽은 것도 아니고 그렇다고 완전하게 산 것이라고 보기도 어려운 그 괴로운 인생의 역정이 어떻게 가능한 것인가. 그 환자에게 가해진 정신적인 충격이 무엇이기에 이러한 비극이 있을 수 있는 것인가 하는 원인을 발견하는 데에서부터 치료가 시작된다. 따라서 그 시대의 정신과 의사야말로 그 사회를 가장 근원적으로 관찰할 수 있는 자리에 있다고 할 것이다.

강태근이 그의 소설화자로 정신과 의사를 자주 등장시키고 소설 속의 인물들이 정신질환자가 많다는 것은 우리 사회의 병폐가 육체적인 상처를 넘어서서 정신적인 상처를 입은 상태에 이르렀음을 깊이 인식한 때문으로 볼 수도 있다.

정신질환은 결코 자신의 의지로 치료될 수 없다는 것을 다시 기억하기로 하자. 즉 강태근은 이 시대의 병폐인 정신질환의 원인을 발견하고 스스로 치료의 처방까지를 내보겠다는 욕망을 가진 것으로 볼 수도 있을 것이다. 그리고 그것은 성실한 작가라면 자기가 살고 있는 사회에 대하여 외면할 수 없는 무거운 짐이기도 하리라.

그렇다면 강태근 소설에 있어서 작중 인물의 정신이상은 어떠한 이유에서 발생하는가. 말하자면 강태근은 우리 사회의 어떠한 가해들이 멀쩡한 사람으로 하여금 저처럼 미치게 만들고 있다고 보고 있는가. 그것을 살펴볼 필요가 있다.

크게 두 가지 경향을 찾을 수 있다. 그 가해자가 역사·사회적인 사건인 경우와 가정적인 문제인 경우가 그것이다. 역사적인 사건으로 인한 정신이상을 일으킨 경우는 「고향」의 국민학교 여교사 은희와 「신을 기르는 도시」에서의 201호 환자인 전직 공무원이 있는데 이들은 6·25와 연결되어 있다. 정신이상까지는 이르지 않았지만 6·25에 의한 피해를 그린 작품은 「신정읍사」나 「그 어둡던 날의 해후」 등도 있다. 그러나 정작 정신이상을 일으키는 요인으로써 강태근이 주의 깊게 보고 있는 것은 현실사회의 모순으로 하여 피해당하는 쪽이다. 「그 여자의 겨울」에서의 서민구(그는 6·25와도 관련이 있지만), 「신을 기르는 도시」에서의 민경미의 아버지 민태원, 전직 교수 구 박사와 고등학교 학생이 그런 경우이다.

　다른 하나는 사회적인 영향과 무관한 것은 아니지만, 비교적 가정적인 문제, 아니면 작중 인물의 성격적인 이유로 정신이상을 일으킨 경우인데 「왼손을 위하여」의 수녀 마리아 스콜라 스티가의 어머니나 소설화자인 정신과 의사 기호의 어머니, 「신을 기르는 도시」에서 보면 이 정신이상자들이 모두 정신이상을 일으키는 요인의 전형성을 띠고 있음을 알 수 있다.

　이 작품은 정신과 의사인 함형준이 민경미라는 고등학교 학생의 기나 긴 편지를 받는 데에서부터 이야기가 시작된다. 경미는 그녀의 아버지가 정신이상자로 함형준의 병원에 입원했다가 치료를 마치고 퇴원했으나 어느 날 아파트에서 투신자살을 하게 되자 자기 아버지의 발병과정에서부터 죽음에 이르기까지의 전말을 편지로 보내온 것이다. 환자는 보잘것 없는 봉제공장이 지방 굴지의 섬유회사로 발전하기까지 한 회사의 사원으로 이십일 년이라는 긴 세월 동안 요령 한 번 부리지 않고 성실히 일을 하여 작업반장이 되어 있었다. 후배가 앞서서 승진을 해도 불평 없이 순응하면서 오로지 일만을 천직으로 알았다. 그런데 어느 날 감원바람이 불어 회사에서는 사원들에게 회사에 필요한 인물과 필요 없는 인물을 적어내라는 어처구니없는 사건이 벌어진다. 정직한 그는 누구를 지목할 수 없자 자기 자신을 불필요한 인물로 적어내지만, 그것도 용납되지 않았고, 예수를 판 유다를 생각하면서 마음에도 없는 사람을 적어내고 만다. 이 사건으로 그는 양심의 가책을 받아 정신이상을 일으킨 것이다. 그는 병원에 입원하고 치료가 되어 사고가 정상으로 돌아왔으나 오히려 더 많은 갈등을 일으켜서 결국은 자살을 하고야 말았다는 것이다.

　정직과 성실이 인정되지 않고, 그것이 오히려 정신이상의 요인이 되며, 끝내는 사람의 생명을 스스로 포기하게 하는 회사라는 한 사회의 부조리를 고발한 것이라 할 것이다.

이러한 비극성은 우리의 특수한 역사적 환경에도 아직 그냥 남아 있다.

이 병원에 입원하고 있는 또 하나의 환자, 전직 공무원이었다는 사람은 자신이 6·25 때 어쩔 수 없이 빨갱이들에게 일시 협조했던 것이 하나의 편집장애가 되어 누가 미행하는 것 같은 강박 관념에 싸이고, 전화가 도청당하고 감시되는 것 같은 착각에 빠져 급기야는 정신이상을 일으킨 것이다. 이는 사상적으로 자유롭지 못한 우리 사회의 단면을 말한 것으로 분단의 아픔이 여전히 멀쩡한 사람을 미치게 만들고 있는 사회적 비극을 들어내 보이고 있다.

우리의 사회에서 멀쩡한 사람을 미치게 만드는 것은 이 같은 회사라는 사회적 조직이나 분단이라는 역사적 비극에서만이 아니라, 정의롭게 살아보고자 하는 청소년조차도 그냥 놓아두지 않고 있다는 것이다. 이 작품의 또 다른 환자 십팔 세의 고등학교 학생, 그는 쾌활하고 온순하고 대인관계조차 원만하여 지극히 정상적인 학생인데 음료수 가게에서 행패를 부리는 불량배들을 말리려다 불량배들에게 칼로 복부를 찔려 정신장애를 일으킨 것으로 되어 있다.

그뿐인가. 전직 교수였다는 구 박사, 그는 경직된 대학사회에서 자기를 모함하는 집단이 있다고 느끼고 있으며, 심지어는 자기 담당 과목의 수강신청까지 방해하는가 하면 자기를 사상적으로 몰아세우고 있다는 강박 관념에 경도되어 정신장애를 일으킨 것으로 되어 있다.

또 있다. 이십칠 세의 처녀 환자 이미숙, 그녀는 어머니의 첩살이에 어려서부터 어머니의 존재를 수치스럽게 생각해 오다가 그 어머니가 다른 남자와 바람피우는 것을 보면서 정신이상을 일으키고 있다.

한 작품에 등장하는 이처럼 다양한 정신이상자들. 1920년대 「술 권하는 사회」라는 소설이 식민통치하의 우리 사회를 제목으로 말했다면, 오늘의 우리 사회는 강태근에 의하여 '미치게 만드는 사회'로 명명되어지고 있는 것일까. 이 작품의 정신병원에 입원하고 있는 이미숙, 구 박사, 민태원, 전직 공무원, 고등학교 학생, 이들은 가정과, 회사와, 역사적인 환경과, 오늘의 경직된 사회가 가해자가 되어서 피해를 입은 선량한 사람들인 것이다.

이 작품에서는 이들처럼 미쳐 있는 사람들만이 문제가 아니다. 오히려 이들과 대립항을 이루고 있다고 할 수 있는 미치지 않은 정상적인 사람들 또한 문제 속에 놓여 있다는 데에 더욱 큰 과제가 된다.

정신과 의사인 소설화자 함 박사의 부인은 어떠한가. 오로지 의료 행위를 돈벌이의 수단으로 생각하여 남편인 의사를 괴롭히고 있으며, 부정한 의약품을 사용한 것을 빌미로 돈을 뜯어내며 술이나 얻어먹는 신문기자나 편집국장, 이런 것들을 못마땅하게 생각하면서도 자기 또한 딴 여자와의 엽색 행각에 빠져 있는 정신과 의사, 결국 이들도 정신이상의 진단만 받지 않았을 뿐 도덕적 정신이상자들이 아닌가.

선생님, 선생님의 병원에 입원해 있는 환자들 가운데 우리들의 이 비정상적인 통념에 의해 정신질환을 앓고 있는 사람은 없을까요? 그들은 다만 피해자이고 우리들 가운데 더 심각한 정신질환을 가지고 있는 비정상적인 가해자는 없을까요. 자신들의 더 깊은 병은 보지 못하면서 그들의 병을 걱정하고 있는 우스꽝스런 꼬락서니를 하고 있는 것은 아닐까요?

인용문과 같은 여고생의 편지나, "형준은 순간적으로 치료를 받아야 할 사람은 정작 자신인 것 같은 생각이 들었다. 입원 환자들의 얼굴이 하나하나 머리를 스치고 지나갔다. 그는 갑자기 그들이 퍽 친근하게 느껴졌다. 자기가 나눠서 앓아야 할 몫까지 그들이 도맡아 병을 앓고 있는 것이라는 죄책감마저 들었다"는 소설화자 병원장의 고백은 우리 사회의 총체적인 문제를 제시하고 있는 것으로 보아 무리가 없을 것이다.

이와 같은 유형의 정신질환 문제는 「그 여자의 겨울」에서도 발견된다. 물론 이 작품의 주조는 한 여인의 애정 문제가 주를 이루고 있는 것이지만 정작 작가가 이 작품을 통하여 말하고자 하는 것은 오히려 그 여자의 남편 서민규의 정신장애에 관한 문제이다. 늦게 대학교수가 된 그는 어두웠던 80년대에 운동권 학생 고문치사 사건에 대하여 고문의 비인간성과 도덕정치를 부르짖는 정부의 허상을 신랄하게 비판하는 글을 신문에 써서 문제가 되고 그 자신도 자기 아버지가 6·25에 일시 부역했다는 강박 관념으로 위기의식에 빠져 자기방어적인 결벽증세에 이르자 정신질환자 취급을 당하여 급기야는 교수직을 그만두게 된 것이다.

여기서도 정신질환자로 몰리는 서 교수는 사실상 정상이고 그를 정신질환자로 모는 정상인들이 더 비정상이라는 우리 사회의 아이러니컬한 현실이 제시된 것이다. 소설화자 정신과 의사 정찬호는 "그를 정신병자라고 진단할 만큼 나는, 우리는 참으로 정신적으로 건강한 것일까. 나는 갑자기 두꺼운 유리벽 속에 갇힌 사람처럼 가슴이 답답해 왔다"고 고백한다.

멀쩡한 사람을 미치게 만드는 것에는 이 같은 사회나 역사적인 가해에 의한 것만이 아니라 인간 욕구의 보다 근원적인 억제에서도 일어난다는 것을 강태근은 외면하지 않고 있다. 「왼손을 위하여」에 나오는 수녀 혜인의 어머니나 정신과 의사 기호의 어머니가 그러한 경우이다.

혜인의 어머니는 32세에 남편을 교통사고로 잃고, 두 남매를 위하여 헌신적으로 여러 가지 고난을 이기면서 살아오다가 아들을 결혼시키고 나서 며느리가 사탄이 씌었다고 하면서 성격 파탄을 일으키고 있으며, 소설화자 기호의 어머니 역시 남편이 중학교 사회 교사를 하면서 고시공부를 하다가 폐병으로 세상을 뜨게 되고 성적 충동을 이기면서 고난 속에 살아가지만 결국 남편의 친구에게 몸을 허락하게 되고 이를 안 큰아들이 남편의 친구를 살해하고 자살하자 정신이상을 일으킨 것으로 되어 있다. 이들 두 여인의 경우 경제적인 생활고에 의한 요인이라기보다는 이성에 대한 억제에서 비롯되는 이른바 오이디푸스 콤플렉스에 의한 인간 본성적인 이유에서 그렇게 된 것으로 볼 수 있는 것이다.

이상에서 보는 것과 마찬가지로 강태근의 소설에는 각양각색의 정신질환자가 소설 주인공으로, 혹은 소설화자로 등장하고 있는데 이 정신질환의 위험에서 우리는 누구도 자유로울 수 없으며, 어떤 의미에서는 우리들 모두가 조금씩은 가해자의 위치에 서 있기도 하고, 더 나아가서는 그들 정신이상자들보다도 더 정신적으로 황폐해진 이른바 정상인의 어처구니없는 현실을 들어내고 있다 할 것이다.

그가 작품 속에서 "대체적으로 정신병원을 찾는 환자들 가운데에는 자기 일에 충실하며 소심하면서도 선량한 인성을 가지고 있는 사람들이 많았다. 그들은 도덕성이 배제된 갑작스런 경제성장과 복잡한 산업사회가 도처에 매복시켜 놓고 있는 혼돈의 덫에 걸린 사람들이었다"고 말하고 있는 것에서도 오늘날 정신이상의 증후가 개인적인 문제에 국한된 것이 아니라는 것을 알 수 있다.

사실 이러한 주제의 작품은 기왕에도 없는 것은 아니다. 정작 강태근의 작품에서 이러한 문제가 소설적으로 우리의 관심을 모으는 것은 이들 사건들을 보고 표현하는 자세에 있다. 그는 섣불리 이러한 사건들 속에 끼어들어 결코 흥분하지 않는다. 그의 깔끔한 콩트 「신의 미소」에서처럼 이러한 삶의 현장에서 한발 물러서서 더 넓게 조망하고 문제의 본질을 예리하게 바라보는 눈을 가지고 있다는 점이 강점이라 할 수 있는 것이다.

이러한 의도들이 「왼손을 위하여」나 「그 여자의 겨울」에서처럼 사랑의 이야기로 녹아 있던지, 「신을 기르는 도시」에서와 같이 일상의 문제 속에 배경처럼 드리워지고 있는 것이다. 그의 작품이 우리에게 넘겨주는 소설적 재미는 바로 여기에 있는 것은 아닐까.

3. 아버지 상실의 극복

강태근 소설에 나타나는 특징적인 갈등 요소로 아버지 상실을 들 수 있다.

우리 사회가 산업화, 근대화, 민주화되면서 가정에서 일어난 가장 큰 변화의 하나가 가부장적 전통의 붕괴라고 할 수 있을 것이다. 특히 6·25전쟁을 치르면서 수많은 남성들이 전쟁터에서 목숨을 잃게 되어 결손가정이 생겨났고, 그로 인해서 그 결손가정에서는 가부장 자체가 없어진 것이다. 종래 아버지의 자리에 더러는 할아버지가 서기도 했지만, 대부분의 경우 어머니가 아버지의 대리 역할을 하지 않을 수 없었다. 참기 어려운 생리적인 욕구를 억제하면서 경제적인 짐까지 짊어지지 않을 수 없게 되니, 자연히 수많은 갈등을 일으키지 않을 수 없었다. 더욱이 자식을 위해서 수절을 하면서 고난을 극복하는 길이 이상적인 어머니 상으로 추앙되는 전통 윤리를 목숨처럼 지켜 나가야 하는 사회 분위기에서 이들 어머니들의 갈등은 상상을 넘어서는 것이었다.

또 하나 우리 사회가 안고 있는 아버지 상실의 문제는 이런 전쟁이나 질병 등으로 목숨을 잃지 않은 경우라 하더라도 아버지의 권위가 많이 상실되었다는 점이다. 이제 가정이나 사회에서 아버지의 역할이 결코 어머니의 역할을 더 넘어서도록 권위적이지 못하다. 그것은 수많은 전쟁미망인들이 억척같이 노력해서 아버지의 역할을 충분히 해낸 데에도 다소의 이유가 있겠지만, 산업화 민주화 과정에서 여성의 역할이 그만큼 커지고 당당해진 것이다.

따라서 우리 가정들은 가부장적 전통 윤리가 급격히 붕괴되고, 새로운 가정 윤리가 정립되지 않은 과도기적 단계에서 참으로 크고 깊은 갈등들을 일으키고 있는 중이다. 강태근 소설의 특징적인 갈등 요인이 이 아버지의 상실에서 오는 문제들인 것이다.

그리고 강태근의 소설 속에 등장하는 아버지들 역시 전통적이며 근원적인 아버지 역할 의미를 지니고 있다.

첫째는 생활을 유지시켜 주는 절대적인 능력자로서의 아버지이고, 다음은 성적인 문제를 해결하는 어찌 보면 아주 일반적이면서도 근원적인 기능으로서의 아버지이다. 이 아버지의 상실이 가져오는 갈등이 바로 소설의 중요한 갈등 요인으로 그려지고 있는 것이다.

「왼손을 위하여」의 두 주인공은 아버지를 잃고 편모슬하에서 성장한다.

우선 수녀 마리아 스콜라 스티가의 어머니가 정신병원에 입원하고 있는데 그 차트의 기록에서 보면 다음과 같이 되어 있다.

NAME : 김 종래, SEX : 우, AGE : 53, DIAGNOSIS : 32세 때 남편을 사별하고 나서 두 자녀를 양육하며 종교에 철저히 경도된 카톨릭 신자임, 학력은 일제 시대 때 여학교 중퇴, 성격은 내성적이고 비사교적임,

……아들이 결혼한 후 며느리와의 불화가 깊어지면서 며느리를 부정한 여자라고 의심하기 시작했음, 하루에도 몇 번씩 장롱을 정리하면서 며느리가 자신의 속옷을 몰래 훔쳐간다고 아들에게 호소하기도 하고…… 며느리에게 씌운 사탄을 예수의 권능으로 쫓아버린다고 주방에 있던 칼을 들고 휘두르다가 며느리에게 중상을 입혀……

그리고 소설화자이자 이 수녀의 상대역이 되어 있는 정신과 의사 기호 역시 그 아버지가 시골 중학교 교사였는데 청운의 꿈을 가지고 고시 공부를 하다가 폐병으로 38세에 죽게 되고 그의 어머니는 33세의 젊은 나이에 어린 두 아들을 위하여 고아원으로 술집 경영으로 파란만장한 삶을 살게 된다. 그녀 또한 종교에 빠져 있으면서 자신의 순결을 지켜가려 하나 결국 죽은 남편의 친구인 고아원 원장에게 몸을 허락하게 되고, 그로 인해 고등학교에 다니는 큰 아들은 고아원 원장을 살해하고 자살하고야 마는 비극적인 가정이 된다.

결국 이 작품은 아버지 상실의 결손가정 출신인 남녀의 사랑 이루기 이야기가 되고 있다. 이 두 가정에 아버지가 생존해 있었다면 이 작품은 성립되지 않는다. 여기에서 보이는 바와 같이 이들 아버지는 가정 경제를 담당하는 생활의 책임자요, 어머니의 본능적인 성의 문제를 충족시켜줌으로 가정의 평온을 지키는 우리의 전통적인 아버지 기능을 가지고 있다. 이처럼 가정의 기둥이 되는 아버지의 상실로 홀로 된 어머니는 아이들의 부양을 위하여 경제 문제 해결의 일선에 서야 함은 물론, 종교를 통하여 성적인 욕구를 억제해 나가려는 의지를 다지면서 이를 악물고 살아간다.

오로지 희망은 자식이다. 수녀의 어머니는 그렇게 키운 아들이 결혼을 하자 며느리와의 갈등을 일으켜 정신질환을 일으켰고, 기호의 어머니는 아들에 의하여 새로운 남자가 살해되고 아들마저 잃는다. 이는 우리 가정과 사회에 있어서 아버지의 역할이 사라지면서 어머니의 역할이 어떻게 변모하고 있는가 하는 문제의 제시이자, 그 과도기의 어려움이 어떤 것인가를 보여주고 있는 것으로 볼 수 있다.

6·25전쟁으로 아버지를 상실함으로써 비롯된 비극적인 이야기는 「고향」을 들 수 있다. 휴전선 철책 지역 안 통일촌의 목소리 마을에서 대대로 말마디깨나 하면서 살아가던 설씨네 집, 그 가장인 은희의 아버지는 유지였으나 전쟁이 나자 북으로 끌려가서 생사를 모른다. 피난을 가 있다가 다시 고향에 돌아온 어머니는 할아버지의 선몽에 따라 이장을 해야 남편이 돌아온다면서 조부의 산소를 이장하다가 지뢰가 터져 큰아들을 잃고 막내는 불구가 된다. 어머니는 마침내 정신이상을 일으키고야 마는데 설상가상으로 어머니마저 한밤중에 몰래 목소리 지뢰밭에 들어가 지뢰를 밟고 죽게 된다. 그 충격으로 국민학교 교사를 하는 소설의 주인공 은희마저 정신이상을 일으켜 밤에 무기고 앞에 들어갔다가 사살당한다는 이야기인데 전쟁의 아픔이 고스란히 응축된 이야기이다. 이 작품 역시 비극의 시작은 전쟁이지만 그 직접적인 원인은 가장인 아버지의 상실에서 비롯된 것으로 볼 수 있다.

「그 어둡던 날의 해후」 역시 전쟁으로 행방불명되었던 아버지의 문제를 다루고 있다. 섬에서 전쟁이 일어나자 아버지는 행방불명이 되고 할아버지, 할머니, 누이까지 바다에 희생된 현 순경, 그는 마침 섬 학교에 발령 받아온 여교사와 정이 들어 결혼을 하고 행복하게 살아가다가, 어느 날 아버지가 간첩으로 이곳에 나타나 벌어지는 비극이다. 전쟁은 육친의 정까지를 야멸차게 빼앗아 가고야 마는 분단의 비극이 선명하게 되살아나고 있는 작품이다.

전쟁통에 아들이 북으로 끌려가 소식이 없어 늙은 내외가 어렵게 살아가다가 부인마저 먼저 보내고 인생의 외로움 속에서 눈 오는 날 젊어서 마을을 떠돌아다니면서 엿장수를 할 때 쓰던 해금을 손질하여 아내 뱀골네의 무덤을 찾아 황혼의 엘레지처럼 정읍사를 연주하는 막쇠 영감은 작품 「신정읍사」의 주인공이다. 어쩌면 고난에 찬 인생의 아름다운 결산을 보는 것과도 같은 관조와 허무와 예술이 함께 하는 만가적인 이 작품 역시 아들의 상실이 중요한 갈등의 요인이 되고 있는 것이다. 또한 「신을 기르는 도시」에서의 소설화자 정신과 의사인 함형준도 34세에 아버지와 사별했다.

이처럼 강태근 소설 여기저기에서 아버지 상실의 인물들(이는 부인의 입장에서 보면 남편 상실이기도 하지만)을 만나게 되는데 대부분 가정의 기둥인 아버지를 잃자, 그 어머니가 아들들에 매달려 희생적인 삶을 살아가게 되고 그로 인해 야기되는 각종 갈등이 사건의 틀을 짜가게 된다. 이러한 고뇌들은 결국 인간에게서 인간다움을 찾아내고자 하는 노력으로 진전되어 나간다.

무엇이 참 인간적인 것인가. 잃은 아버지를 마음속에서는 잊지 않는 인정, 아버지의 상실로 마음 밑바닥에 응어리지고 있는 한 같은 것을 한으로만 묶어두지 않고 슬기롭게 다음날을 향하여 펼쳐내려는 인간적인 의지, 이런 것이 아니겠는가. 이들은 이 어려움을 디디고 의사가 되고 수녀가 되었으며, 순경이 되고 꿋꿋하게 고향을 지키는 농민이 되어 있다.

4. 내일에의 기대

강태근은 소년기의 그 황홀했던 문학적 재능을 안으로만 가다듬고 밖으로 드러내질 않다가 불혹을 넘어서 이제 본격적으로 소설을 쓰고 있다. 여기 수록된 작품들은 형상화를 보류하는 가운데에서도 어쩔 수 없는 창작 의욕이나 주변의 독촉에 의하여 써왔던 작품들을 일차 정리한다는 의미에서 한곳에 모은 것이다.

응축시킨 체험, 그는 성실한 교육자로 진실되게 살고자 했지만 한국 사학(私學)이 안고 있는 구조적인 모순 가운데 종교적 편집증을 앓고 있는 사람들에 의하여 그 꿈이 일시 좌절되는 아픔을 체험의 한가운데에 묻고 있다. 이러한 사회를 바라보면서 그는 쓰지 않고서는 견딜 수 없는 문학의 열정을 태우기로 작정한 것 같다.

그는 우리 사회가 급격한 경제적 산업화와 정치적 민주화를 거치면서 정신적 황폐화의 길에 들어서고 있음을 마음 아파하고 있다. 그의 소설에 나오는 많은 정신질환자는 발전이라는 이름 아래에서 정신적 상처를 깊게 입은 사람들이다. 그리고 그것은 어떤 특정의 인물들에게만 해당되는 질환이 아니라 이 시대를 살고 있는 사람들 누구에게도 부담이 되는 문제라는 것을 말하고 있다. 전쟁과 산업화의 와중에서 우리 사회의 많은 가정들이 그 기둥이 되는 아버지를 상실하고 갈등의 나날을 보내야 했으며, 이제는 아버지의 권위조차 상실되어 가는 왜곡된 윤리로 정신앓이를 하고 있는 중이다. 강태근의 소설은 이러한 인식을 그 바탕에 깔고 있다.

그리고 그의 소설 기법은 탄탄한 전통적 방법을 결코 버리지 않고 있다. 그림으로 치면 추상화의 방법을 쓰지 않고, 구상을 바탕으로 새로움을 추구하는 방법이라고나 할까. 따라서 그의 작품은 누구에게나 편안함을 준다. 그러면서도 그 안에 담긴 내용들은 깊은 철학적 사색을 통하여 다시 한번 생각하게 하는 것들이 많다. 이는 그가 그만큼 이제 까지 안으로 생각을 익혀온 결과이리라.

우리는 앞으로도 읽기는 쉬우면서도 그 안에 담긴 내용들이 많은 생각을 낳게 하는 그의 작품을 기대해도 좋을 것이다.

21세기 한국소설의 과제

1

10년이면 강산도 변한다는 우리 속담도 있거니와 강산이 10번을 변하는 기간인 21세기의 소설을 이런 자리에서 말한다는 것은 신이 아니고서는 불가능한 일이다. 더구나 오늘날처럼 급변하는 역사 문화의 물결 속에서 단 10년을 예기하기가 어려운 형편인데 어떻게 21세기 한 세기의 소설을 말할 수 있겠는가. 단지 오늘 우리가 경험하고 있는 소설 문학을 중심으로 다음 기간에 어떻게 변할 것인가를 가늠해 보는 선에서 책임을 면할 도리밖에 없지 않겠는가.

문학은, 특히 소설은 현실을 먹고 피어내는 꽃이라 할 수 있다. 개인과 사회와 역사라는 삶의 총체 속에서 문제를 찾아내고 그 문제를 주제로 해서 형상화되는 예술이다. 따라서 현실이 바뀌면 소설 또한 바뀔 수밖에 없다. 물론 항구성과 보편성은 문학의 특질임에 틀림없다. 시공을 초월해서 인간 본연의 변하지 않는 과제, 즉 죽음이라든지 사랑, 일 같은 것은 인간이 존재하는 한 지속될 수밖에 없는 문제이지만, 그러한 과제에 접근하고 해결해 나가는 방법은 세월을 따라 달라지는 것이어서 소설의 방법이나 주제 또한 달라질 수밖에 없다는 것이다.

지난 10년, 20년의 우리 역사만 해도 얼마나 바뀌었는가. 10년 전만 하더라도, '3저 호황'으로 국민소득이 날로 늘어났고, 6·29 선언으로 정치현실도 많이 달라지고 있었다. 그런데 지금 어떻게 되어 있는가. IMF로 국민소득이 반으로 줄었고 실업자가 줄줄이 늘어서는 형편에 이르지 않았는가. 사회의 정치적 경직성은 많이 완화되어 대통령을 욕하는 플랜카드가 학교나 거리에 나붙어도 별로 긴장하지 않는 사회가 되었다. 따라서 작가들의 관심도 그때와는 달라지지 않을 수 없는 것이다. 요즈음 거시담론이 사라지고 미시담론이 판을 치게 된 배경이 바로 이러한 사회의 변화에 있는 것이 아닌가.

이러한 사정을 한기는 다음과 같이 지적하고 있다.

권력적 질서의 측면에서 군사정권의 권위주의적 질서가 퇴조되고, 사회 각 분야의 자율화, 전문화, 분화의 현실이 진전되었다는 점도 빼놓을 수 없다. 문학의 위치가 상대적으로 격하되기에 이르렀다는 것도 이 사회적 분화, 자율화와 연계된 사실도 지적될 수 있는데, 통제된 사회 속에서 상대적으로 발언권을 높일 수 있었던 것이 군사정권 시대의 문학이라면, 이제 사회 각 분야가 제자리를 잡아가는 와중에서 문학의 몫은 상대적으로 축소될 수밖에 없게 되는 것이다. 미셀 푸코의 용어를 빌어 소설 사회학적 인식소의 단계를 지나, 새로운 문명사직 문화질시의 시간 속으로 문학이 진입하게 되었다는 것은 이 사실을 말한다.

— 「IMF시대, 혹은 세기말 문명의 시간 속 우리소설」,

『소설과 사상』, 1998. 가을.

이는 소설이 바로 사회의 변화와 무관할 수 없는 것이며, 군사정권 시대에는 작가들이 그만큼 사회에 대하여 말할 바가 많았고 독자들도 작가의 이러한 소리에 귀를 많이 기울일 수밖에 없었는데 이제 그러한 여건이 달라지면서 작가들의 발언 대상이 달라지고 있음을 지적하고 있는 것이다. 그는 "진보와 연대의식을 앞세우는 사회적 윤리 감각 대신에 일상적 삶의 미학화를 신봉하는 새로운 미의식의 세대, 소비문화와 영상문화의 세대가 본격적으로 문단에 진출하기 시작했고, 이에 따라 감수성의 세대교차는 거부할 수 없는 역사적 필연의 사실처럼 받아들여지기에 이르렀다"고 말한다.

이 같은 사회 변화의 예견을 모색하면서 다음 시기의 소설문학을 생각해 보고 문제를 찾아보기로 한다.

2

먼저 생각나는 것은 오르데카 이 가제트(Oretega Y. Gasset)가 지적한 소설의 장래 문제이다. 그는 서양소설의 발달 단계를 신화시대에서 출발하여 서사시 시대를 거쳐 로망스를 지나 노벨의 시대에 이르렀다고 보는데 이제 노벨의 시대가 저물었다는 것이다. 근본적으로 문학의 장르가 생물체처럼 소멸의 운명에 놓여 있다는 것인데 이제는 서사양식의 장르에서 노벨(novel)이 소멸되고 다른 이름의 서사양식이 탄생할 것이라는 주장을 하고 있는 것이다. 아닌게아니라 오늘의 소설을 보면 지난 시대의 소설적 관점에서 이해하기 곤란할 정도로 바뀌어 있는 것을 알 수 있다. 이른바 서사성이 거의 사라져가고 있음을 알게 된다. 기구한 운명의 이야기는 현실에도 비일비재하기 때문에 구태여 소설을 읽지 않아도 얼마든지 만날 수 있는 것이다. 특히 우리나라처럼 동족상잔의 비극적 전쟁을 체험하고 있는 경우에는 소설 같은 운명의 이야기가 너무나 많다. 천만 이산가족의 이야기 중에서 소설이 아닌 것이 어디 하나라도 있는가. 전쟁의 와중에서 가난을 견디지 못해서 헤어졌던 사람들이 40년이 지나서 만나는 눈물의 바다는 곧 소설, 그것이 아닌가.

그러니 이러한 기구한 운명의 이야기는 소설적 창조를 기다리지 않아도 될 형편이다.

한동안 일제하의 고난과 6·25전란의 고통, 그리고 이데올로기 싸움에서 무고하게 당하는 인간의 운명을 그려 휴머니티를 강조하던 소설이 전부이다시피 했지만 이제 그러한 이야기는 거의 찾아 보기 힘들게 되어 있다. 이제는 오히려 비현실적인 의식의 세계나 환상의 세계가 소설의 전면에 나서는 현실이고 새로운 감성이 섬세하게 묘사되는 기법이 판을 치고 있는 형편이다. 가제트의 주장처럼 "결국 소설은 자신을 낳은 모체로 다시 흡수당하고 마는" 것일까. 21세기라는 거대한 연대를 중심으로 본다면 이러한 예견을 가능하게 된다.

중세 시대라는 사회 역사적인 배경에서 기사담이나 영웅담 같은 로망스가 서사양식으로 독자들에게 의미를 가질 수 있었다면 산업화와 근대화 과정에서 노벨이라는 서사양식이 기능을 할 수 있었고 이제는 무변광대한 하늘이 곧 길이요 생활의 터전이 되는 초과학화, 초정보화 사회에서는 그간의 노벨과는 다른 서사양식이 출현할 가능성이 있는 것이고, 그것은 아마도 21세기가 되지 않겠는가 하는 하나의 환상을 가질 수 있다는 것이다.

한기는 위의 글에서 문학은 이제 울음이 아니라 웃음이여, 통곡이 아니라 연민이며, 비판이 아니라 생을 머무르게 하는 정류의 한 거소일 뿐이라고 쓰고 있다.

문화의 한 부분으로서 문학은 피로와 경쟁에 지친 대중들의 삶에 휴식의 한 공간, 위안의 한 서식지를 마련해 줄 수 있을 터이며, 내일의 삶을 기약케 하며, 존재의 영원한 생명력을 담보해 주는 따위의 존재론적 의미 기능이란 이제 상상할 수 없다. 문학의 본령이 "Criticism of Life", 즉 인생의 비평에 있다고 말한 사람은 19세기 인문주의자 매슈 아널드였지만, 삶의 등불이며 인생의 교사 같은 그런 종교적 기능을 이제 문학에 기대하는 사람은 별로 없다. 한 편의 영화 감상을 위해서 심심풀이 땅콩이 필요한 것처럼 현대 도시 사회의 장편 인생극장 속에서는 이제 모든 문화적 장치들이 각기 유희적 기능을 뽐내며 벌이는 여흥의 동반대오, 그 치열한 각축의 행렬 속에 문학 역시 한자리 겨우 끼여들어가지 않으면 안 된다. 인생을 가르치는 것은 이제 사회적 삶 자체며, 모든 지식이 '과학'이라는 이름으로 규격화되고 제도화되어 관리되는 사회에서 '지식'과 '정보'로서의 가치를 문학이 행사하기는 어렵게 되었다. 그러니까 문학은 언로를 터주는 감정적 소통의 요로 역학을 톡톡히 수행해낼 수 있었던 것이지만, 원하든 원하지 않든 개방사회의 조선이 이미 뿌리내린 현대사회에서 그와 같은 사회적 배출로의 역할을 이제 문학에 기대하는 사람은 거의 없다. 이처럼 지식과 정보 기제로서의 기능성이 현저히 약화된 마당에 매체 경쟁력의 한 축을 이루는 문학적 위안의 기능성조차 크게 신뢰받지 못하고 따라서 어쩔 수 없이 문화의 주변부로 내몰리게 되는 현실이 오늘의 문학이 맞고 있는 숙명적 위상 변화의 숙명적 현실이라고 할 수 있다.

이렇게 비극적인 발언을 하고 있는데 이는 곧 '소설'이라는 서사양식의 변화를 요구하는 목소리로 볼 수 있다. 물론 이 이야기는 문학이

'지식'과 '정보'의 기능 같은 교시적 기능만이 아니라 중요한 기능의 하나인 감정정서의 정화라는 고급한 쾌락 기능을 생각하지 않는 발언처럼 보이기는 한다. 그리고 이미 우리 문학사에는 '앙티로망'이나 심리주의 소설 같은 것으로 실험을 해본 바도 있기 때문에 인간사회가 존재하는 한 서사양식의 문학은 꼭 필요한 것이기에 새로운 형식의 서사문학이 출발하게 될 것이라는 예견을 하는 것이다. 만화가 예술의 반열에 오르리라고 지난 날 상상이나 했었는가.

3

가까운 다음 시기의 한국소설에 대한 문제를 다음과 같이 정리할 수 있을 것 같다.

첫째로 사회의 변화를 돌아볼 때 경제난에 따른 어려운 삶의 문제가 소설 주제로 떠오를 전망이다. 1만 달러의 거품 풍요를 구가하다가 IMF와 같은 재난을 맞아 많은 사람들이 생존의 문제와 직결되는 일터를 잃고 거리로 나앉는 현실은 작가에게는 새로운 소재를 제공한다고 볼 수 있다. 아직은 미미하지만 성석제의 『새가되었네』나 이남희의 『정육점 고무 영혼』, 전경린의 『밤의 니선형 계단』 같은 작품으로 나타나기 시작했는데 앞으로 더욱 많아질 것이다. 사실 60년대의 절대적 빈곤보다도 오늘의 상대적 빈곤은 더 많은 갈등을 불러올 것이 분명하고 오늘을 사는 작가들로서 이러한 현실을 외면할 수는 없을 것이다. 약 4~5년 동안 미시담론으로 소설이 나약한 것 같은 처지에 놓여 있었는데 이러한 사회적 환란은 다시 거시담론을 생산할 수 있는 소재가 될 것으로 보이기도 한다.

소설은 언제나 사회적 갈등의 심화 속에서 그 갈등의 현상을 예리하게 관찰하고 가해자에 대한 피해자의 옹호를 위하여 빛나는 형상화를 해왔다. "빈곤의 현실이 심화될수록 정신적 가치로서의 문학의 위상은 상대적으로 회복되고 복원될 수 있다"는 논리를 희망으로 생각할 수 있는 것이다. 감옥 속에서 하늘을 나는 새를 보고 자기의 의식 속에 누구도 빼앗아가지 못하는 새가 있음을 깨달았다는 어느 사회학자의 고백처럼 문학은, 특히 소설은 다가오는 외적 고난이 깊을수록 내적 사고는 넓어질 수 있는 것이 아닌가.

둘째로 문학의 여성성의 심화를 들을 수 있을 것이다. 이미 우리 사회는 여성의 지위가 상승일로에 와 있다. 그런 가운데 페미니즘 문학이 크게 부상해 있는 중이다. 여성 작가의 등단이 남성을 앞서고 있고, 화제작의 대부분이 여성 작가의 작품이 차지하고 있는 형편이다. 뿐만 아니라 소설 독자 역시 여성 중심이 되어 가는 현상이다. 어찌 보면 지금까지 남성에 편향되어 이룩된 소설세계가 여성의 섬세한 정서와 감각에 신선함을 더하는 세계로 이행되는 것 같기도 하고 거시담론이 아닌 미시담론에서는 여성성이 적합할지도 모른다. 우리 사회는 거센 남성성보다는 부드러운 여성성으로 길들여지는 교육체제를 가져왔다고 볼 수 있다. 가정교육을 어머니가 담당해 오고 있고, 학교의 교사도 여성이 많아지고 있다. 그간의 강력한 남성적 군사문화에 대한 반작용도 상당히 영향을 미치리라고 본다. 젊은이들의 사고와 복장이 여성화해 가는 모습에서도 그러한 문화의 한 면모를 읽을 수 있다. 이런 배경에서 상업주의적인 출판문화가 가세하지 않을 수 없는 형편이다. 소설이 서사성을 버리면서 더더욱 여성의 감각적 묘사는 마력을 얻게 된 것과도 무관하지 않으리라.

셋째로 인터넷 등 표현 매체의 변화에 따른 소설 사회의 변화를 생각하지 않을 수 없다. 벌써부터 인터넷을 통한 공동창작이 이루어지고 있고, 어떤 의미에서는 활자매체에 의한 독자보다도 컴퓨터 매체에 의한 독자가 세를 더해가고 있는 형편에서 소설 자체가 변화될 수밖에 없다. 아무래도 컴퓨터세대는 청소년을 비롯한 젊은 세대이다. 그들의 취향에 맞는 소설이 떠오를 수밖에 없다. 유미주의적이거나 악마주의적인 주제들이 많이 떠돌 것으로 보인다. 그리고 공포소설, 추리소설류의 소설 기법을 영상매체를 통하여 활발하게 활용할 것이다. 통제의 길이 전혀 없다시피 한 이들의 소설세계가 어떠한 결과를 몰고 올 것인지 우려되는 바도 없지 않지만 엄연한 현실을 외면할 수 없다. 이들은 앞서가고 그에 대한 걱정은 뒤를 따르고 있다.

긴 이야기를 싫어하는 이들은 짧은 이야기를 선호할 것이다. 그리고 기성세대를 풍자하고 그들 나름의 독특한 언어감각에 의하여 우리 사회의 언어자체를 변화시키려 들 것이다. 벌써부터 '엽편소설' 같은 콩트류의 소설에 대한 관심이 모아지고 있는 중이다. 각종 시리즈류의 와이담은 이제 어른 것이 아니라 아이들의 것이 되어 있는 형편이다.

이렇게 갑자기 많은 사람들이 전화기에 손을 들고 다니면서 시도 때도 없이 어느 장소에서나 전화를 하게 될 줄을 얼마 전까지만 해도 상상이나 했었나, 신춘문예 원고를 인터넷이나 대화방으로 접수한다. 이런 과학적인 기제를 통하여 문학활동이 이루어지기 때문에 여기에 상응하는 소설세계가 필연코 생성될 수밖에 없다.

다음으로 환경의 문제를 제시하는 소설들의 관심을 모을 수 있을 것이다. 흔히들 다음 세대는 환경경쟁시대가 될 것이라고 말한다. 앞으로 환경의 문제는 생존의 문제와 직결된다. 경제난의 문제가 당장의 제시되는 문제라면 환경의 문제는 시간을 두고 계속적으로 제기될 소재적 의미를 가질 것이다.

　이상의 문제들은 우리 소설문학의 긍정적인 문제도 되고 또 걱정스러운 문제도 된다. 여기서 우리는 소설 교육을 비롯한 문학교육, 더 나아가서는 문화운동을 생각하지 않을 수가 없다. 대중문화가 곧 저질 문화라는 도식에서 벗어나서 전체적인 대중성을 고급문화로 접목시키는 작업을 기성세대들이 해야 한다. 참으로 앞으로의 변화는 예측이 어려운 것이고 이 변화를 문학 본연의 기능을 순화시키는 일은 더욱 어려울 것 같다. 그러나 그 길이 아무리 어려워도 오늘의 문인들이 짊어져야 하는 짐인 것만은 어쩔 수 없는 운명이라 하지 않을 수 없다.

문학의 저변 확대

1

올해는 문학의 해. 어느 노시인의 지적처럼, 사람들이 책을 읽지 않으니 출판사가 운영난에 빠지고, 출판사가 운영난에 빠지니 작가들 생활이 어렵고, 작가들 생활이 어려우니 좋은 작품을 만들어낼 수가 없어 결국은 문학이 빈사지경에 이르고야 만다는 이 안타까운 현실을 어떻게 하면 극복하여 나가 볼 것인가가 이 문학의 해가 당면한 과제가 아닌가 한다.

이른바 문학의 저변 확대가 바로 그런 말일 게다. 나에게 주어진 과제가 바로 이 문제인데, 이를 단번에 해결할 묘책이 있다면 얼마나 좋으랴. 5천에 가까운 이 땅의 문인들은 물론이요, 그 많은 출판사와 서점, 그리고 문화민족을 표상하는 우리 민족의 자존을 위해서도 더할 나위 없이 좋은 일이런만, 그게 어디 어느 한 사람의 아이디어로 가당키나 한 일인가.

문학의 저변 확대는 두 가지 방향에서 생각해 볼 수 있을 것이다. 하나는 문학의 독자를 확보해 나가는 문제이고, 또 하나는 문학의 생산자, 말하자면 문인의 수를 늘려 나가는 문제일 것이다. 아마도 나에게 주어진 문제는 문인의 수를 늘려 나가는 문제보다는 독자의 수를 늘려 나간다는 데 더 큰 의미를 둘 것이 아닌가 본다. 근래 문학사회학이라는 말이 자주 쓰인다. 그리고 문학을 연구해 나가는 데 있어서도 수용이론이라는 말이 등장한 지도 오래다.

즉, 문학은 나름대로 하나의 사회를 이룩하고 있는데 이는 문학작품의 생산자와 생산된 작품과, 이 작품이 독자에게 전달되는 유통과정을 통틀어 문학사회라 한다는 것이다. 그리고 이제 문학의 연구에 있어서도 작가와 작품과의 관계에만 매달리지 말고, 작품과 독자와의 관계에 더 많은 관심을 가지자는 것이다. 다시 말해서 수용자의 편에서 문학을 좀 생각하자는 말이다.

모든 유통구조에 있어서는 생산자가 양질의 상품을 만들어내야만 판매량이 늘어난다고 한다. 그런가 하면 한쪽에서는 소비자들이 상품을 아껴 주어야 양질의 상품을 만들 수 있다고 주장한다. 이것이, 이른바 상공정책인 것이다. 국가적으로는 국산품을 보호하여 양질의 상품을 만들어낼 수 있는 여건을 조성해 주면서 생산자들이 국제경쟁력 있는 상품을 만들어낼 수 있도록 해나가지 않으면 안 된다는 것이다. 일상 상용품들은 그 품질이 실생활을 통하여 쉽게 검증이 되고 질의 높낮이 또한 어렵지 않게 판단할 수 있는데 문학을 비롯한 예술품은 그렇지 않다는 데 문제의 심각성이 있다. 그럼에도 불구하고 좋은 작품이 먼저냐 양식 있는 다수의 독자가 먼저냐 하는 문제는 일반 상품의 유통 경로와 그렇게 동떨어진 문제는 아니라고 본다.

뭐니뭐니 해도 문학의 저변 확대는 양질의 작품을 만드는 일이 가장 중요하다. 물이 많은 샘에는 물을 필요로 하는 사람들이 모여들게 마런이고, 탐스럽고 맛이 좋은 과일 아래에는 과일을 좋아하는 사람들이 모이지 않을 수 없다.

마찬가지로 좋은 작품에는 독자들이 모여들게 되는 것이다. 우리의 문화 풍토가 척박하다고는 하지만 몇몇 좋은 작품은 여전히 많은 사람들의 사랑을 받고 있는 것이 사실 아닌가.

문제는 소비자인 독자들이 문학의 질을 정확하게 판단할 수 있는 능력을 가지지 못하고 있다는 데 있다. 역사 이래 일간 신문의 광고난에 오늘날처럼 많은 책 광고가 난 일이 있었던가. 그것도 5단 전단이나 6단 전단으로 한 작품을 광고하고 있으니 그 광고비가 대체 얼마나 되는 것인가. 뿐만 아니라 TV광고는 또 어떠한가. 그 막대한 광고비를 들이는 것은 그만큼 광고 효과가 있다는 증거이고, 우리 독자들이 이 같은 광고에 말려 들어가고 있다는 뚜렷한 증거가 아닌가.

그런데 고급의 문화는 이 같은 상업주의와 완전히 비례하고 있지 않다. 흔히들 말하는 문학의 2대 기능인 쾌락적 기능과 교시적 기능 가운데 쾌락 추구의 기능이 상업주의와 손을 잡고 세상에 판을 친다면 심각한 문제가 아닐 수 없는 것이다. 그리고 그러한 현상은 우리 사회에 이미 확산될 대로 확산된 현실이다. 이는 사회 전반적인 분위기와도 무관하지 않은데 우리가 우려하는 것은 이 점일 것이다.

2

나는 먼저 문학 교육의 문제부터 지적하지 않을 수 없다. 한마디로 우리 학교 교육의 문학 교육은 학생들로 하여금 문학에 접근하도록 하는 것이 아니라 문학에서 떠나게 한다고 해도 지나친 말이 아니라고 본다. 문학작품을 문학작품으로 감상하는 것이 아니라 시험문제의 지문으로만 가치를 지니게 하니 학생들이 작품을 가까이 할 수가 없다. 아니 가까이는 하지만 친근감을 가질 수 없는 것이다. 잘 아는 바와 같이 문학작품은 우리 인간에게 지식을 가르치는 기능보다 정서라는 통로를 통하여 감동을 주는 기능이 중요하다. 그런데 교육 현장에서는 지식을 강요하고 있으니 참다운 문학 교육이 이루어지고 있다고 할 수가 없는 것이 아닌가.

　요즈음 우리 교육의 현장에서도 이러한 문제를 인식하여 입시제도의 개선 등 노력을 하고 있기는 하지만 근본적으로 문학 교육 교사의 문제를 생각하지 않을 수 없다. 어느 아동문학가의 말을 빌면, 한 학생이 글짓기 경연에 나가서 입선을 하자 그 학교 교감선생님이 그 학생에 관심을 가지고, 다른 어느 신문에서 모집하는 작문을 써오게 한 다음 친히 고치고 가필을 했는데 원래 학생이 쓴 작품보다도 훨씬 못한 글을 만들어놓고 말았더라는 웃지 못할 이야기가 있다.

　지금 학생들은 한 해가 다르게 변화해 가고 있다. 학생들이 부르는 노래를 보라. 고등학생들이 좋아하는 노래와 중학생이 좋아하는 노래가 다르고, 작년에 좋아하던 노래와 올해 학생들이 좋아하는 노래가 다르다. 훌륭한 작품은 시대를 초월해서 가치를 지닌다고는 하지만, 그 작품을 감상하는 방법만은 새로운 세대의 입장에서 설명하지 않으면 안 된다. 그러자면 교사들이 먼저 새로 나오는 작품들을 열심히 읽어야 한다. 그런데 우리 교단의 현실은 어떠한가. 몇몇 문학을 전공하는, 아니 문인 교사를 제외하고는 어떠한가를 자성해 볼 필요가 있다.

　사실 국어과 학습 평가에서 읽기만큼 중요한 평가가 어디 있는가. 읽기평가가 어디 빠르고 바르게 읽기만의 평가이던가. 얼마나 많은 글을 얼마나 정확하게 이해하면서 읽는가 하는 문제가 더 중요한 것이 아닌

가. 그런데 현장에서 독서록 같은 것을 평가 자료로 활용하는 교사가
얼마나 되는가. 물론 이는 입시 제도에서부터 문제가 있지만 그런 노
력만이라도 할 수 있도록 교육 여건을 바꾸지 않으면 안 된다.

문학의 저변 확대는 먼 길인 것 같지만 사실은 이 같은 교육에서부터
출발하지 않으면 안 된다고 본다.

다음으로 지적하고 싶은 것은 도서관 정책의 문제이다. 사회발전, 삶
의 질 향상, 날마다 정치인들은 노래를 부르는데 사회발전의 간접 자
본으로 책보다 중요한 것이 어디에 있는가. 교통난이 심각하니까 길을
내야 하고 물량을 빨리 수송해야 하니까 연안 부두를 신설해야 한다.
그러나 사람의 삶의 질은 이 같은 물질적인 것의 만족만으로는 부족하
다. 정신적인 안정, 창조적인 에너지의 축적, 참된 행복의 인식, 이 같
은 것은 길이나 부두에서 얻어지는 것이 아니다. 이는 좋은 철학 서적
이나 문학작품에서 가능하다. 따라서 많은 도서관을 설치하는 것도 시
급한 문제이고 도서관의 도서 구입 예산을 획기적으로 늘려서 적정 수
준의 책이 나오면 모든 도서관에 거의 의무적으로 들어갈 수 있도록
해야 한다. 그래서 상업주의와 손잡지 않은 양질의 책을 쓰는 사람들
이 안심하고 글을 쓸 수 있도록 뒷받침을 해야 한다.

부실공사로 쓰러진 백화점 하나 건설할 돈이면 수만 권의 책을 도울
수 있었을 것이고 이들이 책을 통하여 도덕성을 잃지 않았더라면 그러
한 부실공사는 일어나지 않았을지도 모른다. 책을 읽히는 길이 문화민
족으로 가는 첩경임을 알아야 할 것이다.

끝으로 문인들 스스로 노력해야 할 문제인데, 문학의 정당한 비평이
활발하게 이루어져야 한다는 점이다. 이는 상업주의에 빠지는 것을 막
는 길도 되지만 문학의 저변을 확대하는 길하고도 바로 통하는 길이
다. 오늘 우리 문학계에는 비평의 혼란 상태가 심각하다. 문학 연구와

비평은 다르다. 그런데 어느덧 연구가 비평을 송두리째 흡수해 버렸
다. 웬만한 문학 전문가가 아니고는 문학 비평에 귀를 기울일 수 없는
형편이다. 더 많은 독자들은 쉽게 문학작품을 안내받을 수 있는 비평
을 원하고 있다. 홍수처럼 쏟아지는 작품과 책에 어떻게 접근해 가야
할지 독자들은 답답하다. 이 길안내를 비평이 하지 않으면 누가 할 것
인가.

　문학의 해, 떠들썩한 행사보다도 보다 근본적인 문제를 진단하고 그
문제의 해결을 위하여 함께 고민하는 한 해가 되었으면 한다.

제2부
농촌과 지역의 소설들

현장감과 소설의 의미

1

　소설은 우리들 삶의 갈등 현장을 끊임없이 찾아 나선다. 아니 소설이 찾아 나선다고 해야 정확한 표현이리라. 흔히들 소설을 일러 갈등의 예술이라 하는 것은 바로 이를 두고 하는 말이다. '갈등', 그것은 소설의 출발점이요, 진행 방향이요, 결말의 원천이 된다고 할 수 있다. 그래서 작가는 쉴새없이 갈등의 현장을 찾아 취재하고 이 시대 최대의 갈등의 문제가 무엇인지에 대하여 고심한다.

　우리가 살고 있는 오늘의 갈등들은 무엇인가. 우리 사회가 안고 있는 가장 심각한 갈등은 과연 무엇인가. 정치인가, 경제인가, 문화인가, 교육인가. 그렇다. 정치에도 경제에도 교육에도 참으로 많은 갈등을 안고 있다. 어떤 의미에서는 총체적인 갈등의 소용돌이 속에서 우리는 하루하루를 허덕이고 있는 중이다. 그런 가운데에도 우리 농촌의 갈등을 찾아 그것을 형상화함으로써 오늘을 사는 우리들 삶의 본질을 찾아보자는 노력이 바로 농촌소설 내지는 농민소설의 과제가 아니겠는가.

　오늘날 우리 사회에서 산업화·세계화·기계화의 물결로 가장 큰 충격을 받고 있는 곳이 우리 농촌이 아닌가. 국민의 80퍼센트에 가까웠던 농민은 이제 20퍼센트에도 못 미치는 수로 줄어들지 않으면 안 되도록 사회 구조가 바뀌었다. 가난한 가운데에도 훈훈한 인간미를 가지고 생활해 오던 농촌은, 사람의 기능보다는 기계의 기능이 월등한 위력을 가지게 되면서 그 인간미를 잃은 지 오래고, 공장 기술자와 같은 농사 기술자가 아니면 발붙이고 살기가 힘든 곳으로 변해 있다. 유권자 수에 따라 정치의 세력이 힘을 싣게 되는 정치판에서는 자연스럽게 농촌은 차츰 소외의 그늘에 가려지지 않을 수 없는 운명을 지니게 되었다. 인간이 생명을 부지해 나가는 데 가장 중요한 농산물을 생산해 내는 농촌이 날로 퇴폐해 가고 있다. 그러나 그것 없이는 살 수 없다는 중요성을 가지고 세계는 경제전쟁을 치루고 있는 중이다. 미국 등 농산물 생산국들이 우루과이라운드를 통하여 우리를 공격해 오고 있다. 넓은 농토, 완벽에 가까운 기계화, 고품질의 개발로 값싼 생산품을 가지고 물밀 듯 밀려오고 있지 않은가. 당연히 이런 생산조건에서 밀리고 있는 우리는 쌀농사를 포기하고 특작물에 매달리는데, 그렇게 해서 우리 쌀이 절대적으로 모자라게 될 때, 저들이 쌀값을 마음대로 조종하여 들어온다면 우리는 어떻게 할 것인지 아찔하다. 이것은 결코 농촌의 문제가 아니라 국가적인 과제이다. 이런 농경 정책에서부터 농촌의 문화 교육에 이르기까지 실로 상상하기조차 어려운 농촌의 문제가 우리 앞에 놓여 있다. 농촌을 소재나 주제로 하는 작가라면, 그 아픔을 소설로 형상화하려는 정직한 작가라면 마음놓고 잠을 이룰 수가 없는 현실이 아닌가.

그러나 작금의 우리 농촌 소설계에는 그러한 갈등의 몸부림을 찾을 수가 없다. 어떤 이유에서일까. 우리들 선배 농촌 작가들은 절대로 농촌의 문제를 외면하지 않았다. 그래서 문학사에 남는 많은 작품들을 남겨놓았다. 문학 시장의 문제일까. 아니면 이 시대를 사는 작가들의 문제일까. 이런 문제를 앞서서 생각해야 할 곳이 바로 이《농민문학》이 아닐까 생각되어진다.

우리들 농촌의 문제가 점점 심각해지는데도 불구하고 농촌소설이 많이 나오지 않는 것은 참으로 안타까운 일이라 하지 않을 수 없다. 이런 중에 중견 농촌소설 작가인 오유권이《농민문학》과《현대문학》에 각각 작품을 발표한 것은 우리들의 눈길을 끌기에 충분하다.《농민문학》 1995년 봄호의「소장다툼」과《현대문학》 5월호의「아미산 여인」이 그 것이다.

「소장다툼」은 우황면의 경제적 기반이 되는 소시장을 군 소재지에서 빼앗아 가려는 데 대한 갈등을 그리고 있는 작품이다. 우황면의 소시장은 그 근동에서 가장 오래된 시장이다. 뿐만 아니라 백 리, 이 백리를 상거한 강진, 해남, 장흥, 화순, 광산 등지에서도 닷새 만에 서는 이 소시장으로 몰려들어 우황면으로서는 생명줄과도 같은 것이다. 그런데 군 소재지에서 축산 협동조합과 결탁을 하여 이 소시장을 그리로 옮긴다는 것이다. 명분은 군 체제를 정비하고 지역 발전의 평준화를 이룬다는 것이지만 사실은 지역간의 이권 다툼인 것이다. 군청이 소재하고 있는 힘 있는 지역에서 힘이 없는 면 소재지의 이권을 빼앗아 가려는 것이다.

거간꾼인 억쇠는 쇠전을 떠나서는 살 수 없는 인물이다. 그는 산 소를 보고 잡으면 고기가 얼마나 나올 것이라는 것도 정확하게 맞추는 인물로 이 소식을 듣고 제일 먼저 흥분하지 않을 수 없는 것이다. 그는 면장을 찾고 유지들을 찾고 친구들을 찾는다. 진정서를 쓰고 도장을 받는다.

이때 우리는 군 소재지의 힘을 상업적 집단으로, 면 소재지의 힘을 순수한 농업의 집단으로 생각해 볼 수도 있을 것이다. 우리 농촌은 일제 아래에서 수탈을 당했고, 자본주의 형성과정에서 또 한 번 그러한 어려움을 거친데다가 이제는 지역 이기주의의 희생물로 밀려나는 형편에 놓인 것으로 이해해도 좋을 것이다. 그러나 이 순박한 농민은 그 대응의 정서가 논리적이지 못하다.

"이 바닥이 소장이 잘 되는 것은 뭣 때문인지 아요?"

자기가 물어 놓고 곧 자기 입으로

"면 이름이 좋아서 그런 것이요. 우황(牛黃) 아니요. 우황! 세상에 우황같이 비싼 것이 또 어디 있소. 소는 우황 빼버리면 죽는다우."

이런 정도의 감상으로 대응을 하고 있으니 말미에 패싸움은 붙었지만 아마도 패배가 분명하리라. 이 작품은 비록 소시장의 싸움을 이야기하고 있지만, 조금만 주의를 기울이면 오늘날 우리 농촌이 당하고 있는 현실을 상징하고 있다는 것도 의식할 수 있을 것이다.

씨의 또 다른 작품, 「아미산 여인」은 그가 줄기차게 다루어 왔던 농촌 소재와는 동 떨어지는 작품이다. 소리를 배우는 중년 여인이 철학 교수인 남편의 간섭과 학대를 물리치고 기어코 명창이 되겠다는 신념으로 갈등을 형성하는 작품이다. 이런 의미에서 이 작품은 예술성장소설의 한 면모를 지닌다고 할 수도 있다. 육순이 가까워진 나이임에도 불구하고 시립국악원에 가서 안일주 명창한테 소리를 배우고, 서울의 임 명창을 스승으로 기어코 성공을 거두어 보겠다고 몸부림치는 것이 그렇다. 그런데 이런 의지의 안타고니스트로 철학 교수인 그의 남편이 설정되어 있다. 그는 아직도 미모의 부인이 국악을 하겠다고 나다니는 것이 미덥지 않다. 드디어는 부인의 판소리 판과 전화기를 박살내는 지경에 이르고야 만다. 부인은 가출하여 서울의 명창 선생을 찾아가 오히려 남편과의 이상적인 인생의 의미를 찾는다는 이야기인데 명창과의 관계가 아름답게 묘사되어 있다. 노년에 이른 예술세계의 사제간이라는 것은 이성을 초월한 또 다른 세계가 있음을 보여주면서 그녀는 남편에게 전화를 걸고 제자리로 돌아가려는 다짐을 하는 것으로 결말을 맺고 있다.

아마도 작가는 농촌을 예술적 정서 내지는 마음의 고향으로 인식하고 있는지도 모른다. 예술의 길을 가는 따뜻한 정이 바로 농심의 바탕이 아닌가 여겨지기도 한다. 까마득하게 잊은 우리들의 마음의 고향, 각설이 타령이나 쑥대머리 등 남도 판소리에서 그는 잊혀져 가는 농촌의 정서를 찾기 위하여 이런 작품을 쓴 것은 아닐까 하는 생각이 들면서도 어쩐지 오늘의 급박한 농촌의 현실과는 동떨어진다는 아쉬움을 떨쳐 버리기가 어렵다.

2

또 한 분의 농촌 소설가 이동희의 창작집이 우리의 눈길을 끈다. 창작집 『흙바람 속으로』가 그것이다. 그는 후기에서 "그동안 젊음을 바치고 정열을 쏟아 부은 것이 두 가지라고 할 수 있다. 하나는 1963년부터 작품을 써온 일이요, 또 하나는 1965년부터 교단에서 무엇을 가르친다고 한 것이다. 어느 것이 주업인지 모른 채 두 가지를 병행하였다"라 하고 이번 작품집은 그의 교직적인 것들에서 얻어진 소재들로 쓰인 작품들을 모았다고 밝히고 있다. 그러니까 농촌 냄새가 물씬 풍기는 『흙바람 속으로』는 그가 지금까지 주로 써온 농촌작품을 상징하고 있지만 내용은 교직과 연관되는 내용을 담고 있다는 이야기이다. 실제로 17편의 작품 가운데 농촌물이라 할 수 있는 작품은 「흙바람 속으로」 한 편뿐이다.

그러나 우리가 살아온, 그리고 살고 있는 현실이 흙바람 속이 아닌 것이 어디 있는가. 그는 바로 이러한 생각에서 그의 모든 작품을 흙바람 속의 작업으로 생각하고 있는지도 모른다. 한 편뿐인 「흙바람 속으로」는 20년을 들고 다니면서 완성을 시키지 못하고 그 제목은 다른 사람에게 양도한 꼴이 되었다면서 이제는 낡은 이야기가 되어 있다고 고백한다. 그만큼 애착을 가지고 지켜 온 제목인지도 모른다.

「흙바람 속으로」는 농촌에서 열심히 살아 보려 했지만 도회인들의 수입에 비해 보잘것 없음을 뼈저리게 느끼고 대책 없이 상경을 했다가 도회생활에도 실패를 하여 되돌아오는 귀농담이다. 초등학교 때, 유년기부터 이성적 감정을 지닌 화영과의 이야기 선을 유지하면서 흥미를 유발시키고 있다. 말하자면 농군이 된 주인공과 도시인이 된 여자 친구와의 대비를 통한 농촌생활의 드러냄이 이루어지고, 초등학교 시절의 손 선생의 교훈을 정신적인 축으로 삼아 농촌생활을 의지적으로 하려 하지만 여의치 못해 상경하게 되고 그곳에서의 노동, 채소 장수, 이런 것들을 하면서 결혼까지 하여 아이들까지 가지지만 결국 교통사고로 도리 없이 귀농을 하고 마는 6·70년대의 우리 농촌에서 흔히 체험할 수 있었던 이야기이다.

되돌아온 뒤에 열심히 농사를 짓고 소장사를 하고 교회일도 하면서 옛날의 위초로 돌아서려 하지만 여전히 옛 친구 화영이 화정의 그늘을 드리워 놓는다. 그런 가운데 이농을 하는 농촌 현실이 제시되고 결국은 화영이 남편을 따라 미국으로 유학을 하게 되고, 자기의 삶이 하나의 바람임을 인식하게 된다는 것이다.

　이 작품은 인간이 본성적으로 가지는 이성적 애욕에다가 농촌의 현실을 접목시킨 작품이라 할 것인데, 그 일생의 역정으로 보나 줄거리의 다양성으로 보나 장편적 성질을 가진 것이어서 감정적 밸런스를 유지하기가 어려운 것이었다. 말하자면 줄거리 소설에 머문 감이 있다는 이야기이다. 따라서 이 작품 역시 농촌의 문제를 정면에서 생각하기보다는 변두리의 이야기로 우회시킨 것이라 할 것이다.

　이런 점에 비할 때, 교직에 얽힌 소재를 중심으로 한 「꿈의 껍질」이나 「절망의 순간」, 「어느 미로에서」 같은 작품들은 긴장미나 현장감에 있어서 훨씬 사실적 충격을 주고 있는 작품으로 읽힌다.

　결국 이 계절의 농촌소설들도 그 발표 양에 있어서나 문제 제기의 면에서 많은 독자들의 관심을 모을 만한 작품은 찾아볼 수 없었다는 아쉬움을 적을 수밖에 없다.

《농민문학》 1995. 여름)

농촌과 농민과 작가의 시각

1

고양이에게 쥐를 맡긴 꼴인가? 아니 고양이는 배부를 만큼만 먹고는 다음을 위하여 탐욕스럽게 먹이를 잡아서 감추는 일은 없으니까, 고양이보다도 더 탐욕으로 가득 찬 도둑에게 돈을 맡긴 것에 비유하는 것이 더 적절한 표현이 되려는지 모르겠다. 지금 우리의 사회는 이 같은 허탈감에 싸여 있다.

이른바 전직 대통령의 비자금 문제가 바로 그것이다. 나라의 살림을 맡겼더니 그렇게 어처구니없는 일을 저질러서 그의 다스림 아래 5년간 생활해 온 국민이 참으로 참담하고, 원통하고, 분노가 터지고, 치욕스러운 처지에 이르고야 말았다.

이 땅의 누구 하나 이 현실 가운데 황당하지 않은 사람이 있으랴만, 특히 우리 농민의 경우는 그 아픔이 더욱 크다. 그는 어두운 곳에 돈을 썼다 했는데 우리 농촌이 산업화 과정에서 얼마나 어두운 곳이었는가. 그곳 농촌에 그는 과연 얼마만큼의 돈을 썼는가. 더욱 울분이 터져 나오지 않을 수가 없다.

몇천억이라니, 아니 떠도는 이야기로는 1조원이 넘는다니, 땅을 파서 농사를 지어 근근이 연명하는 우리 농민의 입장에서는 뭐라고 그 심정을 설명할 길조차 없다. 잡았던 농기구를 내던지고 수확의 들판을 바라보면 망연자실 한숨을 짓지 않을 수가 없다. 그러니 글을 쓰는 사람이 펜을 들 의욕을 어찌 얻을 것이며, 농민을 소재로 글을 쓰고자 하는 사람이 어떻게 다시 원고지 앞에 앉고자 하겠는가?

분통 터지는 심정으로 말한다면 모든 것을 불 지르고 그에게 가서 분풀이나 마음껏 하고 끝내고 싶은 것이지만, 그러나 우리는 이 일로 면면히 이어 온 우리의 땅, 우리의 얼을 송두리째 포기할 수 없는 노릇, 그러니 어쩌랴. 다시 흐트러진 생각을 가다듬어 씨앗을 마련하고 땅을 일구지 않을 수 없으며, 작가는 책상 앞에 앉아 다시 펜을 들지 않을 수가 없다.

아니, 오히려 이러한 현실을 직시하고 더욱 분발하여야 하는 것이 오늘 우리에게 지워진 의미로 생각해야 할 것이다. 더욱이 소설의 경우 이러한 아픔이 있기에 존재 가치를 가지는 것이 아닌가. 적어도 이러한 문제를 외면하지 않고 그것을 작품에 담아서 사회를 향하여, 역사를 향하여 함께 느끼고, 같이 생각하고, 마음과 정서를 가다듬어 나갈 수 있는 생명력 있는 언어를 창조해내야 한다. 그런 의미에서 농촌과 농민을 소재나 주제로 하는 작가들은 해야 할 일이 상대적으로 많아진 것으로 인식을 비껴야 할 것이다.

지금 우리 농촌은 정서적 논리로 생활을 다스려 나갈 만큼 한가롭지 못하다. 산업화의 물결과 자본주의의 바람이 들녘을 뒤덮고 농사를 짓는 농민의 정신까지 지배하기에 이르렀다. 악착 같은 경제 논리가 아니고서는 살아남을 수가 없게 된 것이다.

옛날에는 농민이 스스로 가마니를 짜서 쌀을 담았지만, 이제는 푸대를 사서 써야 하고, 새끼를 꼬아서 볏가마니를 묶었지만 이제는 비닐 끈을 사서 써야 한다. 벼도 말리는 기계에 넣어서 말려야 하고, 생산된 결실들도 자동차로 운반하지 않을 수 없다. 생활은 편리해졌지만 모든 움직임에 돈이 따르지 않을 수 없다. 뿐인가? 농사의 전 과정이 기계에 의존되고 있고, 가지가지 약물의 사용으로 사람과 자연이 함께 몸살을 앓고 있다. 생산가(生産價)는 날로 높아가고 판매가는 신통치를 않다. 거기다가 장사꾼의 농간으로 농민의 아픔은 갈수록 심해지는 형편이다.

이제 농촌과 농민을 바라보는 작가의 시각은 달라져야 한다. 밝은 달, 아름다운 산, 맑은 공기나 생각하고 있을 처지가 못 된다. 또 인정 타령으로 뒤틀린 농민의 마음을 달래려 해도 그것은 허망할 뿐이다. 지난 날 우리 선배들이 농촌에 직접 뛰어들어 농민의 고민이 무엇인지 살폈던 것처럼 오늘의 농촌작가도 현장에 들어가서 달라진 농촌의 문제를 찾지 않으면 안 된다. 고루한 정서나 탁상의 계산으로는 농촌의 참 고민을 그릴 수가 없다. 그것은 그만큼 농촌이 달라졌기 때문이다.

2

위와 같은 뜻에서 백용운의 「녹색풍선」은 음미해 볼 만한 작품이다. 중편인 이 작품은 작가의 체험을 형상화한 것으로 보인다. 실제로 작가 백용운은 농업협동조합에서 장기간 근무한 바가 있고 지방에 있다가 중앙회에서 일을 했었고, 귀향하여 농협 일에 관여한 체험을 가지고 있기 때문이기도 하고, 작중 인물 가운데 극작가 윤조병 또한 실존 인물이기 때문이다.

이 작품은 농협 운동의 실제를 표현하고 있다. 농협 직원으로 많은 경험을 가진 주인공은 귀향하여 단위 농협인 충성조합을 재건해 나가는 과정을 줄거리로 하고 있다. 사실 우리나라의 농협이라는 것이 농민들의 자발적인 조직에 의하여 이루어진 것이라기보다는 정부의 일방적인 필요에 의하여 하향적으로 조직된 조합이다. 초창기에 우리 농민의 의식이나 농촌의 현실이 조합의 필요성을 절감하지도 못했고, 또 그러한 운동을 통하여 자신들의 이익을 추구해 나갈 만큼 깨어 있지도 못했기 때문에 초창기에는 계몽적인 의미를 지니었던 것도 사실이다. 그러나 이제는 농민의 의식으로 볼 때 그 운영 방법의 개혁적인 개선이 절실한 시점에 이른 것이다.

작가는 이 작품에서 농협 운동의 걸림돌을 잘 드러내고 있다. 첫째는 단위 조합 구성원 중에 비교적 식자층이라 하는 사람들의 이기주의적인 사고가 문제이고 중간 조직인 군조합의 관료주의적인 자세가 그 둘째이다.

그런데 중앙회에 시설자금 신청서를 내는 서류에 임원들의 입보 도장을 찍어야 하는데 이경호 이사가 말썽을 부렸다. 윤이 이 이사 댁을 두 번이나 쫓아가도 찍어 주지를 않고 사무실로 쫓아 내려왔다.

"아니 무슨 놈의 도장을 맨날 찍으란기여!"

노인네는 사무실로 들어오기 무섭게 조합장을 향해 신경질을 부렸다.

"중앙회에 제출하는 서류에 임원들의 입보가 필요해요."

조합장은 노망하는 노인네 다루듯이 웃으며 말했다.

"나 이사 못하면 못했지 도장 못 찍어… 제기랄 뭔 도장을 밤낮 찍으라는 기여. 집을 사든지 볶아들 먹든지 마음대로 혀란 말이여!"

이는 어렵게, 정말 어렵게 중앙회에 찾아가서 사무실과 구판장을 마련하도록 자금 융자를 받아 오기로 하여 이사들에게 입보 도장을 받으려 하는데 이해가 모자라는 한 이사가 이처럼 어렵게 하고 있는 단면이다.

"이것들이 아 뭣 해 처먹은 것들이야!"

한씨는 내게도 삿대질을 하기 시작했다.

"너희들 때문에 골탕 먹는 것은 농민들뿐이란 말이야. 군조합에서 취급을 했으면 이삼일이면 다 끝나는 걸 일주일이 넘도록 뭣 해 처먹은 것들이야. 바쁜 사람 걸음걸이를 왜 이렇게 시켜! 때려치우란 말이여! 간판을 떼어버려!"

이는 단무지 생산 사업을 추진하는데 자금을 받는 과정에서 군조합과의 행정상 어려움이 있어 시일이 늦어지고 있는데 대한 한 조합원의 반발이다. 이들은 조합운동을 펼쳐 나가는 데 있어서 조합원이나 이사들의 이해 부족에서 오는 어려움을 나타낸 것들이다.

그런가 하면 군조합의 관료주의적인 조합 운영으로 피해를 당하는 단위 조합의 문제도 만만치 않다.

군 농협에 새로이 부임해 온 신용상무라는 사람이 있었다. (…중략…) 그런데 이 사람이 특진이 되어 군조합으로 부임되어 오면서 군 조합 뿐만 아니라 단위 조합까지도 어떤 돌풍이 불기 시작했다. 대게 출세를 꿈꾸는 사람들이 그러하듯이 어떤 공로를 세워 상부 기관에 인정을 받으려고 하는 데서 미묘한 돌개바람을 일으키는 예가 간혹 있는 것이다.

이 상무의 이러한 잘못된 생각 때문에 잘 육성되어 가는 단위 조합이 여러 가지로 어려움을 겪는다.

이것은 농협 운동의 현장 체험을 가진 사람에게 있어서 실감이 가는 이야기일 것이다. 그러나 작품 전체를 통하여 커다란 갈등은 없는 편에 속한다. 이런 정도라면 누구나 찾아낼 수 있는 것들이다. 더욱이 주인공은 중앙회에서 근무한 경력이 있어서 어려운 문제가 생길 때 중앙회에 쫓아가면 비교적 쉽게 해결된다. 어떻게 보면 중앙회를 두둔하고 군조합만 매도하는 것 같은 인상을 주고 있다. 과연 이런 일을 보면서 고개를 위 아래로 저을 사람이 얼마나 있을 것인가?

또 하나 이 작품에서는 농협 운동에 있어서 구판사업과 금융사업이 주를 이루고 있다. 생산지도의 실제는 거의 빠져 있는 상태이다. 오늘의 우리 농촌에서는 구판 사업도 중요한 과제이지만 사실은 전문성을 지닌 생산 활동에 더 많은 과제가 놓여 있다고 할 수 있다. 따라서 이 작품은 농협 활동의 수기에 머문 감이 있다. 신문지상에 가끔씩 나타나는 비리 같은 것조차 나타나지 않는 특수한 체험의 소지자(농협 직원으로 근무해 온)가 지혜롭게 농협을 운영한 사례에 불과하다. 많은 작품을 발표해 온 백용운 씨가 근래 체험적인 소설을 많이 발표하는 것은 그의 삶이 그만큼 소설적이었다는 의미를 지니는 것인지도 모른다.

그러나 소설의 본령은 진실을 담은 허구의 창조라는 점을 생각할 때 그의 농촌소설은 또 하나의 과제를 안게 된다고 할 것이다.

3

농촌이라는 소재의 밭을 일구는 작가는 그 형상화의 길이 수없이 많을 수 있다. 위의 「녹색풍선」은 농촌 운동의 현장에 들어선 인물이 작중화자가 되어 있다. 이에 비하여 안수길의 「미륵댕이에서 생긴 일」은 농촌에 사는 노인이 세태의 변화를 비교적 객관적으로 묘사하고 있다. 사라져 가는 농촌의 정서를 안타까워하는 다소 낭만적인 소설이라고 할 수 있다. 따라서 적극적인 문제의 해결 의지가 담겨 있는 것이 아니고, 세태의 제시로 독자에게 여지를 더 남겨 주고 있다.

연작 단편인 이 작품은《농민문학》여름호에 「방 있습니다」와 「살 판 났네」 두 편이다.

「방 있습니다」는 농촌에 가죽 공장이 들어서자 농촌을 버리고 도회로 나가 남아돌던 방이 세로 다 나가게 되고, 심지어는 노인이 든 방까지 도배를 하여 세를 놓아 돈을 챙기는 야박해지는 농촌 인심을 풍자하고 있다. 공장을 따라 외지에서 들어온 사람들에게 옛날 농촌의 이웃 같은 정을 느낄 수가 없다.

"아버님, 집 비워 놓고 여기 나와 앉아 계시면 어떡해요?"

다가온 며느리가 대뜸 하는 소리였다.

"집 비워두면 누가 떠 간다데?"

윤노인이 느릿느릿 말하자, 며느리는 머리에 이고 있는 물건이 무거워선지 아니면 시아버지의 말이 고까워서인지 미간을 잔뜩 찌푸린 채 대꾸했다.

"옛날하고 같은 줄 아세요?"

이제 나이 쉰이 가까운 며느리가 말하는 옛날이 언제 적 옛날인지 윤노인이 짐작하기는 어려운 일이었으나, 윤 노인은 내심 며느리의 말이 틀린 것은 아니라고 생각하였다.

"아무렴, 옛날하구 턱 없이 다르구 말구……. 그러니 이제 늙은이들도 들어 앉아서 문지기 누렁개 노릇이나 하란 말이냐?”

산업화의 물결에 젖어든 농촌의 면모를 풍자적으로 보여주는 장면이라 하지 않을 수 없다. 결국 이 노인은 자신의 방까지 내놓으면서 마루 기둥에 써 붙인 ‘입춘대길’이 ‘방 있습니다’로 보인다는 이야기이다.

「살 판 났네」는 공장이 들어오자 농촌 여인들까지도 공장에 나가 돈을 벌게 되고, 여유가 생기지 스트레스를 푼다며 한두 사람 고스톱 판으로 춤판으로 나다니게 되는 과정을 그리고 있다. 경제적인 여유라는 것이 오히려 사람을 도덕적으로 피폐하게 만드는 요인이 되고 있음을 지적한 것이라 볼 수 있다.

종지붕을 깎아 헐고 들어 선 가죽 공장이, 미륵댕이에 주는 것은 아직은 그것 뿐이었다. 냉장고 사고, 렌지 사고, 적금 부어 돈 만들 꿈을 갖고 서방들 고스톱 판돈도 올리고……. 그리고 용수네처럼 오밤중에 디스코텍에 드나들며 ‘스트레스’를 풀 수 있는 살 판 난 세상을 준 것이다.

꽁트와도 같이 연작으로 쓰이는 이들 작품은 오늘 우리가 맞고 있는 농촌의 산업화를 정확하게 꿰뚫어 풍자하고 있는 작품이라 할 수 있다.

그러면서도 재미 이상의 뼈를 지니는 작품으로, ‘농촌’ 하면 꽤히 심각하고 우울한 생각부터 하게 되는 일상의 틀을 깨는 작품이라 하지 않을 수 없다.

계속되는 작품을 기대하게 된다.

단지 연작이 아닌 본격적인 길이의 작품이 아쉽다면 군더더기 이야기가 될까?

《농민문학》 1995. 겨울)

농촌소설의 미래

1

　다음 세기에 있어서 문학의 중요한 담론은 아무래도 생태문학이니 환경문학이니 녹색문학이니 하는 문제가 되지 않을까 보인다. 이 원고를 쓰려고 컴퓨터 앞에 앉아 있는데 TV 뉴스에서는 서울 시민의 70% 이상이 먹고 사는 가락동 농수산 시장에서 판매하고 있는 상추나 시금치 등 농산물에서 기준치의 900배가 넘는 독성 농약이 검출되었다는 소식이 요란하게 전해오고 있었다. 이 한 가지 사실만으로도 앞으로 우리 농촌문학이 다루어야 할 소재가 어떻게 되어야 할 것인가를 극명하게 드러내 보이는 것이 아닐까.

　동물 중에 가장 무서운 동물이 인간이라는 말은 늘 듣는 이야기가 되어 있다. 우리의 삶의 터전이 되고 있는 이 지구를 송두리째 때려 부수고 독극물로 범벅을 시키고 먹어치우는 것이 인간이 아닌가. 지금 지구의 곳곳은 이상 기후로 홍수와 화재와 생태 변화로 몸살을 앓고 있는 중이다. 중국의 양쯔강이 범람을 해서 수십만의 인명이 사상되고 수백만의 이재민이 발생했다는 소식이나 미국에서는 유래가 없는 혹서(酷暑)로 수십 명이 목숨을 잃었다는 이야기도 들린다. 아니 남의 나라 이야기를 할 필요가 없다. 우리나라에서도 태풍이 지났다는 뉴스가 끝나기 무섭게 국지적인 폭우가 내려 수십 명의 인명 피해가 있고 아름답던 산하가 망가지고 수천 명의 이재민을 내고 있다. 그런데 이 모든 것들이 천재이지만 잘 따져 보면 인재이다. 이른바 산업화, 도시화라는 이름으로 분별 없이 자연을 훼손하고 기름을 때대고 유해성 가스를 방출해서 엘리뇨 현상을 일으켜서 그렇게 된다는 것이다.

아직까지 우리 농민문학 내지 농촌문학은 도시만큼 산업화가 되지 못해서 가난하고, 그래서 인간적인 대접을 받지 못하고 사는 데 대한 저항이나 타령을 주로 해왔다. 근대화 초기에는 문맹퇴치나 미신타파, 신교육의 필요성을 강조해 왔고 근래에는 죽어라고 농사를 지어 봐야 생산비에도 미치지 못해서 살아갈 수 없는 생존의 문제를 다루어 왔거나, 그렇지 않으면 도시화되어 가는 아름다운 농촌의 정서를 잃어 가는 데 대한 아쉬움을 토로해 온 것이 대부분이었다. 지금도 생산비에 미치지 못하는 채소를 갈아엎고 가지와 오이 등 식품을 갈아엎어 버리는 비극이 보도되고 있다.

물론 우선 의식이 해결되어야 문화도 생각할 수도 있고 앞길도 생각할 수 있다. 그렇지만 더욱 중요한 문제가 우리에게 있다는 점을 우리 문학인들은 인식해야 한다. 아니 문학인들만이 아니라 온 인류가 알아야 히는데 우리 문학인들이 앞장서서 경고도 하고 길도 모색해야 하는 것이 아닌가. 이것이 이른바 환경문학, 생태문학, 녹색문학을 실현하는 구체적인 노력이 아니겠는가.

그리고 이들 환경문학이나 생태문학이나 녹색문학의 중심지에 농촌문학이 놓여 있어야 하지 않을까 생각된다. 인간성 옹호를 근간으로 하는 우리 문학은 부당한 정치 사회적 폭력이나 인간간에 있어서의 부당한 인간성 파괴에 대하여 끊임없이 저항하고, 고귀한 인간 생명의 보호와 인권의 옹호를 위하여 노력하는 것이 중요하다. 그러나 이 환경이나 생태의 문제는 한 인간이나 일부 집단의 생명 문제가 아니라 어떻게 보면 한 민족이나 국가, 나아가서는 전 인류의 생명을 위협하게 된다는 데에서 심각성을 지닌다고 할 수 있다.

문학사를 보면 언제나 인류의 앞길에 대하여, 역사의 앞길에 대하여 예견하고 경고하기를 서슴지 않아 온 것이 문학이었다. 이제 우리 농촌문학, 농민문학도 얘기하는 안테나를 세울 필요가 있다. 아직도 농촌이 부흥해야 나라가 잘 살 수 있다는 구호에만 매달릴 수 없는 시대가 열리고 있다는 것을 알아야 할 때가 왔다고 보는 것이다. 그런데 농업을 하는 농민들은 사명감을 가지고 문제 해결의 앞에 서고 있는데 농민문학에서는 그러한 점을 별로 찾아보기 힘들다는 데 안타까움이 있다.

요즈음 뜻 있는 농민들 가운데에는 외롭지만, 수지가 맞지 않는 유기농법으로 고군분투하면서 인간의 생명을 지키려고 갖은 노력을 다하고 있는 모습을 볼 수 있다. 오리농법으로 농약을 쓰지 않는다든지 품종을 개량하여 인체에 해가 없는 농작물을 개발한다든지 천적을 통한 해충의 방제에 이르기까지 깜짝 놀랄 생태보호의 사업을 추진하고 있다. 그런데 정작 이들보다도 앞서서 이러한 가능성을 제시해야 할 우리 농촌문학의 작가들은 어떠한가. 문학이 생산의 수단이 되어서는 문학 본명의 의미를 상실한다는 원론적인 것을 인정한다고 하더라도 환경이나 생태에 대한 관심이 농민보다도 떨어지고 있다고 한다면 지나친 이야기일까.

간척지 개간이 생태계를 파괴하는 원흉이 되고 있는데도 여전히 우리 농촌소설에서는, 간척지를 개간해서 농지를 넓히고 소득을 증대해야 하겠는데 농민들이 이해를 못 해서 그 일을 추진하지 못하는 갈등의 문제를 다루고 있는 것은 아닌가.

이제 농촌작가들은 눈을 크게 뜨고 멀리 바라보면서 주제를 찾고 독자들에게 신선한 충격을 안겨 줄 필요를 느낀다. 여기에는 아름다운 농토와 국토를 지키는 문제, 자연을 파괴시키지 않아야 하는 문제, 아름다운 인정을 계승해야 하는 문제, 이런 문제를 해결하기 위한 농사의 방법을 찾아내는 문제, 이러한 인물을 창조해서 문학적으로 승화시키는 책임이 우리 농촌작가에게 있다는 것을 명심해야 하지 않을까.

2

지난 계절 《농민문학》 여름호에 발표된 두 편의 소설을 보자. 한 편은 민영이의 「외재」와 또 한 편은 이영실의 「고향은 그대 가슴에 등불을 켠다」이다. 두 편 다 고향 이야기요 어머니 이야기이다.

「외재」는 어머니의 간절한 소망을 버리고 서울에 갔다가 사업에 실패하고 귀향하는 줄거리이고, 「고향은 그대 가슴에 등불을 켠다」 역시 서울에 갔다가 여의치 않아서 고향을 그리는 내용으로 되어 있다. 어찌 보면 전통적인 농촌 귀향 소재 소설이라 할 수 있다.

이들 주인공들은 농촌에 대하여 부정적인 생각을 가진다.

어머이, 갈수록 땅값은 자꾸 떨어지고 있어요. 늦으면 늦을수록 그만큼 가치가 없어지는 기라요. 두면 둘수록 손해라요. 하루라도 빨리 팔아서 제가 하는 사업을 확장하는 기 훨씬 이익이라요. 힘 부친 농사짓느라고 어머이만 이 고생 아닝기요. 어머이는 이 땅 판 돈으로 사업하여 돈 많이 벌어 편히 모실팅게 걱정 마시고요.

— 「외재」, p.165.

가거라. 촌구석에 백날 쳐박혀 있어봐야 가망 없다. 피땀 흘려 농사 지어봤자 개뿔도 남는 게 없다. 사람 사는 게 마찬가지다. 즈거 호주머니에 돈냥이나 들어 있으면 두 눈 착 내리깔고 사람 업씬여기는 게 세상 인심이데이. 지 새끼 잘 사는 거 보는 기사 세상 어느 에미가 싫다 하겠노. 니가 한 편 도시 생활 하는 덕에 나도 서울 구경하면 좋은 일 아니겠나. 마음 정했을 때 고마 후딱 떠나가래이. 니가 잘 사는 기 내 눈에 흙 들어 가기 전에 보고 싶데이.

— 「고향은 그대……」, p.174.

위는 아들이 조상 대대로 내려오는 땅을 팔아서 자신의 사업을 확장하기 위하여 어머니를 설득하는 대화이고, 아래는 아들을 서울로 보내 사업을 하도록 격려하는 어머니의 대화이다. 공통점은 이제 시골 농촌은 희망이 없다는 것이다. 이 밑바탕에 깔려 있는 생각은 경제적인 이익의 추구이다. 두 작품 다 아버지가 일찍 돌아가시고 아들에게 희망을 가진 농가이다. 요즈음 IMF 등으로 실직을 해서 농촌으로 귀환하는 사람들이 늘어 가는 모양이고 이들은 그래도 과학적이고 합리적인 사고를 가지고 있어서 비록 어렵고 시행착오는 하고 있지만 새롭게 농사를 지으려는 모습이 자주 화면에 소개되고 있는 것을 볼 수 있는데, 그리고 그것이 홍보용으로 내보내지고 있다는 비난도 있지만 농촌을 소재로 하는 작가들에겐 음미해 볼 만한 가치가 충분히 있다고 본다. 그런데 위의 두 작품은 한결같이 농촌을 살 수 없는 곳이니 도시로 나가야만 살 수 있다는 가정에서 이야기가 진전되고 있다.

그러나 앞의 「외재」는 중장기 운전면허를 해서 그런대로 살아가다가 자기가 직접 포크레인을 구입해서 사업을 하려가다 IMF를 맞아 실패하고, 더욱이 친구와 함께 맞보증을 섰다가 패가한 다음에 노숙생활을 하다가 차라리 뒷산에서 나무라도 해다가 홀로 외롭게 사시는 어머님 방에 불이라도 따뜻하게 지펴 주면서 살아야 하겠다고 귀향하는 내용이고, 뒤의 「고향은 그대……」는 어머니의 권유로 서울에 가서 외삼촌의 주선으로 취직을 했다가 나중에 대리점을 하기 위하여 시골에서 논을 팔아간 돈까지 날리고 어렵게 되었을 때, 어떻게 알고 어머니께서 근근이 모은 돈을 다시 대준다는 내용이다. 그러나 그 또한 여의치 않은 것으로 되어 있다.

두 작품 다 시골을 버리고 서울에 갔지만 결국 실패하고 귀향하고 만다는 이야기이고, 따뜻한 어머니의 품을 그리는 내용으로 되어 있다. 그렇다, 고향과 어머니의 이미지는 항상 짝을 이루고 있다. 두 작품의 아버지는 일찍 세상을 뜬 것으로 되어 있다. 아마도 아버지가 생존한 것으로 인물 설정이 되어 있었다면 그렇게 쉽게 시골의 농토를 처분해서 서울로 올라갈 수 없었을지도 모른다. 어쩌면 오늘의 농촌이 부권 상실의 터전이 되어 있음을 상징하고 있는지도 모른다.

또 한 가지, 우리의 눈길을 끄는 것은 이농한 젊은이들이 다른 사람 밑에서 종업원으로 일을 할 때는 그런대로 생활을 유지해 나가는데, 자기가 사업을 한다고 하다가는 실패를 하는 것으로 그려지고 있다는 점이다. 농촌의 경영능력과 도시의 경영능력이 다르다는 의미인지, 농촌에서도 제대로 농업경영을 못 하는 사람은 도시에 나가서도 경영에 실패한다는 것을 나타낸 것인지 모르겠다. 분명한 것은 이들 두 작품은 경제문제를 중심으로 이농과 귀농을 주제로 하고 있다는 점이다.

3

우리는 농촌소설에서 농촌을 버리고 도시로 나갔다가 실패하고 되돌아오는 이야기를 너무 많이 들었다. 이는 곧 농촌을 지키자는 의미를 담고 있다고 하겠다. 그리고 이러한 담론은 어떻게 해볼 수 없어서 농촌을 등지고 밀려 나갔던 일제 때부터 계속되어 온 과제이기도 했다. 그러나 이제는 농촌을 보는 작가의 시각도 좀 달라져야 되지 않을까.

이제 농촌을 지킨다는 것은 적어도 자연을 지킨다는 대국적인 의미를 가지는 쪽으로 달라졌으면 한다. 농촌조차 환경을 지키지 않는다면 우리들의 앞날은 캄캄하다. 어느 농민운동가의 말처럼 사람들이 머리 좋은 알곡인 자식들은 모두 도시로 보내서 명예와 권력을 잡도록 내몰고 정작 씨앗이 될 곡식인 아들은 무엇인가 부족한 자식을 집에 두고자 하는 이 서글픈 세태는 다음 세대에 농사를 완전히 망쳐 버려서, 급기야는 도시에 나간 똑똑한 아들까지 굶어죽게 만들고야 말 것이라는 의미심장한 절규를 귀담아 들을 때라고 본다.

적어도 우리 농촌작가들은 오늘의 경제 논리에만 매달리지 말고 세계와 인류를 내다보는 거시적인 상상과 창조에서 작품을 창작해 나갈 때 보다 고전적 의미를 가진 작품을 남길 수 있지 않을까. 이미 선진국에서는 그러한 농촌작품을 생산하고 있지 않은가. 여기에 고향과 어머니의 이미지는 더할 수 없이 중요한 모티프가 될 것이다.

《농민문학》 1999. 가을)

농촌의 과제, 곧 농촌소설의 주제

1

근대문학의 서사양식인 '소설'은 근본적으로 사회 역사의 환경을 자양분으로 하지 않을 수 없다. 우리의 삶의 현장에 갈등적 요소가 많으면 많을수록 또 갈등이 깊으면 깊을수록 소설은 제철을 만난다. 일제하의 아픔으로 얼마나 많은 저항적 작품이 나올 수 있었으며, 6·25의 비극이 우리 작가들로 하여금 얼마나 많은 소설을 쓰게 했는가. 그리고 군사정권 아래에서 민주화를 이루기 위한 치열한 싸움은 또 얼마나 많은 소설의 주제를 낳았던가. 이같이 역사적인 커다란 물줄기 아래에서 이른바 거대담론의 소설들이 태어날 수 있었다. 그런데 이제는 이러한 요소들이 수면 아래로 스며들면서 비판 형식으로의 소설이 약화되고 있다고 말한다.

그러나 아직도 우리는 휴전선을 사이에 두고 이데올로기의 첨예한 대립이 지속되고 있고, 완전한 민주주의의 실현을 위해서 해결해야 할 많은 과제를 안고 있다. 뿐만 아니라 IMF라는 경제적인 환란으로 사회적인 갈등은 갈수록 심화되고 있다. 이런 가운데 정쟁은 식을 줄 모르고 있으며, 도덕적 타락은 극에 달하고 있다. 작가도 사회의 일원으로 사회의 발전을 위하여 정신적, 정서적 문제 해결에 참여해야 한다는 책임이 있다면 지난 시절보다 할 일은 더 많다고 하여야 할 것이다.

우리의 농촌은 어떠한가. 살기 좋은 농촌을 만들어 가고 있다는 텔레비전의 소개와는 달리 얼마나 많은 갈등이 엄존하고 있는가. 귀농하는 지식인들이 특용 작물을 하고, 새로운 농법을 개발해서 소득도 높이고, 행복을 찾아가고 있다는 소식이 날마다 소개되고는 있지만 더 많은 농민들이 생산비에 미치지 못하는 소득으로 한숨 쉬고 있으며, 특히 잘못된 유통과정에서 다 지은 농사를 불사르고 파 엎는 비극이 실제로 일어나고 있지 않은가. 양축 농가가 부도를 내고 패가하고 있으며, 중국에서 몰려오는 농산물로 농사짓기를 포기하고 눈물을 흘리고 있는 농민은 얼마나 많은가. 장가들지 못하는 농촌 총각의 이야기는 이제 뉴스거리도 되지 못하는 형편이다. 농촌소설은 여기에서 출발해야 하지 않겠는가. 이것을 외면하고는 농촌소설의 존재 의미가 흐려지는 것이 아닐까. 예술적 서정 역시 이것을 바탕으로 하여야 할 것이다. 이효석이나 김유정 같은 작가의 농촌소설도 이것에 터를 두고 성공하고 있는 것이 아닌가 말이다.

2

이번에 만나는 작품은 강준희의 「서영감의 경우」와 김윤완의 「황소개구리」 그리고 전성태의 「유자향기」이다.

「서영감의 경우」는 농촌을 지키려는 아버지와 도시로 떠나려는 아들과의 갈등을 그린 작품이고,「황소 개구리」는 외국인과의 합작농을 내세운 사기피해를 고발한 작품이며,「유자향기」는 귀농에 얽힌 갈등과 전통적인 양반농가의 쇄락을 형상화한 작품이다.

물려받은 재산이라고는 불알 두 쪽밖에 없는 환경에서 모진 고통을 참아 가면서 소작농에 품팔이에 오로지 몸으로 농사일에 전념하고, 대변까지 칡잎에 싸가지고 와서 자기집 변소에 모으는 지독한 절약으로, 그리고 그의 처는 농사일에 길쌈일에 산나물 장수에 돈이 되는 일이라면 무슨 일도 마다 않고 노력해서 중농을 이루었다. 그런 서 영감과 농촌에 있어 봤자 장가도 들 수 없다는 절망감에서 이제 농촌을 떠나 서울로 나가려는 아들 사이에 벌어지는 갈등을 그린 작품이「서영감의 경우」인데 농촌의 세대간의 의식 차이를 뚜렷이 드러낸 작품이다.

서 영감이 내세우는 농촌 지키기의 이유는 두 가지이다.

느이도 잘 알것이지만 지금 농촌 형편어 어떠? 말이 아니잖여. 봐라 농촌에 아이들 울음 소리 끊긴 지가 언제여? 빈집은 얼마나 많고 묵정밭은 또 얼마나 많어. 동네란 동네는 모두 나간 집구석처럼 휘휘하고 썰렁해 찬바람이 씽씽 불어. 젊은이란 젊은이는 모조리 도회지로 나가고 일 못하는 늙은이들만 남았으니 동네꼴이 될 리 만무지. 이나무 우리 늙은이들 죽고 나면 그땐 어쩔껴. 그땐 정말 농촌이 망혀 씨도 싹도 없이되고 말어. 큰일여, 정말 큰일여.

내가 야들을 소핵교만 공부 시켰으니 망정이지 고등과 대학교를 공부 시켰어봐. 행여 지 애비 불쌍타고 농사 짓고 살겠다. 다 즈이들 잘났다고 도회지로 기어나가 일년에 한 두 번 추석이나 설 때 술 한 병 들고 와 얼굴 삐끔 내밀면 효도하는 줄 알지. 우는 놈도 속이 있어 운다고 나도 다

생각이 있어 높은 핵교 안 보낸겨. 여그다 짝이라도 지어나보지. 이건 늙
은 애비 에민 신다 버린 헌 신짝이여.

위의 이론은 우리 농촌을 이렇게 버릴 수는 없으니 아들더러 농촌을
지키라는 이야기이고, 뒤의 이야기는 자기의 노후를 생각할 때 내보낼
수 없다는 것이다. 어찌 보면 자기의 노후를 생각한다는 것도 전통적
인 농촌 윤리를 지키려는 의도로 볼 수도 있을 것이다. 여기에 대하여
아들은 서울에 가서 공장에 취직한 친구들이 2백 5십만 원 월급을 받
아서 2백만 원씩 집으로 부쳐오는데, 논 한 섬지기에서 나오는 쌀 60
가마를 팔아 봤자 9백만 원 나오는데 농자금 빼고 식구들 품삯 제하면
한 푼도 남지 않는다고 구체적인 계수를 가지고 덤빈다.

참 아버지도 답답하시네요. 왜 고려쩍 얘기만 허세유. 아버진 우릴 위
해 높은 핵교 안 보냈다구 허시지만 그건 말도 안되는 소리여유, 아무려
면 많이 배워 편하게 사는게 낫지, 못배운 힘든 농사 짓고 사는게 나아유?
보세유. 전 군대두 못가구 방위병으로 제대혔잖여유, 왜 그렇지유? 못 배
웠기 때문이여유. 무식허기 때문이여유. 고등학교를 못나왔기 때문이여
유. 그래 남들 다 가는 군대두 못가 방위로 제대헌 게 인간이여유. 전 병
신이여유. 더는 지발 병신 만들지 말어유. 말이 났으니 말이지만 이 촌구
석에 처박혀 농사 짓다간 장가도 못 가고 죽어 몽달귀신 돼유.

서 노인은 서 노인대로 서울에 가서 실패한 사례를 들고, 아들은 아
들대로 밖에 나가서 성공한 사례를 들면서 서로 공방을 하지만 이미
승패는 판결이 난 것이다. 농촌의 실제적 환경이 아버지의 설득에 힘
을 실어 주지 못하기 때문이다. 결국 아들은 그의 형과 어머니의 도움

속에 집을 떠나고 만다. 어찌 보면 이런 이야기는 한 세대 전의 이야기처럼 느껴지기도 한다. 이제는 농촌을 고집스레 지키면서 살라고 고집부리는 아버지조차 없는 형편이고 아버지가 붙잡는다고 아들이 농촌에 남아 있을 환경도 아니기 때문이다. 그런 의미에서는 다소 사실성을 잃은 소설로 볼 수도 있을 것이다.

이에 비하여 「황소개구리」는 현실감을 가지는 이야기이다. 사람들은 언필칭 국제화 시대니, 세계화 시대라고 목소리를 높이고 있지만 그에 대한 대비책이 마련되지 않은 개방은 스스로의 패배만 안겨줄 뿐이다. 황소개구리가 우리의 생태계를 파괴하고 있는 현실이 그것을 잘 말해 주고 있는 것이 아닌가.

작품 「황소개구리」는 외국인과의 합작영농을 통하여 많은 수입을 올려 보려는 성실한 농민 명구의 욕심이 불러온 농가의 비극을 그리고 있는데, 명구 씨는 어느 날 신작로에 사는 노씨의 감언이설로 가족들의 반대에도 불구하고 외국인과의 합영영농에 합의한다. 첫 해는 그런 대로 약속을 지키더니만 자기네 나라의 농기구와 씨앗까지 팔아먹고는 빠져 나가고, 결국은 자국인들끼리의 갈등만 고조시키게 만들고 만다. 언제나 밖으로부터의 바람은 안으로부터의 붕괴에서부터 낭패를 가져오는 법, 농산물 개방이네 합영영농이네 하는 것들도 자칫 안으로부터의 농간을 조심하라는 경종을 울린 것이라 볼 수 있다.

하루 종일 굶고 술에 만취한 사람답지 않게 어디에서 그런 힘이 생겼는지 명구씨는 쏜살같이 농장 문을 박차고 들어가 곡괭이를 주워 들고

"이 자식 찰리 뒈저라, 이놈 뒈져."

소리소리 외쳐대며 이양기니 탈곡기니 트랙터니 닥치는 대로 때려 부쉈다. 그 뻔뻔스럽고 음흉한 찰리에게 앙갚음이라도 하듯 명구씨는 농장

건물이며 농기계를 닥치는 대로 부수다 부수다가 기진해 곡괭이 안고 쓰
러졌다. 썩은 기둥처럼 픽 허물어진 그 위에 함박눈이 소복이 쌓이고 있
었다.

이러한 결말은 합작영농이 가져다 준 비극을 여실히 드러내고 있는
것이다.

3

젊은 세대에게 농촌소설을 기대하기가 어려운 환경이 오늘이다. 날
로 약아 가는 젊은이가 시장성이 약한 농촌물을 쓰려고 덤비지 않는
다. 그런 가운데에도 꾸준히 농촌을 배경으로 하는 소설을 써서 우리
의 시선을 끄는 작가가 전성태다. 그리고 그의 시선은 옛날의 농촌소
설과는 다른 자리에 놓여 있다. 농촌의 환경이 달라졌으니 당연한 일
이다. 「유자향기」 역시 그렇다.

농촌은 어머니 같은 고향일까. 농촌을 떠나 잘 살 길을 찾는다고 대
처로 나갔던 사람들이 IMF 이후 귀농하는 사람들이 많아지고 있다고
한다. 그러나 그 일이 그렇게 만만한 것이 아니다. 농토를 많이 가지고
있는 집안의 자녀 같으면 몰라도 처음부터 어렵게 살다가 그 고통을
참지 못하고 서울로 갔던 사람, 서울에서도 근근이 살다가 경제가 어
렵게 되어 고향이라고 찾아와 보지만 농토가 없다. 아니 많이 있었지
만 농촌으로 귀향하는 사람들이 많아지니 그들에게 돌아갈 땅이 많지
않다. 「유자향기」는 그러한 현실을 말하고 있다.

조상 때부터 면장을 지낸 김씨 문중의 산지기였던 기섭은 서울로 가

서 막일로 전전하다가 고향에 내려온다. 서른셋에 어렵게 결혼한 아내와 함께 내려와 전답 20여 마지기를 임대해서 농사를 짓는데 전답의 임자들 아들들이 내려오는 바람에 농토를 잃어 가게 된다. 믿었던 아내는 공사장에서 만난 덤프트럭 운전수를 따라 가출하고, 내려올 때의 결심으로 살아 보려 하지만 동리 사람들의 시선이 따뜻하기만 한 것이 아니다. 통신회사에서 안테나를 세우고 임대료를 준다는 통에 그 자리 선정을 놓고 연우 영감과 서먹한 사이가 되고 아들 학비를 마련하려고 심어놓은 유자나무 밭도 어쩌면 돌려 주어야 할지 모른다.

농토를 지키기 위하여 전답 주인네 시제상을 잘 마련하여야 하기 때문에 힘에 겹게 시제날 제물을 진설해 놓고 기다리지만 양리 마을의 주인들이 나타나지 않는다. 동리 사람들과 함께 시제를 지내고 음식을 싸가지고 주인네 마을로 찾아가 보았더니 종가의 어른인 옛날 면장은 망령이 들어서 알아보지도 못하고 아들들조차 보이지 않는다.

전성태는 이 작품을 통하여 도시 생활에 실패하고 귀농하는 농민의 문제와 더불어 정신적 지주가 되고 있던 토착 농민의 정신적 허물어짐도 함께 이야기하고 있다고 할 수 있다. 이래저래 우리 농촌은 갈등의 마당이 되고 있는 형편이다.

새로운 각오로 귀농을 하지만 시골에서는 시선이 곱질 않다.

요새 농촌에서 농새짓는 이덜 중 스디 잘난 놈 히니 있등기? 디들 멧넌씩 도회지서 궁글어 보다가 안 되니께 헐수 없이 내려온 갱쟁력 없는 놈들이제. 아 당장 눈앞에 보이지덜 안 혀? 나라 갱제가 절단나농께 몬자 자빠진 놈들이 농새짓것다고 내려오는 거이. 안 그려? 고향 망칠 것들은 차라리 안내려오는게 훨씬 우리 농촌을 위하는 질이라 —

　IMF 시대에 다시 불거지고 있는 농촌의 어려움이 여기에도 있는 것
이다.

《농민문학》 1998. 겨울)

농촌 인정 되살리는 소설들

이 계절의 한국 농민문학계에서 단연 화제를 찾는다면 60 평생 농민문학만을 고집해 온 이동희가 그의 야심작인 대하소설 『땅과 흙』을 5부작으로 펴낸 일과, 이순의 나이에 농촌소설가로 등단하여 첫 작품집인 『흙의 눈물』을 간행한 김윤완의 이야기가 될 것이다.

이동희는 1938년 충북 영동에서 출생하여 1963년 《자유문학》지에 소설 「좌절」로 등단한 이래 끈질기게 농촌, 농민을 소재로 하는 소설을 꾸준히 창작해 온 작가로 그간 10여 편의 장편과 100여 편의 중단편을 썼다. 그런데 이번 그의 갑년을 맞아 펴낸 『땅과 흙』은 그가 33세 되던 1970년에 《우리들》이라는 잡지에 「이무기가 사는 마을」이라는 제목으로 시작되었는데, 이번에 장편 연재를 마침으로 그 대단원의 막을 내리게 된, 이동희의 필생의 역작이다. 무려 28년에 걸친 작품이기 때문에 그 집필과정에서 우리의 농촌을 비롯한 사회가 몰라보게 달라져서 사건의 진행이나 소재의 문제, 그리고 주제에 있어서도 흔들림이 있을까 우려했지만 그의 주관은 일관되고 변함이 없었다. 역시 그는 처음 작가가 바라본 농촌에 대한 열정 그대로를 오늘에 연결시키는 참으로 보기 드문 작가라 할 것이다.

그런가 하면 1939년 충남 청양에서 출생하여 1959년에 시인으로 문단에 등단한 이래 무려 12권의 시집을 간행할 정도로 시 창작에 열성을 보여온 김윤완은 환갑이 다 된 나이에 《문예사조》지에 신인작품을 응모하여 당당히 신예 소설가로 등단, 소설가의 길에 들어섰다. 그런데 그는 농촌, 농민을 작중 인물로 하는 작품을 열정적으로 써서 등단 1년 만에 9편의 작품을 묶어 『흙의 눈물』이라는 단편집을 간행한 것이다.

우리 사회의 구조로 볼 때, 그간 농촌을 지키기가 얼마나 어려웠는가 하는 점은 여기서 새삼스럽게 지적할 필요를 느끼지 않는다. 그것은 너무나 명확하게 우리가 체험해 온 현실이기 때문이다. 지금도 여전히 우리의 농촌은 소외되어 있고 생활해 나가기가 어렵다. 그간 경제개발이다, 산업화다 해서 상공업 위주로 정책을 펴오면서 상대적으로 우리 농촌은 열악한 환경으로 내몰리고 있었다. 이동희가 『땅과 흙』을 집필하기 시작할 무렵에는 농민이 전 국민의 80%에 가까웠고, "농촌이 살아야 국가가 산다"라는 구호를 내걸고 새마을 운동이 활발하게 전개되던 때였다. 그런데 이제는 농민이 전국민의 20%가 채 되지 않는 상황에서 경영농으로 변신하고 있는 중이다.

그러나 우리가 경제적으로 좀 나아졌다고는 하지만 우리의 미풍양속을 비롯하여 한국적인 소중한 정서를 송두리째 잃어서 행복한 사회가 되기는커녕 갈등만 증폭된 사회를 형성하고야 말았다. 많은 사람들이 이제라도 상실된 우리의 고유한 정서를 찾아야 한다고 목청을 높이고 있다. 그런 의미에서 이동희가 5부작의 소설을 간행한 것이나 김윤완이 의욕적으로 농촌소설을 쓰기 시작했다는 것은 의미 깊다 하겠다.

먼저 『땅과 흙』에서부터 이야기를 풀어 보기로 하자. 농촌 출신 이명운은 서울에 유학하여 대학원까지 마치고 대학 강의를 맡고 있을 뿐만 아니라 지도 교수의 신망을 얻고 있으므로 공부를 계속하면 대학 교수가 될 길이 그리 멀지 않은 지식인이다. 그런데 유학에 들어설 때의 뜻을 이룩하기 위하여 그 길을 포기하고 고향에 돌아와 농촌계몽의 길에 들어선다. 그는 이무기가 산다는 미신 때문에 농로를 제대로 내지 못하는 연못을 주민들의 많은 반대를 무릅쓰고 개조하여 길을 제대로 낸다. 그는 마을 회관을 짓고 협업농업을 위하여 신명을 다한다. 그런 가운데 고향에서 부모와 함께 장래를 약속했던 초등학교 교사 순이와 서울에서 사귄 지도 교수의 딸 수경과, 귀향하여 농촌운동을 하면서 사귄 고등학교 교사 선영. 이들 세 여인과의 사각관계가 복잡하게 얽혀 있다. 종래의 농촌 계몽소설에서는 사랑의 문제가 계몽을 위한 보조적 역할을 하고 있다고 볼 수 있는데 이 작품에서는 오히려 사랑의 문제가 농촌 계몽보다도 관심을 모으도록 창작되어 있다. 이동희는 "농촌은 위통을 벗어 던지고 달려들었을 때, 해결의 실마리가 풀렸다. 그러나 사랑의 문은 노력만 가지고는 열리지 않는다"고 후기에 적고 있다. 이는 아무래도 작품을 처음 시작할 때와 오늘의 농촌이 달라지고 있으므로 소재적인 변화에서 그렇게 된 것으로 보인다. 그러나 그는 여전히 우리의 농촌은 이스라엘의 협업농촌처럼 구조 자체를 바꾸어서 이상농촌을 건설해야 한다는 주장을 굽히지 않고 있다. 오로지 주인공 명운을 향하여 있는 세 연인은 지난날 우리 농촌의 여인들이 가지고 있는 순박하고 열의가 있으며 봉사적인 여인상의 원형으로 설정된 것으로 이해해야 할 것 같다.

다음은 김윤완의 작품 세계이다. 그는 농촌사회의 문제를 들고 나오기보다 농촌의 인정을 중심으로 작품을 창작하고 있다. 계급의식을 가지고 투쟁을 외치는 농촌소설과는 궤를 달리하고 있다. 이제 우리 농촌에서 찾아야 할 것이 있다면 전통적인 인정, 의리, 윤리가 아닐까 생각된다. 그는 이런 것들이 농촌에서 사라지고 있음을 안타까워하고 있다. 그러면서 언제나 사필귀정을 바탕에 깔고 있다. 아마도 그것은 그의 순하디 순한 개성과도 무관하지 않으리라고 본다.

그가 이번《농민문학》봄호에 발표한「멀고 먼 아침」만 해도 그렇다. 같이 형제처럼 농촌을 지키면서 열심히 농사를 짓던 병태가 경운기 사고로 세상을 뜨자 그 집일을 자기 일처럼 정성껏 도와주는 아름다운 인정을 그리고 있다. 그런데 손버릇이 나빠 동리에서 쫓겨났다가 다시 돌아온 영구댁의 모함으로 실망에 빠지지만 동리 어른들이 오히려 영구댁을 나무라고 마음씨 고운 주인공을 동리 사람들과 더불어 붙잡는다는 이야기이다. 여기에는 주인공이 농촌을 계몽한다든지 신진 농업 기술을 전파한다든지 하는 계몽적인 냄새는 없다. 오로지 농촌이 지켜가야 할 순박하고 정서만이 문제로 등장하는 것이다.

"고라질배미, 육골다랭이, 한작골배미" 같은 지명이라든지, "다른 때 같으면 얼개미와 찌그러진 양재기를 미리 준비해 와 도고에 옹기종기 모이는 송사리며 방게나 미꾸라지도 잡아 얼큰한 민물고기 매운탕을 끓여 막걸리 안주라도" 하는 표현에서 볼 수 있는 바와 같이 순수 토박이 농촌이 농촌 정서와 함께 묘사되고 있다.

이러한 농촌의 인정을 그리고 있는 작품으로 이영실의 「푸른 억새꽃」을 들 수 있다. 이 작품 역시 농촌에서 열심히 농사를 짓고 있는 이규식 내외의 따뜻한 인정이 주를 이루고 있다. 더욱이 같은 동리 손종호에 대한 연민의 정도 농촌 인정을 강조하고 있는 것으로 보인다. 학교 다닐 때 촉망을 받던 손종호, 그의 아버지가 빨갱이가 되어 북으로 가자 큰집살이를 하면서도 공부를 잘해서 교대를 나온 다음에 선생으로 취직했지만 선생들끼리 노름을 하다 형무소에 다녀와서 정신 이상을 일으킨 그를 따뜻하게 돌봐 줄 생각을 하는 주인공, 바로 농촌의 인정이 아닌가.

　이제 우리 농촌은 도시의 생활에 실증을 느끼었거나 IMF 한파 이후 사업이 여의치 않은 사람, 실직자들이 귀향하는 곳이 되어 있다. 이들에게 따뜻한 인정이 어떤 의미를 가지는 것인지를 작품들이 말해야 할 때가 아닌가 싶다. 농촌의 아름다운 인정은 아무리 강조해도 좋을 것으로 본다.

소설 소재로서의 '농촌'에 대한 시각

문학에 있어서 '농촌'이 가지는 소재적 의미는 무엇인가. 특히 소설 소재로서의 '농촌'은 어떤 의미를 가지는 것인가. 대체로 '농촌소설'이라는 장르는 소재적인 분류에서 이름 지어진 것이기 때문에 한번쯤 생각해 볼 문제이다.

지난 시대 농촌은 계몽의 대상이었다. 「상록수」가 그렇고, 「흙」이 그러하였다. 농촌은 말할 수 없이 경제적으로 낙후되어 있으며, 지극히 순진무구하지만 무지한 농민이 살고 있는 곳, 그러나 농촌은 국가와 민족의 뿌리이기 때문에 끊임없이 계몽하고 개발하여야 할 대상이었다. 과학영농을 해야 하고, 문맹을 퇴치하여야 하며, 구습을 타파해야 하는 곳이었다. 농민은 언제나 지주들에 의하여 수탈당해 왔고, 가난 속에서 고달픈 삶을 살아야 했다. 그래서 농민의 억울한 한이 서린 곳이었다. 따라서 작가는 여기에 따뜻한 사랑의 눈길을 보내지 않을 수 없었으며, 그러기 위해서는 배운 사람, 즉 지식층이 농촌에 들어가서 농민의 대변자가 되고, 무지를 깨우쳐 주면서, 여러 가지 장애를 극복하는 인물을 주인공으로 삼아야 했었다. 문학론자들은 이와 같은 현상에 대하여 작가가 지나치게 농촌을 시혜의 대상으로 인식한 때문이라고 다소 비판적인 시선으로 바라보기도 했었다.

그런데 산업화 과정에서는 농촌이 도시와의 경제적 격차로 고통을 당하는 곳으로 바뀌었다. 이는 아직까지도 이어지는 현상이지만, 노력에 비하여 정당한 소득을 얻지 못함으로 상대적 빈곤에서 한숨을 쉬는 곳이었다. 화려한 도시에 비하여 문화적 불모지가 되어 버린 농촌, 생산비에도 미치지 못하는 농산물 유통은 농민들로 하여금 농산물을 불에 태우게 했거나 채소를 수확도 하기 전에 갈아엎어야 하는 비극을 겪게 했다. 농민들은 정든 삶의 터전을 버리고 도시로 옮겨 갔고, 노약자들이나 남아서 지키는 한심한 땅으로 변해 갔다. 당연히 작가들은 이러한 문제에 관심을 가지지 않을 수 없었다. 정책에 저항하고, 농촌의 현실을 고발하고, 도시민들의 비정을 말하기도 했다. 결혼을 못 하고 있는 농촌 총각이 말하는 것처럼 참담한 농촌 현실과 더불어 인간 관계에 대한 왜곡된 가치관을 바로잡으려는 노력도 있었다.

그러나 농촌은 어떠한 경우에도 도시민들의 고향이라는 소재적 의미를 떨쳐 버리지 않고 있었다. 농촌의 여건이 열악해지고 복잡해지면 복잡해질수록 우리들의 고향이기 때문에 우리가 지켜야 한다는 사명감까지도 일게 했다. 위에서 이야기한 계몽이나 고발도 그러한 의미에서 당연한 것이었다. 객지 생활에 지친 몸이나, 아니 영혼까지라도 고향에 와서 포근히 안식할 수 있는 곳으로 남아 있었다. 정치가 버리고, 경제가 버리고, 산업 문명이 버리더라도 정신적인 고향을 문학만은 지켜야 한다는 의식을 농촌 작가들은 견지하고 있었다고 볼 수 있다.

이 계절에 발표된 농촌 소재 작품 가운데는 이 같은 고향 의식을 소재로 한 작품들이 눈에 띈다.

먼저 이영실의 「노인의 하루」를 들 수 있다. 이는 하나의 귀향 소재 소설이라 할 수 있는데 여전히 객지를 떠돌던 주인공이 농촌에 돌아와 생활의 안정을 찾는다는 내용이다. 이미 노인이 된 주인공의 아버지는 남의 집 종살이를 하는 천한 신분이었다. 해방이 되자 출가하여 서울로 갔지만 여전히 고달픈 삶이었다. 기차역에서 짐꾼을 하는 아버지는 집에 돌아와서 어머니에게 폭행하기를 예사롭게 했다. 결국 어머니는 집을 나가고 아버지마저 세상을 뜨게 되어 고아처럼 살아간다. 막노동판에서 어려운 삶을 살면서 어느덧 노년이 되었는데, 죽음을 준비한 돈까지 여인을 잘못 만나 사기를 당하고 절망의 나락으로 떨어진 주인공은 자기가 떠났던 농촌에 돌아와서 땅을 개간하고 씨를 뿌려 새로운 삶의 평화를 찾는다는 줄거리이다. 작가의 시선은 도시는 악의 소굴이요, 농촌만이 고향처럼 지친 삶을 받아 주는 것으로 되어 있다.

천장이 낮고 두 사람이 몸뚱아리 붙이고 누우면 꼭 맞는 여인숙 방, 벽에는 남자와 여자의 성기를 그려놓고 음탕한 이야기가 코딱지처럼 붙어 있는 방, 노인은 이제 그 방이 싫었다. 노인은 사람들이 북적거리는 도시가 상가의 불빛처럼 화려하지 않다는 것을 알았다. 어깨에 힘을 주고 목울대를 세워 거드름을 피우던 사람이 어느 날 갑자기 포승에 묶여 감방으로 끌려가고 이름 석 자만 들어도 머리를 조아리게 하던 화려한 사람이 느닷없이 신문에 대문짝처럼 실리더니 욕을 얻어먹으며 감옥으로 끌려가는 게 도시였다. 고급스러운 주택에 사는 여자들도 밥 먹듯이 이혼을 하고 돈과 권세로 익숙해진 사람들이 돈과 권세로 몰락하는 것도 도시였다. 여자들은 옷 벗기 경쟁이라도 하듯 가학적인 노출증에 걸려 있고 쾌락만이 절대 가치를 지닌 삶의 목표인 듯 벗은 여자의 자극적인 몸매로 구매 욕구를 충동하는 상혼은 도시 전체를 진열장으로 만들고 있었다. 노인은 그 도시의 어느 구석지에도 자기의 땅 한 평을 갖고 있지 못했다. 도시는 노회하고 탐욕적이어서 노인처럼 우직한 자의 틈입을 용인하는 실수를 반복하지 않았다. (p.256.)

정치, 경제, 도덕적으로 피폐해진 이 같은 도시를 떠나 노인은 고향으로 돌아간다. 물론 자기 아버지가 종살이 하던 마을은 비켜 갔지만 동대봉산 산마루의 빈민 정착촌이었다. 정착민들조차 다시 도시로 떠나가 버린 이곳에 정착하여 농촌생활을 시작한 것이다.

지천으로 널려 있는 땅에서 토질이 제일 좋아 보이는 곳을 골라 보리와 밀을 한 마지기쯤 갈아 보았다. 보리보다는 밀을 많이 갈았다. 보리는 타작을 한 뒤에 방앗간에 가 찧어야 되지만 밀은 타작만 하면 그냥 쪄서 먹을 수도 있으니까 그게 편할 것 같아서였다. 도라지를 캐어다가 반찬을 만들고, 냄새를 따라가 더덕을 캘 적에는 더덕 냄새에 흠뻑 취하기도 했다. 노인은 산에서 혼자 사는 게 도시에서 혼자 사는 것보다 쉽고 편하기만 했다.

절대 신인 하나님은 인간에게 땅을 정복하라 땅에 충만하라고 했다지만 노인은 땅을 경작하는 일에 땀을 흘리고 있었다. 겨울 한 철 동안은 쉬지 않고 밭을 일굴 것이라고 작정했다. 콩도 심어야 되고, 감자도 심고 고구마도 심을 것이다. 고추도 심고 오이도 심을 것이다. 노인은 가슴이 두근거렸다. (p.258)

위의 두 인용 문장만 읽더라도 이 소설이 귀향소설이라는 것을 금세 알게 될 것이다. 이광수나 심훈은 농촌 계몽자를 주인공으로 했지만 이영실은 도시생활에 실패한 사람이 농촌에 돌아와서 생활의 안정을 찾는 것으로 인물을 설정하고 있다. 과연 오늘의 농촌이 이처럼 도시

생활의 패배자를 맞아들일 만큼 낭만적인지는 좀더 자세히 살펴보아야 하겠지만, 기본적인 패러다임은 "약삭 빠르고 자기 본위적이고 타인의 희생을 강요하는 도시"에서 패배한 나그네를 따뜻하게 맞아 품에 안아 주는 곳은 농촌이라는 구조를 가지는 것이다. 농촌을 고향으로 생각하는 작가의 한 시각이라 할 수 있다.

그러나 원재길의「물 속의 집」에 그려지고 있는 농촌은 훨씬 현실적이다. 이영실이 농촌을 아직은 지친 삶을 포용할 고향으로 인식하고 있는 데 비하여 원재길은 그런 기대를 가진 농촌조차 수몰됨으로 고향을 상실하게 되었다는 현실을 말하고 있다.

스물다섯 곳을 옮겨 살면서 고단하게 살아온 30대 중반의 여주인공은 남편조차 감옥에 가고 아이조차 죽게 되어 고향을 찾는다. 그러나 고향은 자기가 기대했던 곳이 아니었다. 40킬로의 몸무게를 지탱하면서 어렵게, 어렵게 찾아오는 고향길이었지만, 차 안의 운전기사나, 낚시꾼, 차에서 내렸을 때의 사람들의 무관심, 더욱이 고향집 근처에 다다랐을 때, 수몰된 옛 마을의 정경, 절망감에 젖어 죽음을 준비하고 있는 이 가련한 여인에게 다가온 성폭행, 마침내 여인은 이러한 고향에서 물에 들어가 목숨을 끊는다. 어떤 의미에서는 이제 농촌은 영혼의 고향으로 바뀌고 있음을 말하려 했는지도 모른다. 살아서 찾아가는 곳이 아니라 죽음으로써 제대로 찾아지는 고향, 이는 어떻게 설명해야 할까. 이 여인은 죽어서야 고향집을 보게 되고 그리던 할머니를 만나게 된다.

동네 풍경은 예전이나 지금이나 똑같다고 여자는 생각한다. 전혀 변한 게 없다. 누렁이 한 마리가 여자와 아이를 보고 컹컹 짖는다. 개 뒤쪽으로 어느 집 마당이 보이고 그 곳에서 머리가 허옇게 센 어떤 노파가 싸리비

로 마당을 쓸고 있다. 개가 계속 짖어대자 노파가 허리를 편다. 저놈이 아
침부터 왜 짖어대는 거여?

　이쪽으로 눈길을 주더니 할머니의 동작이 멎는다. 뒤늦게 여자를 알아
본 할머니가 두 팔을 벌리고 다가온다. 아니, 이게 누구야? 오래도록 통
소식이 없더니 별안간 네가 할미를 다 찾아오고? 할머니가 여자를 포옹한
다. 여자도 두 팔을 벌려 할머니를 껴안는다. 두 사람은 꽤 오랫동안 그
자세로 미동도 없이 서 있다.(p.194.)

생각해 보라. 우리가 죽은 후, 이 같은 현상이 눈앞에 나타난다면 어
떨 것인가. 여인은 죽음으로써 생시의 불가능을 이렇게 실현하는 것으
로 작가는 그리고 있다. 아름답지만 섬뜩한 일이 아닌가. 현대인의 고
향상실, 이는 영혼세계의 재생으로 연결된다는 것을 어떤 비극으로 인
식할 것인가. 오늘날 작가들의 농촌에 대한 시각이 이같이 다르다는
것을 읽게 된 것이다.

한편 조용호의 「수수바람」에 나타나는 농촌은 또 다른 시각에 있다.
농촌 할머니 하시래댁과 장계댁은 똑같이 남편이 없는 과수댁이다. 장
계댁의 아들 내외는 직장 따라 대처에 가 있고, 하시래댁 외아들은 서
울에 가서 돈을 번다고 떠나 있어서 둘은 외로운 형편에 있다. 그런데
하시래댁 아들 광호는 공장에서 만난 외로운 처녀와 결혼을 약속하고
우선 처녀만 시골 집에 데려다 놓고 형편이 나아지면 정식으로 결혼을
하고 어머니까지 서울로 모셔가겠다고 하였지만, 약속된 날까지 편지
한 장 없다. 서울댁이라 불리는 이 처녀는 남편 될 광호의 소식만을 기
다렸지만 어느 날 광호로부터 다른 "좋은 자리를 찾아가라"는 편지를
받고 수수밭에서 자살하는 것으로 되어 있다. 광호는 더 빨리 돈을 모
으려 프레스 공장으로 직장을 옮겼다가 사고로 다리 하나를 잃게 되자

앞날이 구만리 같은 처녀를 불행하게 할 수 없어서 편지를 보냈던 것이다.

이 작품에서의 농촌, 즉 고향은 어떤 소재인가. 농촌을 떠나 도시로 나가려는 사람의 근거지 역할을 기대하지만 결국 도시에서도 받아 주질 않았고 고향 또한 냉정한 곳이었다. 하시래댁은 며느리 될 사람을 따뜻하게 돌보기보다는 소식 없는 아들에의 행동이 맘이 들지 않자 구박을 한 것이다. 농촌도 도시도 생활의 안식처가 되지 못하고 있는 뿌리 뽑힌 인물은 오늘날 얼마나 되는 것인가.

농촌을 고향, 그러나 오늘의 현실은 고향 상실의 비극을 오히려 농촌에서 읽고 있는 것, 이래저래 소설의 소재로서의 농촌은 점점 우리에게 안타까움만 안겨 주고 있는 꼴이 아닌가.

《농민문학》 1999.봄)

인간의 본성적 갈등을 통한 농촌 보기

1

　참으로 놀라운 일이다. 환갑에 소설가로 등단하여 매년 단편집을 1권씩 출간하다니. 어찌 놀라운 일이 아닌가. 1년에 한 권 분량의 소설을 쓴다는 것은 젊은 나이에도 어려운 일인데 백설로 장식된 두발을 가지런히 한 중견 시인 김윤완 작가가 쉴새없이 써대는 저 연부역강(年富力强)하는 정열 앞에 누가 경의를 표하지 않을 수 있으랴. 문단 데뷔 40여 년, 12권의 시집을 출산했으니 평균 3~4년 만에 한 권씩 시집을 발간한 데 비하여 60을 넘긴 연세에 매년 소설집을 간행한다는 것은 그가 이제 시를 접어 두고 본격적으로 소설에 매달린 것으로 보아야 할 것이다.

　그는 「분노의 씨앗」이라는 단편으로 1987년에 데뷔하여 89년에 첫 단편집 『땅의 눈물』을 상재한 후 1999년에 두번 째 단편집 『하얀 깜부기』를 출간했고, 그리고 채 1년이 되지 않은 2000년 벽두에 세 번째 작품집 『벙어리 강』을 발간하게 된 것이다.

　첫 번째 작품집 말미에 작품해설을 부탁해 와서 평소에 그의 인격을

존경하던 차라 무딘 붓끝으로 결례를 했는데 세 번째 작품집에 또 해
설을 하라 하니 미안하기 짝이 없다. 여러 번 사양했으나 누구보다도
옆에서 자기의 글 쓰는 작업을 지켜본 사람이니 거절하지 말란다. 틈
만 나면 소주를 나누어 마시는 사이이니 끝까지 사양할 수 없어서 할
수 없이 서안을 앞에 하고 앉았으나 평소에 하고 싶은 이야기는 첫 번
째 작품집에서 다 해버렸으니 막막할 따름이다. 그래도 작품이 다르니
또 실례를 하기로 한다.

　누가 그랬던가. 아마도 역사주의 비평의 주창자라 할 환경론자들에
의하여 이야기된 것으로 기억하지만 "그 나무에 그 열매"라는 말이 떠
오른다. 이들은 열매인 작품보다도 그 본체인 작가를 더 소중히 생각
한다는 것이고, 우리가 작품을 읽는 것도 바로 그 작가를 이해하기 위
한 수단에 불과하다고 설명했다. 우리는 작가 김윤완 씨가 지어낸 작
품을 읽으면서 어쩌면 이들 작품을 통하여 인간 김윤완을 이해는 계기
가 된다는 데 더 큰 의미가 있는지도 모르겠다. 옆에서 그와 교분을 더
하면서 그의 작품 속에 그의 인격이 그대로 스며진 것을 볼 수 있기 때
문이다.

　그는 정의롭게 살 것을 강조한다. 그러면서 바르게 살려는 사람을 괴
롭히는 제도나 인간에 대하여 늘 가슴아파한다. 그의 마음 깊은 곳에
는 유가의 선비정신이 도사리고 있어서 어찌 보면 대단한 보수적 색채
를 간직한 것처럼 느껴지기도 한다. 그는 남을 속이는 것에 대하여는
용서하지 못한다. 그런데 오늘날 우리 사회가 남을 속이는 것으로 돈
도 벌고 출세도 하고 명예도 얻으려는 부류들이 너무나 많은 데 대하
여 속상해 하고 있다. 그래서 그의 작품은 이들 남을 속이고 사기 치고
하는 부류들에 의하여 희생당하는 사람과 사건들을 주로 다루고 있다.
그리고 그 피해자는 언제나 선량한 마음을 가지고 살아가려 하는 시골

사람이다. 자연히 농민이 많을 수밖에 없다. 그래서 그는 오늘날 드물게 만날 수 있는 농촌 작가의 한 사람이 되어 있는 것이다.

속이지 않는 땅에 열심히 농사를 지어서 착하게 살아가려는 농촌에 증권 바람이 일어서 패가하게 된다는 「매미가 날아간 언덕」이나 골프장을 만든다, 러브호텔을 세운다 하여 진정한 농사꾼이 되고자 하는 선량한 사람을 못살게 구는 이야기인 「질경이」나, 아들 교통사고에 끼어들어 사기 치려는 사람들을 고발한 「벙어리 새」, 수리조합이다 명당이다 해서 어리석으리만치 착한 농민을 착취해 가는 「여우와 코뚜레」, 이번 작품집의 모든 작품이 결국은 선량하게 살아가려는 농민을 피해자로 만드는 과정을 그린 것들이다. 이는 곧 작가 김윤완 씨가 평소에 사람 살아가는 사회를 보는 시각이라고 할 수 있다. 사람답게 살아가려는 사람에게 끊임없이 몰려오는 사회의 부조리를 고발하려 하는 것으로 압축할 수 있을 것이다.

2

소설은 결국 이야기(story)이다. 요즈음에 와서 이야기를 하는 방식이나 전달하는 방식이 다양하고 보다 심미적으로 발전되었을 뿐이지 소설의 기본은 사람 살아가는 이야기이다. 그런데 그 사람 살아가는 길이 얼마나 복잡하고 그 살아가는 모습을 보고 느끼는 것이 얼마나 다양하며 살아가는 것을 보고 비평하는 시각이 얼마나 또 복잡한가. 이 복잡다단한 것들을 질서 지우는 일이 다름 아닌 소설이라고 할 수 있을 것이다.

김윤완 작가의 눈은 항상 농촌에 머물러 있다. 약삭빠른 사람들이 서

둘러서 땅을 팔고 집을 팔아 도회로 나가 장사도 하고 공장도 세우고 더러는 사기도 쳐서 경제적으로 큰소리치는 현실이지만 그는 그것을 부러워하지 않는다. 언제나 농촌에 머물러서 농촌을 지키려 하고 있다. 거기에 사람 살아가는 참 의미가 있다고 보고 있는지도 모른다. 그런데 더욱 특이한 것은 도회로 나간 사람, 그래서 성공한 사람과 농촌에 머문 사람과의 갈등에 렌즈의 초점이 모아지는 것이 아니라 같은 농촌에 사는 사람 사이에 발생하는 갈등에 더 많은 관심을 가지고 있다는 점이다.

그는 사람 살아가는 데에서 발생하는 문제가 계층간의 갈등에 있는 것이 아니라 인간성과 인간성 사이에서 발생하고 있다고 보는 것 같다. 지난 시대의 많은 농촌소설들이 지주와 소작인, 가진 자와 못 가진 자, 식민지배자와 피지배자 사이의 갈등으로 그려지고 있었는데 김 작가의 소설에서는 그러한 모습보다는 같은 농민 계층 사이에서의 인간성 문제가 주를 이루고 있다. 이는 그가 사람 살아가는 세상의 문제가 보다 인간의 본원적인 데 있다는 것을 말하고 있다고 할 수 있다.

이번 작품집의 중심 소설이라 할 수 있는 「여우와 코뚜레」를 중심으로 살펴보자. 이 작품은 500매가 넘는 장편에 가까운 중편이다. 순박한 농촌 농사꾼 순만이의 패가 과정을 그린 소설이다. 순만이네는 1년에 벼를 1백 5십 석이나 하는 부자였는데 그의 아버지가 암에 걸려 많은 재산을 축내었다. 그러나 아직도 벼 백 석이나 하는 부자이다. 그렇지만 그는 좀 모자라고 고집이 센 농민으로 묘사되어 있다.

순만인 시골서 초등학교만 졸업하고 농사를 지었다. 아버지가 졸업 선물로 만들어준 지게를 지고 초등학교를 졸업한 다음날부터 지게 멜빵에 목아질 디밀고 농사일을 했다. 순만인 마음씨가 착하고 170센티의 훤칠한 키에 이목구비가 뚜렷한 남자다운 용모였지만 좀 모자라는 게 흠이었다. 그래서 순만이 아버지도 순만이가 사리분별도 제대로 못하는 똑똑치 못한 반편이기 땜에 속을 끄리다 눈을 감았다.

순만이가 사람이 좀 모자라면 식구들 말이라도 고분고분 들어야 하는데 그러나 그게 아니었다. 고집하면 한작골에서 파다하게 이름이 날 정도로 고집이 세었다. 외고집이었다. 뭐든지 제가 한번 하려고 했던 건 가족이 아무리 말려도 듣지 않았다.

이런 주인공은 벌써부터 패가(敗家)를 할 인물로 설정한 것이나 다름없다. 아마도 다른 작가라면 착하기도 할 뿐만 아니라 모자라지도 않은 인물로 설정했으리라. 왜냐하면 결코 모자라지도 않고 오로지 선량하기만 한 농민이 패가하도록 만든 상대를 그려야 극적 효과를 배가할 수 있기 때문이다. 아니 선량한 농민 계층의 상대 계층을 더욱 증오할 수 있겠기 때문이다. 그러나 김 작가는 그렇게 하질 않았다.

그런가 하면 이 작품의 안타고니스트(Antagonist)라 할 빙돌이는 어릴 때부터 고약한 성격의 소유자로 설정했다.

어릴 때부터 남의 집 참외 따먹기, 고구마 캐먹기, 밤 따먹기, 가시 울타리 애호박 따 으깨기, 동네 길 파서 함정 만들기— 어쨌든 쓸 만한 일은 않고 못된 일만 골라서 했다. 그래서 매도 많이 맞았지만 그러나 ㄱ 버릇을 고치기는커녕 점점 더 그쪽으로 발전을 했다. (…중략…) 빙돌인 초등학교 3학년도 마치지 못하고 학교를 자퇴했다. 좀 크자 도둑질도 점점 대담해져서 장터 슈퍼마켓에 들어가 물건을 훔쳐 나오기, 장날 장판에서 엿 훔치고 튀기, 저희 반에서 책 속에 끼워 둔 돈 훔치기, 값비싼 샤프나 볼펜 훔치기 등 눈에 띄었다 하면 어느새 빙돌이의 주머니 속에 들어가 있었다.

마치 현대판 놀부의 성격을 묘사한 것 같은 이 문장을 읽으면서 이 두 성격만으로도 작품이 어떻게 진행될 것인가는 충분히 예측할 수 있다. 원래 빙돌이는 순만네 집에서 머슴을 살던 사람의 아들이다. 가난한 시절 빙돌이 아버지는 주인집의 도움으로 먹고 살 수 있게 되었고 자갈논이라도 조금 얻어서 살게 된 데 대하여 고마운 마음을 가지고 있었지만 그의 아들 빙돌이는 아버지의 생각과 다르다. 이는 우리 근대사의 한 단면을 설명하고 있다고 할 수 있다. 절대 빈곤의 시대를 살아온 기성세대들은 웬만한 지주들의 횡포에 대해서는 눈감을 수 있지만 젊은 세대들은 참을 수가 없다. 아버지는 아버지요, 나는 나인 것이다. 왜 아버지 때문에 우리 세대까지 지주를 주인으로 섬기어야 하느냐는 자각이 시작된 것이다.

이 같은 자각은 대단히 발전적이지만 그 방향이 잘못되면 오히려 비극을 만들게 된다. 변화에 대하여 어떻게 적응할 것인가를 생각하게 한다. 빙돌이가 잘못된 길로 빠져 들어갈 때 그의 아버지는 순만의 아버지를 찾아가 자기 아들을 타일러 달라고 요청하지만 빙돌은 타이르는 순만이 아버지를 향해 "자기가 뭔데 나의 일에 간섭을 하려드느냐"며 오히려 반항의 감정만 키운다. 빙돌은 점점 나쁜 길로 빠져들고 결국은 지주의 아들에게 여러 가지로 피해를 주게 된다.

이 작품에는 빙돌의 성장 과정과 순만의 성장 과정을 비교적 상세히 묘사하고 있다. 이것은 이들 두 사람의 성장 과정을 통하여 이루어진 성격을 말하려 한 것 같다. 앞에서 지적한 두 사람의 성격은 타고난 것으로 볼 수 있지만, 사실은 그들 집안의 배경과 무관하지 않다는 것을 보여준다. 결국 빙돌은 교도소에까지 다녀오지만 성격은 더욱 나쁘게 변한다. 동리 사람들이 모두 기피하지만 순만이는 그의 청을 뿌리치지 못한다. 빙돌의 꼬임에 따라 온천 사업을 한답시고 막대한 재산상의 피해를 입는다. 뿐만 아니라 2년 후에 다시 나타나서 배추농사를 광작(廣作)으로 하자는 꼬임에 다시 피해를 당한다.

순만은 다시 초등학교 동창생 건달 찬국이에게 속아서 수리조합사업을 하다가 망하게 되고 종래에는 마을 친구였던 학성에게 또 속아서 비싼 값에 매입한 어머니 산소조차 사기를 당하는 것으로 마감되고 있다. 어째서 순만이는 계속해서 마을 친구들에게 사기를 당하여 패가하게 되는가. 순만의 좀 모자란 성격에 일확천금을 노리는 허황된 생각 때문이다.

어떻게 보면 오늘날 우리 농민의 처지를 상징적으로 묘사하려 했는지도 모른다. 끊임없이 몰려오는 도시의 상업주의 앞에 자기 자신을 정확하게 이해하지 못하고 그 꼬임에 넘어가 패가하는 모습을 그리려 했을 것이다.

김 작가는 정신을 차리지 못하고 허황된 생각을 가진 신세대 농민과 조금 대처 바람을 쐬었다는 농촌 출신 젊은이들을 싸잡아 비난하고 싶은 것 같다. 그래서 그는 아버지나 어머니 세대의 농민에게 따뜻한 눈길을 주고 있다.

농사는 가장 정직허구 신선한 노동여. 공정에서 밍치루 무쇠를 두들겨 패서 호미를 만들구 괭이를 베리는 것과는 생판 다르지. 가령 배차 한포기를 심어서 가꾼다고 허자. 그렇다면 어느 배차나 다 똑같이 같은 양의 비료를 주구 농약을 주구 허는 천편일률적인 작업이 절대루 아니잖으냐. 어떤 놈은 물을 흠뻑 줘야 할 배차도 있는가 허면 아무리 심한 가뭄이라두 어떤 놈은 아예 물 한방울두 줘서는 안 될 놈두 있지. 농약두 그렇구

비료두 다 그렇지 안 그래두 웃자라는 놈을 다른 놈들에게 비료를 준다해
서 무턱대구 줘서는 안되지. 심지어는 밭을 맬 때두 그려—

길게 이어지는 순만이 어머니의 농사법을 작가는 긍정적으로 기술하
고 있다. 교육자인 그가 학생을 지도하듯 그렇게 작물을 키워야 한다
는 철학을 가진 것이다. 그는 무기질 농법을 여러 작품에서 강조하고
있고, 농토를 함부로 개발하는 것에 대하여 경계를 게을리 하지 않는
다. 그리고 오늘의 농촌 현실에 대해서도 외면하지 않는다. 어찌 보면
순만이가 그렇게 된 데에는 오늘의 농촌 현실에 책임이 있다는 것도
빼놓질 않는다. 그러나 기본적인 갈등은 농민의 모자람에 기인한다는
것을 인식시키려 하고 있는 것으로 보인다.
    이 작품의 제목에 제시된 '여우'는 무엇이며 '코뚜레'는 무엇인가.
농민을 유혹하는 요망한 여우는 한꺼번에 큰돈을 벌 수 있다는 상업주
의적인 도시 바람이며, 코뚜레는 어쩔 수 없이 여우의 유혹에 이끌릴
수밖에 없는 농촌 현실 아닌가. 그러나 이들 여우와 코뚜레에게 유혹
당하는 농민은 또 어떻게 생각해야 할 것인가가 이 작품이 제시하는
과제가 아닌가.

3

    김윤완 작가의 소설에서 발견하게 되는 문학적인 아름다움은 아무래
도 잊혀져 가는 충청지역 농촌말에서 찾아야 할 것으로 보인다.

    내리 석 달을 비 한 방울 내리지 않고 삶아재키더니 전날 밤 찔끔 몇 방

울 소나기가 퍼부었다. 그래서 그 비를 다 맞으며 도랑을 가로질러 막았다. 금 같은 물 한 방울이라도 샐세라 빈틈없이 떼러 떠다 막고 논흙을 퍼다 두렁을 메듯 맥질을 했었다. 그리고도 못미더워서 밤새도록 지켜 서서 물을 댄 게 겨우 마른 가리 논에 물기가 조금 들 정도였다.

그걸 본 신돌인 황소에 써레를 메워 논을 써렸다. 소배때기까지 물이 차오르는 논이었다면 기세를 올려 쇠고삐를 탁탁 채며 육골 고랑이 떠나가라 소릴 지르며 소를 몰았을 것이다. 그러나 물이라곤 씨알갱이도 없는 천수답의 논바닥을 써레질 하고 있으니 무슨 신이 나서 소릴 지르겠는가. 일이 급해 첫새벽부터 소를 몰고 논으로 나왔지만 누가 볼까 무서워 고삐만 바투 잡고 죄 없는 소에게 닦달을 하며 논을 써렸다.

인용문이 길어졌지만 '삶아재키더니', '도랑', '두렁', '맥질', '마른 가리', '써레', '쇠고삐', '고랑', '씨알갱이', '바투잡고', '닦달' 같은 낱말들은 아마도 10대의 경우에는 생소한 단어들일 것이다. 물론 문장의 앞뒤를 연결해서 읽으면 뜻이야 통하겠지만 정확한 뜻을 알기 위해서는 한참 설명을 들어야 할 단어들이다. '벼'나 '칡'을 모르는 요즈음 서울의 젊은 세대들에게 농촌의 단어를 이해시키기 위해서는 작가들의 작품을 통한 교육이 중요하다고 보는데 이 일을 김 작가가 하고 있는 셈이다. 가령 '섶타리', '가쟁이', '삭쟁이', '생솔가지', '냉골방' 같은 흙냄새가 물씬 풍기는 토속어를 잃어 가고 있어서 안타까운데 현대의 농촌소설에서도 이러한 말을 찾아보기 힘들다. 아마도 농촌의 토속어를 김 작가만큼 찾아 쓰는 소설가도 드물 것이다.

"듣자듣자허니 뭇허는 소리가 없네유. 그건 또 무슨 올챙이 붕어 뜯어 먹는 소리래유"

“임자는 젠장헐 그게 무슨 두더지 이빨 앓는 소리랴.”

“그건 또 무슨 송사리 하품하는 소리랴. 왜 무슨 일이 있었남.”

이 세 문장은 이 작품집의 여기저기서 뽑은 것인데 “올챙이 붕어 뜯어먹는 소리”, “두더지 이빨 앓는 소리”, “송사리 하품하는 소리”에는 서민들의 재치 있는 비유가 잘 나타나 있다 하겠다. 이런 소리를 들어본 사람이 있는가. 오로지 농촌생활을 통하여 시각적으로 느껴짐직한 정경을 청각적으로 비유한 참으로 농촌의 정서가 담겨진 표현이라 하지 않을 수 없다.

김 작가의 작품을 읽으면서 특히 농민들의 대화를 주의 깊게 보면 다른 작가들은 쉽게 흉내낼 수 없는 특성을 가지고 있다. 단어나 비유는 물론 어감의 표현까지도 충청도, 특히 청양 지역의 정감이 잘 살아나고 있다.

문학작품이 감당해야 하는 중요한 임무 중의 하나가 자국어의 아름다운 정서를 지켜나가는 데 있다면 김 작가는 그 누구보다도 그러한 임무를 잘 수행하고 있다고 보아야 할 것이다. 그는 이제 교직 생활을 마감하고 본격적으로 소설 창작에 전념하려하고 있다. 더욱 강건하여 보다 다양한 농촌의 문제를 제기하고 아름다운 표현을 통하여 문학적 향기를 드높여 주길 기대한다. 여기 충청도 어감이 살아 있는 대화 한 토막을 소개하면서 붓을 놓기로 한다.

“아니 저게 빙돌이 아녀”
“글세 걸음걸이가 그런 것 같구면.”

　"그렇구먼 그려. 빙돌이가 아니구서야 이 푹푹 삶는 뙤약볕에 저런 입
성을 입을 사람이 이 동네서 또 누가 있겄어."

　"겉으루야 헌다허는 신사 뺨치지."

　"그려 그런디 입성으로 가린, 사람이 문제지. 그런디 쟤가 외 또 온댜.
걱정이구먼."

　"쟤만 나타났다 허면 문제가 생기는디. 이번엔 또 무슨 일이 터닐려나
원."

　"조용조용 혀. 또 저 개망나니 귓구멍에 들어가면 무슨 지랄 헐지 물러.
이렇게 아니라 우덜이 집으루 가는게 좋겠구먼."

　"그려. 저. 자식 눈에 안띄는게 상책여."

―「여우와 코뚜레」에서

작가의 삶과 작품의 세계

— 이동희 장편 『적(赤)과 남(藍)』의 이해를 위하여

1

"실록은 증거에 기초를 둔 기록이며, 소설은 증거에다 X를 더하거나 뺀 기록이다."

E.M.포스터의 말이다. 이동희의 자전적 장편소설 『적과 남』을 읽으면서 그를 잘 아는 사람들은 어디까지가 증거적인 기록이며, 어떤 것들이 그 증거에다가 X를 더하거나 뺀 것인지에 대하여 더 많은 관심을 가졌을 것이다. 그래서 작가가 후기에서 밝힌 대로 "쓰는 과정에서 여러 사람들이 나에게 그 실제 여부를 묻기도 하고 심각한 문제를 제기하기도 했다"고 고백하고 있는지도 모른다.

어쨌든 이번 작품 『적과 남』은 작가 이동희를 이해하는 데 더할 수 없이 좋은 자료임에는 틀림없다. 그의 말대로 "이것은 나의 이야기라기보다 하나의 생명 연습장이며, 이것에 대한 여러 가지 책임은 역시 소설이라고 하는 편리한 형식에 지우고 싶다"고 하더라도 가까이에서 지켜본 필자가 보기에 그의 성장 과정이 대부분 수용되어 있고 근자 그가 자주 고백하고 있는 심경들이 그대로 드러나 있기 때문이다. 심

각한 문제를 제기했다는 그 '심각한 문제'가 무엇이며, 제기한 사람이 누구인지, 그리고 그 책임을 소설이라는 형식에다가 지워야 될 만한 심리적 부담을 그처럼 토로하지 않고서는 견딜 수 없는 그의 내적 문제가 무엇인지가 오히려 궁금해지기도 한다. 아마도 소설 속의 여인들의 문제이거나 작품 속에 모델처럼 등장하는 사람들의 관심이 아닐까 미루어진다.

작가론이란 무엇인가. 한 작가의 생애가 작품 속에 어떻게 투영되었는가를 살핌으로 그 작품을 보다 밀도 있게 이해하려는 역사주의적인 비평의 한 방법이 아닌가. 그 생애라 함은 형식적 일대기인 물리적 삶을 말하기도 하지만 환경과의 관계에서 그의 내면에 인각지워지고 있는 내용적인 화학적 흔적까지를 통틀어 말하는 것이겠다. 이러한 관심에 무엇보다도 중요한 자료는 바로 그 자신이 쓴 자전적인 소설이라 하겠다. "줄곧 남의 이야기만 써오다가 주변의 이야기, 나의 이야기를 오랜만에 조금 쓰게 된 것"이라는 작가의 말에서, 그리고 "그런데 나의 이야기라는 것은 사실 쓰기가 어렵다"는 고백에서 이 작품이 스스로의 자전적인 이야기라는 것을 금방 알 수 있다. 하긴 이런 자전적인 작품이 없을 때, 작품을 통하여 작가의 삶과 그의 사상들을 유추해 나가는 일 또한 작가론의 중요한 영역임에는 틀림없다. 그러나 이 작품의 경우 작가론의 전자적인 의미가 있음은 물론이다.

이 작품은 1938년 이 땅에 태어나서 스물다섯이 되던 1963년 《사유문학》 신인상과 그해 문공부 주최 〈신인예술상〉에 입상함으로 문단에 등단한 이후 20년간 작품 활동을 해온 자기 나름의 결론을 쓴 것으로 볼 수 있다. 작품의 출발은 주인공의 유년기를 더듬는 곳에서 하고 있다. 그리고 그의 형제들의 가족관계가 드리우고, 작품의 중심은 지천명의 나이에 들어서서 그가 어렸을 때, 겪어야만 했던 6·25 전란의 피난처를 여행하는 것으로 되어 있다.

열세 살에 6·25를 겪은 주인공은 그 이전에 이미 일제 말 보통학교에 입학하여 식민지하의 유년을 체험했고, 6·25 이후에도 숨 가쁘게 살아온 파란만장한 생을 보냈다. 그가 대학에 다니면서 겪어야 했던 4·19, 5·16, 장기간에 걸친 군사정부 아래에서의 가지가지 어려움, 12·12, 5·18, 민주화 과정, 이러한 세월 동안 역사의 중심에 서기보다는 교수로, 시인이라는 문학인으로 주변에서 서성여 온 삶을 지천명의 나이에 뒤돌아보면서 그가 몸 담아온 교직을 버리고 자유인이 되어 어떻게 보면, 이러한 그의 인생역정 가운데 가장 원초적인 의미를 가지는 6·25 피난길을 다시 여행하는 일종의 여행기가 중심이 되어 있다.

2

이동희는 다 아는 바와 같이 등단에서부터 줄곧 농촌을 소재로 한 작품을 고집스럽게 써왔다. 심지어는 그의 수필집 부제까지도 "농업사고로 생각한다"이며, 그가 사사한 스승 또한 문학사적으로 깊은 의미를 지닌 이무영이며, 그래서 그의 학문적 노력 역시 이무영 연구였다. 한마디로 농촌을 떠나서는 그의 문학을 논하기 어렵다. 그럼에도 불구하고 지천명의 나이에 이르러 과연 우리의 농촌사회에 자신의 소설이 어떠한 의미가 있었는가에 대한 회의를 느끼면서『赤과 藍』과 같은 작품을 쓴 것이라 할 수 있다. 따라서 이 작품은 자전적인 의미와 더불어 그의 문학에 대한 일대 전환기적 의미를 지닌다고도 볼 수 있다.

이 글에서는 본 작품을 중심으로 그의 인간적인 여러 면모를 서술함으로 그의 문학을 이해하는 데 도움이 되었으면 하는 의도를 담는다.

이동희는 자전적인 소설을 쓰면서도 주인공을 일인칭으로 하지 않았다. 그리고 자기는 소설가이면서도 시인으로 바꾸었다. 여기에서도 그의 문학적인 관점을 읽을 수가 있다. 그의 소설은 언제나 사건의 중심에 시점을 두지 않고 객관적인 위치에서 서술한 방법을 취한다. 그래서 나의 이야기이기보다는 항상 남의 이야기를 하는 자리를 지킨다. 우리는 까마득한 옛날부터 사회 구조적인 모순으로 농촌 폐혜의 일로를 걸어왔고 그래서 농민의 삶은 언제나 뿌리 뽑힌 사회 계층으로 시달려 왔다. 특히, 일제하에서 가장 심각하게 수탈을 당했고 전란 속에서도 이데올로기가 무엇인지 알지도 못하는 채 역사의 제일 심한 희생의 자리에 서 있었으며, 산업화 이후 더더욱 사회의 사각지대에서 신음하지 않을 수 없었다.

소설이 갈등의 예술이라고 한다면, 우리 사회에서 가장 심각한 갈등의 덩어리를 안고 있는 곳이 농촌이었다고 해도 과언이 아니다. 이러한 문제는 지금도 계속되는 우리의 과제로 이어지고 있다. 이동희는 바로 이 농촌을 문학의 대상으로 잡은 것이다. 그러나 그의 이른바 농촌소설들에서는 그가 이들 갈등의 중심에 서서 자신의 아픔으로 정면적인 반영을 하기보다는 한 발짝 물러선 위치에서 그 갈등들을 묘사하고 있었다. 이것이 그의 소설에 있어서 특징이자 취약점이기도 했던 것이다. 그런데, 이 자전적인 소설에서도 여전히 '나'기 아니라 '그'로 인물이 그려지고 있다. 우리는 일인칭 소설이 가지는 한계점을 잘 안다. '나'의 시각에 들어온 것은 자연히 그 폭이 좁을 수밖에 없다. '그'로 했을 때에는 '그' 이외에 작가의 시각을 더할 수 있다는 이점이 있다. 그러나 자칫하면 독자에게도 제삼자의 이야기로 비추어질 염려가 있다. 더욱이 사건 자체를 밖의 시각에서 그려 나가면, 더더욱 그러한 결과를 가져오게 된다. 그래서 소설 속에 나타난 농촌은 보다 실감적인 문제 지역이 아니라 외신 속의 한 풍경화가 된 경우가 많다.

그의 농촌소설들은 그렇기 때문에 이광수, 심훈 때의 계몽적 탈에서 완전히 벗어나질 못했다는 인상을 지울 수 없었던 것이다. 다른 시각에서 본다면, 그는 언제나 현실의 문제를 작품에 반영할 때에 기록적이기를 거부한 것이라 할 수 있다. 말하자면, 심각한 현실이라 하더라도 일단 자기의 미적 감정을 통하여 걸러진 후라야 형상화시키는 태도를 견지해 왔다고 볼 수 있다. 그는 언제나 소설이 현장의 르포이어서는 안 된다는 의식을 고집해 왔다고 볼 수 있는 것이다.

그러한 문학적 태도는 그의 성격과도 무관하지 않다고 본다. 가령 이 작품에 나타난 주인공의 성격을 토로한 곳에서도 이와 같은 점은 확인되고 있다.

그는 어쩌다가 자신의 색깔은 무엇일까 하고 생각해 볼 때가 있다. 그런데 아무리 생각해도 그의 색깔이 떠오르지 않았다. 그에겐 아무런 색깔이 없었던지 모른다. 이것도 아니고 저것도 아니고 이래도 좋고 저래도 좋고 그런 것은 아니었던지 모른다. 그는 누구 편에 서지를 않았다. 누구는 좋고 누구는 나쁘고 그렇게 말하지도 못하였다. 못 한다기보다는 안 하는 것이었다. 모가 나고 싶지 않았고 표티를 내고 싶지 않았던 것이다.
(p.289.)

그는 사람을 좋아한다. 그와 한 번 사귄 사람은 떨어질 줄을 모른다. 어떤 친구는 "이동희가 나쁘다는 사람은 그 사람이 나쁜 사람이다"라고 말한다. 아마도 그가 가장 사랑하는 물건은 전화가 아닐까. 어디에서든지 전화를 가까이 한다. 심지어는 수업 시작 시간이 몇 초 안 남았는데도 전화 다이얼을 돌린다. 연락할 사람들이 그렇게 많은 것이다. 아니 사귀고 있는 사람들과는 그처럼 끊임없이 늘상 확인하면서 살아가고 있다. 위 주인공처럼 그에게는 좋은 사람과 싫은 사람이 명확하게 구분되지 않는다. 한 번 사귀면 설사 유명을 달리해도 그 관계를 끊지 못한다.

그가 그의 은사이신 이무영 선생이나 김용호 선생을 언제나 잊지 못하여 그 분들의 유작을 정리하고 그분들의 말씀이나 작품 구절들을 자기의 작품 속에 뜬금없이 인용하는 것도 바로 그러한 성격의 한 단면을 보이고 있는 것이다. 그는 학창시절에 사귄 문우들을 잊지 못한다. 이 작품 속에 나오는 권사백 또한 실존 인물이다. 그리고 석우 역시 그러한 모델이다. 실제로 그의 불행했던 한 시인 친구의 제삿날을 한 번도 잊지 않고 찾아가 보는 따뜻한 인정의 소유자이다. 그러한 성품이 작품 속에 그대로 투영되고 있음을 우리는 쉽사리 확인하게 되는 것이다.

이러한 인간관계의 유지를 위해서는 상대방에 대한 사랑스런 이해가 없이는 불가능하다. 그는 소설적 대상까지도 인정으로 그린다. 그는 언제나 전지전능한 시점에서 인물들을 형상화하고 있는 것이다.

그의 이번 작품 창작 의도는 이러한 삶에 대한 깊은 사려에서 출발한다고 볼 수 있다.

그는 너무 편하게 살아온 것이었다. 남이 일궈놓은 밭에서 열매와 꽃만 즐긴 것이다. 그는 하나도 땀을 흘리지 않고 말하자면, 3·1운동의 피를 흘린 덕으로 살아가고 있듯이, 그런 덕으로 해방을 즐기고 나라를 지키고 살아가고 있듯이, 그는 해방 공간에서 한껏 설익은 자유를 누리고 있었던 것이다.

　　6·25때 피를 흘리고 목숨을 내놓고 그런 대가로 그런 자유를 누리고 있는 것이다. 4·19때는 또 뒷전에서 어물어물하다가 그 고귀한 피의 대가만 누리고 있는 것이다. 민주주의는 피를 먹고 자라는 나무라고 했던가…… 그런데 그 피를 한 방울도 흘리지 않지 않았는가? 석우처럼 목매달아 죽기라도 하지 못한 것이다.(p.111.)

　　이 같은 역사적인 자기반성에서 자기의 지나온 삶의 궤적을 여행한 이야기가 바로 「赤과 籃」이다. 정작 이렇게 말했지만 그도 많은 땀을 흘리면서 살아왔다. 시골에서 기를 쓰고 나무를 해 날라야 했으며, 한때는 진해에서 풀빵 장수, 아이스케끼 장수, 구두닦이, 인천에서는 신문배달, 급사 하우스 보이, 석탄짐, 자갈짐(직접 확인할 수 없는 전력이나 유사한 고생을 한 것은 확실하다) 이런 고생의 역정을 만든 직접적인 원인이 6·25이다.

　　더욱이 그 역사적인 현장에서 치열하게 살아갔던 친구의 영혼(석우 등 병우와 마우)들이 자기에게 삶의 의미에 대하여 일깨우고 있는 것으로 자각하고 있다. 특히, 가장 친한 친구였던 사진작가 석우는 6·25 전란의 참혹한 피해자이다. 부모가 인민군에게 살해되었고 그 누이가 부역을 했다고 해서 15년형을 받고 복역 중에 있어 그는 6·25 콤플렉스에 시달려 심한 자폐적인 삶을 살다가 결국 6·25 날에 목매어 자살하고 말았으니, 그에게 있어서의 6·25는 비극적 삶의 단초라 하지 않을 수 없다. 물론 그에게 있어서의 6·25는 불과 13세 때의 경험이었지만, 그것이 남기고 간 후유증은 그의 생애 전체에 걸친 아픔이 되고 있는 것이다.

　　그래서 그는 어렵사리 얻은 교수직에 대하여 회의를 느끼고 어린 시절의 6·25 피난길을 헤매는 것으로 이야기를 구성한 것이다. 실제로 이동희는 이제는 직장을 떠나서 연금이나 받아가면서 시골에 내려가 밭을 갈고 쓰고 싶은 소설이나 써야 하겠다는 말을 여러 번 주위 사람들에게 하고 있는 중이다. 그러니까 이 작품은 그가 상상적으로 그의 결심을 결행한 후일담을 가상적으로 쓰고 있는 것이다.

이러한 여행길인데도 동행자를 시를 공부하는 여자 제자로 설정했다. 절실한 여행길을 아주 낭만적으로 처리하고 만 것이다. 출발지인 영도에서부터 따뜻한 인정을 가진 고향 농촌 사람들과의 술타령으로 이어지게 하고 있고 그때의 아픔이나 괴로움은 오히려 아름다운 추억이 되어 있으며, 오늘의 농촌상을 드러내되 아름다운 인정의 산지로 만들고 있다.

3

그러나 이 작품을 6·25와 분단의 역사적 현장성의 표출이라는 관점에서만 살핀다면, 우리는 중요한 문학적 감동을 잃게 된다. 위에서 살핀 바와 같이 이 작품을 역사 고발적 면에서 본다면, 우리에게 특별한 감동이나 의식을 불러일으키지 못하고 있다. 민족적 비극이자 주인공의 생애에 뗄 수 없는 아픔을 안겨 준 6·25의 피난길을 되짚어 나가는데 한가롭게 제지외의 사랑의 행각이나 하는 것으로 그려진 이 작품에서 역사의식 같은 것을 기대한다는 것은 무리이다.

그러면, 이 작품에서 작가가 드러내고자 하는 참의미는 무엇인가. 동시대의 사람이었지만 자기보다는 더 많은 상처를 안고 있는 석우와 그의 부인 시정, 그리고 그들의 딸인 지영에 이르러 아픈 역사의 청산을 꾀했다는 점이다. 석우의 부인은 중학교 교감이다. 세 아이를 남겨놓고 남편이 6·25 콤플렉스에 시달려 자살을 하고 나서 괴로운 삶을 살아가고 있다. 위의 두 아이를 성례시키고 막내 딸 지영은 주인공이 근무하는 대학의 국문과에 다니고 있다. 그런데 그가 운동권 학생이다. 시정은 이제 교감의 위치에서 인생적 외로움으로 몸부림친다. 그런 가운데 인정 많은 죽은 남편의 친구인 시인이자 대학 교수인 주인공을 마음속에 의지하면서 살아가고 있다.

경직된 사회에서 딸이 운동권이 되어 있다는 것만 해도 속이 상하는데, 이 딸이 수배 중인 학생과 결혼을 하겠다니 공직에 있는 과부 중학교 교감 시정은 참담할 수밖에 없다. 그런데, 주인공은 망자 석우의 영혼을 달래는 새남굿을 하고 자기가 지영의 손을 잡고 결혼식장에 들어가 혼례를 치름으로서 역사의 멍울을 풀려고 했다는 데 의미를 찾을수가 있다.

주인공은 실제 작가와 마찬가지로 중등학교 교사를 거쳐 대학 교수를 하고 있었다. 박사를 하겠다고 1차, 2차, 3차, 4차 술을 사고 손을 비벼대고 좌우간 손바닥은 남아 있어도 위가 펑크날 지경의 과정을 거치었고 반복하는 강의를 하고 또 해보지만 이제는 좀 쉬고 싶은 것이다. "소도 쉬어간다"는데 자신도 좀 쉬어야 하겠다는 절박한 의식이 생겨서 결국 사표를 내고 제자가 경영하는 출판사의 고문 비슷하게 나가고 있다. 그는 여기에서 "나는 누구이며, 어디에서부터 왔으며 어디로 가고 있는 것인가" 하는 의문을 가지고 자기의 뿌리를 생각하게 된다. 민족의 뿌리를 찾아서 몽고와 중국을 다녀오고 그러다가 자기의 어릴적 기억을 찾아 피난길의 여행에 나선 것이다.

물론, 여행은 작품을 써보겠다는 의욕에서 출발했고 그 여정을 따라 작품을 만들어 보겠다는 여제자 유경과 동행을 하였으며, 사제 간의 끈끈한 정 역시 이성의 벽으로 가려 있다가 이번 여행길에서 그것을 허무는 것으로 사제간의 관계도 청산한다. 주인공은 모든 것을 일단 청산하고 싶은 것이다. 유경은 작품을 만들었지만 자신은 집필의 시작조차 못 하고 말았다.

그는 어느 해 목돈으로 마련했던 시골의 옛 집터, 그리고 식구도 모르는 산소가 있는 자그마한 산, 이런 것들을 모두 미국에 가 있는 아이들에게 넘겨 주고 그래서 "그렇게 함으로써 아내로부터 마저 그리고 아이들로부터 마저 자유로울" 수가 있었다. 시정의 딸도 결혼시키었고 유경도 결혼을 한다니 정리가 된 셈이다. 그는 이제 직장에서도 가정에서도 벗어나 자유의 몸이 되었다. 그는 역사의 고리에서도 자신의 신변도 자유로운 길을 택한 것이다. 그러나 '과연 그것은 자유인가'라는 물음 앞에 다시 서지 않을 수 없을 것이다.

그런데, 이 작품에서 우리의 눈길을 끄는 것은 빛깔의 문제이다.

이 민족이라면 누구에게나 그렇겠지만, 운동권에서 내세우는 가장 큰 문제는 통일이다. 시정의 딸 지영이 운동권에 발을 들여놓는 것은 어떤 면에서는 당연한 길인지도 모른다. 자기를 과부된 몸으로 기르고 가르쳐 준 어머니, 그 어머니가 그처럼 어렵게 된 것이 다름 아닌 6·25라는 동족상잔의 전쟁이었고 그의 외가가 이 전쟁의 처참한 피해자이니 말이다. 그간 반동의 체제에서 통일의 문제를 거론조차 못 해왔던 기성세대에 비하여, 새세대들의 뜨거운 가슴으로 들고 일어날 수 있는 과제는 바로 이 통일의 문제가 아닐 수 없었다. 그런데, 운동권 딸의 결혼식장에 이들이 원하는 것은 전통적 혼례에, 이들의 복장 색깔이다. '신랑은 남색, 신부는 빨강'을 입는다는 것이며, 신부의 홀어머니인 시정이 더러는 붉은색 저고리에 남색 치마를 입고 오라는 것이다.

여기서 이들이 제시하고 있는 색깔은 다분히 상징적인 의미를 지니고 있다. 이는 바로 남과 북을 의미하며 이 남과 북이 결혼을 함으로 통합을 이룩한다는 뜻이 아니겠는가. 그런데, 막상 결혼식에 시정은 위아래 보라색 한복을 입었으며, 신부를 데리고 들어간 주인공은 회색 양복을 입었다. 보라와 회색은 남색과 빨강색의 중간색이 아닌가. 다음 세대들에 의해 남북의 통합이 이루어지고 그 결론으로 부모 세대들의 중간색이 형성되리라는 하나의 희망이자 염원을 그렇게 그렸는지도 모른다. 그리고 이 소설의 제목을 '赤과 藍'으로 하였음은 그러한 의도의 표출로 볼 수 있지 않을까 생각되기도 한다.

우리는 이 작품을 통하여 작가 이동희가 지천명의 나이에 이르러 가지는 대사회적인 의식이나, 개인사적 심경, 그리고 문학관의 변모를 살필 수가 있다.

4

이동희는 호흡이 긴 작가이다. 그는 작가생활 30년 동안에 두 권의 단편 창작집에, 한 권의 중편 창작집, 그리고 여섯 권의 장편소설과 한 권의 수필집을 발간했다. 이는 그가 꾸준히 작품활동을 계속해 왔다는 것을 의미한다.

1973년 『地下水』(제1창작집)
1973년 『하늘에 그린 그림』(장편)
1977년 『이무기가 사는 마을』(장편)
1979년 『벼랑에 선 사람들』(중편집)
1981년 『펄 속으로 들어간 새』(장편)
1984년 『먼지 속의 무지개』(장편)

1988년 『비어 있는 집』(제2창작집)

1988년 『빈 들에서 부는 바람』(수필집)

1989년 『울고 가는 저 기러기』(장편)

1992년 『적과 남』(장편)

이 외에도 농촌 한 마을의 영농 의식구조를 개혁해 나가는 대하소설 『땅과 흙』이 제1부 〈이무기가 사는 마을〉, 제2부 〈목마른 땅〉, 제3부 〈욕망의 아들〉, 제4부 〈숨쉬는 땅〉, 제5부 〈산너머 강〉, 제6부 〈땅과 흙〉으로 이어지고 있는데 이미 6부가 《문예사조》지에 연재를 마쳐 곧 출간될 것으로 전해지고 있다.

이는 그가 30년 동안 쉼이 없이 꾸준히 창작을 계속해 왔다는 것을 말해 주고 있는 것이며, 단편보다도 장편에 더 많은 노력을 경주해 왔음을 보여주는 것이다. 그만큼 그의 창작적 호흡이 길다는 것을 말한다고 할 수 있다. 이 또한 그의 성격과 무관하지 않다. 그는 습작기에 도로포장이 되기 전 터덜거리는 버스 안에서도 글을 썼었다. 술이 만취되어서도 떠드는 친구들 틈에 끼어 글을 쓰곤 했다. 그는 결코 서두는 일이 없다. 요즘의 농촌에서나 속성재배를 볼 수 있지 옛날의 농사 짓는 일은 하늘에서 운행하는 계절에 맡길 수밖에 없었다. 그의 소설에 대한 태도도 이 전통적 영농 방법만큼이나 유유한 것이었다.

작가의 자전적 소설 가운데에는 그의 문학관 같은 것이 드러나기 마련이다. 요즈음 우리 문단에는 소설 속에 자신들의 창작관 같은 것을 드러냄으로 화제를 모으는 경우가 있는데 이 작품 속에서도 그러한 것을 찾을 수가 있다.

쓰는 것이 문제가 아니고 시가 문제가 아니고 영혼의 울림이 문제가 아냐? 그 많은 작품들, 책들, 그 도서관마다 꽉 들어찬 책들, 그리고 요즘 대형서점들에 쌓여 있는 수없이 많은 신간들…… 그 속에서 다 작가정신이 있고 시정신이 있고 저 나름대로의 영혼이 꿈틀되며 숨 쉬고 있겠지? 그럴까? 그런 책의 산더미를 바라보다가 현기증을 느끼곤 해. 나의 돌진, 아니 쉬임없이 앞으로만 정진하던 나의 배는 방향타가 꺾이고 좌초하고 있는 듯한 느낌이야.(p.194.)

그는 예술은 영혼의 울림이 있어야 한다고 강조한다. 그가 오늘날까지 저처럼 쉴새없이 붓과 씨름한 것도 바로 이 영혼의 울림을 주는 작품을 만들어 보겠다는 의욕에서일 것이다. 그리고 영혼의 울림은 인정을 통하여 가능하다는 생각을 가지는 것 같다. 그렇기 때문에 이 작품의 기조는 바로 인정의 서술이다. 이 작품 전체를 통하여 악역이 없다. 선과 악의 대립이 아니라 역사와 자연과의 대립이다.

주인공과 미망인이 된 친구 부인과 사이에 이루어지는 인간관계는 차라리 한 편의 시이다. 죽은 친구의 제사를 기억하고 찾아가는 정도는 있을 수 있는 일이다. 그런데, 정신적으로 연결되고 있는 이성 사이의 교류는 성을 초월한 아름다움으로 이어진다. 외로운 미망인을 위로하고 그의 일상사를 자기의 일처럼 관심을 가지고 돌보아 주는 인정은 오늘의 사회에서는 찾아보기 어려운 한 장의 옛날 그림이다. 제자 유경과의 관계도 그렇다. 범상의 세계에서는 불가능한 일이다. 제자인 출판사 사장과의 관계 역시 이해를 초월한 따뜻한 정에서만 가능한 일이다. 뿐만 아니라 여행 도중에 만난 고향 사람이나 시골 사람들, 이 또한 순수한 인정의 세계가 아니고서는 찾아볼 수 없는 일들이다. 그래서 그의 소설들은 현실적이지 못하다는 인상을 가지게 된다. 말하자면, 리얼리티가 없다는 이야기가 된다. 그러나 그는 끈질기게 그 길을 가고 있다. 영혼의 울림은 현실에 있는 것이 아니라 오염되지 않은 먼 옛날의 순수 속에 있거나 아름다운 상상 속에 있다고 믿는지도 모른다.

악착 같은 현실의 시간을 초월하여 어린 시절, 기억에도 어슴푸레한 피난길의 여행이라는 것 자체가 그렇다. 그 길 가운데에서 영혼을 울리는 이야기를 찾는다는 것이 역사성을 가지는 것이지만 이 작가의 렌즈에 잡히는 것들은 아름다운 인정이요, 인생적 의미요 어려움을 이기는 보람이 있을 뿐이다. 영동을 출발하여 황간을 지나 직지사를 거쳐 높은 산을 넘어 낙동강에 이르렀다가 다시 되짚어 오는 동안 많은 막걸리를 마시지만 그때 그 시절의 아픔을 기억하고 마시는 술이 아니라, 동행과의 어울어짐이나 생리적 욕구에서 마신다. 그래서 하나의 방랑기로 서술되는 것이다. 이러한 것들이 바로 이 작가의 문학적 태도나 인생적 삶의 방식과 무관하지 않다는 것이다. 지천명의 나이에 모든 것을 털어 버리고 자유인이 되고자 하는 작품 주인공은 바로 작가 이동희의 생각일 것이다. 그러나 그는 다시 출발한다.

5

오사장의 독촉을 몇 번 받고 그는 또 하나의 여행을 떠났다. 이번 여행은 조금 긴 여행이며 시간 여행을 병행하는 시공(時空)여행기라 할 수 있다. 먼젓번 고난의 여행처럼 어느 시기의 지점을 가는 것이 아니고 시점을 현재로 잡아 과거로 시간을 거슬러 가는 여행이었다. 그러니까 그 먼젓번 여행의 시공까지를 이번에는 이 뒤쪽에서 연결하는 것이다. 다시 신문 기자처럼 취재를 하기도 하면서 고난과 이향(離鄕), 방향과 좌절 그리고 뒤뚱거리며 걸어온 거꾸로 되짚어 가는 것이다.(p.350.)

이 작가의 새로운 출발은 이미 글 속에 이처럼 밝혀 놓고 있다. 일반적인 의미에서 현실 반영적인 리얼리티의 세계는 여전히 생각하지 않을 모양이다. 지금까지의 모든 것을 정리하고 새롭게 들어서고자 하는 길은 이『적과 남』보다도 훨씬 시공을 초월한 상상의 것이 될 조짐을 나타내고 있다. 인생에 있어서 오늘이란 무엇인가. 시장 바닥 같은 오늘의 저 너머 진실로 영혼을 울리는 세계가 있는 것이 아닐까 하는 기대를 가지게 한다. 상혼이 아니라 문학혼을 불태우는 세계가 말이다. 흔히들 시공을 초월하는 감동을 줄 수 있는 작품이 명작이라는 고전적인 생각을 하고 있는지도 모를 일이다.

그러나 현실과 짙게 연결되지 않은 과거의 탐색은 하나의 학문일 뿐, 오늘과 내일의 삶을 위하여 살아 숨쉬는 예술일 수는 없다는 또 하나의 명제를 어떻게 소화할 것이냐 하는 과제를 안고 있다. 새롭게 출발하는 소설의 길에 예술적 축복이 있기를 빌어 본다.

궤도에 오르는 《소설충청》
— 『흉상이 빛나는 도시』를 읽고

1

사람은 누구나 자기와 긴밀히 관계를 맺고 있는 일이나 사람에 관한 것일 때 더욱 관심을 가질 수밖에 없다. 그런 의미에서 평소에 교분을 가진 작가의 글에 대해서는 다른 사람의 글보다 훨씬 많은 생각을 하게 된다. 그것은 너무나도 당연한 일이다. 아침에 거리에서 잠깐 만난 사람이 저녁때 텔레비전 화면에 비치어도 흥미를 느끼는 법인데, 하물며 오랜 기간 서로간에 관심을 두어온 작가의 글일 때 두말할 나위 없이 마음을 주지 않을 수 없다. 그리고 나에게 있어서 충남소설가협회의 소설집은 바로 그런 관계의 위치에 있다.

거기 모인 작가들의 면면도 그리하려니와 둘째 권의 책 끝에 사족으로 따라붙은 나의 해설이라는 것 때문이기도 하고, 그들 회원들의 책이 빠짐없이 배달되어 오고 있는데, 그 내용들을 보면서 이들의 책을 내는 노력이 얼마나 눈물겨운 것인지를 느끼어서 더욱 그렇다. 그 통신문을 받을 때마다 이러한 사연이 회원들에게만 알려질 것이 아니라 이 고장의 행정 책임자나 지식인들, 그리고 돈 가진 사람들, 문화인이고자 하는 사람들에게 전달되었으면 하는 바램을 가져본다. 이는 곧 오늘날 우리 지역이 안고 있는 문화의 현주소 같은 안타까움으로 느껴지기 때문이다. 세상에 전직 대통령이라는 사람이 5천억 원의 비자금을 조성해서 조자룡이 헌 칼 쓰듯 마구 휘둘러 쓰다가 쓰다가 남아서 슬그머니 다른 욕심까지 생겨 땅도 사고 빌딩도 산 판이데, 그 돈 얻어 먹는 정치인들도 보통 억, 억 하였다는데, 이 고장에서 정성을 다하여 소설을 써서 그걸 책으로 엮어내는 데 필요한 단돈 기백만 원이 없어서 저처럼 앓고 또 앓는 사정을 토해내야 하는 현실이 가슴 아프기도 한 것이다.

　이들은 오직 작품에 대한 욕심뿐, 결코 돈 욕심을 가지지 않는다. 그리고 이 고장의 문학계에 소설이라는 구색을 맞춰 주는 애향심이 있을 뿐, 다른 욕심이 있는 것도 아니다. 이들이 다른 욕심이 있다면 구태여 그러한 어려움을 감수하면서까지 소설집을 꼭 내어야 할 필요도 없다. 그냥 다른 잡지에 발표하면 그만이다. 생각해 보라. 그래 이백만 도민이 있는 고장에서 소설 쓰는 사람들의 모임이 없고, 또 그들의 작품집이 한 권도 없다면 이게 말이나 되는 일인가. 더욱이 문화 선진국을 지향한다면서 말이다. 이는 당연히 이 고장에 살고 있는 사람들이 책임져야 할 일인 것이다. 앞의 군더더기 말이 길어졌는데 충남 예총 기관지이니 이렇게 하소연부터 하는 것이다.

2

　《소설충정》 3호 『흉상이 빛나는 도시』는 충남소설가협회가 이제는 제 궤도에 올라앉았다는 신호로 보아도 좋을 듯하다. 처음, 이 모임에 뜻을 같이 하는 회원들이 첫 작품집을 냈을 때에는 습작에 해당하는 작품들이 더러 있어서 다소 씁쓸한 심정을 떨쳐 버릴 수가 없었던 것이 솔직한 느낌이었는데 이제 3호쯤에 이르러서는 모두가 정선된 작품을 발표하고 있다는 것을 피부로 느낄 수가 있다. 어느 작품 하나 쉽게 지나칠 수 없는 것이다.

먼저 이들 작가들의 작가의식이 넓어지고 깊어졌다는 것이다. 첫 번째 만나는 김명주의 「흉상이 빛나는 도시」만 하더라도 그가 지금까지 펼쳐온 의사사회의 갈등에서 그 스케일이 확대되고 있는 것이다. 가령 1호의 「해부학 주임교수」는 정열적인 한 해부학 교수의 개인사를 통하여 진실된 삶 같은 것을 제시하고 있는데 그치고 있고, 2호의 「백색 병동의 미로」 역시 의사사회의 주도권 싸움을 주제로 하고 있는데 반하여, 이번호의 「흉상이 빛나는 도시」는 의사가 주인공임에도 불구하고 의사의 문제에 그치지 않고 우리들 사회가 안고 있는 문제를 포괄하고 있는 것이다.

어느 날 한 도시에 몰아닥친 신종 세균에 의한 전염병, 마치 제2의 흑사병처럼 번져 가서 2만여 환자에 3천여 사망자가 발생하자 도시는 아수라장이 되고, 사람의 출입이 통제되는가 하면 질서를 위하여 군인이 투입되는 흡사 전쟁터가 된다. 이런 가운데에서 한 원장이라는 의사의 필사적인 노력과 헌신적인 진료는 단언 히포크라테스의 후예로서 많은 사람들의 존경을 받게 된다. 급기야 이를 치료하는 약물까지 찾아내자 이 의사는 하나의 영웅이 되고 그의 사후에도 흉상이 만들어지는 등 우상처럼 받들어진다. 이 과정에서 이를 처음 신문에 보도하고 이들 기사로 하여 기자로 크게 성공한 소설화자는 결국 그 세균을 만들어서 도시에 퍼뜨린 사람이 다른 사람 아닌 바로 그 한 원장이라는 사실을 밝혀내고 좌절에 빠진다는 이야기이다.

마침 이 소설이 배달될 즈음, 우리 사회는 전직 대통령의 비자금 문제로 온 세상이 들끓고 있던 때이었다. 가증스러운 인간의 양면성에 모두가 치를 떨고 있었다. 어떻게 보면 「흉상이 빛나는 도시」는 이러한 인간의 양면성을 한 의사의 형태를 통하여 상징하려 했는지도 모른다. 이 세상에는 인간들에게 고통의 원인을 제공하고도 그 원인을 제거한다하여 많은 사람들의 위에 군림하지만 그것이 얼마나 가증스러운 것인가를 일깨우려 했는지도 모른다.

좋은 소설은 그 이야기 자체의 즐거움만이 아니라 그 이야기가 가지고 있는 의미가 인생적으로나 사회적으로 어떤 상징성을 가질 때 더 많은 사람들에게 감명을 준다고 할 수 있다. 「흉상이 빛나는 도시」는 소설 주인공인 한 의사의 양면성에서 끝나지 않고 우리 사회를 지도하고 있다는 많은 사람들의 이중적 인격성을 신랄하게 고발하고 있는 것이다. 화려한 박수의 뒷켠에 도사리고 있는 추악한 거래, 밖에 내세우고 있는 명분과 더러운 속마음, 어쩌면 이런 양면성은 역사의 끊임없는 되풀이는 아닐는지, 김명주는 이제 한 사건의 즐거움에서 그 사건의 의미를 사회적인 문제로 확대하는 작업에 들어서고 있다고 할 것이다.

더욱이 이 소설의 진전은 독자를 재미로부터 빠져 나가지 못하게 하는 일종의 미스테리적인 수법을 쓰고 있음도 기억해 두기로 한다.

이 같은 주제의 길어지고 넓어짐은 심규식의 경우에서도 찾아볼 수 있다. 이번에 발표한 그의 「사로잡힌 영혼」은 고소설에서부터 연면히 이어오는 장사 모티프의 현대화 작업이라 할 수 있다.

심규식은 1호에 「거둘 수 없는 잔」, 2호에 「그곳에 이르는 먼길」을 발표하였는데 이들 작품은 근현대사의 비극과 관련된 것들이다. 그런데 이번에는 멀리는 장수설화에서부터 시작하여, 근래 김동리의 「황토기」에 이르는 장수 모티프를 소재로 하고 있다. 액자형 소설이라 할 수 있는 이 작품은 소설화자인 교수 이재현의 텔레비전 화면에 비친 씨름 선수 김광웅의 모습을 보고 어릴 적 자기 집에 떠돌이로 들어왔던 김 걸호의 아들이 아닐까 하고 확인하려는 데에서 시작된다. 작품 내용은 주로 이 희대의 장사 걸호의 재현 고모에 대한 순애보로 그리어지고 있는데, 힘센 장사의 우직함이 그대로 살아나고 있다. 단지 지난날의 장수들은 '힘'에 액센트가 주어지고 있다면 걸호는 사람에 찍혀지고 있다는 차이가 있다.

어느 날 시골 마을 행세깨나 한다는 집에 떠돌이 장사 걸호가 진돌이 와 진순이라는 개 두 마리를 안고 나타났다가 그 집 아가씨(소설화자의 고모)에게 첫눈에 반하여 그 집의 일꾼이 되어 산다. 그렇다고 세경에 매인 관계는 아니다. 그는 힘이 세어서 여러 가지 기적을 보인다. 다른 사람이 땅띔도 못 하는 돌을 집어 던진다든지, 개를 데리고 나가서 초 인적인 힘으로 멧돼지 사냥을 한다든지, 그러면서 고모에 대한 사랑으 로 가슴을 태운다. 이 집 할아버지는 전통적인 의식으로 장사를 홀대 하려 하지 않으나 할머니와 부모는 떠돌이에게 고모를 맞길 수 없다 하여 다른 혼처에 시집 보낸다. 걸호는 평생 동안 고모를 잊지 못하여 떠돌다가도 다시 돌아오고 급기야는 고모의 시집에까지 나타나 결혼 생활에 파경을 몰고 오고 그러다가 고모를 죽이고 만다. 이러한 일련 의 과정은 고소설에서 볼 수 있는 이야기 만들기의 한 전범이라 할 수 있다.

그러나 이 소설의 근본적인 갈등은 봉건적 사고로 사랑하는 젊은이 들의 사랑을 인위적으로 막은 데서 오는 비극이다. 그리고 그 '힘'의 쓰임이 이루지 못하는 사랑의 열정에 닿아 있고, 그것이 더욱 이 장사 의 설화에 재미를 부추기고 있는 것이다. 이 장사소설의 특징은 이 장사가 떠돌 수밖에 없는 사연이 우리의 현대적인 역사적 비극과 연결되어 있다는 점이다.

　나는 곧바로 율목리를 찾아갔다. 물론 그가 그곳에 있으리란 생각은 하지 않았지만, 가보지 않을 수 없었다. 율목리엔 그의 근황에 대해 알고 있는 사람은 아무도 없었다. 그러나 소득이 전연 없었던 건 아니었다. 그의 아버지가 인공(人共)때 좌익 활동을 했다가 수복 후 에 집안이 몰살을 당하고, 결호 형님만 가까스로 도망을 쳤다는 걸 알게 되었기 때문이었다.

여기에서 작가의 숨겨진 이야기의 의도를 엿볼 수 있다. 그의 다른 소설이 역사를 전면에 내세우고 있는 경우가 많은데 이 작품에서는 재미 속에 깊숙이 숨겨놓고 있다는 것을 알 수 있다. 여기에서 그의 이야기 만들기가 현대적인 역사의식과 연결됨을 찾게 되고 장사모티프의 현대적 이야기 만들기의 폭을 가늠하게 된다. 확실히 새로운 시도로 받아들여지는 부분이라 하지 않을 수 없다.

　3

　이번 작품집에서 단연 눈길을 모으는 작품은 이길환의 「침묵하는 청산」이다. 이는 작품적 의미에서도 그러하려니와 이길환 자신의 작품적 역량의 변화라는 의미에서 더욱 그러하다. 그는 1호에 「풍장하는 섬」을, 2호에는 「잃어버린 필명」을 각각 발표하고 있는데 이들 작품들도 나름대로 새로운 주제를 찾아 몸부림 친 흔적이 보이지만 주제의 투명성에서 문제를 안고 있었다. 그런데 이번 「침묵하는 청산」은 정선 아리랑이라는 민요를 배경으로 깔고 6·25라는 민족적인 비극의 한을 잘 풀어나가고 있다는 데에서 시선을 끌기에 충분한 작품이었다고 본다.

이일섭은 40년 만에 고향을 찾아온다. 그의 아버지는 남로당에 관여했다가 이곳 강원도 정선에 머물고 있었는데, 6·25 때 북의 군인들이 들어서자 인민위원장으로 날뛴다. 다시 수복되자 북으로 갔는지 행방불명이 되었고, 아들인 그는 동리 김첨지집 젊은 과수댁 춘심을 죽음에서 구하고 멀리 도망쳤다가 40년 만에 고향에 돌아오게 되는데, 그 나루터에서부터 이야기는 시작된다. 정선 아리랑를 부르면서 나루를 건너 주는 사공은 바로 자기 아버지와 함께 인공에 부역하다가 아버지와 함께 행방을 감추었던 동리 청년 칠성이었었고, 나루터의 주막집 주모는 일섭이 구해준 춘심이다. 40년 만이니 서로 알 수 없을 정도로 변한 것이지만 이야기를 통하여 서로 확인되어 가는 과정이 이 이야기의 줄거리이다.

늦게나마 일섭은 자기가 구해준 춘심을 만나 결합하고, 아버지의 행방을 몰랐으나 칠성을 만나 아버지의 산소를 찾는다. 이는 실로 40년 만의 해후요, 응어리진 한의 풀음이다. 분단 반세기, 아직도 전쟁은 미완의 상태에서 언제 다시 불길을 일으킬지 모르는 상황인데 문학작품에서나마 한풀이를 시도한 것이다. 무엇보다도 이 작품은 정선 아리랑의 애잔한 민요를 배경으로 진행된다는 데에 의미가 있을 것이다. 딘지 민요의 노랫말이 좀더 밀도 있게 연결되지 못하고 너무 흔하게 인용된 감이 있는 것이 아쉽다면 아쉽다.

이와는 대립항에 놓여 있는 작품으로 조동길의 「검정 고무신의 아가미」를 들 수 있다. 이번에 그간의 작품을 모아 『쥐뿔』이란 소설집을 간행한 바 있는 그는 언제나 사회의 부조리와 역사적인 갈등, 그리고 일상사에 있어서의 무질서한 윤리 같은 것을 즐겨 다루어 왔다. 이번의 이 작품은 오늘의 사회적인 문제를 고발하고 있다.

사회학 분야의 진보적인 학자인 주인공은 위기를 맞은 정부가 국면 전환용으로 만들어낸 공안사건에 연루되어 감옥살이를 한다. 이 사건을 통하여 작가는 정치언론, 심지어는 아내에 이르기까지 사회의 부조리함과 비정함을 고발하고 있다. 이러한 공안정국은 "군사정권 시절 이래 되풀이 되어 온" 것으로 묘사하므로 그때나 지금이나 변함이 없는 것으로 보고 있다. 8년 언도에 일곱 달째 감옥살이를 하고 있는데 아내마저 면회를 와서 부부라는 문장에 종지부를 찍는다. 그는 그 길로 심한 열병을 앓게 되고 버드나무와 붕어, 그리고 검정고무신의 꿈을 꾼다.

사소한 일도 공안 당국의 손에 들어가기만 하면 어마어마한 사건으로 둔갑하고, 나라가 금방이라도 결단날 것처럼 호들갑을 떠는 언론, 이런 상황에서 무고하게 감옥살이를 하는 주인공의 꿈속에 어린 시절의 일들이 뒤죽박죽이 되어 나타난다. 결국 홀로 시골에 사시는 아버지가 면회를 와서 심히 상한 아들의 얼굴을 보고 몹시 속상해 한다.

"이 썩어빠질늠의 나라가 도대체 워뜨케 될라구 그래 말짱한 사람얼 빨갱이루몰어? 내가 유니오 때 공산당 늠덜헌티 워뜨케 당혔는디, 그래 내 손으루 키운 아덜이 빨갱이라니, 그런 택두 읎는 소리넌 허들 말라구 혀!"

교도관에게 끌려 나간 아버지는 얼마지 않아 죽게 되고, 교도관과 함께 장례식에 참석하지만 상주 노릇도 못 하고 우두망찰 정물처럼 서 있다 돌아왔다는 것이고, 석방대책위원회의 집요한 요청으로 정신병동으로 이감된다는 줄거리이다. 정치라는 괴물에 의하여 인간이 어떻게 되어 가는가를 여실히 보여주고 있다. 정권을 위해서는 이념이라는 것까지도 본인의 의사와 관계 없이 조작되고, 그 조작된 가짜에 의하여 인간이 망가지는 사회적 비극을 만나게 된다.

이길환이 반세기 전의 역사적 갈등을 한풀기로 묘사했다면, 조동길은 오늘날에도 끊임없이 만들어지고 있는 역사적 갈등을 제시하고 있다고 하겠다.

4

위의 작품들이 사회적인 문제와 연결되는 주제들이라면 지요하의 「쾌청과 음울」이라든지 박정운의 「적색 등불」, 그리고 성기조의 「아버지와 딸」은 비교적 가정 문제를 다룬 작품들이다. 엄밀한 의미에서 가정의 문제와 사회의 문제는 별개의 것이 아니다. 가정의 문제는 사회적인 현실과 긴밀히 연관되어 있기 때문이다.

「쾌청과 음울」은 지요하가 드물게 보여준 멜로물이다. 그는 항상 사회적인 부조리를 고발하고 증언하는 자리에 서왔다. 그런데 이 작품에서는 그 반대편에서 사회를 보고 있다. 시골 출신 일호의 출세담을 그린 것인데, 그는 제대를 하고 자동차 정비공장에서 일하다가 지정식당 종업원인 화숙과 동거한다. 열심히 일해서 세차장을 차리었는데 세차장 종업원에 여상 출신 정자를 채용하게 된다. 이정자의 등장으로 일호는 졸부로 성장해 간다. 정자의 반짝이는 치부술에 이끌리어 부동산까지 차리는 부자가 된다.

처와 자식이 있고, 나이 차이가 나는 유부남과 살 팔자라는 점쟁이의 이야기를 빌미로 정자는 일호와 새살림을 차린다.

본처의 아들은 정신병원에, 본처는 교통사고로 죽게 되자 이들은 더욱 활기차게 살아가지만, 일호에게는 전처와의 관계가 하나의 통증으로 남아있다는 이야기이다. 작품 중의 부적은 이 작품을 더욱 멜로물이게 하고 있으며, 고향에서 만난 고물장수 노인과 폐품으로 버린 냉장고, 그리고 냉장고에 들어간 아이들은 다분히 예언적 의미를 부여하고 있다고 해야 할 것이다.

「적색 등불」은 병원에 입원한 딸에게 면회조차 할 수 없는 가난의 문제를 다룬 작품이고, 「아버지와 딸」은 외롭게 병든 노인의 문제를 다룬 세태소설이라 할 수 있다. 허락된 지면이 모자라 이쯤에서《소설충청》 3호『흉상이 빛나는 도시』의 해설을 끝맺는다. 다음 작품집을 기대하기로 하자. 발간비 문제가 잘 해결되어서 꽁트집의 계획이 다시 단편집으로 바뀌기를 또한 기원한다.

첨단과학 시대의 문학

1

먼저 문학과 과학을 함께 논의하는 것이 어떤 의미가 있는 것인가에 서부터 실마리를 잡을 필요가 있겠다. 문학의 출발에 대하여 여러 가지 학설들이 있지만 인간이 삶을 시작한 초기부터 비롯되었음을 부인하는 사람들은 없을 것이다. 그것이 심리적인 욕구에 의한 것이든, 아니면 생활의 필요에 의한 것이던 '문학'이라는 구체적인 이름을 가지기 전부터 인간의 생활과 함께 출발하여 오늘에 이른 것은 틀림없는 사실이다. 과학 또한 마찬가지라고 본다. 오늘날 과학시대라는 말들을 쓰고 있지만 이 역시 '과학'이라는 이름이 붙여지기 이전부터 인간에게 과학은 있어 왔다. 즉, 인간에게 있어서 이 문학과 과학은 처음에는 이렇게 따로따로의 영역이 아니었고, 하나의 종합적인 의미로 있었을 것이다.

환경에 적응하려다 보면 끊임없이 다가오는 장애물을 헤쳐 나가지 않을 수 없었을 것이고, 그를 위해서는 이른바 생활과학이라는 것이 자연스럽게 형성되었을 것이며, 그를 보다 구체화면서 "하나의 대상에 대한 진리의 추구"라는 학문적 성격을 지니게 되었을 것이다. 그런데 인간의 생활이라는 것은 동물들과는 달리 생존(生存)으로 만족하지 않고, 문화(文化)라는 정신적 성장을 추구하는 또 하나의 본질적 욕구를 가지고 있어서 이른바 첨단(尖端)이라는 것을 형성하면서 오늘에 이르렀다고 할 수 있다. 그리고 이 두 분야는 끊임없이 서로 영향을 미치면서 발전해 온 것이다.

대체로 과학이 물질적인 발전을 위한 노력이라고 본다면, 문학은 정신적인 발전을 위한 노력이라고 할 수 있겠는데, 이 두 분야는 서로 상대적인 위치에 있는 것이 아니라 사실은 서로 보완적 관계에 있다는 것이다. 그리고 인간사회는 이 두 분야가 균형을 이루면서 성장해 나갈 때 인간에게 바람직한 발전이 약속된다고 할 수 있다. 엄밀히 말해서 과학에 의한 산업 발전이 인간의 정서 생활에 무관하지 않으며, 인간의 정신이나 정서적 생활이 과학세계에 영향을 주지 않는다 할 수 없다.

오늘날 과학의 영역은 넓고 깊게 확대되고 있는 느낌이다. 과거에는 과학의 문제 밖이라고 보았던 것들이 과학의 대상이 되고 있는 것을 많이 발견하게 된다. 이제는 인문과학(人文科學)이라 해서 인문학이 과학의 영역으로 들어서고 있다. 인간의 심리상태도 과학의 대상이 되고 있으며, 정서나 정신적 영역에까지 파고들 기세이다. 문학예술 또한 과학인 학문의 대상이 되어 논의되고 있다.

이른바 응용예술 분야에서는 과학의 힘이 절대적으로 작용하고 있다. 과학적 연구결과에 따른 역학의 도움이 없이는 현대건축을 할 수가 없다. 과학적 성과를 기다려서 물감이 만들어지고 있고, 첨단 장비라는 것은 예외 없이 과학의 힘에 의지하고 있는 셈이다. 심지어는 음악까지도 과학을 무시하고는 이루어낼 수가 없는 형편이다. 악기라는

것이 옛날에는 천재적인 악공의 정성과 정신으로 만들어졌지만 이제
는 그 악공조차도 과학의 힘에 의해서 창조하지 않을 수 없는 것이다.

그러나 분명한 것은, 아직은 이러한 과학의 힘이 예술의 기본정신까
지 뒤흔들 수는 없다는 점이다. 과학은 장비일 뿐이고 그 속에 담기는
정신이나 사상은 예술이다. 아무리 좋은 악기가 있어도 그것을 부는
것은 인간이고, 좋은 음악을 창조하는 것은 예술의 원리이다. 아무리
훌륭한 물감이 있어도 그것으로 작품을 만드는 것은 화가이다.

뿐만 아니라 이러한 예술혼이 과학에게 도덕성을, 휴머니티를 제공
함으로써 과학으로 하여금 바람직한 쪽으로 가게 하고 있는 것이다.

이런 의미에서 예술과 과학, 아니 문학과 과학과는 과학이 첨단화되
면 될수록 더욱더 심도 있게 따뜻한 인간애의 정신 속에서 논의될 필
요를 느끼는 것이다.

2

어떤 의미에서 과학의 영향을 가장 덜 받는 예술이 문학이 아닐까 생
각된다. 작품을 쓰는 도구는 언어이고, 그것을 표현해내는 것은 원고
지인데 컴퓨터를 사용한다 해서 과학이 문학에 영향을 미친다고 할 수
는 없는 일이다. 그보다는 과학적 생각이니, 과학화된 생활에서 형성
되는 정서가 영향을 미친다고 할 수 있을 것이다. 말하자면 악기나 물
감은 음악이나 미술작품을 하는 데 직접적인 영향을 미치지만 컴퓨터
는 그런 영향을 미치지 못하는 것이다.

오랫동안 문학과 과학은 서로 상대적 분야로 인식되어 온 것이 사실
이다. 시적(詩的) 진리(眞理)와 과학적(科學的) 진리(眞理)가 서로 함께

논의될 수 없을 뿐만 아니라, 양극의 위치에 있는 것처럼 논의되기도
했다.

문학과 과학과의 관계를 논의한 글들은 대단히 드문 편이다. 단지 그
표현 매체가 되는 언어의 문제를 다룰 때 각종 문학개론서에서 과학적
용법으로서의 언어와 문학적 용법으로서의 언어를 구분하여 설명하는
정도가 고작이고 예술철학과 과학철학을 중심으로 그 관계를 추구한
예는 별로 찾을 수 없다. 그것은 과학이 다른 장르의 예술과는 달리 문
학의 도구로서 직접적인 영향을 비교적 덜 미치고 있기 때문일 것이
다.

일찍이 이 분야에 관심을 가지고 저술한 박이문의 『시와 과학』에 따
르면 "한 대상에 대한 지각 혹은 의식으로서의 시와 과학은 서로 다른
지각을 나타내고 있긴 하지만, 그것들이 지각된 대상인 한에서는 그것
들이 언어 표현이라는 점에서 공통성을 가지고 있다"고 전제하고 "그
러므로 시와 과학, 그리고 그것들 사이의 관계는 시에 있어서의 언어
연구, 과학에 있어서의 언어연구가 된다"고 했다. 뿐만 아니라, "시와
과학은 서로 대립되거나 모순되는 것이 아니라 인간이 그의 자연환경
에 갖게 마련인 두 가지 표현인 것으로 시와 고학은 서로 단절된 것이
아니라 그들 사이에는 일종의 정연한 연속성이 있다"고 했다.

그에 따르면 시나 과학은 한 대상을 지각하여 언어로 표현한다는 면
에서 다를 바가 없으니 시적 언어(詩的 言語)와 과학적 언어(科學的 言
語)를 연구한 것이 곧 시와 과학의 관계를 구명하는 길이 된다는 것이
다. 말하자면 한 대상에 대한 두 가지 서로 다른 표현의 차이만 있다는
것이다.

그래서 그는 언어의 외연적 의미와 내포적 의미를 중심으로 객관적
의미와 주관적 의미, 인식언어와 비인식 언어, 서술적 의미와 감수적

의미 등 다양한 용어를 구사하여 차이점을 설명하고 있다. 결국 "한 대상을 서술하는 것으로서의 시와 과학은 그 대상을 추상화하는 데 있어서 양극을 보여준다. 시가 한 대상을 될수록 적게 추상화함으로써 서술하는 데 있다면 과학은 같은 대상을 가장 많이 추상화함으로써 서술하는 데 있다"고 한다. 여기서 추상화란 정확하고 완전한 기호화라 인식하면 이해가 빠를 것이다. 한 대상을 완전에 가깝도록 하나의 언어로 추상화한다는 뜻이다. 그런데 시는 추상화되지 않은 대상의 언어라는 것이며, 따라서 부정확한 것 같으나 객관성을 지향하는 과학과는 달리 주관성을 통한 보편성을 획득한다고 말한다.

그러나 이는 어디까지나 시를 이해하기 위한 언어의 설명일 뿐, 시와 과학과의 본질적인 문제에는 접근하지 못하고 있다. 흔히들 시적 언어를 위에서와 같이 설명들을 하고 있지만 시의 언어들이 빠짐없이 그러한 언어적 특성을 가지느냐 하면 그렇지 않은 경우도 얼마든지 찾을 수 있다. 즉 시 구절 가운데 내포적 의미망까지 생각지 않아도 될 과학적 용법으로서의 언어기능으로 이해해야 할 말들이 얼마든지 있다는 것이다. 오히려 내포적 의미로 이해해야 할 언어들이 상대적으로 적은 것은 아닐까. 그리고 산문문학의 경우는 어떻게 설명할 것인가 하는 어려움이 있다.

한 예를 보자.

눈을 감는 시간이 많아지고 있습니다.
눈을 뜨면 보이지 않던 바람들이
눈을 뜨면 보이지 않던 소리들이
나를 꾸짖고 있습니다.
잃어버린 노래를 찾아라.

잃어버린 날개를 찾아라.
바람소리가 나를 흔들고 있습니다.

— 조병철의 「소리」 중에서

위의 시에서 첫 줄은 누구나 이해할 수 있는 과학적일 수 있는 사실이다. 그러나 둘째 줄에서부터 끝줄까지는 과학적일 수가 없다. 바람과 소리는 어차피 볼 수 있는 것은 아니니까 그렇다 치더라도 이것들이 꾸짖는다는 것은 사실일 수는 없다. 또 바람 소리가 나를 흔든다는 것도 문면만으로는 정확한 설명일 수가 없다. 그러나 이 시를 읽으면서 문면적 진위를 물을 사람은 철없는 어린아이가 아니고서는 없을 것이다. 그렇다고 심리학 같은 과학의 힘을 빌릴 필요도 없다. 우리는 바람이나 소리의 꾸짖음이 사람 사이의 꾸짖음보다도 훨씬 큰 힘이 있을 수 있다는 것을 안다. 그리고 이 정도는 이미 사실로 인식하는 하나의 과학이 아닐까. 오히려 시와 과학의 관계는 언어만이 아니라 과학적 정신과 시적 정신의 차원에서 살펴봐야 할 문제인 것 같다. 이것을 중요한 과제로 제시하고 싶다.

3

첨단과학 시대의 문학은 아무래도 문학이 과학에, 그리고 과학이 문학에 어떠한 영향을 줄 수 있을 것인가를 알아보는 것이 의미 있을 것 같다.

먼저 그 시대의 문학은 과학에, 그리고 과학자에게, 과학시대의 인간에게 어떤 영향을 줄 것인가. 여전히 과학 발달이 인간에게 어떠한 영향을 미치는가를 살피면서 찬양과 경고를 해나갈 것으로 본다. 문학의 궁극적인 공리적 기능은 인간성 옹호에 있다. 따라서 어떤 과학적 사실이 인간에게 어떠한 영향을 미치는가가 중요한 문학이 주제나 소재가 될 것이다. 그리고 더러는 과학적 상상이 미치지 못하는 상상력을 제공하여 과학의 일거리를 제공하는 일도 있을 것이다.

과학이 첨단화되면 될수록 인간은 더욱더 고독해지고 복잡해질 전망이다. 여기에 문학은 이들에게 오락적 기능에서부터 감정 정화적 기능까지를 수행함으로 첨단과학시대의 비인간화를 막는데 지금보다도 더 많은 기여를 할 것이다. 과학의 발달은 인간에게 더 많은 여가를 주게 되는 경우도 있을 것이다. 이때 문학은 이 여가의 반려자가 되는데 중요한 위치에 설 것이다. 또 과학화되면 될수록 인간이 단순화될 가능성도 예견할 수 있다. 이때 문학은 고유의 인간성을 지키는 데 커다란 문이 될 수도 있을 것이다.

다음, 과학은 문학에 어떤 영향을 미칠 것인가. 아무래도 지금보다 더 다양한 소재를 제공해 줄 것이다. 과학적 생활에 익숙하지 않고는 그 시대의 생활상이나 시대상을 정확하게 묘사할 수 없으므로 작가들은 싫어도 첨단과학을 이해하고 그 생활의 경험을 위하여 더 많은 과학적 생활인으로 바뀌져야 할 것이다. 문학의 과학화에 더 많은 노력들이 기울여질 것이다. 문학이 학문의 대상으로 더욱 세분화되고 인접 학문들이 더 많이 동원될 것이다

문학작품이 유통되는 문학사회가 근본적으로 바뀌어 활자 매체에서 전자나 빛, 또는 소리의 매체로 될 가능성도 가상해 볼 수 있다. 옛 구비문학이 문자를 통한 고정문학으로 발전했는데 다시 구비문학의 시대가 열릴지도 모른다. 혹은 책 속의 문자를 읽는 것이 아니라 비디오 속의 문자를 읽게 될지도 모른다.

　이렇게 되면 문학 사회학이 지금과는 확연히 달라질 수도 있을 것이다. 또 작가들이 작품을 집필하는 데에도 커다란 변화가 오려는지도 모른다. 벌써 컴퓨터들을 쓰고 있는데 그때쯤엔 말로 쓰면 곧바로 문자화되는 그런 시대가 될지도 모른다. 그러나 기본적인 예술정신이랄까, 문학정신은 어떠한 방법으로든지 지켜질 것이다.

　인류의 종말이 오지 않는 한.

이야기 값에 대한 자잘한 시비

1

30년 가까이 소설을 창작해 온 〈충남소설가협회〉 지요하 회장은 소설가들에 있어서 소설 쓰기의 고통은 삶의 진지성과 치열성에 대한 고뇌라고 주장한다. 여기에다가 지방에서의 소설 수업은 여건의 불비에서 오는 소외와 외로움이 더한 것으로 가히 피와 땀 속의 행진이라 하지 않을 수 없다. 시의 경우는 동반자들이 많은 편이어서 서로서로 넋두리를 나누면서 위로를 받을 수 있지만 소설의 경우에는 그럴 동반자조차 많지 않다. 문학은 결국 자신과의 싸움을 통하여 피워내는 작업이기는 하지만 그 길을 가는 동반자의 격려와 어깨겨룸은 더할 나위 없이 중요한 것이다. 이런 의미에서 〈충남소설가협회〉의 활동은 모든 사람의 박수를 받아 마땅하다고 본다. 이들이 지난해에 이어서 작품집 두 번째 권을 발간한다. 그 말미에 이들 작품들에 대한 평을 싣고자 한다니 이들의 성 쌓기에 벽돌 한 장을 더하는 뜻으로 이 글을 쓴다.

소설이란 무엇인가. 자기들 삶의 이야기가 아니던가. 까마득한 옛날부터 그들 스스로 자연을 개척하고 서로 어울려 살아온 과정을 언어를 통하여 서사화해 온 것이 바로 소설의 출발이 아니었던가 말이다. 더러는 자기들 삶을 직접 이야기하기도 하고 다른 사람의 삶을 예로 들어 이야기하기도 했으며, 어떤 경우에는 자기의 생각으로 꾸며서 이야기하기도 했다. 그리고 그 이야기를 듣는 사람이 있었다. 이야기하는 사람은 항상 그 이야기를 듣는 사람을 의식하지 않을 수 없었다. 그러면서 이야기하는 사람은 자기의 이야기에 대하여 듣는 사람이 이렇게 이해해 주었으면 하는 바람이 있었을 것이다. 이러한 관계야말로 오늘날 학자들이 말하는 소설 사회화의 원천이 아닌가.

작가들은 작품을 창조하고 그 작품을 통하여 독자들에게 끊임없이 메시지를 내보내고 있다. 그 메시지의 값을 놓고 이러쿵저러쿵 말들을 나누는 것이 바로 소설의 비평이 아니던가. 그 값을 결정하는 기준은 두 가지로 요약할 수 있다. 하나는 그 이야기 자체의 값이며, 다른 하나는 그 이야기를 서술하는 기교에 대한 의견이다. 이른바 소설의 내용과 형식의 문제가 그것이다. 결국 한 소설의 값은 무엇을 썼는가와 어떻게 썼는가의 문제를 논의함에서 벗어나지 않는다. 문제는 사람의 개성이 다 다르고 그들이 살아온 환경이 천차만별이어서 이들의 값매김이 사람마다 다르다는 데 어려움이 있다. 여기에서 한 작품에 대한 평가가 다 다를 수 있고, 시대를 따라 사회 체제에 따라 달리 이해하고 해석하며 평가하는 것이 가능한 것이다.

따라서 작가는 작가 나름대로의 철학이 필요하고 평자는 평자 나름대로의 철학이 있는 법이다. 단지 평자의 논리를 많은 독자들이 얼마만큼 수긍하고 그 논리에 따라 작품을 이해하고 감상하느냐 하는 것이 문학사회의 커다란 과제라 하지 않을 수 없다.

위에서도 말한 바와 같이 소설은 결국 작가가 생각하고 있는 서사적인 이야기를 독자들에게 가급적이면 감동스럽게 이야기하는 것이다.

그러면서 자기가 서술하는 이야기가 보다 많은 사람들에게 시공을 초월해서 의미 있는 이야기로 남기를 기대한다.

이번《소설충청》2호에는 12명의 작가가 각기 스스로의 머리와 마음속에 간직하고 있는 이야기를 발표하고 있다.

1호 때의 8명에 비하여 4명이 더 참여했다. 1집의 말미에 회원의 명단이 실려 있지 않아서 처음부터 더 많은 회원이 있었는데 8명만 참여했었는지 애초에 8명의 회원이었는데 더 늘어난 것인지는 확실치 않으나 더 많은 회원이 작품집에 참여했다는 것은 이 모임의 활동이 양적인 면에서 진일보하고 있다는 점을 알 수 있다. 1집의 결과가 신통치 않았으면 참여자가 줄었을 텐데 더 늘었다는 것은 소설의 길을 가고 있는 이들 스스로가 이 활동에 대하여 그만큼 기대를 하고 있다는 뜻이 담겨 있을 것으로 보여서 이들의 활동을 지켜보는 우리들로서는 반갑다 하지 않을 수 없다. 물론 그러기 위한 회원들의 노력이 어떠했으리라는 것은 더 설명을 하지 않아도 짐작이 되는 일이기는 해도 말이다. 지난 호에 작품을 발표했다가 이번 호에 작품을 내지 않은 작가가 양병옥, 이걸재 두 사람인데 비하여 이번에 새로 작품을 낸 작가는 박선자, 박중곤, 서순희, 성기조, 이태주, 정안길 다섯 명이고, 지난번에 이어 이번에도 작품을 발표한 작가가 심규식, 이길환, 이사형, 조동길, 김명주, 지요하 등 여섯 명이다. 이렇게 서지적인 사항을 먼저 밝히는 것은 이 모임이 오랫동안 발전해 나갈 때, 그 활동의 면모를 정리하는 데 도움이 되도록 하기 위해서이며, 그 변화의 과정을 분명히 하고자 함에서이다. 연속해서 작품을 발표할 때 그 변화의 양상을 살피는 것은 그 작가를 이해하는 데 중요한 의미를 가지기 때문이기도 하다.

2

우선 무엇을 썼는가, 에서부터 이야기의 실마리를 풀어 보자. 작가들은 끊임없이 자기가 살고 있는 환경에 대하여 문제의식을 찾으려 노력한다. 그런 면에서 문제의식이 없는 사람은 작품을 쓸 수 없다는 논리도 가능하다. 뿐만 아니라 자기가 찾고 있는 문제가 더 많은 사람들의 문제로 인식될수록 이른바 전형성을 가지게 마련이다. 그것은 사회적인 것일 수도 있고, 개인적인 것일 수도 있다. '나' 개인의 아픔이지만 그것이 결코 개인의 문제로만 그치지 않고 더 많은 사람들에게 그와 똑같은 아픔이 될 수 있을 때, 그 문제는 개인을 넘어서서 모든 사람의 것이 되는 것이다. 그런가 하면 문제 자체가 사회적인 것일 때도 있다.

작가가 그의 시선을 밖에 두느냐 혹은 안에 두느냐 하는 문제는 상당히 중요하다. 그것은 그 작가가 삶의 진지성과 치열성의 대상을 어느 곳으로 하느냐 하는 문제가 되기 때문이다. 밖으로 했을 때에는 자아와 세계와의 갈등을 중심으로 이야기가 진전되는 것이며, 안으로 했을 때에는 자아 스스로의 내적 문제에 집착된다고 할 수 있다. 따라서 안으로 했을 때에는 철학이나 윤리의 문제와 만나게 되고 밖으로 했을 때에는 사회와 역사에 이르게 된다고 할 수 있다.

대체로 자기가 살고 있는 사회가 경직되고 인간적인 삶이 여러 가지로 제한당할 때에는 작가들은 그 문제에 더 관심을 가지게 되는 것이며, 그보다 인간의 근원적인 괴로움을 안고 있을 때에는 안으로 시선을 돌리게 된다. 지난 시대, 우리 사회가 독재의 늪에서 모두가 숨을 몰아쉬고 있을 때에 작가들의 시선은 사회와 역사 쪽에 많이 경도될 수밖에 없었다. 말하자면 공격 목표가 분명했으며, 그 공격의 방법이 은유적으로 고도화되었다. 그러다가 이른바 문민화 이후 어쩌면 소설은 소강상태에 머문 감이 없지 않다.

　이번 작품들도 이 두 가지 영역에서 살펴볼 수 있다. 대부분의 작품들이 이 두 가지 문제를 아우르게 되어 있는 것이지만, 그래도 그 비중을 볼 때 분류가 가능하다.

　가령, 가출했던 손녀의 문제를 다루고 있는 서순희의 「나무가 있는 뜨락」과 같은 경우 그 소녀의 가출이 입시 등 사회적인 문제도 있지만 이 작가가 이 작품에서 다루고자 한 것은 아무래도 손녀의 가출을 보는 할머니의 심리적인 문제를 말하고자 한 것으로 볼 때, 이는 사회적인 문제라기보다는 개인적인 심리의 문제라고 할 수 있다. 이런 의미에서 박선자의 「우연, 필연의 심연」 역시 마찬가지이다. 이 소설의 배경은 일제에서부터 6·25를 거쳐 오면서 이산의 아픔을 안고 있는 지극히 역사적인 문제이지만, 정작 이 작가의 시선은 가정적인 윤리의 문제에 가 있다. 꿈에서도 잊지 못하는 아버지였지만, 막상 90이 넘어 죽을 날을 예측할 수 없는 나이로 중국에 생존하고 있는 분을 70이 된 노인인 아들부부들이 이쪽으로 모실 것인가 하는 데에 대한 부부간의 갈등을 말하고 있는 것이다. 이는 이들이 갈라서게 된 이산의 아픔을 말하려 하기보다는 부모 모시기의 윤리적인 세태를 앞에 내세우고 있다고 할 수 있다.

　이런 사회적인 것과 무관한 개인적인 문제를 다루고 있는 작품으로 이태주의 「해변의 모자이크」를 들 수 있다. 이는 남녀 긴의 사랑에 있어서 사회적인 어떤 것이 장해 요소가 되어 있는 것이 아니고, 순전히 주인공들의 성격적인 것이 문제가 되어 있다. 자유분방한 삶을 살아가고자 하는 남녀가 어느 계기에 사랑의 정을 느끼게 되었지만 한 사람의 적극적인 의사 표시에 상대방이 소극적이자 성격적으로 이를 이겨 내지 못하고 스스로 먼 곳으로 떠나므로 파탄에 이르게 된다는 이야기이다. 멀리 떠난 이 여인의 동생이 언니의 실연을 보복하려다가 오히려 오해를 풀고 이들이 사랑으로 간다는 다분히 신세대 사랑의 윤리 같은 것을 제시하고 있는데 이는 순수한 개인적인 문제를 다룬 작품으로 볼 수 있다.

이번 작품 가운데 사랑을 그린 것으로 이사형의 「떠도는 사람들」을 첨가할 수 있다. 시골에서 순수하게 사랑을 나누는 두 남녀이지만 경제 형편이 여의치 않은 남자가 물고기를 불법으로 어획해 판매하여 한탕에 문제를 해결하고자 하나 결국 체포되고 만다는 이야기인데 여기에서도 경제적인 고난의 묘사는 거의 없고 남자의 비정상적인 파행만 제시됨으로 결국 개인적인 문제로 보게 한다.

우리의 효에 대한 의식은 죽은 조상을 어떻게 모시느냐 하는 것이 커다란 문제로 되어 왔다. 오랫동안 많은 사람들의 생각을 지배해 오고 있는 풍수의 문제가 이를 단적으로 드러내고 있다고 할 수 있는데 이런 것을 문제로 한 작품으로 정안길의 「주검의 재회」를 들 수 있다. 이 또한 사회적인 문제라기보다 생시에 원수 같았던 아버지의 묘를 어떻게 할 것이냐 하는 갈등이므로 역시 개인적인 문제로 처리하지 않을 수 없다.

각종 사회적인 부조리를 보면서 그에 영합하지 않는 한 외로운 지성인의 죽음을 다루고 있는 조동길의 「낙막」 역시 비록 그 주인공이 죽음에 이르는 고뇌를 안고 있는 것으로 그려지고는 있지만 사회적인 부조리와의 싸움과 패배의 과정을 말하기보다는 자의식적인 인물로 묘사되고 있다. 외적인 문제가 내적인 소멸의 과정을 밟았다고나 할까. 이길환의 「잃어버린 필명」 또한 이러한 범주를 넘지 않고 있다. 학창시절 시위 현장에서 동료 학우를 데모 주동자로 고발하고 그 자책감에서 의식의 저편에 서서 자기도 모르는 가운데 필명으로 작품활동을 해왔다는 소설가의 이야기인데 여기서도 주인공은 부조리한 현실과 정면으로 맞서지 않고 의식을 잃고 생활하는 하나의 패배자적인 삶을 드러내고 있는 것이다.

이렇게 볼 때 〈충남소설가협회〉의 많은 식구들이 그들의 시선을 밖에 두고 그 대상과 치열하게 싸우는 이야기를 선호하기보다는 안으로 돌려서 윤리적으로나 심령적으로 소화하는 자리에 서고 있다는 것을 알 수 있다.

이에 비하여 심규식이나 지요하, 김명주, 그리고 박중곤, 성기조 등은 시선을 밖에 두고 있다. 여당지의 역할을 하면서 현실을 왜곡하여 기사화하고 정당한 기사를 빼버리는 신문사의 부조리한 운영에 정면으로 대결하여 사장을 몰아내는 과정을 그린 박중곤의 「홍수 속의 고인 물」이나, 인간의 생명을 돌보는 것을 최대의 사명감으로 살아야 할 의사가 일신상의 영달을 위하여 환자의 생명을 희생시키면서까지 주도권을 잡으려는 의사사회의 부조리를 고발한 김명주의 「백색 병동의 미로」, 일제 강점기 남편의 독서운동을 일경에게 고발함으로 생명을 앗아간 원수를 갚기 위하여 평생을 노력한 한 여인의 생애와 그 뜻을 이어받아 기어코 그 원수를 찾아 연변에까지 이르는 여인의 아들인 한 지식인의 이야기를 그린 심규식의 「그곳에 이르는 먼길」, 그리고 우루과이라운드 등으로 살기 어려워진 농촌사회의 문제를 드러낸 성기조의 「밥맛」 등은 비교적 사회외의 정면 대결을 기도한 작품들로 볼 수 있다.

이러한 설명에 대하여 소설의 성패와 연결해서 생각할 필요는 없다. 가령 사회에 시선을 두고 있는 작품이 성공작이요, 안으로 시선을 돌리고 있는 작품이 실패작이라는 성급한 판단을 해서는 안 된다는 이야기이다. 시선의 안팎과 성패와는 전혀 별개의 것이다. 스포츠에서 이기는 길에 공격과 방어는 똑같이 중요한 법이다. 유능한 공격도 스포츠에서 성공적인 활동이요, 실수 없는 완벽한 방어도 승리의 길을 여는 중요한 방법이 되기 때문이다. 다만 얼마만큼 절묘한 공격이냐 방어냐 하는 데에서 그 선수의 기량이 평가되는 것을 상기할 필요가 있다.

여기서는 이 작품집에 모인 작가들의 작품 성향을 대별하여 볼 때 역사나 사회에 관심을 가지고 그것들과의 갈등을 정면에서 대결하기보다는 다분히 안으로 소화하려는 경향이 많다는 것을 지적할 뿐이다. 말하자면 공격적이기보다는 방어적 플레이를 즐긴다고나 할까.

3

이제 개별 작품으로 들어가 볼 차례이다.

이 작품집의 표제로 삼고 있는 박중곤의 「홍수 속의 고인 물」부터 살펴보자. 작가의 말을 빌리지 않는다고 하더라도 이 작품은 몇 년 전, 충남 지방에 내렸던 집중폭우의 현장을 배경으로 쓰인 것이다. 작자는 이 폭우가 인재라고 주장하는데, 그 인재라는 것이 일반적으로 말하는 치수를 잘못해서 인재라는 것이 아니요, 인간이 도덕성을 상실하고 악의 현실에 놓여 있기 때문에 신의 노여움을 사서 그렇게 되었다는 것이다. 하늘의 뜻이라면 천재이어야 할 텐데 그 원인 제공을 인간이 했으므로 인재라는 것이다. 그러면서 그는 성서의 이곳저곳을 인용하고 있다. 일혁이라는 작품 속 신문 기자의 주장이지만 이는 작가의 주장이기도 하리라. 이러한 인식은 자기 직장인 신문사의 파행적 행태에 이어진다. 왜곡 보도는 물론 정당한 보도의 통제와 정당한 길을 가려는 기자들을 윗선에서 막음으로 언론으로서의 도덕성이 말살되고 있음을 참지 못해 드디어 동료와 사장 퇴진 운동을 전개하여 사장을 퇴임시켰지만, 다시 들어온 사장 역시 전의 사장과 동종이라는 이야기이다.

이는 지난 시대 우리 언론의 부끄러운 한 면을 드러낸 것으로(아직도 이렇게 말하기엔 조심스러운 바가 없는 것도 아니지만) 비록 그 권력의 아래에서 쓰인 것은 아니지만, 신문 부조리에 대한 정면적 대응을 시도한 것으로 볼 수 있다. 그러나 집단 폭우와의 연결이 필연적으로 되어졌느냐 하는 점과 신문사 내부의 저항이 실감나게 그려졌느냐, 부조리가 기자들로 하여금 독자와 함께 격분하게 묘사되었느냐 하는 것도 그러하려니와 그 정도에서 사장이 물러난다면 정의로운 운동이 얼마나 쉬운가 하는 의문을 주게 되는 것이다. 폭우와의 연계에 액센트를 주다 보니 정작 더욱 치열하게 묘사되어야 할 부분은 약화되고 만 아쉬움이 있다. 무엇보다도 소설은 읽는 사람이 소설 속의 사건을 실감하는 것이 중요할 것이다.

지난 호에 이어 이번에는 중편을 발표한 심규식의 「그곳에 이르는 먼 길」은 단연 야심작이다. 「거둘 수 없는 잔」에서도 일제 아래에서 당했던 원수 갚음이 주된 줄거리였는데 이번 작품 또한 그와 궤를 같이 하는 것이다. 이처럼 같은 유형을 되풀이하는 것은 위험 부담을 안으면서 완성된 작품을 써보고자 하는 의욕의 소신이리라. 중국과의 교류가 이루어지면서 연변에 다녀온 동료 교수로부터 일제 때 아버지의 원수가 그곳에서 혁명투사의 대접을 받고 살아 있다는 소식을 듣고, 한 교수는 연변을 찾아간다. 그 원한의 인물은 자기 아버지와 일제 때 같은 학교에서 근무하였었는데 아버지가 독서회 운동을 하는 것을 일본 경찰에 밀고, 일본 순사의 암살 누명까지 뒤집어씌워 생명을 앗아가게 한 사람이다. 자기 어머니는 남편의 원수를 갚기 위하여 평생을 바치다시피 했다. 그 사람, 심철무라는 이름만 들어도 죽음 속에서도 벌떡일어날 것만 같은 어머니의 원수이자 자신의 원수인데 막상 찾아가서극노인이 된 그의 이야기를 다 듣고 나니 이 원수 또한 일제의 가혹한고문에 의하여 그렇게 만들어진 사실을 알고 어머니에게서 받은 은장도를 바닥에 꽂고 되돌아온다는 내용이다.

연변에 가는 비행기를 타고 그곳에 들어가는 곳에서 소설이 시작되어 다시 귀향하는 비행기를 타는 데에서 끝나는 아주 익숙한 구성이며, 사건의 진전에 따라 과거와 현재를 긴밀하게 연결한 플롯이 원수갚음의 이야기를 효과적으로 서술하고 있다. 일제 식민지 아래에서의민족적인 비극은 수없이 많은 소설 소재를 제공하고 있는데 중국과의교류를 통하여 그 폭이 넓어지고 있다. 그의 시각은 원수를 원수로서남겨놓지 않고 일제의 더 큰 죄악에 의하여 한 민족끼리 원한의 관계로 살아야 했던 점을 강조함으로 민족적인 화해를 시도하고자 이렇게결말을 맺었을지도 모르겠다. 심씨의 소설은 끊임없이 역사의식과 씨름하고 있음을 확인하게 된다.

이 글을 쓰기 위해서 교정지를 받아들었을 무렵, 한 통의 전화를 받았다. 부여의 김명주 씨로부터였다. 이번에 제출한 작품이 마음에 들지 않아 다시 써서 보낸다는 것이었다. 이미 120매나 되는 작품을 컴퓨터 타자까지 끝마친 상태인데 아무래도 마음에 흡족하지 않으니 다시 제출한다는 것이다. 이 이야기를 공개하는 이유는 그가 평소 스스로의 작품에 대하여 얼마나 엄격하며, 창작의 열의가 얼마나 뜨거운것인가를 알리기 위해서이다. 지난번 호에 「해부학 주임 교수」를 통하여 한 해부학 교수의 혼신을 다하는 의학에의 정열과 의학교육의 사명감을 형상화했었는데 이번에도 의사 세계를 다루고 있다.

그의 소설은 자신이 의사라는 데에서 우리에게 소재의 참신성을 더해 주는 작품을 계속해서 보여주고 있다. 그는 의사를 성인으로 묘사하기도 하지만 악에 물든 파행적 인물로 묘사하기도 한다. 이는 오늘날 우리 의료계에 인술을 천명으로 아는 훌륭한 의사가 있는가 하면, 어차피 의사도 인간이므로 혼탁한 사회의 일원으로 그저 그렇게 살아가는 사람도 있다는 것을 보여주는 것이리라. 어찌 의사뿐이겠는가. 우리 사회는 언제나 악과 선의 혼재 속에서 갈등하면서 살아가도록 운명지워진 것이 아니겠는가. 그러나 의사의 세계는 보통 사람들에게는 아직도 베일 속의 비밀스러움이 많다. 요즈음 외국 소설에서도 의사의 세계를 다루고 있는 소설들이 많이 나와 우리에게 소개되고 있지만 우리 의사에 의해서 의료계의 세계가 형상화되는 일은 흔치 않다. 우리 문단에도 의사 작가가 몇 있기는 하지만 대부분이 치료 과정을 통한 인간의 문제를 다루고 있지 이처럼 의사 세계를 다룬 경우는 드물다.

「백색 병동의 미로」는 질서가 가장 존중되는 의사 세계에서 주임 교수 자리나 병원장 자리를 놓고 시정잡배 이상의 계교를 부리는 부조리를 고발한 작품이다. 더욱이 이들은 환자의 생명까지를 담보로 해서 생명을 살리는 것을 사명으로 하는 의사가 생명을 희생시키면서 자신의 지위를 상승시키는 충격적인 내용을 담고 있다. 더욱 안타까운 것은 물러난 외과 과장이 이러한 음모를 알면서도 의료계의 명예 실추를 생각해서 싸우지 않고 침묵한다는 점이다. 우리 사회에는 이처럼 이른바 점잖음의 논리나 대의명분이라는 허상에 눌려 정의가 숨죽이게 되는 일이 얼마나 많은가. 젊은 인턴이 이를 고발하기 위해서 자리를 뜨는 것은 이야기의 값을 한층 높이는 의미가 있을 것이다. 구성에 있어서도 사건의 반전을 설정한 것은 지난번의 일대기적 방법에서 한 걸음

나아진 것으로 평가해야 할 것이다.

　지요하는 끊임없이 사회 부조리를 고발해 온 작가이다. 그런데 스스로도 말하고 있다시피 요즈음 자꾸만 자전적 이야기로 끌려가고 있다. 이는 자신의 삶이 바로 갈등이 심화되고 있는 현실의 한가운데에 놓여 있음을 말하는 것이리라. 말하자면 굳이 소설적 사건을 찾아나서지 않는다 하더라도 자신의 일상적인 삶이 곧 소설의 소재가 될 수 있을 만큼 치열하다는 뜻이다. 방향을 달리해서 이야기한다면 다른 사람에게는 일상적인 삶이라고 하더라도 지요하에게 오면 작품으로 형상화될 수 있다는, 말하자면 소설 쓰기의 꾼이 되었음을 시사한다고 할 것이다.

　「또 하나의 작은 늪」도 몇 가지의 일상사가 소개되고 있다. 딸린 아들 딸 등 가족을 생각하면서 성실하게 살아가려 하는 소시민인 자신에게 〈귀하는 경범죄 처벌법 위반으로 적발되었으니 오는 1994년 3월 22일 오전 오후 ○○시 안으로 이 출석요구서와 도장을 가지고 ○○경찰서 방범과 지도계 또는 주소지 관할지서, 파출소에 출두 즉심처리를 받으시기 바랍니다〉라는 봉함엽서를 받으므로 이야기가 시작된다. 이 이해 안 되는 통지서를 놓고 그는 근래의 생활 가운데 법적으로 그와 같은 처벌을 받을 만한 일이 있었는가를 더듬는 것이 그 내용이다. 교통 위반으로 떼었던 딱지의 여파인가. 사업의 난조로 벌어졌던 후유증의 하나인가. 아니면 지방 잡지와 문예지를 만드는 일을 하다가 어느 교수와의 말이 안 되는 시비로 전화 싸움을 한 일이 있었는데 그 사건과 관계되는 일인가. 그는 지난 시대 글 쓰는 친구들과 어울리다가 용공자로 몰려 경찰서에 잡혀가 고문을 당한 후 대인공포증과 피해망상증에 걸려 고생했던 일이 있었는데 그 일까지를 기억하면서 불안한 공포에 빠진다. 결국은 추월 위반 때 가벼운 것으로 떼어 준다는 교통경

찰의 호의가 딱지의 색깔 착오로 경범죄 위반자가 되었음을 알게 되어 사건은 반전을 이루지만, 이른바 공권력의 힘이라는 것이 아직도 우리 소시민에게 얼마나 폭력적인가를 제시하고 있다. 그러면서 그는 상상하는 일화들을 통하여 자기가 사회에 하고자 하는 이야기를 다 말해 버린다.

그러나 그에게도 과제는 있다. 자전적일 때는 자신의 삶의 무게와 소설의 값이 동등해질 수밖에 없다는 어려움이다. 자칫 자신의 체험이 가벼운 것이라면 소설의 깊이도 그 정도에 머물 가능성이 있다는 뜻이다. 역시 소설은 자신의 체험을 넘어서서 더 많은 자료와 더 깊은 상상을 더할 때 그 높이가 높아지는 것은 아닐까.

성기조의 「밥맛」은 우루과이라운드를 바라보는 한 농민의 안타까움을 서술한 글이다. 그러나 작품 속에 등장시킨 인물은 성격이 살아 있는 인물인 것 같지는 않다. 오히려 작가가 우루과이라운드에 대한 견해를 이야기하기 위해서 의도적으로 내세운 고용인이라고나 할까. 우루과이라운드가 진행되고 있는 동안의 시사 해설을 읽는 기분이다. 작중 인물인 이기룡은 꽤 지식이 많은 농민이다. 농사의 어려움, 치열한 농촌의 현실은 숨고 우루과이라운드를 반대하는 국회의원이나 데모의 모습만 지식인의 눈으로 평가하고 있을 뿐이다. 그는 문화 논리를 말하고 고사나 계획한다. "화가 치밀었다"고 말하지만 읽는 이들과 함께 화가 치밀 만한 구체적인 사건과 그 사건과의 다툼도 없다. '우리 입맛에는 우리 쌀이 최고'라고 프랜카드를 들고 청화대 문 앞에서 데모를 하지만 절실한 처지로는 이해되지 않는다. 관념의 소설화가 이처럼 어렵다는 것을 보여준 소설이라 하겠다.

4

이야기 줄거리를 가지지 않고도 소설이 될 수 있다는 것을 조동길의
「낙막」에서 찾을 수 있다. 50이 넘은 한 교수의 어느 퇴근길을 통하여
인생의 문제를 표현한 작품이다. 저녁 어스름의 연구실은 그의 머리가
희끗희끗한 인생의 연륜과 어울려 작품의 분위기를 처음부터 짐작케
한다. 학위 과정을 밟고 있는 조교, 그는 전임 자리를 꿈꾸며 교수들의
뒷바라지나 하고 있는데 그런 사람을 비랭이 턱을 치듯 끌고 다니며
저녁이나 얻어먹는 동료 교수의 불마땅함을 말한다. "강의 시간은 적
당히 때우고, 곳곳에 기웃거리며 교수라는 이름을 팔 궁리나 하고, 보
직이나 하나 얻으려고 은밀하게 운동이나 하고, 연구는 안 하면서 학
회의 임원 자리나 맡아 공부하는 흉내나 내려고 동분서주하는 자가 그
의 생리에 맞을 리가 없다. 교수라는 이름이 아깝지. 지식과 품위의 상
징이어야 할 그 이름이 저런 자들로 말미암아 훼손되고 있다는 사실이
안타깝다. 교수라는 이름 아래 저런 자와 같이 도매금으로 묶여야 한
다는 것도 더할 수 없이 수치스럽다" 50인생과 그가 걸어온 길이 회의
스럽다. 젊어서부터 교수가 되고 박사가 되기 위해서 모든 시간을 바
치고 난 이제 나란 무엇인가. "어느 날 문득 자신을 돌아보았을 때, 몇
권의 책과 논문, 자라난 아이들, 여기저기 박힌 희미한 이름 석 자, 그
리고 겨우 잔주름과 희끗희끗한 머리칼이 뱀의 허물처럼 남아 있을 뿐
이다. 머릿속이 산란해지며 눈앞이 침침해진다" 최고의 지성을 말하며
살아온 50대 양심 있는 교수지만 자기와 더불어 남이 다 같이 마음에
들지 않는다.

길거리의 사람도 짜증스럽고, 캠퍼스 안의 이런저런 모습도 마땅치
않다. 지옥철이 된 전철도, 그곳에서 쏟아져 나오는 사람들도 '물꼬에

모인 송사리 떼처럼' 보인다. 잡지의 편집회의에 참석했다가 집에 돌아오는 길 또한 권태롭다. 손님을 골라 태우는 택시 운전자, 새치기하는 손님, 이런 와중에서 신선한 생활인을 만난다. 친절하고, 합승도 시키지 않고, 악을 쓰며 돈을 많이 벌어서 무슨 의미가 있느냐는 운전사, 매일 똑같은 일을 해도 감사한 마음으로 산다는 운전기사. 한 교수는 그가 부럽다. 다시 집에 돌아오지만 그러한 삶의 의미를 찾을 수가 없다. 엘리베이터는 '교도소의 독방 같고' 집은 '수용소' 같다. 아내는 문화센타에 가서 자기 인생을 찾는다며 나갔고, 큰아들은 학기말 엠티에 갔으며, 막내는 아직 학교에 있을 거고, 계집애는 취업준비를 위해 도서관에 있거나 학원에서 강의를 듣고 있을 것이다. 그래서 그는 고독가운데 다가오는 잠을 안는다. 결국 의문의 죽음으로 남는다는 현대지성인의 비극을 그리고 있다.

지난 호의 「겨울 귀향」에서 보여준 역사의식에서 그는 오늘의 사회문제로 시선을 돌리고 있다. 사건이 빠져 나간 소설이기 때문에 다분히 자의식적인 수법을 쓰고 있다. 그 고독감 역시 그를 죽음으로 몰아넣어야 할 정도로 인식되지 않는다. 아무리 양심적인 지식인이라고 한다고 할지라도 이런 정도의 회의와 고독감에서 목숨을 끊는다면 우리 사회에 살아남을 지식인이 얼마나 될 것인가. 사회 환경과의 보다 강력한 대결과 좌절, 이러한 서사적 스토리를 만들 필요는 없을까.

사회적인 문제, 아니 역사적인 문제로 실명(失名)까지 한 이색 주제를 다룬 작품이 이길환의 「잃어버린 필명」이다. 남도일보 문화부 기자 김석호는 다음 연재소설 작가로 김설원이 결정되어 그를 찾아 나선다. 김설원은 철저하게 자기를 숨기고 소설을 써서 문학상까지 수상한 작가이다. 잡지사로 다른 신문사로, 서울로 연고지로 찾아보지만 찾지 못한다. 그러다가 결국 어느 술집의 가명을 쓰는 여인에게서 사람에게 있어 가명이라는 것이 있음을 인식하고 자기 스스로 김설원의 가명을 써왔음을 찾는다는 이야기이다. 그리고 그 가명의 원인이 학창시설 그가 민주화 운동의 데모 현장에 같이 있었던 김설원이라는 여학생을 주동자로 손가락질했던 때문이라는 것이다.

처음엔 독자의 흥미를 끌기에 충분한 서술의 진행이었는데, 그리고 어색한 문장과 표현이 더러 있지만 객관적인 묘사로 성공적이었는데, 다분히 상징적으로만 이해가 가능한 이름 찾기에서 독자들은 당황하게 된다. 이름을 찾게 되는 계기도 실감하기 어렵고 앞의 사건 진행과 전의식 속에 묻힌 이름의 잊고 찾음의 사연이 석연치를 않다. 이런 경우 그 계기의 설정이 보다 극적이어야 하지 않을까.

박선자의 「우연, 필연의 심연」은 우리 근대사 3대에 걸친 이야기이다. 70이 된 박일곤 노인은 일제 때 운전을 배워 일찍이 세상 변화에 적응한 편이고, 그 부인 신영열은 첩첩 산중의 처녀였지만 남편 자리를 직접 보고 부모의 반대를 물리치고 결혼을 한 당찬 여인이다. 박 노인이 젊었을 적 만주에 가자 식구들이 그를 따라 그리로 갔다가 행방불명이 되어 박 노인의 아버지와 식구들이 이산가족이 되었다. 물론 그 가운데 6·25가 끼인다. 이제 박일곤 씨는 70이 되었고 만주에 남은 박일곤의 아버지는 90객이다. 그리고 아들과 며느리 손자들까지 거느린 박일곤 씨다. 생사를 모르는 만주의 아버지는 세상을 떴을 것으로 생각하여 날을 잡아 제사를 모셔 왔다. 이런 일들은 우리 주위에서 찾기 어렵지 않은 사연들이 되어 있다. 그런데 이 작품은 이런 이산의 기막힌 과정을 서술하려는 것이 아니다. 죽은 줄 알았던 아버지가 만주에 살아 있다는 소식을 들은 뒤의 이야기를 하려는 것이다.

박인곤 씨는 아버지를 초청해서 모셔야 하겠다는 것이고, 일곤 씨의 부인인 68세 노인은 자신들도 아들의 짐이 되고 있는 처지에 이제 죽을 날만 기다리는 시아버지를 모실 수 없다는 것이다. 여기서부터 소설화자가 며느리에게로 갔다가, 일곤 씨에게로 옮기기도 한다. 며느리의 입장은 시아버지를 이해하면서도 저 마음의 밑바닥에는 시어머니의 편이 되기도 한다. 그 어머니의 생각이라는 것이 결국은 며느리인 자기 자신에게 부담을 주지 않겠다는 실리에서 비롯된 것이기 때문이다. 소설의 끝은 만주의 노인과 일곤 씨가 같은 날 죽는 것으로 되어 있다.

오랫동안 헤어져 살게 된 민족의 비극담이기도 하면서 오늘의 세태를 묘사한 것인데 시점이 여러 번 바뀌어서 긴장미를 살리지 못하고 있음이 아쉬움으로 남는다.

세태를 리얼하게 그리어서 우리의 관심을 모으는 작품으로 서순희의 「나무가 있는 뜨락」을 들 수 있다. 흐느적거리는 일상을 살아 움직일 수 있도록 묘사하는 능력을 가진 문장력에, 현장감 있는 사투리의 구사는 먼저 신선한 감을 일으킨다. 고등학교에 다니는 시누이네 딸이 가출을 한 사건을 중심으로 시어머니와 며느리와 딸의 관계를 잘 묘사하고 있는 이야기이다. 오늘날 아이의 가출이 입시의 스트레스와 가정적인 소외 등에서 비롯되는 것으로 알려져 있거나, 혹은 인신매매 등 사회적인 범죄로 인식하고 있어서 모두가 긴장하고 이 사건을 바라보게 되는데 이외로 삐삐를 마련하고자 아르바이트를 했다는 이야기에서 또 한번 오늘의 세태를 인식하고 충격을 느끼게 된다. 더구나 시어머니와 며느리의 심리 묘사는 세태를 섬세하게 표현하는 기능이 범상하지 않음을 느끼게 한다. 단지 깊이 있는 주제의 개발에 더 많은 땀을 흘려야 하지 않을까 하는 주문을 하고 싶다.

요즈음 우리 출판계에는 풍수지리나 운명감정에 관한 책들이 베스트셀러에 오르고 있다고 한다. 정안길의 「주검들의 재회」는 묘자리를 중심으로 하는 세태소설이다. 그렇다고 영혼의 세계를 상상해서 쓴 것은 아니고, 살아 남은 자들의 묘자리에 대한 이야기이다. 생전에 '여편네를 수없이 얻어다가 새끼 내질러 놓구…… 말마쇼. 우리 어머니 고생은 말할 것도 없고 작은집 자식들은 학비 척척 대주고 나는 천덕꾸러기로 농사나 져 먹으라고 욱박질렀던 작자요. 이가 박박 갈려요. 이가……' 이렇게 원수처럼 살다가 간 아버지의 묘를 좋지 않은 데 써놓아서, 이름 있는 지관이 다른 곳으로 이장하라 하지만 듣지 않는다. 이에 여러 가지 좋지 않은 일이 일어나자 결국 어머니 묘에 합장을 시킨다는 다소 그로테스크한 이야기이다. 산 자들의 죽은 자에 대한 윤리, 혹은 아무리 잘못한 아버지라 하더라도 죽은 다음에까지 용서 못 하는 자손의 잘못을 경계한 글이라 할지라도 상징소설의 틀을 형성하지 않은 이 같은 글이 과연 독자들이 설화성으로 이해할 수 있을 것인지 의아한 생각이 든다.

E. M. 포스터의 이론을 빌리지 않는다고 하더라도 '사랑'의 문제는 소설에 있어서 영원한 주제의 하나이다. 이번 작품집에도 사랑의 문제를 다룬 작품이 두 편 있다. 이사형의 「떠도는 바람」과 이태주의 「해변의 모자이크」가 그것이다. 전자는 사랑하는 남녀 사이에 경제적 형편이라는 사정이 방해 요소로 끼어들어 우리에게 낯익은 그런 이야기이고, 후자는 남녀 양자의 개성의 문제가 장해 요소로 되어 있는 약간 이색적인 사랑 이야기이다.

사랑은 하지만 가정 형편이 여의치 않아서 남자가 그 경제 문제를 해결하려다가 잘못된 길에 들어서서 비극을 만든다는 것은 거의 도식적인 사랑 이야기이다. 이런 이야기는 텔레비전 다이얼만 돌리면 날마다 만날 수 있는 멜로드라마가 아닌가. 「떠도는 바람」은 한 마을에 사는 석구와 윤회가 살까지 섞은 사이인데 농사 형편이 여의치 않자 남이

잡은 생선을 훔치는 강도질을 하여 한몫 잡으려 하지만 실패하고 쇠고
랑을 차게 된다는 이야기이다. 우선 소재의 참신성에서 문제가 있다.

「해변의 모자이크」는 개성적인 삶을 사는 회사원이 여름휴가를 해변
으로 찾아가는 과정이 지루하게 이어지다가 도착지에서 한 여인을 만
나면서 소설적 이야기로 발전한다. 그런데 그 여인이 전에 자기에게
연정을 느끼었다가 이렇다 할 갈등도 없이 헤어져 미국으로 갔다가 교
통사고로 죽었다는 연인의 동생이라는 것이다. 성격적 오해가 풀리고
동생이 되는 연인과 다시 사랑으로 들어간다는 이야기인데 관련 모티
프와 자유 모티프 사이의 연결이 지나치게 작위적이고 소설적으로 이
야기를 만들어 억지로 만들어 간 인상이 짙어 읽는 이에게 현실감으로
와 닿지를 않는다.

누가 뭐래도 소설은 독자가 거짓을 사실로 믿도록 쓰거나, 거짓인 줄
을 알면서도 사실로 인식하도록 하는 진지성이 있을 때만 성공할 수
있는 것이다. 그런 의미에서 이 두 사랑의 이야기는 독자를 사로잡지
못하고 있다고 할 수 있다.

지루하리 만큼 작품 하나하나에 대하여 소감을 말했다. 결국 의욕에
박수를 보내면서 새로운 과제와 끈질기게 싸워가야 할 앞길이 있음을
소박한 대로 지적했다 하겠다. 그러니 이 흠집내기도 역시 박수의 한
표현임을 이해하기 바란다.

이제 우리는 또 다음의 작품집을 기대하면서 박수를 끝내지 않을 수
없다.

참다운 태안 정신과 정서의 표출

—《태안문학》 창간호를 읽고

1

《태안문학》 창간호를 받아든 우리는 놀라움을 금할 길이 없다. 행정적으로 태안군이 서산으로부터 분리된 지가 불과 10년에 이르지 못했는데 이처럼 문학잡지의 형식을 거의 완벽하게 갖춘 잡지를 발간했다는 데 대한 감격이다. 대부분의 경우 행정적인 분리가 생활 편의적인 발상이나 지역 이기주의적인 물리적 이해에서 이루어져 오히려 주민의 정서적인 갈등을 일으키는 것이 보통인데 태안인들의 속마음이 거기에 있지 않다는 것을 너무나도 분명히 보여주는 것이어서 그러했다.

행정적으로 분리되었을 때, 공무원 몇 자리가 더 늘고, 자기 지역의 이해에 어떤 이익이나 챙길 수 있을까 하는 얕은 계산을 가질 수도 있을 법한데 이런 것들과는 무관하게 오히려 자기 고장에 대한 정신적인 전통을 소중하게 생각하며 지역의 아름다운 정서를 하나로 묶는 작업이 되는 문학지를 발간하는데 지역민들이 거의 동참하다시피 했다는 것이 감사한 것이다.

　나는 가끔 지명의 예언성에 대하여 생각한다. 그리고 선인들의 미래를 내다보는 혜안에 대하여 감탄하는 경우가 많다. 생각지 않게 지명에 예언이라도 되었던 듯 온천이 개발된다거나 그럴 자리가 아니었던 곳에 학교가 세워지고 새롭게 길이 나게 되는 경우가 있는가 하면 관청이 들어서게 되는 경우를 가끔 체험하게 되기 때문이다. 나는 역사학을 전공하지 않았기 때문에, 그리고 태안의 향토사를 잘 이해하지 못하기 때문에 어떻게 해서 '태안(泰安)'이라는 지명을 가지게 되었는지는 모른다. 그러나 분명한 것은 '태안'이라는 지명은 여러 가지로 의미를 부여할 수 있을 것 같다. 우선 '국태민안(國泰民安)'의 약자임을 생각하게 된다. 나라가 태평하고 백성이 편안하게 살기를 희망하는 것은 국가라는 제도가 생긴 이래 모든 인류들의 이상이 아니겠는가. 태안은 국태민안의 전원지가 될 것이라는 예언일까. 그렇다면 이 고장의 삶이 국태민안 할 수 있는 시범이 될 수 있다는 뜻일까. 아니면 우리나라를 국태민안하게 할 인물이 나올 것이라는 예언일까. 서해안 시대가 새롭게 열리고 환태평양의 문화를 제창하는 마당에 국태민안의 진원지가 태안이 되지 말라는 법이 없다. 그러나 이러한 예언성은 그 지역에 몸을 담고 있는 주민의 의식에서 의미를 찾을 수 있을 것이다.

　국태민안의 길은 거기 사는 사람들이 정신적 평안을 찾는 일이 중요하고 그 정신적 안녕을 찾는 길을 권력이나 칼의 힘이 아니고 따뜻한 인정과 그것을 발양하는 문화의 힘일 것이다. 그런 의미에서 군으로 독립된 지 일천한 지역에서 문학지가 다른 사업보다도 먼저 출간하게 되었다는 것은 의미 있는 일이라 하지 않을 수 없다. 얼마 전부터 태안 정신을 제정하고 지정학적인 의미를 재조명하며, 역사의 중요성을 다시금 되새기려는 노력 또한 이와 무관하지 않으리라고 마음속으로 음미해 본다.

물론《태안문학》이라는 문학지의 탄생이 위에서 상상하는 것 같은
거창한 의미를 지니는 것으로 확대 해석하는 것이 우스갯소리가 될 수
도 있을 것이다. 그러나 이 고장에서 문학을 위하여 분투하는 분들이
이러한 생각을 작은 씨앗으로 다짐해 보았으면 하는 보잘것 없는 한
서생의 기침소리쯤으로 인식해 주었으면 하는 마음에서 축하의 인사
를 그렇게 표현한 것이다.

2

이 같은 문화운동은 누구인가 앞장서는 사람이 있어야 한다. 그리고
그 앞장서는 사람의 생각이랄까 사상이 중요하다.《태안문학》창간호
의 이곳저곳에서 발견할 수 있는 그 앞장 선 사람이 바로 작가 지요하
라는 것은 너무나 분명하다. 작가 지요하, 그는 누구인가.

우리가 아는 지요하는 먼저 정의롭게 살기를 주장하고, 그렇게 살고
자 노력하는 사람이다. 그의 선친이 동화작가라는 생래적인 조건을 고
려하지 않는다 하더라도 그는 지극히 정적인 인물이다. 그리고 착실한
천주교 교인이라는 종교적 속성을 생각하지 않더라도 그는 사랑을 그
의 삶의 밑바탕에 깔고 사는 사람이다. 정의롭지 못했던 지난 시절의
정치에 대하여, 권력에 대하여, 사회 부조리에 대하여 끊임없이 저항
해 온 데에서 그러한 면모를 충분히 이해할 수 있다. 그의 붓은 바로
그러한 주장을 위하여 존재한다. 아마도 그러한 고집이 그로 하여금
이른바 인기 작가나 세속적으로 잘 나가는 작가의 길을 빗겨가게 하고
있는지도 모른다.

그가 하는 일도 우선 돈이 되는 일이나 명예나 권력을 누리는 일과는

먼 거리에 있다. 지역에서 지역 언론을 위하여 지역 신문을 만들거나 외롭고 고달픈 가운데에서 향토문학을 일으키려고 몸부림치고 있는 일들이 그러하다. 아닌 말로 그 정열을 중앙문단에 얼쩡거리면서 문단 정치에 쏟았다면 벌써 문명을 날리는 작가가 되었을 것이다. 그리고 지역의 정치 패거리와 어울려서 정치적 저항집단에 몸을 담고 명예를 구했더라면 지난 시절 민주 투사나 오늘날 무슨 의원 자리를 차지했을 지도 모른다. 그러나 그는 그 길을 오히려 비꼬고 풍자하는 소설이나 시, 아니면 수필이나 논설을 써왔다. 어찌 보면 반골기질을 근간으로 하는 삶을 살아오고 있다고 할 수도 있을 것이다.

그는 문화적으로 벽지라 할 수 있는 서산에서 전국적으로 주목을 받은 《흙빛문학》을 창간하고 이끌어 왔다. 주목을 받았다고는 하나 어려운 여건에서 그러한 운동을 전개하고 있다는 그 노력이었지 아직 문제작을 찾아낼 만한 것은 아니어서 문단적 관심을 모으지는 못했다. 물론 이렇게 된 데에는 중앙집권적인 정치·사회·문화적인 모순이 주원인이 되고 있지만, 어쨌든 그런 일에 심혈을 기울인다는 것은 본인으로서는 고난의 길이 아닐 수 없었을 것이다.

또 충청소설가협회를 창립하고 《소설충청》을 힘겹게 발간하고 있다. 가난한 이 고장의 소설가들, 문단정치에는 아예 관심을 두지 않고 있는 작가들, 아직 문단에 정식으로 빌을 들어놓지 않은 외로운 문학 지망생들을 한데 끌이잉고, 가난한 주머니를 털어서 본인이 지적한 대로 기꺼이 읽어 주는 독자조차 아쉬운 그러한 싸움을 꾸준히 전개해 오고 있는 것이다.

이러한 그의 작업은 우리 문단은 물론 정치 사회가 지역을 중심으로 활발한 활동이 이루어진 뒤에 그 지역들을 바탕으로 중앙의 문단이나 정치 사회의 틀이 짜여야 한다는 지극히 민주적인 원칙을 신념으로 하기 때문이 아닌가 보인다. 사실 우리 사회는 모든 운동이 보스가 중심이 되어 이른바 공천이라는 가공할 무기를 그가 가짐으로 정치적 소신과는 무관하게 패거리를 생산하여 이루어지기 때문에 국민에 대한 충성보다는 자기들 보스에 대한 충성이 정치의 생명이 되는 비민주적인 형태가 정부수립 이후 지금까지도 지속되어 가지가지 폐단을 일으키고 있는 것이 아닌가. 모든 운동이 지역으로부터 출발하는 것이 아니라 중앙에서 출발하기 때문에 언제나 민의는 뒷전이었다.

그는 어렵지만 지역문화의 활성화를 통하여 중앙문단을 이루어내겠다는 싸움을 계속하고 있는 것이다. 이러한 신념은 향토지키기 운동으로 이어진다고 볼 수 있다. 그는 향토지키기에 온 정성을 다하고 있다. 그는 자기의 고향이 서산에 소속되어 있을 때는 서산을 지키기 위하여, 이제 분리되어 태안이 행정단위가 되었을 때에는 태안을 지키기 위하여 앞장서고 있다. 아마도 그의 그러한 열정을 잘 이해하지 못했을 초기에는 오해하는 사람들도 있었을 것이고, 관가에 있는 사람들 중에는 그의 그러한 활동을 색안경을 쓰고 보는 경우도 적잖이 있었을 것이다. 그러나 그의 전정은 많은 사람들의 공감을 불러와서 오늘날 《태안문학》을 이렇게 전군민의 환영 속에 창간하게 된 것은 아닐까. 이 책의 초대석이라 할 창간을 알리는 이 지역 인사들의 글에서 그러한 면모를 읽을 수 있다. 윤형상 군수도, 조한문 군의회의장도, 이갑춘 문화원장도, 류상동 교육장도, 여러 문학 관계 인사들도 한결같이 지요하의 《태안문학》 창간의 노력에 대하여 감사하고 찬탄하고 있지 않은가.

3

우리는 먼저 책머리의 글에 관심을 두지 않을 수 없다.《태안문학》의 생명운동을 시작한다면서 「변방의 봉화로부터 저항은 시작되었고, 또 남았다」고 제목을 달고 있다. 편집위원회 명의이지만 누가 주장한 것인가는 문맥을 통하여 쉽게 이해할 수 있다. 지역 문학지에서 이같이 긴 글을 머리말로 장식한 것 자체가 이색적이다.

이 글은 작고 시인 김수영의 "모든 살아 있는 문화는 본질적으로 불온하다. 문화의 본질은 꿈을 추구하는 것이고, 동시에 불가능을 추구하는 것이기 때문이다"라는 이야기로 화두를 삼고 있다. 그러면서 오늘의 대중문화론과 연계해서 이 문학지의 나갈 바를 천명하고 있다. 문화는 언제나 순응보다는 실험에서 창조가 가능하다는 것을 명제로 한다. 따라서 이 문학지는 종래의 다른 지역문학지들과는 변별성을 가질 것을 다짐하고 있다고 할 수 있다. 말하자면 관변 홍보지나 정책 PR지 같은 것은 하지 않겠다는 의미로 받아들여진다. 사실 지역에서 문화활동을 한다는 것은 경제적으로 대단한 고통을 동반한다. 그래서 관의 예산이나 좀 얻어서 그쪽 선전이나 조금씩 하고 문학작품은 그저 들러리 역을 할 수밖에 없는 경우가 비일비재하다. 그런데 그렇게는 하지 않겠다는 의지로 보인다.

대중문화를 적대적 관점에서 평가하려는 뜻은 없다. 그러나 대중문화가 어느덧 문화권력의 중심 자리를 차지하고 문화 전반을 좌지우지하는 현상은 우려되는 바가 크다. 국민 대중을 지나친 천박함 속으로 몰아간다는 혐의를 무시할 수밖에 없기 때문이다. 대처할 수 있는 방안이 전무한 것일까? 우리는 또 하나의 이 물음표에 충실하고자 했다. 대중문화의 가

공할 위력 앞에서 마냥 공포감을 갖거나 위축되기만 해서는 본격문화의
참된 미래를 꿈꿀 수 없다. 대중문화의 천박한 위력에 맞설 수 있는 길은
본격문화의 대중화 작업이다. 본격문화는 결코 참여자들만의 것이 되어
서는 안 된다. 향수층의 폭을 넓히면서 동시에 단순 향유자들을 끊임없이
자극하여 참여자의 무리로 끌어들여야 한다. (p.23.)

참으로 어려운 두 가지 벽을 의식한 글이다. 문화의 본질인 불온의
자리를 벗어나지 않으면서 대중들을 꿈을 추구하는 자리로 끌어들이
겠다는 것이다. 말하자면 고급문화를 지향하면서 저급문화를 그리로
인도하겠다는 뜻이다. 그래서 이 문학지는 문단에 발을 들여놓고(사실
등단한 사람들의 글이라고 해서 고급문학에 속하는 것은 절대로 아니지만) 있는
작가나 그렇지 않은 작가의 글에 차별을 가지지 않겠다는 속마음이 담
겨 있다. "궁극적인 목표는 글을 통해 서로의 생각을 나누는" 것이 중
요하고 그 생각의 나눔을 통하여 본격문학의 길로 나가도록 힘쓰겠다
는 것이다. 따라서 이 문학지를 평가하는 사람들도 이 점을 전제하면
서 읽어 나가기를 바라는 것은 아닐까.

그러면서 편집의 방향을 분야의 다양성으로 정하고 있다. 순수한 문
학작품만이 아니라 이 고장의 정신적인 뿌리가 되고 있는 조상들의
삶, 이를테면 "이 고장에서의 동학혁명의 모습"이나 추사 김정희에 대
한 연구 같은 것도 찾아 실을 것이며, 고장 관련 특집을 통하여 애향심
을 기르는 데 게을리 하지 않겠다고 다짐한다.

그러나 그 대전제는 역시 김수영의 "문화불온론"의 취지에서 일탈하
지는 않겠다는 의지가 분명하다 할 것이다. 문학운동을 중심으로 하고
그 문학의 뿌리가 되는 고향정신을 고양해 나가겠다는 의미로 요약할
수 있지 않을까.

4

향토문학지는 향토문학지 다워야 한다는 것은 변할 수 없는 진리일 것이다. 그리고 가장 향토성을 짙게 가진 작품이 가장 세계적인 작품이 될 수 있다는 것도 틀림없는 원론이다. 향토문학지다워야 한다는 것은 무엇을 말하는가. 향토의 정서를 바탕으로 하는 작품을 창조하자는 뜻이 아니겠는가. 단지 향토의 정서를 바탕으로 하되 범인류적인 정서에 연결되어 모든 사람이 오랜 기간 동안 감동을 줄 수 있는 작품을 생산하자는 지극히 상식적인 뜻이 될 것이다.

우선 이번 호에 발표된 시들을 보자. 작품 배경이 거의 고향이 중심이 되고 있다. 가령 손명환의 「향수와 모정」에 "잘있느냐 잘키워라 걱정이 백화산일세"에서의 '백화산', 최문환의 「가을 그리고 바람」 첫 연 "백화산 등 너머 산후리"에서의 '백화산', 박중식의 「다리목집 연가」에 "안면도 차부에"에서의 '안면도', 조규훈의 「내고향」 첫 연 "내고향은 태안반도 원북리 끝자락"에서의 '태안반도'·'원북', 주세원 시에서의 '도랑굴', '천수만' 등 일일이 예를 들을 수 없을 정도로 이들 시편에는 고향의 지명들이 등장하고 있다.

그러나 정작 더욱 중요한 것은 이런 지명보다도 고향을 배경으로 하는 정서이나.

백화산 등너머 산후리
동구 밖 하늘 치솟은
미루나무

소근진 철마산 중턱

어중간한 상수리나무

궁시도 산 날맹이
낭떠리저 엉겨붙은 동백나무

바람이 무서운 줄 아는
나무들의 분수
쓰러지지 않으려는
겸손한 높이

— 최문환 「가을 그리고 바람 3」

둥근 달 아래
떠난 사람 돌아오고
고향 지키며 사는 토박이
함께 만나는 날

못 생긴 소나무 조상묘 지킨다는
그 말이 서러웠지만
마늘, 고추, 콩, 꼬투리
떠날 사람 위해
퍼담는 손길마다
보름달이 정겹구나

(…중략…)

투박한 태안 사투리
정제된 서울말이 뒤엉켜 있어도
오늘은 역겹지 않다
한가위 보름달
떠오르는 밤이기에

— 박중식의 「추석」

우리집 마당가 나무 밑에
울퉁불퉁 모가 난 돌덩이
하나가 있다

몇 해 전 고향 모재 바닷가에서
가져와
이곳에 놓아두었다

(…중략…)

언젠가는
원래의 자리에
되돌려 놓아

(…후략…)

— 조규훈의 「돌」

최문환의 작품에 나타난 '미루나무', '상수리나무', '동백나무'는 바로 고향의 나무들인데 이 나무들이 자라나고 있는 지명과 함께 고향 정서를 일깨우면서 '나무들의 분수'를 통하여 태안 사람들의 삶을 서정적으로 그리고 있다. 박중식의 「추석」에서는 고향의 세시풍속인 추석의 넉넉한 인심을 그리고 있으며, 조규훈의 「돌」에서는 어느 날 고향에서 옮겨놓은 수석이 새들이 오물을 남기고 기르는 개가 실례를 하는 등 천대받는 모습을 보고 고향 제자리에 다시 옮겨서 "매일 깨끗한 바닷물에/목욕을 하고/갈매기 노래소리 듣도록/하여야 할 것 같은/마음이 들어" 아쉬운 이별 연습을 하고 있다는 내용으로 고향 그리는 마음이 살아나고 있다. 어찌 돌 하나뿐이겠는가. 어쩌면 고향 태안인들의 공통적인 정서를 그리고자 한 것이 아니겠는가.

　잡히는 대로 예를 들었을 뿐이지만 대부분의 시적 정서가 이 같은 향토성이 바탕을 이루고 있다. 특히 지난 시절 고난의 역정을 묘사한 작품들이 많이 눈에 띄인다.

　　감기는 눈동자 힘껏 부벼대며

　　삼 십 리 길 장보러

　　대바구니 복조리 한 짐 메고

　　어둠이 채 가시지 않은 논틀 길을

　　소금 냄새 물씬 나는 갯바람에

　　기우뚱 기우뚱 흔들리며

　　잰 발걸음 재촉한다

—가명현의 「회상」 일부

　　전쟁으로 보낸 사람이여

　　한 겹 벗겨

나의 가난한 마음 받으시라

남의 손에 물려 둔 자식들이여
또 한 겹 풀어
너의 원망을 기억하노라

— 가덕현의 「위로받지 못한 생」 일부

당근 서너뿌리 달래 한 줌
그리고 삶은 시래기 여남은 뭉치
백발의 촌로가 발구르며 손님 기다리고 서 있다

추운 날씨 양말을 신지 않은 아주머니도
찹쌀 한 되 검은콩 두되, 좁쌀 한 말 이고서
10리 길 걸어 장엘 나왔다.

— 유연환의 「겨울 새벽시장」에서

　지난 역사의 고비에서 어디엔들 고난이 없었겠는가마는 서산, 태안 외진 곳에서 삶을 지탱하는 데에는 더 많은 어려움이 있었을 것이나. 무서운 추위 속에서 상품이랄 것도 없는 토산품을 이고 또 지고 시장을 가야 했던 생활의 아픔, 그리고 전쟁통에 잃은 가속, 남에게 맡겼던 자녀, 이러한 아픔 역시 고향 정서의 중요한 부문으로 남아 있다.

　그런데 문제는 이러한 고향 정서가 시로 형상화되는 데 있어서 너무나 설명적이라는 점이다. 위의 시를 읽으면서 우리는 시가 지니는 상징성이나 언어의 비유적 함축 같은 것을 별로 발견할 수 없다. 어찌 보

면 한 편의 수필을 읽듯 편하게 읽을 수는 있으되 시적 효용을 높이려
는 아픈 고뇌를 많이 발견할 수 없었다는 아쉬움을 지적하지 않을 수
없다. 지나치게 설명적인 표현이 많다는 이야기도 될 것이다. 그런 면
에서 김동현의 「조응」, 「숲 속의 빈터」, 최문환의 「가을 그리고 바람」,
주세훈의 「안면도 추억」, 장대송의 「오래된 습관」, 권태주의 「가을 편
지」 등에서 언어의 함축미를 느낄 수 있었던 것은 하나의 즐거움이었
다. 끝으로 손명환의 김립을 연상하는 시사 풍자시도 우리에게 미소를
주고 있다는 것을 지적해 두기로 한다.

5

　태안 정서를 더욱 직접적으로 이해할 수 있는 글들은 역시 수필에서
이다. 흔히들 수필을 사십 이후의 나이에 쓰여야 하는 글이라고 하는
데, 이는 수필이 인생의 완숙미를 전제로 한다는 의미도 될 것이다. 인
생의 완숙이란 무엇인가. 고향 등 자기의 근원에 대한 인식을 가지는
것이 아닌가.
　산이 주는 참다운 교훈이 무엇인가를 차분히 정리하고 있는 명수남
의 「산을 오르며」나 현대 도시 생활의 삭막함 속에서 고향을 그리는 박
병규의 「인간의 본향」, 그리고 어머니의 절절한 사랑을 마음속 깊이 느
끼는 손명환의 「추억의 그림자」, 자신이 자라온 터전인 바다를 어머니
로 인식하는 「바다, 우리의 어머니」, 인생의 모진 풍파를 이겨내시며
자신을 바르게 인도하신 어머니를 추모하는 배광모의 「그리운 어머
니」, 어느 작품 하나 고향의 정서를 떠난 작품은 없다.
　그런가 하면 젊은 시절 경제적 어려움 속에서도 따뜻한 인간애를 가

졌던 추억을 되살리고 오늘의 경제 위기를 맞아 반성한다는 교훈성 깊은 이야기도 있다. 전태구의 「억고반」이나 「호랑이 그림 다시 그리자」, 박중식의 「텐트 속 가스등 불빛의 처연함을 보며」 등의 작품은 오늘날 IMF를 맞아 지난 세월 무절제했던 생활태도를 반성하자는 글이었고, 송낙인의 「효도는 법으로 하는 게 아니다」나 방승기의 「소에 얽힌 아픈 추억」, 그리고 조류훈의 「어느 날 밤에 생긴 일」이나 「죽고 사는 것」, 이경복의 「어느 해수욕장의 인심」 같은 글들에서는 산업화 과정에서 고향의 아름다운 인정이 사라져 가고 있는 데 대한 안타까움을 토로하고 있다.

또한 이 고장의 원로 박국환의 「태안문학에 관하여」나 여류작가 구갑희의 「바람과 함께 사라지다와 어느 날의 산행 기행」 그리고 이경복의 「나의 취미는 독서」 등을 통하여 태안의 문인들이 얼마나 문학적 노력을 튼튼히 하고 있는가를 보여주기도 한다.

이들 수필을 통하여 우리는 태안의 문사들이 얼마나 애향심을 가지고 자기들이 지켜온 고향의 정서를 마음속 깊이 간직하고 표현하려고 노력하고 있는가를 이해할 수 있다. 이런 현상이야말로 책머리에서 밝힌 "우리의 궁극적인 목표는 글을 통해 서로의 생각을 나누는 길"이라는 것을 잘 실현하고 있는 것으로 볼 수 있을 것 같다. 여러 글에서 자신들의 생육사가 진솔하게 고백되고 있는데 이 진실성이야밀로 참나운 생각 나누기의 밑거름이 되는 것이 아니겠는가.

생활에 허덕이고 지쳤을 때 나도 모르게 조용히 그려보는 아늑한 고향의 모습은 내게 이상한 위안을 준다. 고향을 그리는 마음이 있기에 나에겐 아직 사람의 정이 남아 있는 셈이다. 나를 낳고 길러준 곳, 결코 잊어버릴 수 없는 이야기들과 버릴 수 없는 회상이 살아 숨쉬는 곳, 지친 삶에 위안을 주고 메마른 마음에 생명수를 주는 곳, 고향……

— 박병규의 「인간의 본향」에서

질그릇 장사, 참외 장사, 나무 장사를 하시며 모진 풍파를 감내하셨던 조선의 어머니 중에서도 조선의 어머니이셨던 나의 어머니…… 오늘, 어머님의 20년째 제일을 맞이하여 아들, 딸 5남매가 어머님 영전에 모였다. (…중략…) "너는 이담에 커서 저 집보다 작은 집에 살더라도 너보다 못 사는 사람, 불쌍한 사람을 잘 대해주어야 한다."

— 배광모의 「그리운 어머니」에서

이러한 예를 들려면 얼마든지 들 수 있다. 고향과 어머니, 이는 향토의 정신을 대표하는 언어가 아닐까.

또 이번 호에는 한 편의 우화소설과, 한 편의 콩트, 그리고 두 편의 단편이 게재되어 있다. 명수남의 「어느 우공의 회고록」은 소를 의인화한 우화소설인데 연재될 것이어서 이 소의 운명이 어떻게 전개될지는 모르겠으나 우리의 지난 시대 소설을 다시 만나는 즐거움을 줄 것 같고, 이경복의 「꽃밭에 물주러 가는 날」은 직장일로 시골과 서울에 각각 거주하고 있는 내외간의 성생활을 유머러스하게 그린 작품이다.

이사형의 「그들의 고비」는 문학을 하는 청년을 버리고 부잣집 청년에게 시집 간 한 여성의 갈등을 그린 것인데 경제적인 문제와는 관계없이 사랑에는 한 차례의 고비를 겪을 수밖에 없음을 주제로 설정하면서 인간의 진정한 행복이 돈에 있는 것이 아니라는 평범한 진리를 말하고 있지만 옛날 시골 같지 않은 문화적 환경에서의 중년 여인의 권태로운 생활과 태안을 배경으로 한 졸부의 시답지 않은 오해의 묘사가 흥미로웠다.

샘골 아파트 단지의 하루는 이렇게 시작된다.

어둠이 걷혀가면서 아파트 사람들도 잠에서 깨어난다.

약수물통을 손에 들고 태을암으로 등산가는 사람들이 제일 먼저 집을
나선다. 비슷한 시간에 조깅하는 사람, 배드민턴을 치는 사람들은 자전거
를 타고 체육관으로 향하고 샘골

테니스장으로 승용차도 간간이 지나간다.

— 이사형의 「그들의 고비」 첫 부분

이 같은 묘사에서 지난날의 농촌 배경을 이해한다는 것은 거의 불가
능할 것이다. 그만큼 우리의 농촌 배경도 달라졌음을 이야기한 것으로
종래에는 농촌소설 하면 무조건 초가집과 논길, 그리고 산과 들을 배
경으로 한다는 인식을 지워준 것으로 관심을 모으기에 충분한 것이었
다.

지요하의 「하느님 집의 전화번호」는 근래에 찾기 힘든 종교 선교소
설이라 할 수 있는 작품이다. 선교소설이라고 해서 오해할 필요는 없
다. 모든 분야에서 특히 종교 분야에서는 그 선교를 위한 훌륭한 소설
이 얼마든지 필요한 것이고 좋은 선교소설은 영원한 문학적 가치를 지
닐 수 있는 것이기 때문이다.

구약성서 46권과 신약성서 27권을 합한 73이라는 숫자를 국번으로
하고 4627을 전화번호로 힌 73국에 4627번을 '하느님 집'의 전화번호
라고 가르친 어느 신부의 어린이 미사 강론을 듣고 마침 작중화자의
집 전화번호가 73국에 4627번이어서 천진한 어른에게로부터 "그 집이
하느님의 집이 아니냐"는 전화를 받게 되면서 시작되는 이 소설은 이
를 계기로 자신도 천주교 교인이 되고 헤어진 부인도 교인이 되어 화
해하게 된다는 내용인데 이는 훌륭한 선교소설이 될 수 있을 것이다.

　이외에도 김정희의 〈세한도〉를 심도 있게 연구한 림성만의 「세한도와 서법」이나 특집으로 편집된 「우리 고장에서의 동학혁명의 모습」은 의미 깊은 향토문학의 자료가 될 것으로 보인다. 어렵게 출발한 《태안문학》이 끊임없이 발간되어 태안의 정서와 정신을 꿋꿋하게 지켜 나가기를 진심으로 기원하는 바이다. 《태안문학》의 건승을 거듭거듭 빈다.

제3부
시와 수필의 세계

한국 근대시 1세기의 회고

1

1996년 12월호의 《월간문학》에 게제된 문인협회 회원 명부에 나타난 시인의 수는 1,378명이고, 시조시인의 수는 405명으로 되어 있다. 그러니까 시인의 수는 사실상 1,783명이 되는 셈이다. 그러나 문협에 가입하지 않은 시인과 이른바 문단에 등단하지 않은 시를 쓰는 사람까지를 추산다면 2,500명은 되리라고 본다. 한국 근대시의 기점에 대한 논의는 여러 가지 이설이 있어서 아직 한마디로 말할 수는 없지만 한국문학사에 있어서 20세기 초는 아무래도 근대문학기의 초창기라고 해도 물의가 없을 것이다. 20세기의 원년이라 할 1901년에 우리나라의 시인이 얼마나 되었던가를 감안할 때 지난 한 세기 동안 우리 시단의 인구가 얼마나 증가되었는가는 사뭇 경이적이라 하지 않을 수 없을 것이다.

서세동점(西世東占)의 도도한 물결과 함께, 역사의 주체인 우리 민족의 근대적인 자각 없이 이룩된 우리 근대문화는 아직까지도 많은 문제를 남겨 주고 있거니와 문학 역시 이에서 예외일 수는 없다. 18세기

말, 우리의 전통적인 시조문학과 민요, 그리고 가사문학을 바탕으로 하는 이른바 운문문학이 있었지만 더 많은 귀족 계급들은 여전히 한문문학인 한시를 시의 본령으로 인식해 왔던 것이 사실이다. 그런 가운데 일제의 침략을 비롯한 서구문화의 유입은 기존의 문화에 커다란 충격을 가했고 문학계에서는 '신문학'이라는 특수한 지역 장르를 형성하게 된다. '신체시' 혹은 '신시'의 출발은 이렇게 된 것이다.

이런 맥락에서 금세기의 출발점인 1901년 무렵에는 시조작가, 개화가사나 의병가사 등의 가사작가, 애국가, 독립가, 학교창가 등의 창자작가들을 시인으로 볼 수 있겠는데 필사나 《독립신문》 등 지극히 영세한 표현 매체로 그 수효는 미미한 형편이었다. 그러다가 1908년 《소년》지의 발간과 함께 '신체시'라는 시문학 장르가 알려지게 되었는데 기십 명의 시인이 1세기 동안에 무려 2,000여 명의 시인으로 늘어났으니 경이롭지 않을 수 없다 할 것이다.

이 같은 시인의 증가와 더불어 시작품의 증가는 더더욱 놀라운 것이었는데 세기 초 발표매체라는 것이 겨우 《독립신문》이나 1900년대의 《소년》, 《대한매일신보》, 《황성신문》, 《경성일보》 등이어서 발표량이 미미하기 짝이 없었는데 이제는 시전문지와 문학지, 동인지, 신문 등에 한 달에도 수백 편의 시가 발표되고 있으니 그 발전상은 언설로 표현키 어렵다 할 것이다.

짧은 글로 우리 시 1세기를 정리한다는 것은 불가능하다. 필자는 먼저 수와 양에 있어서 엄청난 발전을 해왔다는 것을 염두에 두고 발전의 갈래를 대략적으로 고찰하지 않을 수 없었다.

2

　사람은 그 누구도 그가 살고 있는 환경에서 자유로울 수가 없다. 사람의 삶을 둘러싸고 있는 환경은 크게 자연적인 환경과 사회적인 환경으로 나누어 볼 수 있을 것이고, 이 두 가지 환경은 상관관계 위에 있다. 궁극적으로 시란 사람이 살아나가면서 이러한 환경과의 관계에서 형성된 생각과 느낌을 표현한 것이다. 그런데 근대로 내려올수록 인간의 생존에 구체적이면서 충격적으로 영향을 미치는 것이 사회적 환경이 아닌가 한다. 따라서 근대시에 이르러서는 인간이 살고 있는 사회적인 환경에 대한 체험이 주된 소재와 주제가 되고 있고, 시문학사 역시 이러한 관점에서 정리될 수 있지 않을까 본다.

　정한모는 "우리의 근대시는 비시적인 환경에서 출발했다"고 했거니와 이는 바로 우리의 근대시가 사회적인 환경에 대한 문제에서 출발했음을 설명한 것이라 할 수 있다. 1884년의 갑신정변과 1894년의 동학난·갑오일침, 1905년의 보호조약, 1910년의 경술국치, 이러한 사회 역사적인 환경은 우리에게 결코 시적인 환경일 수가 없었다. 최남선이 창가 「경부철도가」와 신시 「해에게서 소년에게」를 쓴 것도 이러한 사회적인 환경과 무관하지 않다. 또 의병가사나 개화가사, 애국가 독립가 등 창가가 근대시 출발의 선년에 있었던 것도 이를 말하여 주는 것이라 하겠다.

　한계전은 「1910년대의 시와 그 인식」에서 시인은 ① 자기가 서정적인 말을 자기자아의 표현으로 하느냐 ② 아니면 어느 특정되지 않은 자아의 표현으로 하느냐 ③ 어느 특정한 인물의 입을 통해 표현하는가를 결정짓지 않으면 안 된다, 하고 1900년대의 한국시는 ③의 방법이 주를 이루고 있다고 했다. 그는 이를 배역시라 하고 ①을 심혼시라 했는데 "1900년대의 우리 시를 배역시로 대표시킬 수 있다면, 1910년대의 시는 심혼시로 대표시킬 수 있다"고 했다. 이 또한 순수한 자아의 표현보다는 사회나 역사의 문제를 시적 오브제로 할 수밖에 없었던 사정을 말한 것이라 하겠다.

이처럼 한국 근대시는 사회 역사적인 환경에 대응하면서 출발하였고 발전 또한 환경에 무관할 수 없었다. 그런데 한국 역사의 1세기는 실로 파란만장한 역사가 아니었던가? 1910년까지는 일제 침략 과정의 기간이었고, 그로부터 1945년 광복에 이르는 기간 동안은 일제 침탈기간이었다. 1919년 3·1 운동을 비롯한 민족적인 저항이 끊이지 않았지만 저들의 식민정치는 날로 심하여져서 급기야는 언어를 빼앗고 성씨를 자기들 식으로 개명하는 인류사에 유례가 없는 폭거를 자행하였다. 광복을 기원하고 준비하는 독립운동이 있었고 연합군의 참전으로 마침내 광복을 맞았지만, 열강에 의하여 국토와 민족은 다시 분단되고 6·25라는 동족상잔의 비극이 이 땅에 폐허와 절망과 쓰라린 고통을 안겨 주었다. 그 많은 희생에도 불구하고 통일은 이루어지지 않아 이제까지 민족의 한으로 남아 있음은 우리 문학에도 중요한 배경으로 작용하고 있다. 우리 문학사는 반쪽 문학사로 기술될 수밖에 없고, 우리는 이쪽의 삶을 시로 표현할 수밖에 없었다.

6·25로 황폐화된 잿더미를 씻어내고 어떻게 굶주림에서 헤어날 것인가 하는 과제와 시민의 자유와 보장되는 민주주의를 어떻게 실현할 것인가 하는 문제로 50년간 갈등 속에 살아왔다. 4·19와 5·16 이후 개발독재와 군사문화, 그리고 유신과 민주화투쟁과 광주항쟁, 참으로 한날 한시 편안하게 쉴 수 없는 역사의 회오리 속을 헤엄쳐 왔다. 아직도 우리 사회는 통일의 과제를 안고 경제 위기 속에서 날로 갈등은 심화되고 있는 실정이다. 이러한 역사적 토양이 바로 이 땅의 시의 역사

를 창조해 온 배경이었다.

무관할 수 없는 역사 앞에서 시인들은 순응과 저항, 그리고 문학 자체만을 생각하는 순수, 대체로 이 같은 세 갈래의 길에서 시작활동을 해왔다고 할 수 있다. 그리고 어느 시기는 순응이, 또 어느 시기는 저항이, 혹은 순수의 시가 활성화되었을 때가 있었고, 시인들도 그 시의 세계가 이 세 갈래의 길을 넘나들기도 했고 어떤 시인은 하나의 세계에 일관한 경우도 있었다.

적어도 1900년대 금세기의 출발기에는 앞에서 지적한 것처럼 배역시가 우세하였고, 시인들은 선구자적 위치에서 나라와 사회를 걱정하고 국민을 계몽하는 시를 많이 지은 편이었다. 20년대에는 경향파나 KAPF 시가 나타나서 정치 사회적인 문제에 깊은 관심을 가졌으나 일제의 탄압으로 지하로 스며들었다가 8·15광복과 더불어 전면에 나서 잠시 치열한 활동을 전개하다가 조국 분단으로 대부분 북으로 넘어갔다. 그러나 이러한 정치적 이데올로기에 예속된 시작활동은 문학 본령과 거리가 있었던 것이고 순수한 의미에서 사회의 관심을 보인 시는 계속해서 창작되고 하나의 운동으로 지속되었던 것이다. 6·25 이후 소위 참여시가 그렇고 군부정치시대에 창작된 수많은 저항시가 그러하며 민주화를 부르짖으며 탄압에 맞섰던 민중시가 그렇다. 어느 정도 민주화의 기틀이 잡혀 가자 이제는 리얼리즘시라는 화두를 걸고 활동이 전개되고 있다. 이같이 우리 시는 근대화 과정에서 숱한 사회적인 변화에 대응하면서 현실문제에 관심을 가지는 전통적인 한 갈래를 형성하고 있다.

그러나 근대화 과정에서 문학에 더 큰 충격을 준 것은 서구문학의 유입이라 할 수 있다. 우리 고전 시가에도 현실을 고발하고 현실을 풍자한 문학작품들이 있는가 하면 자연을 노래하고 인생을 생각하는 문학이 있어 왔거니와 1920년대에 불란서의 낭만파 문학이 소개되면서 현실적인 문제보다는 심혼을 노래한 시들이 풍미했다. 이 또한 국권 상실에서 오는 시대적인 상황과 무관하지는 않았지만 그 근원적인 배경은 고전의 세계에서부터 면면이 이어온 서정세계와 같은 깊은 관련이 있다고 보아야 할 것이다. 이 같은 정서의 남상에 터를 둔 시세계는 30년대 시문학파를 중심으로 순수시와 생명파, 그리고 광복기의 민족문학, 분단 시대를 지나오면서 한국시의 주류로 이어졌다고 할 수 있는 순수시가 하나의 거대한 갈래를 이루고 있다. 넓은 의미에서 김소월이나 한용운도 이 갈래로 볼 수 있을 것이다.

이와는 달리 20년대 후반에 영·미 시와 시론이 유입되면서 모더니즘 시가 몰아온 충격도 또한 큰 것이었다. 이는 30년대의 김광균, 장만영 등과 3·4 문학파를 거쳐 50년대의 〈후반기〉 동인을 중심으로 한 시운동이 있었고, 특히 오늘날에는 리얼리즘 시와 어깨를 나란히 하는 시운동으로 이어졌다고 할 수 있다.

한국 근대시 1세기를 거칠게 정리하면 ① 사회적인 충격에 대응해 온 참여시 ② 전통적인 서정의 세계에 서구 문학의 충격에 영향된 순수시 ③ 역시 서구문학의 충격에서 생성 발전되어 온 모더니즘 시가 끊임없이 이어져 오늘에 이른 것으로 말해 볼 수 있지 않을까 본다.

3

이제 근대시 1세기를 연대별로 일별해 보고자 한다. 이 작은 지면으로는 시인들의 이름을 나열하기에도 모자란다. 대체적인 경향을 요약하는 것으로 면책하고자 한다.

먼저 1900년대는 앞에서도 지적한 것처럼 최남선 등의 배역시가 주를 이루었었다. 즉 순수한 자기의 서정을 노래하기보다는 다분히 계몽적이고 신문물을 찬양하는 수준에 머문 것이다.

그러나 1910년 국권을 상실하고 나서 한편에서는 앞 세대의 계몽적이거나 저항적인 태도에서 벗어나 김억, 현상윤, 최소월, 김여제, 주요한 등의 시에 보이는 것처럼 배경시도 심혼시도 아닌 중간적 위치에 서게 된다. 특히 주요한은 상해시대 이후 민요에 관심을 고조하여 시가 민중에게 다가가야 함을 역설했지만 배역시와 심혼시의 중간적 작품이 주를 이루었다.

한국 시단은 1920년대에 이르러 사회적인 면에서 갈래를 분명히 하게 된다. 3·1운동의 실패 이후 《백조》나 《폐허》 동인들처럼 감상적이고 병적 낭만으로 표현되는 심혼시랄까 심정시의 경향을 가진 갈래와 KAPF를 주축으로 하는 사회적 현실에 대하여 적극적으로 참여하는 갈래가 그것이다. 감상으로 빠진 것도, 사회에 대하여 적극적인 것도 사실은 사회 역사적인 산물임은 분명하다 할 것이다. 전자의 특징에 대하여 조병화는 ① 회의적인 경향, ② 감상적인 경향, ③ 전통적인 정감에 의한 시작태도를 들고 운문문체의 확립, 주관적 서정성, 그리고 설교적인 것에서의 탈피 등을 지적하고 있으며, 후자의 특징으로 ① 목적문학, ② 선진성의 문학이라는 점을 들고 있다. 그러나 문학적인 성패를 불구하고 문학이 사회에 대하여 서극서으로 대응히여야 한다는 대사회적인 문학관을 분명히 한 전통을 KAPF는 문학사에 남기고 있다 할 것이다. 그런 가운데에도 전통적인 은율을 살려 민요조 시로 새로운 시의 지평을 열은 김소월이나 종교적인 명상을 서정시로 승화한 한용운은 2~30년대의 시적 자유를 한 단계 높인 것이었다.

1930년대 한국시는 시문학파를 중심으로 한 순수 서정의 개척, 이양하, 최재서의 의하여 소개된 주지주의와 이미지즘 시운동의 전개, 30년대 후반에 《시원》, 《시인부락》, 《시건설》, 《낭만》, 《시인춘추》, 《자오선》, 《맥》, 《시학》 등 다양한 동인지나 잡지의 발간이 말하여 주듯 시의 길이 확연히 넓어졌다. 서정주, 유치환 등의 생명파 운동도 기록되어야 할 업적이었고 김광섭, 이육사의 시세계도 기록할 만한 시적인 업적이 되었다.

1940년대는 극악에 달한 일제의 침탈로 급기야는 한국문학의 이념이 부정되고 무엇보다도 문학의 생명인 한국어를 빼앗기고 일제의 식민지 정책을 펼치기 위해서 그들에 의하여 어용문학이 조장된 시기였다. 이런 가운데 친일문학이 문학사에 아픈 기록을 남겼다. 물론 그 와중에서도 순수시만 창작했던 일부 시인이 있었고, 숨어서 시를 쓰다가 광복 이후에 시를 발표한 시인이 있었다.

1950년 광복을 맞아 억압에서 일시에 풀려난 문학운동은 혼란스럽게 펼쳐졌다. 크게 나누면 좌·우익의 싸움이었지만 그런 가운데에도 청록집, 윤동주 유고시집, 상화시집, 서정주의 『귀촉도』 등 문학사에 남을 시집들이 쏟아져 나오기도 했다.

그러나 1950년 6·25전란을 겪으면서 종군작가단에 의한 전장시가 창작되었고 사회적인 혼란과 전후의 좌절에서 〈후반기〉 동인들에 의한 모더니즘 시운동이 일어나 시적 실험이 활발했다. 우리는 커다란 시련을 겪었지만 어느 평론가의 지적처럼 "무엇보다 6·25의 1950년대 및 1970년대로 이어지는 한국시의 기본 의미체계를 제시해 주었다는 점에서 중요한 의미를 지닌다. 전후 1950년대의 시는 해방 전의 시적 질서를 해체하고 재편성하여 다양한 정신적 특성을 드러냄으로써 이후의 현대시를 확대하고 심화할 수 있는 가능성을 제시해 준 것이다"라한 것은 주목할 만한 발언으로 본다. 우리 정치, 경제, 사회에 똑같은

6·25의 아픔이 발상의 전환을 가하는 충격이 되었던 것과도 무관하지 않으리라고 본다. 이 시기에 시론 내지는 시비평이 활기를 띠면서 다양한 시의 시도가 있었고 여류시인이 급증하게 된 것도 기록할 만한 일이다.

1960년대는 4·19로부터 역사적인 의미를 찾을 수 있다. 50년대의 전장시나 목적시의 사회적 공리성을 내세웠던 시작 방법에는 4·19의 정신인 민주화의 염원이 자리를 대신하였고, 반민주, 반민족, 반평화, 반정의 등을 정면에서 지적하는 시들이 있었다. 그런가 하면 여전히 사회적 기능보다 미적 기쁨과 감동을 불러일으킬 것을 주장하는 순수시가 《신춘시》 등을 중심으로 활발하게 진행되었으며, 한국적인 정신의 뿌리를 강조한 시들도 있었다. 특히 이 시기에는 《60년대 사화집》, 《현대시》, 《시단》, 《신춘시》, 《돌과 사랑》, 《신년대》, 《여류시》, 《4계》, 《시학》, 《영도》 등 수많은 시동인지가 발간되어 제각기의 목청을 높였다.

1970년대에는 삼선개헌과 유신으로 사회는 경직되었으며 물량주의와 상업주의의 팽배로 많은 시인들이 우울한 시대를 지냈다. 민주화의 열망과 인간성의 옹호에 앞장서는 시인들의 목소리가 높았고 향토성을 강조하면서 우리 것 찾기의 주제가 등장하기도 했다. 자연히 저항시, 민중시, 사회시 등 사회 역사 속으로 진입하는 시들이 많았다.

1980년대에는 이른바 문민정부의 출현과 더불이 구소련을 비롯한 동구권의 몰락으로 논리와 투쟁의 시는 일보 후퇴하고 산업화에 따른 인간존중 사상이 싹터서 공해와 환경들을 걱정하는 환경시가 대두되었다. 어느 시인은 80년대의 해체시, 90년대의 포스트모던을 말했지만 시가 보다 예술적 실험의 무대에 오른 시기이기도 했다.

참으로 거칠게 지난 1세기의 시를 뒤돌아보았다. 우리의 시사 역시

사회적인 변화에 여러 가지 모습으로 대응하면서 꾸준히 발전해 왔다
는 것을 알 수 있었다. 앞으로의 시 또한 사회적인 변화에 따라 그 시
정신의 변화를 점쳐 볼 수 있을 것이다.

목숨의 시적 승화(詩的 昇華)

— 권웅의 시세계

1

    권웅 형은 대학의 문학서클에서 함께 만나 술을 마시고 시를 이야기하고 인생을 같이 앓으면서 지내 왔던 사이이다.

    외모가 시골 영감 같은데다가 목소리까지 저음이요, 말씨 또한 느릿느릿해서 누구에게나 다정스럽게 느껴졌고 친근감을 주었다. 연약한 듯 구부정하며 훤칠한 키에 무엇인가 많은 풍상을 이겨낸 것 같은 검은 얼굴은, 같이 어울리는 또래들에 비하여 항상 어른스럽게 느껴졌다.

    자기의 지나온 삶에 대하여는 비교적 자세히 말하기를 싫어하는 것 같은 인상이었는데, 1933년 6월 2일 경북 영양군 영양면 화천리 창바우라는 작은 마을에서 태어나 자란 것으로 되어 있다. 어떤 연유에서였는지는 모르지만 일본에 얼마간인가 살았었으며 그로 인해 훗날 일본어를 번역하는 일을 할 수 있었고 몇 권의 시집을 내는 데 도움이 되었던 것으로 보인다.

그는 군 제대 후 고향 마을 국민학교 여선생과 사랑에 빠졌던 일이 있었으나 그 여선생의 갑작스런 심장마비 사망으로 인생이라든지 삶에 대하여 커다란 충격을 받았던 듯하다.

그는 1960년 단국대학 국어국문학과에 입학하면서 학내의 문학하는 친구들과 어울려 동인 활동(화구문학회)도 했고 시작 활동도 활발히 했다. 그즈음 대학생들이 공통적으로 겪는 어려움이 있다면 가난이었지만 특별히 그는 더욱 깊은 가난의 웅덩이 속에서, 몸을 추스리기 어려운 환경에서도 시를 쓴다는 그 한 가지 열정으로 그것을 이겨냈으며 여러 잡지사·출판사를 전전하다가 잡지 《여학생(女學生)》의 취재부장, 《소설계》의 주간, 도서출판 청자각의 대표 등 글 쓰는 일과 관계되는 곳에서 일생 동안 살아왔다.

그는 44세의 젊은 나이로 저 세상으로 갔지만 『영원(永遠)한 현재를 살며』(1967), 『하늘의 넓이』(1971) 등 두 권의 시집에 80여 편의 시를 남겼고, 유시집이 된 『목숨을 쏟아놓고』에 남긴 40여 편, 도합 120여 편의 시가 남아서 그의 삶에 값진 평가를 내리게 하고 있다.

2

그는 첫 시집 『영원한 현재를 살며』의 서문에서, "시가 무엇이냐?"는 질문을 받을 때마다 "시는 승화된 목숨이다"라고 대답해 왔다고 첫마디를 쓰고 있다. 목숨의 승화는 곧 인생의 승화이며, 생명의 승화는 곧바로 생활의 승화를 의미한다고 볼 수 있다. 생활은 목숨을 이어가기 위한 형식에 불과하기 때문이다. 따라서 그의 근본이 되는 시 정신은 그의 삶 전체를 시로 승화하겠다는 뜻이 된다. 그가 보고 듣고 느끼는 모든 일상의 삶에서부터 그가 사유하는 사상이나 관념 따위까지 모두를 시로 승화해 보겠다는 의지가 속에 담겨 있다.

그의 시적 태도는 둘째 시집 『하늘의 넓이』 서문에서도 표명된다.

> 나는 시의 형식이나 기교를 결코 무시하는 사람은 아니다. 그러나 보다 정신적(내용)인 면을 중시한다. '어떻게' 노래했느냐보다는 '무엇'을 노래했느냐를 생각하고, 그리고 그 '무엇'이 '어떻게' 노래되었는가를 생각한다.

따라서 권웅의 시를 감상함에 있어, 그 형식미에 지나친 긴장을 가질 필요는 조금도 없다. 뿐만 아니라 그 내용에 있어서도 관념의 유희나 사상의 나열 같은, 이른바 이념의 표출에 힘쓸 것이 아니어서 시를 이해하려고 노력하지 않고도 그냥 직관적으로 감동되어 온다는 데 시적 특질을 지닌다.

어떤 면에서 시의 정통이 바로 그것이고 이것이야말로 서정시의 길이 될 것이다.

> 할아버지도 시인이었고/아버지도 시인이었다/그래서 나도/시인이 되었다
>
> (…중략…)
>
> 시 한편 잘 쓰면/그걸로 족하지만/세상일이 왜 이리 어려운지/하찮은 뼈마디만 쑤시네
>
> —「하늘만 보네」에서

여기에 그의 시적 태도에 대한 기본 바탕이 놓인 것이 아닐까 싶다.

할아버지나 아버지가 했던 시작 방법을 거부하지 않고 그대로 이어
받아서 시 한 편 잘 써보겠다는 의지, 그것이 그의 시의 저류이다.

3

그의 시집 세 권을 통해서 가장 자주 접하는 말은 역시 '목숨'이다.
「내 목숨은」, 「죽어가는 나의 목숨은」, 「목숨을 쏟아놓고」 등 그 제목
에도 많이 사용되었을 뿐만 아니라 「존재의 변」, 「나무의 심지에는」,
「임종의 가을」, 「하늘의 넓이」, 「폐원(廢園)에서」, 「편지」, 「아름다운
친구야」 등 시편 속에서도 '목숨'이라는 낱말이 보이고 있다. 그가 어
떤 단어를 시 속에 많이 쓰고 있다는 것은 그가 그만큼 그 단어에 대하
여 끊임없이 관심을 기울이고 있다는 것을 뜻한다. 인간은, 아니 삼라
만상은 목숨을 받아 태어나면서부터 이 세상에 존재하게 되고 이 세상
에 있을 동안 목숨을 가장 소중하게 간직하려 노력하다가 결국 목숨이
다하면서 이 세상에서 사라지게 된다.

나무의 심지에는, 그렇다/나무의 심지에는/개벽하는 목숨의 첫울음이
있다/내가 분만되던 순간/대기를 마시던 숨소리가 있다

—「나무의 심지에는」에서

이것이 목숨에 대한 관심이다. '목숨의 첫울음'이 다름 아닌 개벽이
되는 것인 만큼 태어남은 역사의 시작이요, 인생의 시작이요, 생활의
시작이면서 그에게는 시의 시작이 될 수도 있다. 가령에서 보이듯 꼬
치 속의 번데기에서 나비가 부화하여 비상하는 그 생명의 탄생을 '나

팔을 불어' 예찬하라고 노래하고 있는 것도 그것이다.

> 부화하여/비상하는/그 순간을 위하여/우리는 일생을/사는 것이다
>
> ─「나비」에서

이처럼 목숨의 탄생은 축복되어야 할 일이지만 그 목숨이 태어나서
이 세상을 살아간다는 것은 쉽지 않다. 그 실상은 그의 일련의 가난한
삶의 노래로 표출되고 있다. 「우기(雨期)」, 「종이문패 달아놓고」, 「도회
의 창변에는」, 「첫추위」, 「빨간 겨울」, 「퇴근시간」, 「겨울 선인장」, 「비
만 내리네」 등 시편 속에 그러한 정황이 잘 나타나고 있다.

> 죽기 위해서/생활과 마주선다/죽어도 좋은 날 죽기 위해서/땅을 디디
> 고/생활과 마주 선다
>
> ─「종이문패 달아놓고」에서

이런 류의 목숨의 지탱을 위하여 어려움을 당하는 모습을 그린 시편
은 상당히 많이 찾아볼 수 있다.
그런가 하면 목숨의 끊어짐에 대한 관심 또한 적지 않다. 그는 목숨
을 '흐르는 물'과 같이, 또는 '날아가는 바람'과 같이 생각하기도 한다.

> 하얀 꽃으로 되었다가/날리는 민들레 꽃씨처럼/목숨 영글어/당신에게
> 로 갈 때/구천에서 사무친 한이야/세상 살면서 얻은 병인걸
>
> ─「내 목숨은」에서

위의 인용문에서처럼 목숨을 회귀의 것으로 생각하는 등 다양한 모

습으로 전개된다. 그리고 마침내는 목숨에 불을 지른다.

> 목숨을 쏟아놓고/불을 지른다/송진냄새 나는/목숨은/초록빛으로 탄다
>
> ―「목숨을 쏟아놓고」에서

지면 관계로 일일이 열거치 못하지만 권웅의 시는 '목숨'의 탄생에서부터 사명에 이르기까지의 체계 위에 전개되고 있다고 볼 수 있다.

4

다음은 권웅 시의 변모에 대한 문제이다. 그의 1·2권의 시집에선 '나무'를 소재로 한 시가 여러 편 나온다. 가령 「나무」, 「나무의 심지에는」, 「가로수」, 「나무의 죽음」, 「입동감곡(立冬感曲)」, 「산동백」, 「버들꽃」, 「젊은 나무들」 등 여럿을 찾아볼 수 있고 그런 나무나 꽃 자연물들을 사람과 같은 인식으로 그리고 있다

> 나무는/강변에서 외로웠다/나무는/거리에서 외로웠다/하늘 밑에서/나무는/숲에서도 외로웠다/절망하지 않고 사는 나무는/절망하지 않고 사는 인간이다
>
> ―「나무」에서

그의 시 중에서 비교적 긴 편인 위의 「나무」도 그렇지만 "나무는/장미빛 나이를 하고/나비 몸짓을 하고/둘레둘레/둘레 춤을 춘다" 「젊은 나무들」라든지 "퇴색한 어제들을/바람에 날리며/내일이 지나간다는

길목에/나는/나목으로 선다" 「입동감곡(立冬感曲)」 등에서 보이는 대로 그의 초기 시는 그 소재가 나무 등 자연물이 많고 그것을 의인화한 것이 많다. 그리고 그런 소재들은 앞에서 지적한 목숨의 체계에 순응하고 있음은 물론이다.

그런데 그의 유시집(遺詩集)에 나타나는 시의 소재는 대부분 인간으로 바뀌어 있다.

우선 제목에서 보이는 대로 「아름다운 친구야」, 「邂逅」, 「목숨을 쏟아놓고」, 「내 깊은 속엣말」, 「아들아, 이 산하(山河)를」, 「일요병(日曜病)」 등 거의 대부분이 '나'를 비롯한 '친구' 그리고 '아이'에 이르기까지 인간이 소재로 되어 있다.

이는 그의 시세계가 그만큼 목숨의 체계에 있어서 인간 본질의 문제로 발전했다는 것을 드러내는 것이며 보다 더 인생적 원숙으로 나아갔다는 것을 뜻한다.

> 여보/오늘 내가 당신과/술을 마시고/헤어지면 영 다시/못 만난다 해도/
> 내 깊은 속엣말을/어이 다하랴
>
> ― 「내 깊은 속엣말」에서

이러한 변모는 또 한 번 그의 요절이 시를 사랑하는 사람으로 하여금 가슴아프게 하는 점이다. 그는 이제 참다운 인생의 시를 쓸 나이가 되었는데 그것을 허락하지 않은 신이 야속할 지경이다. 그러면서도 이 유시집은 그의 시를 참답게 감상하는 데 중요한 의미를 지니게 된다.

그의 시에서 현실의식을 표현한 시나, 단장적인 서정시가 또한 중요한 한 부분으로 논의되어야 하겠지만 그는 역시 서정 시인이다. 그의 첫 시집 첫 번째 시 「가을」을 비롯해서 「산동백(山冬柏)」, 「개나리」,

「겨울산」, 「기원(祈願)」, 「고갯길」 등 우리들의 가슴 깊은 곳으로 흐르
는 정서적인 시는 권웅 시 가운데 또 다른 아름다움으로 남을 것이다.

이상향을 그리는 시

— 전민의 『주민등록증을 갱신하며』를 읽고

1

어째서 시인은 밤을 밝히며 시를 쓰는가. 왜 시인은 눈앞의 이익에 악착하지 않고 시인의 길을 걸어가는가. 대체로 시인이 시를 쓴다는 것은 두 가지 기대를 가지는 것으로 보인다. 그 첫째는 시인 자신을 향한 기대요, 그 다른 하나는 시를 읽는 독자에 대한 기대이다. 시인은 시를 쓰는 일이 즐거워서 그 일을 한다. 물론 그 과정에 있어서는 말할 수 없는 고뇌와 몸부림치는 고통을 감수하지 않으면 안 되지만 결과적으로 태어나는 한 편의 시를 가슴에 안고 한없는 희열에 빠질 수 있기에 시인은 그 일을 계속한다고 보아야 할 것이다. 그 희열은 어디에서 오는 것인가. 먼저 자신의 감정을 카타르시스 한다는 데에서 정신적 위안을 받을 것이다. 다음 자신의 언어를 통하여 새로운 것이 창조된다는 기쁨과 긍지를 얻는다는 데 성취감 비슷한 것을 느끼는 것이 아닐까.

그 많은 시인과 시를 일률적으로 설명할 수는 없겠지만 일반적으로 시인 가운데에는 자신을 드러내는 것에서 즐거움을 느끼는 사람이 있는가 하면, 새로운 것을 창조한다는 데에서 더 많은 기쁨을 찾는 시인이 있다. 전자의 경우는 시를 통하여 인생을 찾아가는 데 의미를 지닌다면, 후자의 경우는 시의 형식 등 실험을 통하여 아름다움을 만들어 낸다는 데 보람을 둘 것이다. 따라서 시에는 인생이 표현되는 시와 상상이 표현되는 시가 있다고 본다.

독자에 대한 기대는 무엇인가. 자기와 공감하고 자기의 세계를 이해해 줄 것을 바랄 것이다. 그러나 여기에서도 인생적 의미에 대하여 같이 느끼기를 기대하는 시인이 있는가 하면 그보다도 자기가 상상해 놓은 아름다움의 세계를 이해해 줄 것을 바라는 시인이 있을 것이다.

전민의 시집 『주민등록증을 갱신하며』를 일별하면서 이 시인은 자기의 시 가운데 인생의 의미를 담고자 노력하는 시인이라는 것을 쉽게 느낄 수 있었다. 전편에 흐르는 시적 사고가 자신의 인생적 발자취를 가급적 아름답게 관조하려는 것이었으며 자기의 일상적 삶에서 시적 제제를 찾고자 끊임없이 애쓰고 있는 것을 알 수 있었다.

시에서 인생적 의미를 형상화한다고 할 때, 치열한 삶의 현장에서 닥치는 문제들을 정면으로 바라보고 저항하고 고발하는 방법이 있는가 하면, 현장적 괴로움을 관조적으로 바라보고 스스로는 물론 다른 사람들로 하여금 위안을 주는 방법이 있다고 할 것이다. 그런데 전민은 후자의 방법을 쓰고 있다. 따라서 그의 시에는 흥분이나 걱정이나 분노, 그리고 저주와 증오는 찾아볼 수 없고 사랑과 위안과, 그리고 따뜻한 인정이 스며져 있다. 그의 시적 목소리는 산과 나무와 꽃과 풀잎파리와 고향에서 울려 온다.

2

시인은 자기가 지은 시를 통하여 자신의 인생관을 드러내게 된다. 더욱이 시의 방법을 새로운 실험에 두지 않고 시 속에서 인생의 의미를 찾고자 하는 시인의 경우는 예외 없이 자기의 인생관을 표출하게 되는 것이다. 그렇다면 전민의 인생관은 어떻게 나타나고 있는 것인가.

어느 철인(哲人)의 말이라던가. 사람은 자기가 잘 되는 것만 가지고는 만족하지 못하고 다른 사람이 잘못되고 자기가 잘 되어야만 즐거움을 느낀다는데, 그리고 사람은 자기의 몸에서 터럭 하나를 빼서 세계가 평화로워진다고 해도 그 일을 하지 않을 정도의 이기심 덩어리라던데. 전민은 그러한 이기적인 인간의 속성과는 동떨어진 자리에서 시를 쓴다.

이웃들이 잘 되면 그렇게 좋았다. 돈을 많이 벌었거나 명성 지위를 얻는 친구라도 생기면 내 일인 양 착각도 했다. 박수쳐 줄 일을 찾으며 살아온 사십여 년, 상대적으로 나는 너무 초라해 보인다. 내 깐에는 한 눈 팔지 않고 열심히 살아온 것 같은데도…….

— 시집 서문 「변명」에서

이러한 그의 고백 속에는 이 차갑고 몸서리쳐질 정도로 무서운 사회에서 한 줄기의 빛이나 맑은 공기를 만나는 것 같은 인정이 담겨져 있다. 이 고백이 바로 그의 인생관이자 시의 세계라는 것을 어렵지 않게 시 속에서 확인할 수 있다.

그는 그의 시를 통하여 무엇을 주장하기보다는 희망을 나타내고 있으며, 설득하기보다는 청유하고 있다. 그리고 그는 시적 대상물을 찾

아서 치열한 생활의 터전을 뒤지는 것이 아니라 자연을 찾거나 그래도
인정이 숨쉬는 가족과 이웃에 눈을 주고 있다. 그의 꿈을 보자.

> 달빛 가까워 좋은 푸른 언덕에
> 조그마한 빈터 하나 마련해 두었다가
> 모은 돈 더 늘리거든 둘 마음에 딱 드는
> 파란 대문에 당신 문패 단 하얀집 지어요.
> 안뜨락에는 사철 푸른 나무 심어놓고
> 간간에다 장미 국화 사루비아 봉숭아.
> 꽃을 바라보는 우리 둘 마음은
> 보름밤 호숫가에 돛단배가 될 거예요.
> 담장 안 남은 땅에다가는
> 상추씨 뿌려 두고 여름을 기다리며
> 고추씨 심거놓고 가을을 맞으며
> 호랑나비 뒤웅벌도 불러들이고요.
> 야트막한 담장 위에는 호박넝쿨 박넝쿨
> 으름나무 석류나무 등나무 뒤엉켜
> 얼싸 안은 우리 아이들처럼
> 봄 여름 가을 겨울 사시장춘(四時長春)
> 의좋게 무럭무럭 뻗어가고요.

―「아내의 꿈」 전문

인용이 길어졌지만 이러한 집을 짓고 욕심 없이 살아 보고자 하는 것
이 그의 희망이다. 물론 현대 우리 사회에서 현실적으로 이러한 삶이
과연 가능한 것이냐, 이것이 욕심 없는 바람이냐, 오히려 사치스러운

낭만적인 꿈이 아니냐. 이렇게 부정적으로 말할 사람도 있으리라. 그러나 이것은 현대산업사회에서 찌들대로 찌들어진 이 말기적인 사회에 살면서 정신적인 꿈을 이런 세계에 둔다는 것이 꼭 그렇게 부정적으로만 이야기되어야 할 성질은 아니리라. 전민은 끊임없이 이러한 정신적인 희망을 추구해 나가고 있는 듯하다.

인간사 모두가 꿈은 역시 꿈이고 언제나 현실은 그와 다르다. 그래서 그는 그 꿈을 찾아서 자연과 고향을 맴돌고 있다.

3

그의 시 가운데에는 청유형 종결이 많이 보인다.

> 버선발 흰 구름 차며
> 비단폭 치마 너울거리시며
> 그이가 오시는 간밤 꿈결에
> 장미꽃 피우자.
>
> —「저 은(銀)밭에 빨간 꽃송이를」에서

> 山으로 가자.
> 송화가루 날리는
> 찔레꽃 화사한 인덕을 넘어
> 솔산으로 가자.
>
> —「가자, 五月에」에서

그림 속으로 가자.

풍경으로 잡히자.

— 「눈밭」에서

　이 같은 청유형은 대부분이 작자의 강렬한 의지를 표명하면서 상대방으로 하여금 그렇게 하도록 권유하는 의미가 있거나 아니면 영탄적인 뜻이 있는 법이다. 그런데 그의 경우는 의지도 영탄도 아닌 자신의 희망을 제시하는 데에서 그친다. 이는 역시 그의 정신적 이상으로 자연을 찾고 그곳에 이르고 싶어하는 소망을 소박하게 나타내고 있음이다.

　그의 자연을 향한 시적 열정은 시집 안의 모든 시에 배어 있다. 그 중에서 두드러진 것을 든다면 「춤 한판 꽃 한송이」를 들 수 있다. '살풀이'나 '장녀춤'이나 '소고춤' 그리고 '밀양북춤' '학춤' 따위의 민속춤은 우리 민족의 오랜 역사와 애환이 서린 몸짓인데 이를 하나하나 꽃에 연결시켜 형상화하고 있다. 말하자면 전민의 눈에 비친 이들 춤은 한송이의 꽃에 우러나오는 자연의 울림 바로 그것이었을 것이다. 그래서 살풀이춤은 민들레에, 장녀춤은 동백꽃에, 그리고 소고춤은 튜울립, 밀양북춤은 복숭아꽃, 학춤은 난초에 견주어지고 있다.

　가령 '살풀이'춤은 "光陰을 돌아서/순간에 숨쉬고/치마끈마저 풀어져/만주벌판 뒤흔드는/고구려의 북소리"인데 '민들레'는 "빼앗긴 별의 혼을 찾아 하얀 날개 펴고서/푸른 하늘을 마음껏 날고 싶은/명들레/문들레야"라는 것이다.

　이 또한 우리의 삶이나 역사가 자연 바로 그것이라는 그의 인생관이 투영된 것이며, 욕심 없는 삶을 자연 속에서 그릴 수밖에 없다는 시적 시각에 의한 것으로 풀이된다.

역시 그의 꿈을 찾기 위해서는 고향이 제격이다. 아직도 어머님 품안 같은 고향 그리고 어릴 적 뛰어놀던 그곳, 그곳에 가야만 「아내의 꿈」에서 그린 그 꿈을 찾아볼 수가 있는 것이다. 고향을 소재로 한 시가 절대적으로 많은 것은 바로 이런 이유에서이다. 「저울山 밑의 풍경화(風景畵)」, 「주민등록증(住民登錄證)을 갱신(更新)하며」, 「약국집 할아버지」, 「이서방 이야기」, 「느티나무집 술 이야기」, 「광천(鑛泉) 장날」 등 여러 작품 가운데 그의 고향 이미지는 스며져 있다.

밤꽃 향기 음악 되어 흐르는
가난해도 흡족한 내 고향(故鄕)
깜장 고무신짝에 파닥이던 피라미는
지금도 솔밭 건너 긴 모랫벌
겨울 소나무 내품는 깊은 소리
산파도 몰고 오는 쌍유(雙遊) 골짜기
여름밤 돌 틈에 가재 찾아가듯
꺼져가는 추억 속에 불 붙여들고
남의 부인이 되어버린 옛 여자를 잠시 훔쳐
희미해져 가는 자욱들을 찾아보고도 싶고

— 「주민등록증을 갱신하며」에서

청둥호박 밀가루 범벅
쑥개떡 호밀수제비
대대로 이어받아

통사발 쪽쪽 빨고 있는

안산 넘어 거인(巨人)

풋보리 열무김치

홑바지 베등걸

포만(飽滿)의 용트림으로

코를 골고 있는 저울추는

만져도 깨워도

할미 젖통처럼

입다문 새각시처럼

— 「저울산 밑의 풍경화(風景畵)」에서

지금 녹원청(鹿苑淸)에는

온상에서 키운 싹이 비바람에 꺾일까, 센 빛에 시들까

자식 걱정에 긴 밤 지새우시며

손발이 부르트신 부모님이

나의 할머니 대신

내 어린 것들의 할머니로

살고 계시고

— 「회상별곡(回想別曲)」에서

이런 고향 이야기들이 여러 군데 보인다. 아직 산업문명에 오염되지 않은 순수한 서정의 고향, 그것을 그리워하는 마음으로 시의 문이 열린다. 이 또한 꿈속에서나 그려봄직한 낭만적인 환상이 아닌가. 그러나 그는 사람들의 의식이 그렇게 되어 있기 때문에 더욱이 고향을 잊을 수가 없는 것이리라.

고향을 상실한 현대인들에게 고향을 찾아 주고자 하는 애틋한 서정
이 그의 시적 사유의 바탕이 되고 있다고 해도 과언이 아니다. 그러다
가 그의 시는 가끔씩 경귀처럼 변해 가기도 한다.

누에는 제 몸을 뽑아
껍질을 직조(織造)하지만
사랑은 영혼을 뽑아
진실을 가두는 자선(慈善)을 베푼다.

—「사랑의 언어. 1」에서

촛불은 심지를 태워
불꽃을 피우지만
사람은 영혼을 뽑아
가슴을 더웁힌다.

—「사랑의 언어. 3」에서

이런 것도 결국은 자신이 희구하고 있는 유토피아랄까 크게 욕심내
지 않고 살아갈 수 있는 '아내의 꿈'을 실현시키기 위한 하나의 명상이
라고 볼 수 있는 것이다.

5

이상에서 살펴본 대로 전민의 시 세계는 현대문명에 오염되지 않은
이상의 세계를 추구하고 있다고 보이며 그러한 서정의 세계를 표현하

기 위하여 쓰인 언어 또한 어렵지 않고 향토적인 것이 대부분이다. 아니, 오히려 현대 문명 생활에 완전히 젖어 버린 우리들에게는 오히려 생소하기조차 한 어휘들이 많이 눈에 띠기도 한다.

그러나 전민에게도 과제는 있다. 과연 현대인에게 이러한 노래를 들려줌으로 얼마나 감동을 전할 수 있겠느냐 하는 문제이다. 그런 의미에서 현실 의식을 용해해 보려는 노력이 앞으로 더욱 필요하지 않을까. 자라나는 세대들에게 우리의 전통 음식을 먹이고 전통적인 노래를 부르게 하려면 그 음식과 노래가 현대적인 그릇과 과학화된 악보에 담겨지지 않으면 안 되는 것과 마찬가지로 전민의 파라다이스도 역시 오늘의 생활과 밀착된 시적 에스프리로의 변용이 필요할 것으로 보이는 것이다.

인생의 바다를 생각하는 시
―한문석의 시 세계

1. 그의 시, 곧 삶의 사색

시인이 시를 쓴다는 것. 그것은 당연한 일이면서도 그 답은 사람마다 다를 수 있다. 한문석 시인은 왜 시를 쓰는가. 이 답을 얻기 위해서는 본인에게 답을 기대할 수도 있겠지만, 그러나 문학은 본인의 설명에 의해서가 아니라 그의 작품을 통해서 독자가 답을 찾는 것이 올바르다 할 수 있다.

시집 말미에 쓰는 이른바 해설이라는 것은 그 시를 좀더 자세히 읽고 전문가적인 입장에서 독자들에게 그 시를 친절하게 안내하는 임무를 띠는 것일 게다. 이는 시인의 시작 의도나 감정 정서를 가급적 정확하게 찾아내서 독자에게 전달하고, 그 표현의 묘미 같은 것을 감상하도록 하는 것이 중요하다 하겠다. 이 임무를 이행하는 일에 있어 한 시인의 경우, 그는 왜 시를 쓰는가 하는 답을 찾는 일이 그에 답하는 길일 것이라 보여서 서두에 이러한 질문을 던져 본 것이다. 그러나 그 일은 그렇게 쉬운 일이 아니다. 작품은 작가의 품을 떠나면서 이미 독자들

의 것이 되기 때문이다. 경우에 따라서는 실제 작품이 작가의 의도와
는 전혀 다른 방향에서 독자들의 가슴에 남게 되기도 한다. 어쩌면 이
것이 시라는 예술이 가지는 오묘함이 되기도 한다.

다시 한문석은 왜 시를 쓰는가. 그는 청소년 시절 전국적으로 알려진
시꾼이었다. 그러나 상당 기간 그 길에서 멀어져 있다가 다시 20여 년
의 세월이 지난 다음 시작에 정열을 쏟기 시작했다. 1995년에 첫 시집
『사랑이란 이름으로』를 상재하고, 다음해인 1996년에『눈 오는 날은
네게로』라는 두 번째 시집을 출간하였는데 다시 2년 만에 세 번째 시
집을 내놓게 되었으니 그 열정은 더 설명을 필요로 하지 않으리라.

그에게는 인생이 여물어 갈수록 시 쓰는 일이 그만큼 절실했다는 것
을 의미한다. 나이 들수록 산다는 것이 무엇인가. 산다는 것이 어떤 의
미를 지니는 것인가. 그리고 그것은 이 세상에 어떻게 남겨지는 것인
가 하는 문제와 씨름하면서 비롯된 것이 아닌가 보인다.

그의 시 쓰는 이유가 여기에 있는 것으로 인식된다. 이는 곧 그가 시
를 인생과 깊은 관련 속에서 창조하고 있다는 이야기이다. 인생의 바
다를 유영하기가 얼마나 어려운 것인가. 역사의 총체가 삶과 관련되지
않은 것이 어디 있던가. 그런데 한문석 시인이 바라보고 있는 인생은
이른바 사회생활이라는 속세적인 범주에서의 것이 아니라 영혼의 문
제와 연관되어 있다는 점이다. 아니, 영혼이라는 말이 좀 거창하다면
인간의 기본 정서랄까 영원하고자 하는 정서와 긴밀하게 관계되고 있
다는 이야기이다.

대체로 시인이 시적 오브제를 조망하면서 그것을 통하여 읽어내고자
하는 방법을 몇 가지 유형으로 나누어 볼 수 있다. 하나는 그 오브제에
감정을 이입시켜 물아일체의 세계에 서는 것이며, 다른 하나는 오브제
를 객관적 위치에서 파악하고 묘사하는 방법이다. 또 다른 하나는 시

인은 숨고 오브제만 있는 경우도 찾을 수 있다. 물론 한 사람의 작품 가운데 이 같은 시작 태도가 두루 사용되고 있는 것이지만, 한문석은 물아일체적인 입장에 주로 서고 있는 것을 발견하게 된다. 따라서 그의 시는 다분히 명상적이며, 상념적이다.

시가 명상적이며, 상념적이라는 말은 시의 독자가 그만큼 마음을 가다듬고 관조하는 상태에서 감상할 때 제대로 대화가 이루어진다는 뜻이다. 그의 시는 한 번 읽고 바로 그 의미가 파악되고 설명되지 않는다. 몇 번이고 곱씹어 읽음으로써 참맛을 느낄 수가 있다. 더러는 행과 행 사이에서, 그리고 연과 연 사이에서 한참씩 의미를 되새겨 볼 필요를 느끼기도 하리라. 명상의 토막들이 어떻게 연결되고 있는가 하는 것을 인식해 가는 것은 한문석의 시를 감상하는 또 다른 재미라 할 것이다.

그의 시가 처음부터 그렇게 된 것은 아니다. 첫 시집이나 두 번째 시집의 작품 가운데는 오브제에 대한 설명적인 것도 많이 눈에 띄고, 보다 현실적인 데 시선이 머문 경우도 많이 발견하게 되는데 이번 시집에서는 현저하게 명상적으로 변모한 것을 알 수 있다. 그만큼 그의 시세계가 인생적으로 되었다는 의미도 될 것이다.

김용직은 오세영의 시를 이야기하면서 "어느 해외 비평가의 생각에 따르면 시는 크게 세 개의 유형으로 나누어볼 수 있다. 그 하나는 사물들을 그 차원에서 노래하는 시이다. 여기에는 사물을 크게 내면화하는 정신적 변용이 시도되지 않는다. 그리고 그와 다른 유형의 시가 사상이나 관념을 내용으로 삼는 시다. 그런데 두 유형의 시에는 다 같이 한계가 있다"라고 지적하고 우리가 바라는 시는 사물이나 관념을 극복 지양하는 시라고 주장한 바 있다. 즉, "사상과 관념이 '장미의 향기'처럼 느껴지는 차원에 이르리야 힌다"는 것이다.

한문석의 시가 물아일체의 명상의 세계에 들어섰다는 것은 바로 김용직이 주장하는 사물과 관념을 극복·지양하는 시의 세계로 들어서고 있다는 설명도 가능할 것이다. 그러나 우리는 이 시인의 작품이 이러한 세계에서 성공적으로 형상화되고 있는 시라고 말하기엔 아직도 망설여지는 바가 없는 것도 아니다. 그의 시 한 편 한 편을 읽으면서 감동적으로 오래오래 남는 명상을 발견하기가 어렵기 때문이다. 이러한 생각을 머리에 세우고 그의 작품 세계로 들어가 보자.

2. 인생을 향한 사물의 명상적 기능

이 시집은 22편의 〈호수〉 연작시와 상당량의 여행지에서의 시, 그리고 자유로운 주제의 시로 편집되어 있다. 그런데 자주 발견할 수 있는 어휘가 "~있겠니"와 "~인가"라는 의문 종결 어미이다. 그러나 의문 부호가 붙지 않은 의문형들이다. 이는 쉽사리 의문에 답할 수 없는 범인생적인 의문이기 때문인 것으로 추정된다.

그는 시적 사물을 바라보면서 그 사물이 인생에 기능하는 바를 생각하고 있다. 우리는 우리를 둘러싸고 있는 사물을 바라보면서 그것이 우리의 삶에 어떤 의미를 가지는 것인가를 생각해 볼 수 있다. 가령 한 그루의 나무를 놓고 볼 때, 실용적인 연료나 가구를 만드는 재료와 같이 우리의 생활에 물리적인 도움을 주는 질료로 생각할 수도 있고, 산소를 공급해주는 조금은 고급한 과학적 소용물로 인식할 수도 있을 것이다. 그러나 적어도 시인에게는 그 차원을 넘어선 기능을 생각하게 된다. 그의 시 「겨울 바다」를 보자.

다가서는 세월의 무게만큼이나

슬픈 이야기 담아갈 수 있겠니

깊이깊이 보일 듯 움트는 붉은 산호

맑은 피 흘러 보내고

신의 숨결로 다듬은

빛줄기 가득 넘치는 신비로운 절벽 오르는

날개짓에서 부드러운 속살 집어낼 수 있겠니

밀려와 발밑에 묻히는 향기

조용히 소멸하는 것은

지금 저 푸른 생채기

순응하며 살아야 하는 이 땅의

사랑이 남긴 마지막 형벌인가

은하 별 들

오늘밤 여기 모여

아름다운 노래 부를 수 있을까

노래 불러 가슴으로 이겨 낼 수 있겠니

하늘이 옷 벗어

손 시린 허리춤 내린다.

─「겨울 바다」 전문

이 시에는 기능을 묻는 세 개의 의문문이 있다.

"슬픈 이야기 담아갈 수 있겠니"
"부드러운 속살 집어 낼 수 있겠니"

　　"노래 불러 가슴으로 이겨 낼 수 있겠니"

　이 세 물음은 겨울 바다를 향하여 시인이 던진 질문이다. 나머지 문장들은 이 세 개의 물음을 구체화하고 있는 보조적 설명으로 볼 수 있다.

　"하늘이 옷 벗어/손 시린 허리춤 내린" 것 같은 겨울 바다. 수없이 밀려오는 물결을 보면서 세월의 무게 같은 슬픔을 담아갈 수 있겠느냐는 첫 물음을 던진다. 이는 객체에 대한 형상이나 관념과는 먼 질문이다. 바다의 명상을 통하여 시인이 간절하게 바라는 과제일 수 있다.

　어떻게 생각하면 우리가 살아간다는 그 자체가 슬픔의 집적이라 할 수 있는데 바다가, 저 겨울 바다가 이 슬픔을 담아갈 수만 있다면, 그 다음에 돋아날 부드러운 속살을 기대할 수 있을 것이다. 그래서 이 시인은 파도가 남기고 간 "푸른 생채기"는 "운명에 순응하면서 살아가야 하는 이 땅이 남긴 마지막 형벌"과도 같은 것인데, "절벽 오르는 날개짓" 같은 파도를 통하여 부드러운 속살을 집어낼 수 있겠느냐고 다시 질문을 던지고 있는 것이다.

　그리고 이 시인은 마지막으로 은하의 별 같은 우리들 여기 모여 "노래 불러 가슴으로" 구경적 인생의 문제를 이겨낼 수 있겠느냐고 묻고 있는 것이 아닌가.

　이는 3년 전에 발간한 첫 시집에서의 「겨울 바다」와는 사뭇 다르다.

　"목선이 흔들리는 푸른 초원이었다"라는 첫 문장에서부터 "저토록 변해 버린 얼굴/아우성이며 일렁이는 이것은/글쎄 누구의 분신인지" 같은 묘사는 다분히 객체 그 자체의 형상에 머무르고 있으며, "우리 모두에 대한 적의를 버리고" 등 관념이 시를 지배하고 있음을 알 수 있다. 이에 비하여 이번 이 「겨울 바다」는 얼마나 명상적인가.

　이렇게 시적인 객체가 우리 인생에 기능할 것을 원하는 명상적 표현

은 계속 이어지고 있다. 가령 「산도라지꽃」에서 "눈을 뜬다 착한 눈은
세상의 모든 평화를 본다"라는 표현을 거쳐 산도라지꽃이 "착한 눈",
그것도 "생애 한 번만 보아도 다 만나고 마는 착한 눈"이기를 기대하고
있는 것이다. 작품 「낙화」 역시 마찬가지이다.

> 그 작은 공간에서
> 우리를 가두어놓은 힘이 무엇인지
> 무엇이 살아 꿈틀이는지
> 오늘 비로소 알았다
>
> —「낙화」의 마지막 연

이는 곧 떨어지는 꽃잎을 통하여 이런 것을 일깨워 주기를 기대하고
있는 것이라 할 수 있다. 이렇게 되면 어느덧 우리는 그의 시가 오브제
를 통하여 다가오는 인생에의 교훈을 노래하고 있다는 것을 생각하게
된다. 결국 이 세상에 미만하고 있는 만물이 생각하기에 따라서 우리
에게 교훈적인 것이 아닌 게 있는가.

그의 연작 시 「호수」에서도 이러한 현상은 많이 발견할 수 있다.

> 찾아오는 사람들 여기
> 세상 살아가는 지혜를 일깨움은
>
> —「연꽃」

> 사랑하는 일보다 사랑하지 않는 일이
> 더 힘겨워
>
> —「새」

홀로는 삭일 수 없음이 바위 틈새 뿌리를 내리고
어느 세월 머물다 간 여인의 침묵인가

—「소나무」

소리없이 쫓고 쫓기다가 마침내
죽고서야 아름다운 얼굴 남기누나

—「일몰」

태어난 모습 그대로 품에 안고
누운 자세가 의연하다

—「바위」

옆에 있는 제목과 연관지어 이러한 구절을 보면 사물에서 느끼는 교훈이 가슴에 느껴지고 있는 것이다. '연꽃'이나 '새', '소나무', '일몰', '바위' 등 대상물에서 명상적인 과정을 거쳐 느껴지는 교훈성, 이들이 바로 시적 오브제와 시인이 물아일체적인 인생관을 표현하고 있는 것이라 할 수 있다.

이 시집의 작품 여러 곳에서 만나는 "왜인가", "안다", "알겠네", "~는가", "있니" 등 어휘가 이러한 교훈성과 무관하지 않음도 참고할 일이다.

3. 불멸의 인연, 그의 자연관

지상에 내려와

잠시 소요하다가

영원히 돌고 도는 생명의 눈부심을 위해

상처 난 육신으로 추락하는

꽃잎

—「낙화」에서

　"목련 아래서"라는 부제를 달은 이 작품에서 한문석의 자연관의 일단을 읽을 수 있다. 꽃이 진다는 것, 특히 목련 꽃이 진다는 것은 이 세상에서 한 가지 아름다운 물체가 사라짐을 의미한다. "세상에/깨끗한 것 모두를 안고 있는" 목련이 떨어져 내리는, 어쩌면 처참하기까지 한 낙화의 모습에서 그는 "영원히 돌고 도는 생명의 눈부심을 위해" 지상에서 잠시 소요하는 것을 느끼고 있다.

　이번 시집엔 「진혼가·3」, 「어느 죽음」, 「어머니 묘소에서」, 「개의 죽음에」, 「낙화」, 「일몰」, 「추락」, 「무덤」 등 죽음이나 사라짐에 관한 제목의 시가 많다. 그러나 그에게 있어서 죽음은 영원히 사라지는 것이 아니다. 윤회사상에서처럼 이 세상의 모든 것은 끊임없이 생사의 반복을 거듭한다. 따라서 단풍이 든다거나, 낙엽이 진다거나, 죽는다거나 하는 것은 괴로움의 대상이 되기보다 또 다른 태어남을 위한 진통이요, 하나의 행복이 이르는 도정으로 인식되기도 한다.

올올이 거추장스러운 옷 모두 벗자

어찌 심장에 흙이 묻을 수 있는가

오로지 한 방향만을 믿고 의지한다는 것은

불안하고 늘 초조한 삶임을 안다

상처 없이 떠도는 구름은 얼마나 넉넉하냐

죽어서까지 고통은 또 얼마나 행복한가
그것은 영원한 소멸이 아니다
눈부신 곁에 이름 없는 꽃으로 필지라도
어느 세월 달려온 힘겨운 몸짓이냐

—「어느 죽음」에서

이승에서의 삶은 "불안하고 늘 초조"하니, "거추장스러운 옷 모두 벗자"는 것이다. 저 하늘을 보라. "정처 없이 떠도는 구름은 얼마나 넉넉하냐"다. 죽음은 "영원한 소멸"이 아니요, "눈부신 곁에 이름 없는 꽃으로"라도 피어날 것이란다. 그러니 "다시 한 잔 술을 달랜다"고 노래한다. 그의 눈엔 단풍도 "새옷으로 갈아입은 거"며, "신비스런 문"이 열리는 것으로 인식되고(「동학사 단풍」), 겨울나무를 보아도 "꽃으로 피어난 영혼을 걸어놓고/그리운 사랑의 피를 품고 싶은" 욕망을 느낀다(「겨울 나무·2」).

그렇다고 해서 죽음을 가볍게 생각하는 것은 결코 아니다. 이승의 인연이 다음 세상에도 이어지는 것이기 때문에 짐승의 목숨까지도 소중하게 여긴다.

돌아가리라 다시 짐승으로 생겨날지언정
아름다운 세상 내 어딘가에

목이 조이면서 시작되는 열반의 고통
단숨에 심장을 꽂는 날카로운 비명을 다오

그들의 나라에 태어나보라

힘 없는 그들은 어떻게 살고 있는가를

흰 이빨 드러내며 장작불 패대는 인간들
검은 그림자가 상장처럼 슬프다

—「개의 죽음」 전문

"다시 짐승으로 생겨날지언정" 하는 것은 짐승이 아닌 것으로 태어날 수도 있다는 가능성을 말한다. 이것은 바로 불교의 윤회사상을 말하는 것으로 개를 죽이는 인간들을 향하여 던지는 경고이기도 하다. 그는 개가 목이 조여 죽는 것도 "열반"에 이르는 고통으로 본다. 그러니 차라리 열반의 고통을 줄일 수 있도록 칼로 심장을 찌르라는 것이다. 그렇지 않고 목을 조이는 인간, 너희들 앞에 드리울 "검은 그림자"가 상장처럼 슬프지 않을 수 없다는 것을 엄숙하게 일깨우고 있는 것이다.

이처럼 그에게 있어서, 이승에서의 삶과 관련되어 있는 모든 사물은 일시적으로 이 세상에 머물다가 영원히 소멸하는 것이 아니라 다시금 다음 세상에서 여러 가지 인연으로 다시 태어나게 되는 것이므로 나이 들수록 이 이야기를 시로 노래하지 않고는 배겨날 수 없는 어떤 소명을 느끼고 있는지도 모른다. 마치 다음의 시 구절과 같은 마음으로 인생을 보고 있으려는지도.

아름다운 열매를 보기 위해
꽃은 스스로 문을 열어 잎사귀 피우는 즐거움을
안다 거역할 수 없는 함성
꺾이지 않는 속성들의 강인한 힘을

—「한 그루 나무를 심고」에서

4. "호수"의 명상적 단상

이번 시집에는 〈호수〉 연작시 22편이 자리하고 있다. 이들 작품들이 서사성을 지니고 이어진 것은 아니고 한 편 한 편마다 제목을 달리하고 있다. 「연꽃」, 「단풍」, 「노을」, 「벤치」, 「새」, 「갈대」, 「소나무」, 「안개」, 「아카시아꽃」, 「바람」, 「일몰」 이런 식이다. 호수를 둘러싸고 있는 자연물이나 자연 현상을 제목으로 쓰고 있는 것이다. 이들을 〈호수〉라는 큰 제목에 묶고 있는 이유는 무엇일까. 그가 호숫가에서 생활을 체험하고 않고는 별문제이다. 어떤 사건과 연결되고 있는 시는 아니기 때문이다.

호수는 활발하게 흘러내리는 물이 아니고 조용히 고여 있는 물이다. 변화가 심하지 않는 일상에서의 단상들을 모은다는 의미가 아닐까 보인다. 이들 시편이야말로 명상성을 확연히 들어내고 있는 작품들이다. 그는 이른 아침이나 황혼에 자신의 마음이 호수가 펼쳐져 있는 자연물들을 관조의 자세로 바라보면서 이들 일상들의 의미를 곰곰이 생각했으리라. 이는 마치 자기 주변의 일상들에게 이름표를 달 듯 그렇게 쓰인 시로 볼 수 있다.

그는 어느 날 호수 위에 핀 연꽃을 보았다. 그리고 다음과 같은 의미를 부여하였다.

내가 나를 사랑하고 생각하는 것은
전생에 얼마나 아름다운 인연인가

견디어 낸 세월 지난한 몸짓을
간간히 부는 바람 너만은 아는가

찾아오는 사람들 여기
세상 살아가는 지혜를 일깨움은

마음 씻고 지은 죄 묻어
빛 맑은 향내로 품어 올려

파란 하늘이 걸려 있네 깨끗한 자
더 더욱 눈부시고 푸르게

—「호수 · 1—연꽃」 전문

　연꽃이 주는 이미지를 한껏 형상화하고 있다. 연꽃이 가지는 종교적인 의미, 그리고 그 형상성, 이런 것을 상식으로 알고 있는 사람은 금방 이 시가 무엇을 말하려 한 것인가를 눈치채리라. 깨끗하고 또 깨끗해서 마치 파란 하늘이 걸린 것 같은 자태, 눈부시고 푸르른 것 같은 형상 속에서 시인은 "마음 씻고 지은 죄 묻어" 버리고 "빛 맑은 향내로 품어 올리"는 모습으로 마음 안에 연꽃이 자리하고 있는 것이다. 잘 알려져 있는 것과 같이 연꽃은 불교의 상징화이다. 이 연꽃을 통하여 "견디어 낸 세월 지난한 몸짓"을 씻고 "세상 살아가는 지혜를 일깨움"은 자연이 인간에게 주는 커다란 은혜가 아닐 수 없다.

　이 같은 자연물의 형상성을 통한 감동은 22편 전편에 잔잔히 배어 있다. 호수의 벤치에서는 "천둥 울리고 간 뒤/눈물 서럽도록 조용한 공간"을 느끼고 거기 "누워 잠시 평화스런 얼굴을 웃고 싶다" 했고, 갈대를 보면서는 "날개옷 휘날린 자리에 맑은 음향이 좋아/웃음꽃이 가득 열리는 섯"으로 인식하고 "순결의 빛 조각 입에 문" 자아를 발견하고 있다.

소나무는 "홀로는 삭일 수 없음이 바위 틈새 뿌리를 내리고/어느 세월 머물다 간 여인의 침묵"으로, 아카시아꽃은 "순수의 하늘 달려온 맑은 숨결"로 느끼고 있다. 일몰은 "소리 없이 쫓고 쫓기다가 마침내/죽고서야 아름다운 얼굴 남기"는 것으로 표현되고 있으며, 꽃망울이 열리는 '개화'는 "고요히 눈감아 울음 터트리는/제 몸 부스러져 삭아지는 아픔"으로 인식되고 있다. 이러한 느낌과 표현들은 오직 고요한 대상물에 대한 명상에서만 가능한 것이다. 그만큼 한문석의 자연 보는 눈은 건강하다. 대체적으로 절망을 부르는 "추락"도 그에게 와서는 다음과 같은 희망으로 바뀐다.

눈 내리는 언덕 넉넉한 뿌리로 다시 자라나
나뭇가지에 눈꽃 피우는 봄 봄이 오면
정갈한 몸 안 깊이 언제라도 타오를 그것은
전쟁이 남긴 얼마나 아름다운 상처인가

—「호수·16—추락」에서

5. 마무리

한문석은 세 번째 시집에서 시의 오브제라 할까, 객관적 상관물이라 할까, 더욱 쉬운 말로 사물에 대하여 보다 상념적이고 명상적임을 확인할 수 있었다. 사물을 사물 자체의 수준에서 표현하거나, 사물을 관념적인 자리에서 보거나 하는 단계를 넘어서서 이것들을 극복하고 지양하는 단계에 이른 것이다.

그는 자연에서 시적 교훈을 찾아내고 불멸의 자연관에서 명상적인 언어로 시를 창조해 가고 있다. 그는 주변의 어떤 것을 만나도 또 세상의 어느 곳을 가도 시적 상념에서 벗어나지 않는 시적 정열을 읽을 수 있었다. 그의 사물을 보는 안경은 지극히 건강해서, 이 시린 것 같은 이승에서 늘 희망을 조망하는 모습도 찾을 수 있었다.

그는 항상 생명은 아름답다는 의식을 가지고 있고, 이 생명은 이 세상에 잠깐 머무를 뿐, 결코 영원히 소멸하지 않는다는 영혼관을 가지고 오늘의 고뇌를 가슴으로 받아 승화시키고 있다. 물결 한 자락, 한 줄기 바람, 낙엽 한 잎이라도 그에게 있어서는 인생적 의미를 지는 것으로 노래하고 있다. 그의 시에서는 인생의 빛깔들이 놀랍도록 현란하게 무늬를 이루고 있다. 한 번 읽은 시를 다시 읽게 하는 마력이 거기에 있다.

그러나 그와 그의 시를 아끼는 사람으로서 이제는 그의 시가 좀더 쉬워지기를 희망한다. 설명하고자 하는 내용을 완전히 이해한 사람의 설명이 이해하기 쉬운 것처럼 감정에서 완숙된 내용들은 어린이도 이해할 만큼 쉬워지는 것이 아닐까. 물론 어려운 어휘가 있는 것은 아니었지만 그의 시를 이해하기 위해서는 줄을 바꾸고 연을 거꾸로 해서 생각하지 않을 수 없음은 시가 언어의 예술임을 감안하더라도, 또 흐트러놓은 언어를 재구하는 기쁨이 시를 읽는 즐거움이라 하더라도 완숙을 지향하면서 한 번쯤 생각해 볼 문제가 아니겠는가.

이 정열로 가까운 날에 또 다른 시집이 나올 것을 기대하면서 시보다 더 어려울지도 모를 해설을 마치고자 한다.

박상엽 에세이의 재미

1

전공 분야가 달라서 비교적 늦게 사귀었지만 오랜 친구처럼 가까워
진 박상엽 변호사, 아니 이미 세 권의 에세이집을 발간하니 박상엽 에
세이스트, 그리고 글 속에 나타난 것처럼 여행가 박상엽 씨가 세 번째
수필집『지리산의 달』을 상재한다면서 해설을 부탁해 왔다. 아침 열 시
에 도착한 원고를 들고 읽기 시작했는데 초저녁까지 한자리에서 다 읽
어 버렸다.

이는 나에게 있어서 확실히 이변이다. 평소에 잘 아는 분의 원고라는
것을 감안한다 하더라도 또 읽고 소감을 써야 한다는 의무감을 생각한
다 하더라도 한 권의 원고를 앉은 자리에서 완독하다니. 지금까지 어
떠한 수필집도 그렇게 한자리에서 단번에 읽은 일이 없기 때문이다.
아무리 생각해도 신기한 일이어서 그 이유가 무엇일까를 곰곰이 생각
해 보았다.

그것은 아무래도 글이 재미있기 때문이었다. 재미가 있다고 해서 무
슨 코미디나 재담 같은 것이 아니요 그의 인격이 배어 있는 진지성이

물 흐르듯 거침없이 토로되고 있는 그 글 흐름의 재미에 있었던 것 같다. 그의 글을 읽노라면 가끔 주석에서나 공적인 자리에서 만나 대화를 나눌 때 느꼈던 그의 인간적인 정취가 새록새록 번져 나오면서 내면 깊숙이 감춰놓았던 해박한 지식들이 번쩍번쩍 튀어나와 나를 감동시키는 것이 아닌가. 아마도 평소에 그를 아는 사람들은 대부분 이 책을 읽으면서 동감하리라 생각한다.

아는 사람의 글이라고 해서 다 그렇게 재미있게 읽혀지는 것은 아니다. 거기에는 글이 지니는 특별한 매력이 있기 때문이다. 그 매력을 찾아 쓰는 것이 부탁에 대한 예의가 아닐까 생각하면서 일별해 보기로 한다.

어차피 인생이란 하나의 여정이다. 이 여정은 사람마다 천차만별로 다르고 그 길을 가는 방법도 각양각색이며 가며 생각하고 느끼는 것도 누구 한 사람 다른 사람과 같을 수 없는 운명이기에 인간은 개성적일 수밖에 없다. 글은 바로 그 개성의 표현이다. 그래서 글은 곧 그 사람이다. 특히 수필의 경우에는 그 사람의 철학, 그 사람의 인격, 그 사람의 정서, 그 사람의 성격이 그대로 표출되어 있다고 할 수 있다. 이번 『지리산의 달』에도 인간 박상엽의 모든 것이 고스란히 투영되고 있다는 것을 확인하게 된다. 이는 이 글의 매력이 바로 에세이스트 박상엽의 매력이라는 것을 이야기하려는 것이고 이 글의 매력 찾기 역시 인간 박상엽의 매력을 찾는 길이 될 것이라는 것을 강조하려 하는 것이다.

2

먼서 따뜻한 정서와 냉철한 이지가 아름답게 조화를 이루고 있다는 점이다. 우리는 항상 이 감성과 이성의 균형을 이야기하면서도 그렇게 되기가 대단히 어렵다는 것을 체험한다. 자칫 사물을 지나치게 감성적으로 바라보다가 자아도취에 빠지는 경우가 있고, 반대로 너무 이성적으로 따지다가 인간성을 상실하는 경우가 있는데 그의 글 속에 나타난 이 두 요소의 조화는 참으로 신비로울 정도이다.

　봄은 때가되면 다 알아서 온다. 왜 더디 오느냐고 닦달하거나 군소리한다고 해서 걸음을 재촉하지도 않는다. 꽃 소식을 머리에 얹고 노랑나비 앞장세우고 나풀나풀 춤추면서 온다. 봄은 우선 훈훈한 바람으로 얼음을 녹이고, 또 대지에 온기를 불어놓는다. 그러면 아지랑이는 누가 시키지도 않아도 저절로 피어오르게 마련이다. 봄이 북녘을 향한 여정을 계속하다가도 인심 좋은 동네 주막에서 주모의 눈웃음에 홀려 주흥이 무르익기라도 하면 사나흘씩 눌러 앉기는 예사렷다. 그러다 보면 여남은 날 늦을 수도 있는 게지.

—「겨울의 끝자락」에서

　하늘이 두 쪽 나더라도 법의 대 원칙이 훼손되거나 무시되어서는 안 된다. 검찰이 수사를 계속하든 아니면 특검이 수사권을 부여받아 독자적으로 수사에 착수하든 국가 정보기관과 소속 기관원들의 국민들에 대한 불법 도감청 및 유출행위만을 수사의 대상으로 삼아야 한다. 국가 정보기관에 의해 만들어진 모든 도청 테이프와 녹취록 등 일체의 자료는 하나도 남김없이 폐기되어야 하고 그 내용에 관하여는 현재 유포된 것까지 포함하여 모두 불문에 부쳐야 할 것이다. 아무리 여론이 무서운 세상이라 해도 여론의 이름만으로는 법치주의의 근간과 각 개인의 인간으로서의 존엄과 가치, 국가로부터 보호받을 국민으로서의 기본적인 권리까지 침해

할 수는 없다 하겠다.

— 「X파일 해법」에서

위의 두 글을 읽으면서 한 작가의 글인가 의심스럽지 않은가. 같은 작가이지만 자연을 대했을 때와 사회를 대했을 때 이렇게 다를 수가 있구나 하고 감탄하지 않을 수 없다. 봄을 의인화해서 자연의 순환을 묘사한 앞의 글은 우리나라 어느 서정시인의 시 세계보다도 서정적이라 할 수 있는데 참여정부의 반환점에 돌출되어 나온 이른바 국정원의 X파일 문제에 관하여 그의 냉철한 판단과 주장은 이지적이다. 이는 그의 삶이 정적이어야 할 자리와 이지적이어야 할 자리를 명확하게 구분되고 있다는 것을 말하여 주고 있다고 할 것이다.

여기서 지적하고 싶은 것은 비단 문체적인 것만을 이야기하는 것이 아니다. 사람들은 자신들의 힘으로는 도저히 어쩔 수 없는 자연의 이치에 대하여 조바심을 치고 안달하면서 불평들을 하고 있지만 그래서는 안 된다는, 말하자면 자연에의 순응을, 자연과의 조화를 말하고 있는 것이다. 우리 인생은 순응하면서 행복을 추구해야 할 것과 우리의 의지로 극복하면서 살아가야 할 이중적 운명에 놓여 있다. 그런데 그것을 거꾸로 인식해서 불행을 자초하는 경우가 얼마나 많은가. 그는 이같은 삶의 지혜를 글 속에 담고 있다고 하겠다. 그래서 그는 이따금씩 자기의 마음을 꺼내 보기 위하여 기꺼이 개심사에 간다는 것이다. 일주문 앞 간이주점의 육자배기 잘 할 것 같은 늙은 주모에게 들러 녹두전을 안주로 막걸리를 몇 사발 들이키는 재미를 쏠쏠하게 느끼면서 산다는 것이다(「개심사 가는 길」). 그는 이러한 사는 방법의 연장선상에서 수많은 산행을 하고 국내외 여행을 한다. 이 책의 많은 글들이 산행을 하고 여행을 하는 것으로 채워지고 있는데 우리는 그러한 그의 이성과 감성의 조화를 읽으면서 쉽게 책을 내려놓을 수가 없는 것이다.

이 책이 세상에 나올 무렵 우리 사회는 온통 도청 X파일 문제로 시끄럽다. 시민운동가라는 사람들은 물론이고 사회 정의를 말하는 대부분의 사람들이 아직 확실하지도 않은 일부 내용을 가지고 단죄를 부르짖고 있다. 여기에 반하는 이야기를 하면 마치 부정한 자들을 옹호하는 사람으로 비쳐서 이상한 사람 취급을 받을 것 같은 분위기인데 그는 용감하게 법의 원리를 내세워 외롭지만 자기의 주장을 올곧게 펼치고 있는 것이다. 도·감청의 불법을 단죄하는 것이 먼저이고 어떠한 경우에서라도 불법에 의하여 인간의 존엄과 가치가 훼손되어서는 안 된다는 것이다. 이 책의 후반부를 장식하고 있는 글들의 내용은 바로 우리 사회가 안고 있는 이 같은 문제점을 명료하게 지적하고 있다.

우리는 그의 글들을 읽으면서 사랑하는 가족들과 이웃에 대한 따뜻한 인간애를 통하여 그의 정적인 아름다움을 읽을 수 있고 변호사라는 공인으로서 현실을 분석하는 지적인 슬기를 아울러 찾아보는 재미를 느낄 수 있다 하겠다.

3

그의 글이 주는 또 하나의 재미는 새로운 세계에 대한 안내이다. 이 책에는 두 편의 해외 여행기가 담겨 있다. 하나는 나폴리, 카프리 섬의 여행기요, 또 하나는 남부 독일, 오스트리아 여행기이다. 두 번의 여행 모두가 가족과의 여행이다. 여기에서 그의 가족애와 자녀들에 대한 교육관을 엿볼 수 있거니와 이 글들 속에서도 그의 정적인 면과 지적인 면을 함께 느낄 수 있는 재미가 있다.

우리는 수많은 여행기를 접하면서 살아가고 있다. 어떤 여행기는 일정을 중심으로 한 것이 있는가 하면 어떤 여행기는 지나치게 자기중심적인 해설로 채워지는 경우가 있다. 그러나 그의 여행기는 이 두 가지가 잘 조화되어 있을 뿐만 아니라 그의 개성이 뚜렷하게 살아 있어서 읽는 재미와 새로운 것을 아는 재미가 함께하고 있다. 그가 만난 관광지에는 당연히 관광 안내서에 나타난 해설이나 역사적인 흔적들이 있어서 참고가 되었겠지만 그보다도 자기가 그곳에서 체험한 개성적인 감상이 더 주를 이루고 있다. 그때 그곳에서의 느낌이나 그곳에서 일어났던 일이 섬세하게 묘사됨으로 개성적인 여행기가 되고 있는 것이다.

　　괜찮아 보이는 호텔에 들어가 4인용 객실 2개를 요구하니, 프런트의 여직원 대답이 요금이 400여 마르크쯤 된단다. 잠시 무엇인가를 확인하더니 510마르크로 정정하는 것이었다. J형과 상의한 후 투숙하겠다는 의사를 표시하였다. 그 사이 프런트 안쪽에서 지배인쯤으로 보이는 남자가 나타나더니 여직원을 안으로 불러들이는 것이었다. 뭔가 소곤소곤 귓속말을 나누고 프런트에 다시 앉은 여직원은 또다시 말을 바꿨다. 방 2개에 560마르크란다. 아니, 이것들이 누구에게 바가지 씌우려고 환장을 했나. 그렇지 않아도 호텔 측에 밉(?)보이지 않으려고 나머지 가족들은 모두 차 안에 가둬둔 채 J형의 둘째 딸만 데리고 가서 쌩글쌩글 재롱을 떨게까지 하였는데.

—「인간과 방랑」에서

여행 중에 흔히 만날 수 있는 경우이다. 그런데 그의 여행기 속에는 이 같은 현실적 경험이 오히려 중요하게 묘사되면서 인정세태가 여실하게 드러나고 있는 것이다. 차를 빌렸는데 자동이 아닌 운전 시설이어서 당했던 문제라든지 일행이 기념품을 샀는데 모조품이었다는 이야기, 그리고 일기가 도와주지 않아서 당황했던 일들이 실감이 나게 묘사되면서 일행과의 인간관계가 따뜻하게 전달됨으로 그의 정적인 체취를 읽을 수 있는 것이다.

그렇다고 해서 관광 대상에 대하여 전혀 소홀함이 있는 것은 아니다.

뉴보오 성은 앙쥬 가(家)의 성이라고 불리는데 13세기 앙쥬 가의 성을 15세기에 이르러 아라곤가(家)에서 재건한 것이란다. 네 개의 원통형 탑을 가진 성벽으로 둘러싸여 있다. 성벽을 빙 둘러 설치되어 있는 깊은 해자가 외부인의 접근을 어렵게 한다. 무니치피오 광장에 면하여 적갈색의 왕궁과 이탈리아 3대 오페라 극장의 하나인 산카를로 극장이 고즈넉 하게 자리 잡고 있다. 움베르토 1세 겔러리와 나폴리 시청사도 부근에 있다.

— 「인간과 역사」에서

이런 설명을 통하여 여행지의 사실을 이해할 수 있고 소렌트에서 카스트라로 돌아와 고성을 방문하면서 이렇게 자기의 소감을 털어놓기도 한다.

인간의 인간에 대한 지배의 궤적이 곧 역사다. 인간이 도도한 역사를 만들어 가면서도, 또 다른 한편으로는 어쩔 수 없이 역사에 의해 운명 지워지는 나약한 존재임을 벗어날 수 없다. 눈을 들어 허물어진 성 위의 하늘을 올려다보니 하얀 달이 덩그러니 걸려 있다. 나는 불현듯 백마강이 휘둘러 흘러가는 낙화암 위에 뜬 어지러진 조각달을 떠올려 보았다.

— 「인간의 역사」에서

여행은 단지 역사적인 유적지를 찾는다던가 아름다운 자연을 찾는다
는 데에만 목적이 있는 것은 아닐 것이다. 그것을 보고 느끼는 관광자
의 생각이 더 중요하다고 할 것이다. 신선한 체험과 그 사물에서 얻어
지는 생각 그것이 더욱 의미가 있다는 이야기이다. 박상엽의 여행기에
는 그 느낌 그 생각이 살아 있기에 신선하게 느껴진다고 할 수 있다.

그의 산행 또한 마찬가지이다. 같은 산을 여러 번 가도 그 느낌은 항
상 다르고 그래서 산행의 감상을 표현하는 그의 산행기 또한 글마다 다
를 수 있는 것이다. 참다운 글쓰기의 묘미가 여기에 있는 것은 아닐까.

4

뭐니 뭐니 해도 그의 글에서 느끼는 재미의 백미는 역사나 사건에 대
한 개성적이고 명확한 판단이요 그에 대한 표현이다.

퇴임하는 대통령들이 돌아가 살 집을 호화롭게 고치는 문제, 청문회
문제, 대통령의 말, 우리 교육의 문제, 일본 교과서 왜곡, X파일, 오늘
날 대학생들의 수강태도 등 우리 사회에서 만나는 여러 가지 이슈에
대하여 자신의 생각을 단호하게 표현하고 있는 글들은 우리들에게 청
량제와도 같은 시원함을 주고 있다.

이 같은 시사적인 문제나 사회적인 이슈를 평하기 위해서는 무엇보
다도 넓고 깊은 지식을 바탕으로 하면서 정확한 논리를 생명으로 하지
않을 수 없으며 때에 따라서는 뚜렷한 주관과 용기를 필요로 하기도
한다. 그의 글을 읽으면서 동서의 역사와 우화와 많은 통계에 익숙해
있음을 감탄하지 않을 수 없다. 이 책 제3부와 4부에 배치되고 있는 글
들에서 이러한 맛을 만끽할 수 있다.

이번 인사 청문회를 지켜보면서 아쉬운 점이 한두 가지가 아니겠으나, 가장 큰 문제는 국가관이나 국정 운영 능력 등 폭 넓고 다양한 부분에 관한 전반적인 검증은 도외시 한 채 재산 형성 과정 등 특정한 분야에만 외곬으로 매달린 것 아닌가 하는 점이다.

—「인사청문회의 허와 실」에서

여러분! 퇴임을 앞두고 사저를 때려 부수고 화려한 궁전을 짓는 꼴불견을 아예 차단시키기 위해서라도 대한민국의 차기 대통령은 꼭 아파트 사는 분으로 뽑읍시다. 뭐라고요. 선생께서 아파트 사신다구요? 미안하지만 나도 아파트 살고 있수다.

—「멀쩡한 집을 또 왜?」에서

링컨을 닮으려고 애쓰고 있는 당신의 순수와 열정을 알 만한 사람은 다 압니다. 미주알고주알 일일이 따져 감 놔라 대추 놔라 관여하지 말고, 권한과 책임을 총리와 장관들에게 지나치다 싶을 정도로 과감히 넘기십시오. 잘 안 맞는 얘기 같지만 잃는 것이 곧 얻는 것입니다. 끝으로 제발 바라건대, 말씀 좀 줄이고 성질 좀 죽이세요, 침묵은 웅변보다 더 위대한 것입니다.

—「대통령의 말·말·말」에서

예를 더 들을 필요가 없다. 이라크 주둔 미군이 포로를 학대한 데 대한 통렬한 비판을 담은 「포로와 개」나, 8·15 경축사와 대북 문제를 따끔하게 지적한 「광복 60년, 패전 60년」, 그리고 이라크 전쟁에 대한 미국의 잘못된 판단을 명쾌하게 지적한 「아름다운 전쟁?」 등을 보면 그 예화의 동원이나 비판의 논리가 도저히 책을 내려놓을 수 없을 만큼 우리를 사로잡고 있는 것이다.

잘 익은 과일이 맛이 있으며, 잘 치루는 운동 경기는 아름답기까지 하다. 이제 그 바쁜 일상 가운데에서도 세 번째 에세이집을 발간하는 박 변호사의 글은 잘 익어 가는 과일도 같고 아주 세련된 연주나 운동 경기를 보는 것 같은 느낌을 가진다.

그러나 글의 세계는 도달점이 없다. 앞길이 그래서 무한하다는 것을 서로 명심하기로 하자.

인정 확충(擴充)으로서의 문학

― 간복균 수필집 『가진 것이 없어야 편타』를 읽고

1

　시비평, 소설 비평, 하는 이야기들은 많이 하고 있지만, 수필 비평이라는 말은 그렇게 흔하지 않다. 사실 문학의 장르 가운데 가장 대중화된 것이 수필이요, 누구에게나 부담 없이 접근하고 있는 글들이 수필임에도 불구하고 그에 대한 비평이 없는 것은 정상이 아니라는 생각을 가져본다. 물론 수필은 시나 소설이나 희곡에 비하여 비전문적인 성격을 가지는 편이고 작품 역시 다른 문학 장르에 비하여 자기 고백적이며 신변잡기적인 경우가 많기 때문에 본격 문학으로서 다소 거리를 지니고 있는 것이 사실이기도 하지만, 오늘날처럼 이렇게 많은 수필이 양산되는 형편에서는 오히려 그에 대한 비평이 활발하게 이루어져야 하지 않을까.

　학교 교육에 있어서 제일 먼저 만나는 글이 바로 수필이라 할 수 있고, 시나 소설에 관심을 가지지 않는 학생들도 인상에 남는 수필은 잊지 않고 기억하여 그들의 대화에 심심치 않게 활용하는 것으로 보아도 그의 영향이 얼마나 지대한 것인가 하는 점도 생각해 볼 만한 일이라 하겠다. 어느 해이던가 교양국어 다섯 개 반에 들어가 "이번 크리스마스 선물로 친구에게 책을 한권 선물한다면 시집, 소설 수필집 중 어느 것을 선택하겠느냐?"고 물어 본 일이 있었는데 단연 수필집을 선택하겠다는 학생이 많았다. 그 이유는 문학에 대한 전문적인 소양이 없어도 쉽게 접근할 수 있고, 어렵지 않게 이해할 수 있으며, 감동도 받고 지식도 넓힐 수 있기 때문이라는 대답들이었다.

또 글쓰기 공부를 시작할 때 대부분의 경우, 먼저 시작하는 것이 작문이라 하여 이 수필을 쓰게 되고, 문학에 아무런 관심이 없는 사람이라 할지라도 수필 몇 편과 만나지 않는 사람은 없을 것이므로 문학에서 결코 가볍게 볼 수 없는 장르가 수필이라 하지 않을 수 없다. 따라서 수필에 대한 전문적인 비평이 중요하다. 더욱이 요즈음 인쇄 매체의 발전으로 크게 힘들이지 않고도 수필집 한 권쯤 엮어낼 수 있는 세상에서 어떤 수필이 좋은 수필인지를 인식시키기 위해서도 수필 비평은 절실한 문제라 할 것이다. 문학 전문지를 포함하여 모든 잡지들이 수필 몇 편 싣지 않는 경우는 없다. 그러면서도 이 수필을 문학작품으로 인식하여, 월평 같은 것을 싣는 경우는 거의 없다. 가장 대중적인 문학이면서도 가장 무질서하게 범람하고 있는 문학장르가 수필이라고 할 때 문학계 전반에서 수필에 대한 새로운 인식이 필요하다고 보는 것이다.

2

수필의 영역은 넓다. 시론(時論)적인 간단한 평론에서부터 일기, 기행문, 편지, 보고문에 이르기까지 수필의 영역에 포함하여 설명들을 하고 있다. 그러나 잡지나 신문에서 문학의 장르로 수필을 모집하는 경우는 그렇게 넓은 것만은 아닌 것으로 무언 중 합의가 되고 있는 것은 아닐까. 논리적이고 이지적인 경수필(輕隨筆)의 것은 제외되고 있고, 실용문학인 일기나 편지 같은 글들도 제외되며, 감정 정서를 담고 있는 사색적이거나 감상적이면서, 자연과 생활을 문예적인 문장으로 표현한 연수필(軟隨筆)을 대상으로 하고 있다. 말하자면 지식 전달을 목적으로 하거나 자기주장의 논리를 편 글이 아니라 문학 본래의 기능이라 할 수 있는 독자로 하여금 감동하게 하거나 사색적인 느낌을 줄 수 있는 글들을 일단 문학적인 수필로 보아 무방할 것이다. 물론 그 표현이 개성적이고 아름다워야 함은 더 말할 나위가 없다.

영역을 그렇게 정해놓고 보아도 역시 수필은 많다. 습작에서부터 어느 정도 글에 대하여 관심을 가진 사람들의 글이 대부분 여기에 해당하기 때문이다. 그래서 좋은 수필을 찾기란 그렇게 쉽지 않은 편이다. 글의 시장을 둘러보아도 수필이 가장 넓다. 잡지에 수필이 없는 경우는 거의 없고, 회사의 사보나 칼럼, 심지어는 어느 기관의 기관지에 이르기까지 수필은 쓰이게 되어, 웬만한 시인이나 소설가, 그리고 비평가의 경우, 이런데 청탁됐던 글들을 모아 수필집 한두 권 내지 않은 사람이 없을 정도이니 자연 수필은 많을 수밖에 없다. 그러나 그 많은 수효에 비하여 좋은 수필은 많지 않다.

그 이유는 자기가 전문으로 하는 장르의 주변적인 일로 인식하기 때문인 경우가 많다. 그야말로 잡문으로 생각하고 그저 책임이나 면한다는 의식으로 10여 매 메워 주는 식의 안이함 때문에 좋은 수필은 많지 않다. 한 편 한 편 작품을 만든다는 의식으로 쓰는 수필이 필요하다. 그런 의미에서 전문적인 수필가가 많이 나올 필요가 있다.

그런데 우리의 시선을 모으는 한 권의 수필집을 만난다. 바로 간복균의 『가진 것이 없어야 마음이 편타』는 그의 첫 수필집이다. 그는 "무엇을 생각하게 하고 또 그것을 혼자의 가슴에 묻어두지 못하고 토해내고 싶은 못 말릴 본성"에서 글을 쓰고 있다고 고백한다. 이러한 본능적 욕구에서 쓴다는 것이며, 그래서 자기의 글들은 "모두가 내 분신 같은 생각이다"는 것이다. 나는 그와 꽤 오랜 세월 이런저런 일로 만나며 사귀어 왔지만 이번 이 글들을 읽으면서 그를 새롭게 인식하게 되었음을 고백하지 않을 수 없다. 글은 그 사람이라지 않던가.

3

간복균 수필의 밑바탕은 따뜻한 인정이다. 그런 면에서 이 작품집의 1장, '가진 것이 없어야 마음이 편타'에 자리를 같이한 「허와 실」, 「명예」, 「대권」, 「줄서기」, 「거지 십계명」 등 사회를 향한 그의 발언은 은은한 풍자성을 지니고 있으면서도 그의 수필의 본령에서 다소 벗어난 느낌을 준다. 공직자들이 사정 바람 앞에 서서 전전긍긍하는 모습을 유형별로 풍자한 「가진 것이 없어야」나 인생에 있어서 참 명예가 무엇인지를 말하려는 「명예」, 거지들에게도 최소한 그들 사회에서 지켜야 하는 십계명이 있는데 유족한 사람들 사회에는 그것조차 없음을 풍자한 「거지 십계명」 등은 작가의 정석인 고백이나 호소가 아니라 비교적 이지적으로 사회를 비꼬려는 의도가 담겨 있는 셈인데, 그 이외의 5개 장에 걸쳐 모아 놓은 60여 편의 작품의 세계와는 이질적이다. 그런 의미에서 필자가 보기에는 그의 수필의 진면목은 1장 이외의 모든 작품들의 세계를 이루고 있는 정적인 것으로 보아야 하지 않을까 보인다.

그의 따뜻한 인정은 작품의 도처에서 읽는 이들을 감동시키고 있다.

그의 인정은 대체로 세 갈래의 감정선으로 연결된다. 하나는 유년기의 서정이요, 다른 하나는 짐승들의 생명애, 또 다른 하나는 일상생활을 통한 인간애로 나누어 볼 수 있을 것 같다.

유년기의 서정은 자연히 고향과 연결되고 자기를 사랑해 주었던 친척이나 친구에게 담아 있다. 그는 고생스러웠던 유년기의 기억을 더듬어 내는데 남다른 재주를 가진 것으로 보인다. 경기도 화성군 농촌에서 손이 귀했던 외가의 사랑을 남달리 받았던 모양이고, 불행했던 고모와 한 집에서 살면서 일찍부터 삶에 대한 의미를 생각하였던 것 같다. 그런 배경에서 떠올려진 작품으로는 「고모의 십자가」, 「외갓집」, 「등잔불」, 「추석전야」, 「수의」, 「어머니의 달」 등 일일이 예거하기 어려울 만큼 많다. 거기에다가 유년의 아름다운 기억을 더듬은 작품인 「까만 운동화」, 「고향생각」, 「그것이 첫사랑일 줄이야」, 「가을의 동화」, 「꽁초」, 「사진첩」, 「누룽지」 등을 더한다면 그의 작품 가운데 유년기의 정서를 표현한 작품이 단연 많은 셈이다.

"그 당시 나는 국민학교 3학년의 어린 소년이었다. 그 어린 나이에 나는 많은 것을 체험했다. 아버지는 군에 가셨고, 어머닌 둘째 동생 해산을 하러 외가에 가셔서 집에는 할아버지와 할머니 그리고 결핵을 앓는 막내 고모 이렇게 네 식구가 전쟁의 공포에 떨며 집을 지키고 있었다."

이때가 1·4후퇴 때이다. 불치의 병이고 전염으로 앓는 것조차 쉬쉬하던 상황에서 결국 고모는 죽었다. 수의도 없이 염습을 해주는 사람도 없는 매서운 추위 속에서 혈육을 잃은 할머니의 몸부림을 보면서 결국 거지의 지게에 얹혀서 대문을 나서는 시신, 그는 거기에서 일찍이 죽음을 체험했다고 쓰고 있다. 며칠 후, 날이 누그러지자 그는 어린 나이에도 죽어 떠난 고모가 불쌍해서 눈길의 공동묘지를 혼자 찾아갔다고 한다. 고모를 지고 간 거지의 발짝이 선명한데 어디쯤 와보니 그때부터는 시신을 질질 끌고 간 자욱이 역력한 것을 발견했다. 울면서 집에 돌아와 고모방에 있는 십자가를 찾는다. 병중에 그 십자가를 붙들고 살려 달라 기도하던 고모의 무덤 앞에 주고 싶어 무서워서 아무데나 던졌다가는 다시 찾아 공동묘지를 향하지만 끝내 무서워서 공동묘지를 향하여 던져 버리고는 오늘에 이르러 후회한다.

"고모! 고모께서 그렇게도 사랑으로 키웠던 조카는 고모를 위해 조그마한 용기도 갖지를 못했었습니다. 어려서는 왜 그리 공동묘지가 무서웠던지요. 더구나 고모가 지나간 밭고랑처럼 패인 눈길의 공동묘지는 정말 무서웠습니다.

그러나 고모! 고모를 향해 던진 십자가는 저의 온 힘을 다해 던진 것입니다. 전능하신 하나님만이 아실 것입니다. 고모! 정말 당신의 십자가는 당신 가까이에 있을 거예요. 이렇게 열 번이고 백번이고 믿으려 하지만 그러나 제 마음은 늘 용기가 없었던 것을 후회하며 죄의식 속에 살고 있습니다."

이렇게 끝맺고 있다. 어찌 보면 소설적 주제요. 기법이 스며들어 있다. 그리고 이러한 유년기의 체험은 그의 종교생활과도 무관하지 않은 것으로 보인다. 그의 유년기의 정은 가난한 가운데에서 사람끼리 나누는 따뜻한 마음으로 잊히지 않고 있다. 어려운 살림 가운데에서도 지극히 자신을 돌보아 주신 외할머니의 사랑이라든지, 운동회날 그렇게도 신고 싶어서 선생님의 운동화를 훔쳐 신고 발각이 되어 따귀를 맞을 때 따뜻하게 위로해 주었던 담임 이야기. 유년기의 사랑 이야기도 빠지지 않고 쓰고 있다. 이러한 인정이 곧 그의 수필에 있어 기반이 되고 있는 것이다.

그의 인정은 동물에까지 이어지고 있다. 이는 곧 생명외경의 사상으로 발전함직하다. 어릴 적 평화로운 마음에 독수리가 나타나 자신의 생명도 돌보지 않고 병아리들을 품 속에 품고 있는 어미닭을 그 독수리란 놈이 쪼자 자기집 일꾼 공서방이 독수리를 쫓았으나 이미 어미닭은 중태이다. 약을 사다 불쌍한 닭을 구하려 하나 죽어 가는 어미닭은 오로지 병아리만 생각하는 정경을 그린 「위대한 희생」. 결국 닭은 죽고, 이를 먹으려는 공서방에게 할머니는 "짐승만도 못한 것들이라" 하고 묻어 주게 하는 인정이 넘치는 이야기 하며, 어릴 적 무 구덩이를 파다가 삽으로 한 다람쥐가 잘리어 죽자 홀로 된 그 짝 다람쥐의 삶을 걱정하는 「천명(天命)」, 어린 아이가 병든 개를 친구처럼 사랑하는 애처로운 모습을 그린 「개의 교훈」, 고속도로를 달리는 짐차의 뒤 난간에 뒷다리가 하나 걸쳐 몸부림치는 돼지의 안타까움을 그린 「돼지 뒷다리」, 이러한 동물에의 그의 수필 세계에서 인정이 한 감정선이 되고 있다. 문학이라는 것이 결국 사람에 대한 정성스런 애정에서 출발한다고 할 때 간복균의 이러한 인정세계는 문학의 본령을 가고 있다는 의미를 지닌다고 할 것이다.

4

그의 이러한 유년기 고향에서의 정서들은 오늘의 생활에도 그대로 이어지고 있음을 발견하게 된다. 산업화 과정에서 거칠어진 인간관계에 그의 어린 시절은 자기를 돌아보는 거울 역할을 끊임없이 하고 있다.

고등학교 시절의 한 친구가 병으로 죽어 가면서도 "OO카페 미스민에게 진 외상값을 값아 달라"는 유언 아닌 유언을 남겼다는 「유언」이나 형식적으로 제사를 지내려는 조카를 나무라는 「제삿날」, 그리고 시간 강사의 애환을 그린 「화무십일홍」 이외에도 「술과 지명의 나이」나 「흐르는 세월」, 「아버지의 망년회」 등 오늘의 현실생활에서 부딪히는 일상의 일에 대한 관심도 모두 따뜻한 인정의 눈으로만 인식되고 그것은 바로 글로 이어지고 있는 것이다.

그는 기독교인이다. 그러나 오늘날 많은 교인들처럼 자기 종교의 아집에서 다른 종교를 비방하고 자기만이 옳다고 주장하는 그러한 종교인이 아니다. 끊임없이 자기를 성찰하고 반성하며, 겸손하고 감사해하는 교인이다. 계율에 얽매이지 않으면서도 거기에 매인 사람보다 더 자성적인 모습을 그의 수필에서 읽을 수 있다. 어려움을 당하는 많은 사람들을 보면서 그 안에 이르지 않은 것을 감사하고 그들을 위하여 자그마한 정성이라도 배출하려는 마음이 나타나 있는 「일상의 감사」나 어릴 적 고모의 죽음을 되돌아보는 「고모의 십자가」, 「전명」 등에서도 찾을 수 있다.

"감사의 조건은 자신이 찾고 깨달아야만 되는 것이다. 불행한 사람을 동정한 나머지 상대적인 위로감에서 오는 감사는 진정한 감사가 아니다. 나보다 못나고 못 갖고 못 배운 사람들을 대할 때의 우월감에서 오는 상대적 만족감의 감사는 유치한 이기적인 감사이다. 반대로 상대적인 빈곤감에서 오는 열등의식이나 불평은 소유한 사진의 행복을 스스로 저버리는 어리석음이요, 감사를 불평으로 답하는 하나님에 대한 죄악일 수도 있다. 감사의 마음은 먼데 있는 것이 아니라 내 자신의 바로 가까이에 있는 것이다."

—「일상의 감사」 중에서

계명처럼 나열한 이러한 그의 종교관은 어릴 적부터 체험했던 성찰에서 비롯되었다는 것을 그의 글들에서 확인할 수가 있는 것이다. 경전에서 나온 것이 아니고 체험에서 나왔기 때문에 작품에 배일 수 있으리라.

한마디로 그의 수필을 읽으면 근대화 산업화 과정에서 우리의 소중한 인간정서, 자연정서를 되찾아낼 수 있다는 점이다. 오늘날 인간성의 상실을 우려하는 많은 사람들에게 이러한 글들이 치유제의 역할을 할 수 있으리라. 이제 그는 유년기의 기억을 더 찾아내 소재로 할 만한 것들이 얼마나 더 남아 있는지 우리는 모른다. 아마도 더 많은 정서를 오늘에서 찾아 주기를 기대해야 할 것으로 보인다.

윤백남의 역사소설 이해

1

1988년에 출생하여 1954년에 타계한 백남 윤교중은 연극인이요, 영화인이요, 소설가로 당대에 우뚝 솟은 예술인이었다. 그것도 신극의 선구자였으며, 영화의 개척자였고, 역사소설의 큰 봉우리였다. 그는 연극이나 영화에서의 활동이 두드러져 소설가로서는 활발히 논의되지 못한 편이다.

일찍이 "조선에서 역사소설로 가장 성공한 문인은 첫째로 이광수를 들 수 있을 것이고, 그 다음에는 윤백남 씨를 꼽게 될 것이다"라고 《개벽》지에서 정래동이 언급한 이래 조동일은 『한국문학 통사』에서 "초창기의 역사소설은 이광수의 독점물이 아니었고, 윤백남이 유력한 경쟁자로 나섰다. 1930년 1월 16일부터 1931년 7월 13일까지 「대도전(大盜傳)」을 연재한 이래로 《동아일보》에 윤백남의 역사소설이 이광수 것보다 더 많이 실렸다. …… 그런데도 이광수만 중요시하고 윤백남은 무시하는 관례는 적절하지 못하다" 하였다.

이러한 지적들은 물론이고 실제로 작품의 量에 있어서 당시의 역사

소설로 선두의 자리에 선다. 주로 신문 연재소설이었는데「대도전(大
盜傳)」,「해조곡(海鳥曲)」,「봉화(烽火)」,「흑두건(黑頭巾)」,「목련유전기
(目蓮流轉記)」,「회천기(回天記)」,「사변전후(事變前後)」,「낙조(落照)의
노래」,「태풍(颱風)」,「감고당(感古堂)의 눈물」,「안동의기(安東意妓)」,
「흥선대원군」등 장편이 있고,「야화」,「운명」등 희곡 그리고「백일몽
(白日夢)」,「지옥의 봄」,「허몽(虛夢)」,「황진이」등 야화와 소년소설이
라 할 수 있는「소년수호지(少年水滸誌)」등 실로 상당한 분량임을 알
수 있다.

　이렇게 많은 양의 소설을 발표했음에도 그의 소설적 업적은 연극이
나 영화활동에 가리어서 문학사에 빛을 내지 못하고 있었다. 물론 그
의 작품이 양에 비하여 예술적 가치로서의 의미를 지닌 것이냐 하는
문제는 남아 있다. 그러나 역사소설이라는 하위 장르에서의 의미는 결
코 지나쳐 버릴 것은 아니다. 이는 마치 만해 한용운의 경우 두드러진
문학적 가치로서의 시에 비하여 그의 소설이 상대적 비판의 대상이 되
고 있으나 역시 당시의 사회소설로서 일정한 의미를 지니는 것으로 평
가되어야 하는 것과 마찬가지이다.

2

　그는 연극으로 예술활동을 시작하여 영화를 거쳐 역사소설로 왔다.
일본 동경고등상업학교를 나와 조선식산은행의 전신인 수형조합의 부
이사라는 금융기관의 상당한 자리에 앉지만, '왜놈들 판'이라는데 환
멸을 느껴 매일신보 기자로 옮기게 되고 현동철의 권유로 연극을 시작
한 후 여의치 않을 때마다 다시 신문기자, 잡지 창간, 영화사 설립 등

끊임없이 연극 영화의 영역을 벗어나지 않았고, 영화 사업의 실패 이후 호구지책으로 보이는 역사소설 창작에 전념하다가 경성방송 초대 한국어방송 과장에 취임했지만, 역시 그의 예술적 기질은 시간이 아깝다는 이유로 그 직을 사임하고 만주로 가 영화활동을 계속한다. 광복 후 해공(海公) 신익희의 청으로 국회의장 비서실장에 취임하나 수 개월 후 성격에 맞지 않아 사임하고, 해군 중령으로 입대, 전사(戰史)를 편찬하다가 얼마지 않아 제대를 하고 서라벌예대 초대 학장에 취임한 것이 그의 직장 생활의 끝이었다. 이와 같이 그는 일생을 통하여 예술과 벗어난 직장을 별로 가져 본 일이 없다. 설사 그러한 기회가 주어졌어도 거기에 안주하지 못하고 예술의 길로 되돌아온 것이다.

이러한 그의 삶의 궤적을 일별하여 볼 때, 그는 기질적으로 예술인이었다는 점을 확인할 수 있고, 그의 소설 창작행위는 그가 전면에서 연극이나 영화를 하기 어려운 상황일 때 그 분출하는 기질을 발양하는 자리에서 시도했다는 것을 알 수 있다. 그것이 그의 생계와 밀접한 관계에 있었다는 것도 쉽게 이해할 수 있다. 이렇게 볼 때 그의 소설 창작은 연극이나 영화의 대리 행위의 방편이었음도 짐작할 수 있는 것이다.

연극이나 영화는 그 속성상 대중과의 관계를 떠나서 생각할 수 없다. 관객은 연극의 삼대요소라는 교과서적인 설명을 상기할 필요도 없이 연극은 관객 없이는 의미를 가질 수 없다. 특히 초창기의 연극 영화에서랴. 소설 등 문학은 이들 연극 영화에 비하여 독자를 의식하는 정도가 그렇게 밀도 있는 것은 아니었다. 윤백남이 연극이나 영화를 생각하면서 소설을 쓴다는 것은 그의 소설이 대중을 전제하면서 썼으리라는 것 또한 쉽사리 이해할 수 있을 것이다. 그래서 윤백남의 소설은 통속소설이라는 굴레를 오히려 자임했을 수도 있을 것이다.

실제로 그는 「연극과 사회」라는 글에서 "신흥 국민의 원기를 고무하고 활동력과 신생명의 길을 가르치고자 함이다. 불란서나 미국에서 목하 성(盛)히 주장하는 호외극장(戶外劇場), 야천극장(野天劇場) 등도 또한 국민의 지기를 고무코자 함이요 생명력을 격려코자 함에 지나지 않는다"라고 주장한 바 있다. 이는 연극의 사회적인 역할을 설명한 것으로 연극이 사회에 대하여 교훈적인 기능을 가지어야 함을 지적한 것이라 하겠다. 따라서 그의 소설에 대한 기본적인 태도로 이 범주를 넘지 않았다고 할 수 있는 것이다.

그가 역사소설을 주로 썼다는 것 또한 이러한 교훈적 예술관과 무관하지 않다. 사회의 경직이 역사소설을 쓰게 하는 한 원인이기도 했겠지만, 계몽적인 의도도 있었을 것으로 보인다. 그는 가정에서도 아이들에게 옛날이야기 들려주기를 즐겨 했다고 한다. 그의 장녀 윤석연은 「아버지의 유산」이라는 글(《湖西文學》 14집)에서 "어머니께서 시장엘 가시거나 외출을 하셔서 늦게 오시게 되면 아버지께서는 우리들을 모아 놓으시고 옛날 얘기를 해주셨다. 지금 내가 어린 것을 재울 때 들려주는 얘기도 그때 들은 그런 얘기들이다. '소금장수 이야기'며, '토끼와 호랑이 이야기며'……"라고 그녀는 술회하고 있다. 그는 국민들에게 이야기를 들려주려는 생각으로 소설을, 그것도 옛날 역사이야기를 썼을 가능성이 높다.

그래서 그의 소설은 예상을 넘어서는 활극도 있고(「흑두건」), 실제 역사적인 사실과는 다른 허구적 인물을 통한 재미(「대도전」, 「야화」)도 있다. 대체로 그의 소설을 야담류로 보게 되는 것도 이에서 연유한 것이라 할 수 있다.

3

　그의 역사소설은 고려조 이전에서부터 근대에 이르기까지 폭넓은 기간에 걸쳐 소재를 취하고 있다. 「대도전」이 공민왕 때의 이야기이며, 「야화」는 단종 때의 이야기이고, 「흑두건」이 인조반정기의 이야기인가 하면 「회천기」는 동학 농민봉기 때의 이야기이다. 「황진이」의 이야기가 있는가 하면 「대원군」의 이야기도 있다. 이처럼 우리 역사의 전 기간에 걸쳐 소재를 취하고 있다는 것은 그가 우리의 역사에 대하여 그만큼 많은 지식과 관심을 가지었다는 의미를 지닌다. 일단은 윤백남이 우리의 역사에 대하여 하고 싶은 이야기가 그만큼 많았다는 뜻으로 보아도 무방할 것이다.

　그러나 그의 역사의식은 고소설의 틀을 크게 넘어서지 못함으로 문학적 형상화에 커다란 성과를 올리지 못하고 있다. 그는 역사의식으로서가 아니라 이야기의 재료로써 역사적인 사실을 원용하고 있다. 그는 「흑두건」 연재의 "예고(豫告)"에서 "내가 이제까지 동아일보를 통하여 발표하여 온 「대도전」이나 「봉화」는 한 개의 주인공의 기구한 평생과 또는 연애, 혹은 복수의 경로를 그리어 내기에 힘써 오기 때문에 사건의 다기하고 복잡한 점이 적지 않았지만"이라고 고백하고 있다. 주인공의 기구한 운명담이나 연애이야기, 그리고 원한의 복수는 그대로 야담의 형식이 아니고 무엇인가.

　실제로 「대도전」이나 「흑두건」, 「해조곡」의 주인공들은 의적(義賊)이다. 그가 처음 번역하여 연재를 시작한 것도 「수호지」였지만 이들 의적들의 파란 만장한 삶과 우여곡절 끝에 복수를 자행하고야 마는 줄거리들은 고소설에서 낯익은 것들이다. 시대적인 배경은 한결같이 정치적으로 안정되지 못하고 탐관오리들이 세상을 문란하게 하며, 부정과 부

패가 만연한 시절에 도적 소굴에서 의분을 일으키거나, 아니면 서자 출신의 하급계급이면서도 초능력적인 힘을 발휘하여 지도력을 획득하고, 도탄에 빠진 민중의 편에 들어서 불의를 제거하기 위하여 혼신의 노력을 다 하는데 여러 가지 역경이 닥쳐오는 것을 이겨 가는 과정에서 여인과의 관계를 설정하는 것이 대체적인 이야기의 틀이 되어 있다.

한 가지 윤백남의 역사소설에서 특이한 점이 있다면 송백헌의 지적처럼 이러한 역사적 사실에서 그 주인공들이 허구적 인물로 설정되어 있다는 점이다. 가령 「대도전」에서 요승 신돈을 죽이고 공민왕까지 살해한 '무룡'이 허구적인 인물인가 하면 「야화」에서의 수양과 김종서의 역사적 사실을 다루는 데 있어서 중요인물로 등장하는 '야화'라는 인물도 허구적 인물이었다. 이는 당대의 역사소설들이 역사적 사실에 충실하려 하여 소설적 형상화에 실패한 경우를 감안한다면 상당한 과감성을 보인 것으로 평가해도 좋을 것이다.

흔히들 역사소설의 문학적 의미를 말할 때 역사적 사건을 통하여 오늘의 문제를 말하려 한다는 알레고리적 성격을 말하는데 윤백남의 소설에서 그러한 점이 부족하다는 점을 지적하는 경우가 많다. 원나라의 영양 하에 있었던 고려 말과 일제하에 있었던 우리의 당대 현실을 「대도전」에서 좀더 치열하게 표현하지 못한 점이라든지, 조동일의 지적처럼 「흑두건」에서 "반역이 저질러지지 않을 수 없는 사회상에 대한 해명은 언제나 관심 밖에 두었고, 세상이 달라져야 한다는 주장을 편 것도 아니었다"는 점이 그러한 것들이다. 이것이 그의 소설의 한계로 남는다.

그러나 사회의 교훈적 가치를 중요시한 그의 주장이 소설에서 아주 제외된 것은 아니다. 「대도전」에서 평범한 인물인 무룡이 부패한 신돈과 왕을 이겨내는 과정은 민중의식의 표출로 볼 수 있으며,「흑두건」에서는 신분제도의 모순이나 적서차별에 대하여 비판하고 있는 점을 간과할 일이 아니라고 본다.

이런 의미에서 윤백남의 역사소설을 논의함에 있어 송백헌의 다음과 같은 연구결과는 마땅히 거려되어야 할 의미를 지닌다고 하겠다.

"1930년대 윤백남의 역사소설들은 대중을 위한 문학으로 전환되어야 한다는 작가의식의 실천으로 창작되었다고 할 수 있다. 그의 역사소설들은 당대 여타의 작가 작품과 달리 정사를 바탕으로 하되 역사적 상상력으로 새로운 역사소설의 좌표를 제시했다. 또한 인물 설정에 있어서도 다른 작가의 역사소설과 달리 주인공을 하층민 또는 소외계층으로 내세워 대중생활의 입장에서 표출되는 역사를 문학화하고 있다. 따라서 윤백남의 역사소설은 이광수, 김동인, 박종화, 현진건 등의 역사소설과 함께 한국 근대소설사에 한 맥락을 이루고 있다. 이 같은 이유로 윤백남의 역사소설은 이제 정당한 평가와 함께 한국 근대소설사에서 새롭게 인식되어야 한다."

수필을 통한 가르침의 의미

— 박동규 수필집 『당신이 고독할 때』

1

1994년 새해 첫머리에 우리는 박동규의 수필집 『당신이 고독할 때』를 읽는 행복을 누리었다. 흔히 교육계의 주변에서 선생은 많지만 스승은 없고 학생은 많지만 제자는 없다는 이야기들을 하고 있지만 우리 문학계에는 수필은 많지만 수필다운 수필은 만나기 어렵다는 이야기, 또한 들려오기 시작한 지 오래다. 그런데 이 『당신이 고독할 때』를 받아 읽으면서 그 흔치 않은 수필다운 수필을 만나게 되니 어찌 행복한 일이 아니겠는가.

누가 그러했던가. 수필은 사십을 넘어선 인생의 완숙기에 써야 한다고. 수필이 자기 고백적인 문학 양식이라 할 때 아닌게아니라 인생의 그릇에 풍성한 과일을 담고서야 그 인생에 대하여 말할 수 있을 것이므로 이 말은 상당한 의미를 가진 것으로 인식해야 하리라. 물론 글이라는 것이 나이로 창조성을 더하는 것은 아니지만 수필의 경우는 일양 그 이야기가 진리일 수 있다는 이야기이다.

저자 박동규는 살아온 인생을 되돌아보면서 뒤에 오는 사람들에게

"이것이 인생인 것 같다. 삶의 참 맛이 이런 것 같다"라면서 이야기할 수 있는 인생의 연륜을 쌓은 분일뿐만 아니라, 그의 인생의 역정을 되돌아본다고 하더라도 충분히 우리에게 그러한 답안을 제시할 수 있을 것으로 보여 그의 글이 체험에서 우러난 소중한 울림들이라는 것을 누구나 알 것으로 본다. 그는 열정적인 교육자이다. 누구보다도 제자들의 인격적인 존재를 일찍이 인식한 터전 위에서 가르침의 길을 열어간 근래에 보기 드문 교사이다. 「어떤 선물」에 보이는 대로 한 학생과 학부모가 가정 형편으로 학교에 다닐 수 없으니 제적해 달라는 것을 그가 결재 과정에서 기어이 그 학부모와 연락해서 졸업의 영예를 안겨 주고 활기찬 삶을 살아가게 한 일이라든지, 실제로 그의 밑을 거쳐간 많은 사람들의 이야기에서도 그는 일찍부터 배우는 사람이 소중한 인격체라는 신념 위에 섰던 분임을 알 만한 사람은 안다

그의 모든 글의 저 밑바탕에는 가르치는 자리에 서서 인생을 살아왔다는 잠재의식이 깔려 있다. 말하자면 그는 글에서도 정직한 교사의 일을 포기하고 있지 않다는 것이다. 교실에서의 가르침의 한계를 벗어낸 그야말로 행간의 가르침을 제시하려 한 것 같다. 교실에서는 제도에 묶여서 당장의 문제들에 매달릴 수밖에 없는 것이 오늘날 우리 교육의 현실인데 글에서는 그러한 제약에서 벗어날 수가 있다. 뿐만 아니라 그 대상을 온 인류에게 넓힐 수 있다는 장점이 있다. 엄밀한 의미에서 글을 쓴나는 작가의 심리에 누구나 쌀려 있는 한 가닥 소망일 것이다.

그는 사범교육을 받고 초등교육에서 출발하여, 다시 사범대학을 마치고 중등교육에 투신, 이제는 고등학교의 교장으로 일평생을 교직에 몸담아 온 교육자이다. 흔히들 교사수필의 경우, 교육자적 일상을 중심으로 작품을 쓰기 쉬운데, 그의 세계는 그 직업의 일상을 뛰어넘어 자연에 이르고 있다. 또 교직적인 이야기도 자기의 교단적인 일만 관

심을 가지지 않고 자기를 가르쳐 주신 스승과 어릴 적 친구들에게까지 눈길을 던진다. 말하자면 교육에 대한 그의 안목은 눈앞의 학생이나 교단 아래의 현실에만 매이지 않고 더 넓은 자연과 인생에 연결되어 있다는 이야기이다.

자칫 교사 수필의 경우, 가르침이란 저의가 지나치게 겉으로 드러나서 문학적 감동을 감소시키는 경우가 많은데, 그의 수필은 그렇지가 않다. 미적 감각이 교훈적 의미를 잘 소화해내고 있어서 설교적 냄새를 거의 풍기고 있지 않다는 데 그 우수성을 찾게 된다.

2

그의 작품 소재는 크게 나누어서 자연과의 친화와 교육이라 할 수 있다. 자연과의 만남은 수석과 난을 중심으로 하고 있고, 교육은 휴머니티를 그 바탕에 두고 있다고 할 수 있다.

난을 기르고 감상하는 마음, 돌을 모으고 사랑하는 마음, 그 가운데에는 자연에의 친화가 스며져 있을 뿐만 아니라 인생에 대한 교훈이 함께 하고 있다. 무엇보다 먼저 그에게는 유년기의 추억과 더불어 나무 한 그루 풀 한포기를 범상히 지나치지 않는 열정이 있다. 닥치는 대로 몇 구절 찾아본다.

계룡산 줄기가 서쪽으로 달려와 낮아지면서 금강과 맞닿은 곳에 불암산이 있다. 앞은 환히 트인 들판, 이 산마루에 올라 서남쪽을 바라보면 금강물은 하늘과 닿아 있었다. 나는 이 산을 사랑한다. 이 산에는 철갑 두른 왕소나무가 바람소리 쉬쉬 날리고, 상수리나무, 밤나무, 바위 서리엔 진달래, 그리하여 계절 따라 그 경관을 달리하면서 우리들을 품에 안아 주었다. 남쪽 마을 뒷자락엔 대나무숲이 있어 늘 푸르른 운치를 더해 주었고 숲은 뭇 새들의 보금자리이기도 했다.

새들은 참 많이도 살고 있었다. 참새, 방울새, 굴뚝새, 등 텃새는 물론, 송화가루 날릴 무렵 울어대던 뻐꾸기, 꾀꼬리, 휘파람새, 촉새, 산비둘기, 강변 갈밭에는 갈새, 밀밭 위 종달새가 지저귀고, 길따라 늘어 선 키다리 미루나무 가지엔 나무마다 까치집이 얹히고, 야단스런 때까치, 겨울이면 떼지어 날아들던 청둥오리, 기러기떼, 그 큰 몸집의 고니(백조)도 가을걷이가 끝난 들판에 와 이삭을 줍곤 했었다.

—「고향에 가면」에서

참새는 물론 방울새, 굴뚝새, 촉새, 산비둘기, 멧새, 콩새, 갈새, 꾀꼬리, 뻐꾸기, 소쩍새, 휘파람새, 때까치뿐만 아니라 박쥐, 족제비, 삵, 도둑고양이, 구렁이까지 동서(同棲)하고 있었다.

—「참새」에서

산수유 노랑, 할미꽃 자주, 진달래 분홍, 복숭아꽃 살구꽃 피는 마을, 배꽃, 개나리꽃, 노랑 병아리, 울 아래 병아리, 개나리꽃이 피면, 세상은 그 노란 깃발로 하여 봄의 환희에 눈을 비비며 일어서리니 봄은 물감칠한 그림인 것이다. 빨강, 노랑, 초록, 하양, 파랑, 자주 색깔로 칠해진 아름다운 그림인 것이다.

—「봄의 순결」에서

일일이 예를 들을 수 없을 만큼 작품의 도처에 묘사되고 있는 자연들이다. 그 섬세함도 섬세함이려니와 잊혀져 가는 우리의 산하, 고향의 모습이 그림처럼 묘사되어 있다. 이러한 자연애의 바탕 위에서 그는 이즈음 난을 기르고, 또 돌을 모으는 것이다. 따라서 그의 난 구함이나 돌모음은 경제 형편이 나아진 졸부들의 사치스러운 활동이 아니요, 더 더구나 돈과 연관된 속물근성에서 이루어진 발걸음은 결코 아니다. 칸 트의 '무목적의 목적'적 관조의 세계라고나 할까.

그래서 그는 돌을 주으러 그 많은 우리의 산하를 누비고 다니었지만 "사람은 저마다 돌보다도 더 무거운 짐을 짊어지고 살아간다. 당신은 어떤 돌을 선택할 것인가. 당신이 한세상, 아주 길면 백 년 지니고 살 다 간 다음 뒷사람이 쓸모 없는 돌이라 하여 시궁창에 내버릴 그런 돌 을 평생 짊어지고 고생했다면 당신은 그 고생의 보상을 어디 가 찾을 것인가"라고 「돌고르기」에서 타이르고 있다.

　또 일본에 다녀온 친구의 몇촉 난 선물을 놓고 서로 욕심을 내지만 그 는 가장 잘 기를 사람을 정해서 그에게 잘 키워 분양토록 결정한 것이라 든지, 그렇지만 그의 욕심으로 분양되지 않아 그 모임이 깨진 것을 빗대 어 난에의 분에 넘치는 욕심을 경계한 것은 이러한 소유욕의 속기를 떨쳐 버릴 것을 가르친 것이라 할 것이다.

— 「난초 꽃향 그늘」에서

그는 다음과 같은 마음으로 난을 기른다.

　분주한 일과 속에서 잠시 휴식하는 동안, 일이 폭주하여 머리가 피로할 때, 혹은 어떤 걱정으로 마음이 물결칠 때, 나는 눈을 감고 나의 소박한 난실을 눈 앞에 떠올린다. 그리하여 솔바람 소리, 산새 소리 거느리고 나 의 마음을 큰 자연의 위대한 가르침으로 이끌어주는 난은 내가 난을 기르면서 또한 난이 나를 길러준다 할 것이다.

—「난실 주변 이야기」에서

3

교육과 관계되는 소재에서도, 현장의 어려움이나 부조리를 고발하거나 증언하는 내용들은 거의 없다. 더욱이 현장의 부정적인 것을 가지고 왈가왈부하는 치기에 가까운 만용 같은 것은 전혀 찾아볼 수 없다. 오로지 자신의 소중했던 경험담을 담담히 들려주는 형식을 취하고 있다. 어렸을 적, 자기를 잘 가르쳐 주었던 선생님의 일화를 정적으로 묘사함으로 원공법을 구사하고 있는 것이다.

가령 식민지 아래 국민학교 6학년 때의 정영택 선생님, 자습을 시켜 놓고 조용히 공부하라 했는데 눈이 내리자 눈싸움으로 시간을 보내 꾸중을 듣게 되었을 때, "너는 그럴 사람이 아닌데" 하는 말로 이끌어 주셨던 한마디 말씀이라든지, 일본인이었지만 "성실하게 해야 해, 네 조국을 위해"라고 가르쳐 주신 아리우미 선생의 이야기가 그렇다. 일제하에서의 수난을 그린 「수난기」를 보면, 백마강 물개로 사는 그에게 학교에서 수영을 금했는데 그것을 어기었다가 일인 교장에게 혼쭐이 났던 일이며, 일본 국가의 가사를 놓고 "조그만 자갈돌이 어떻게 크나큰 바위가 될 수 있느냐"는 질문을 던지었다가 불경 천만으로 대나무 뿌리로 만든 매를 맞았던 일, 그리고 작업에 동원되어 나갔다가 일본 친구가 있는 줄도 모르고 불평을 말했다가 아찔했던 일들이 묘사되고 있지만 결코 증오나 미움이 배어 있지 않은 달관의 위치에서 말하고 있다. 부글거림이 없고 정제된 마음이 투시되어 잔잔한 교훈을 일으키고 있다.

표제가 되어 있는 「당신이 고독할 때」를 보면 이러한 표현법은 더욱 깊어지고 있다.

세상은 하나의 커다란 무대, 우리는 그 무대 위에 날이면 날마다 출연하지 않으면 안 되는 한 사람의 배우, 자기는 본디 뜻과는 달리 무대에 나서기 위해서 당신은 분장하지 않으면 안 된다.

또 우리가 외워대는 대사는 얼마나 불완전한 것이든가. 당신이 듣고 있는, 당신의 입으로부터 표출되는 말이 표현하고자 하는 주제와 연출코자 하는 의도와 꼭 맞아 떨어지는 때가 있던가.

그러므로 우리는 서로를 알기 어려운 세상, 주고받는 말로 하여 우리는 얼마나 시달리고 있는가. 말의 홍수에 떠밀려 서로 눈빛을 번득이며 몸부딪음과 팔매질로 우리의 생활을 가득 채워 버린다면 그것은 얼마나 어설픈 삶인가.

이처럼 철학적 명상으로 교훈적 수필은 표현되고 있다. 물론 「가르침에 대하여」나 「무엇을 말해 줄 것인가」, 「청소년을 어떻게 보아야 하는가」 같은 다분히 설교적이고 논리를 동반하여 연문학으로서의 수필 세계에서 다소 벗어난 듯한 글들이 없는 것은 아니지만, 전체적으로 그의 교훈적 수필은 이 같은 명상을 통한 감정의 유로로 우리의 마음을 사로잡고 있다.

이제 그는 한 권의 시집과, 이 한 권의 수필집을 우리에게 보여주었다. 앞으로 더 좋은 작품이 생산될 것임은 의심할 필요가 없을 것이다. 오랫동안 마음속에 응축시켜 놓았던 그의 서정과 명상, 그리고 철학적 미감은 이제 바야흐로 터지기 시작한 것이다. 우리 함께 기대해 보자.

제4부

사람 냄새를 찾아서

모범적인 학자적 비평가 백철 교수님

1

　대부분의 학창생활은 그 당시에는 고통스럽고 고생스러웠다 하더라도 지나고 보면 아름다운 추억이 되는 것이 인지상정이 아닌가 싶다. 나의 대학생활도 그러했다. 6·25 전쟁으로 초토화된 사회, 너나할것 없이 생활의 고통으로 일그러졌던 시절, 자유당 정부의 부정부패한 장기집권으로 사회는 온통 저항의 분위기 속에 젖어 있었고 그러다가 3·15 부정선거로 드디어 4·19 학생혁명을 맞았고, 다시 5·16 군사 쿠데타로 얼룩졌던 역사의 소용돌이 속에서 대학생활을 했으니 어찌 고난의 시절이 아니었겠는가.

　더욱이 나는 주간에는 시덥잖은 직장에 나가며 야간 학교를 다녀서 대학생활의 낭만은 거의 경험할 수 없었는데도 그 시절이 아름다운 추억으로 각인되어 있으니 세월은 역시 인생의 고통스러운 시절을 잊게 하는 명약 중에 명약인가 보다. 중·고등학교 시절 시골에서 멋도 모르고 글쓰는 것이 좋을 것 같다는 막연한 환상에 더러는 교지 같은 데 작품을 발표하고 문학동인이라는 것도 만들어서 활동을 했는가 하면, 교지를 편집한다고 이리 몰려다니고 저리 몰려다니었을 뿐만 아니라, 무슨 문예작품 모집에 응모해서 상이라도 받는 날이면 큰 벼슬이나 한 것처럼 환호하곤 했다. 이런 계기로 나는 우리 대학의 국문과에 진학하게 되었다.

솔직히 그 당시에는 우리 대학보다도 늦게 출범한 대학들이 종합대학으로 승격하여 위세 당당하게 '대학교' 이름을 달고 행세했다. 그러나 우리 대학은 아직도 단과대학으로 열세에 있어 조금은 어깨가 쳐져 있었다. 캠퍼스 역시 신당동 연립주택을 개조한 교실이었는데 아직 이사를 하지 않은 주택들이 있어 야간 수업을 할라치면 꽁치 굽는 냄새가 진동하여 시장기를 더해 주었다.

그런 가운데에도 우리가 긍지를 가졌던 것은 우리를 가르쳐 주신 교수님들이 대단한 권위를 지니신 어른들이어서였다. 고등학교 시절 교과서나 잡지에서 뵐 수 있었던 교수님들을 옆에서 뵙고 말씀을 들을 수 있다는 것이 얼마나 영광이었던지. 먼저 현대문학 교수로서 「날개」, 「주막에서」의 시인 김용호 교수님, 끝까지 농촌작가로 기록된 이무영 교수님, 강사 교수님으로는 당시 몇 분 되지 않는 원로 비평가 백철 교수님, 「초적」 같은 역사소설로 낙양의 지가를 올리던 최인욱 교수님, 6·25 후 참여문학의 깃발을 들고 기성에 대담하게 도전하여 젊은이들의 인기를 모았던 이어령 교수님, 이런 분들은 다른 대학의 국문과 학생들이 모두 부러워하는 분들이었다. 고전문학 교수로는 단국과 함께 평생을 해오신 김석하 교수님, 말년을 우리 대학에서 보내신 김동욱 교수님이 계셨고, 국어학 교수님으로는 김완진 교수님, 이승욱 교수님, 정인승 교수님이 계셨다.

다른 분야의 교수님들도 그러하시지만 특히 현대문학 교수님들은 전임과 시간강사라는 구분이 없을 정도로 학생 지도에 열심이셔서 우리도 똑같은 선생님으로 모셨다. 우리 야간 학부 국문과 학생들은 그 직업이 다양했다. 고등학교 체육교사가 있었는가 하면, 초등학교 교사도 있고 육군 중령이 있는가 하면 병장도 있었으며 동회 서기, 간호장교, 전매청 직원, 출판사 사원, 참으로 다양한 직종들이 모여 있었다. 추운 겨울 야간 강의를 마치면 수업을 담당해 주신 교수님을 모시고 대폿집에 들러 술을 마시면서 인생 강의를 계속하기도 했는데 김용호 교수님과 최인욱 교수님께서 자주 함께 하셨다.

우리가 재학 중 최인욱 교수님께서 상배를 당한 적이 있었는데 우리들이 위로를 한답시고 막걸리 통을 몇 개 둘러메고 상도동 교수님 댁을 찾았던 기억이 아직도 생생하다. 검소함이 넘치는 가정환경이었는데 쭈그러진 주전자가 나왔다. 교수님께서는 계면쩍어 하시면서 어제 그제 중앙대 국문과 동료들이 위로한답시고 와서는 자기들끼리 싸움이 나서 주전자를 저 지경으로 만들어 놓았다고 설명하시던 기억도 새롭다. 이제는 이 세상에서 뵐 수 있는 분이 몇 분 안 계시니 세월의 무상함을 느끼지 않을 수 없다. 이 분들의 말씀이 자양분이 되어 오늘 우리가 이렇게 생활하고 있는데 이런 저런 핑계로 잊고 사는 날이 대부분이다.

《단국문학》 편집회의에서 그때 그분들을 추모하는 뜻으로 은사님과의 추억담을 특집으로 하자 해서 나에게 백철 교수님을 배당하였는데 사실은 백 교수님을 사사보이 보시는 기회가 없어서 많은 추억담은 별로 없다.

2

　백철 교수님을 처음 뵌 것은 3학년 1학기 〈현대문학사〉 시간으로 기억한다. 그 당시 우리나라에 전문적인 문학비평가가 몇 분 되지 않았다. 원래가 그 분야를 전공하신 분들이 많지 않은데다 이론가들이 대부분 북으로 넘어간 상태여서 백 교수님을 비롯한 몇 분들이 문학이론 분야의 지도자 역할을 담당하지 않을 수 없었다. 자연히 신춘문예 비평부문의 단골 심사위원에다가 문학전문 잡지의 추천위원, 그리고 각종 문학관계 모임의 대표나 위원으로 참여할 수밖에 없었고, 여러 대학에 강의를 맡아 주시지 않을 수 없었다. 물론 그 당시 경제적인 어려움 때문이기도 했겠지만 원체 그 분야의 전문가가 없어서 어쩔 수 없이 그렇게 하셨을 것으로 본다.

　백 교수님은 고전문학을 전공하시는 이병기 교수님과 『국문학전사』를 저술하였다. 이는 고전문학사와 현대문학사를 하나로 통일하여 집필하고자 하는 구체적인 노력으로 대단히 선구적인 것이었다. 이는 오늘날까지도 국문학계의 커다란 과제로 되어 있지만, 고전문학사 따로 현대문학사 따로 연구되어 마치 한 나라의 문학사가 각각 존재하는 것처럼 되어 있는 폐단을 극복하여야만 유기적인 문학사가 되는데 이 과제가 점점 심화되는 것 같은 오늘에 비춰볼 때 이 같은 노력을 그 당시에 계획했다는 것은 참으로 놀라운 일이라 하지 않을 수 없다. 물론 한 분이 하나의 문학사를 집필하지 못하고 고전과 현대를 각각 연구하여 집필했다는 약점이 있고, 또 연구 방법도 통일되지 못한 아쉬움이 있으며 자료 중심이라는 지적을 할 수도 있겠지만 여하튼 통일된 국문학사를 집필해야 한다는 의지를 표현한 것만으로도 후학들에게 시사해 준 바가 많다고 본다.

자연히 강의에서 주장하신 것은 국문학사의 통일이었다. 백 교수님께서는 카프문학에도 구체적으로 관여했던 분으로 남과 북이 문학사를 각기 쓰는 점에 대해 여러 차례 안타까운 말씀을 하셨지만, 남에서조차 고전과 현대가 각각 쓰이는 점에 대해서도 많은 비판을 하셨다. 그러나 강의에서 고전과 연계하여 현대문학사를 설명하시는 기회는 별로 발견할 수 없었다. 어쩌면 그 점이 당시 문학사를 정리한 분들의 한계였는지도 모른다. 오히려 백 교수님께서는 외국의 경우를 자주 인용하시면서 강의를 진행하셨는데 이는 사조 중심의 문학사 기술과도 무관하지 않았다고 본다.

백 교수님께서는 1947년에 『문학개론』을 발간하고 1955년에 개정판을 냈는데 "이번 상재한 문학개론은 먼저 것을 수정한 것이 아니고 처음부터 새로 쓴 것이다. 전적으로 그 내용을 바꾸고 딴 방법으로 그 재료를 신편하는 데 노력을 했다"고 하였다. 그리고 1979년에 다시 신고판을 내면서 그 책머리에 「가르치는 분과 읽는 분에게」라는 글을 덧붙였다.

내가 미국 대학을 견학하는 동안에 알게 된 것은 그들은 우리와 같이 추상적으로 문학을 강의하지 않고 고대부터 전해오는 명작들을 직접 읽히는 것을 주된 방법으로 쓰고 있는 것은 사실이었다. 이번에 문학개론을 새로 쓰게 된 동기는 이런 점을 반성하여 과거에 취해 온 문학 공부의 방법을 일부 수정하고 싶었기 때문이다.

그러나 동시에 미국 대학의 강의법에서 내가 약점이라고 느낀 것은 작품을 개별적으로 이해하는 점에선 그 방법이 충분할는지 모르지만 그것을 어떤 연관성이나 전체적인 통일성에서 파악하기엔 적당한 방법이 아니라는 점이다. 또한 도이치 등의 유럽의 학계로부터 미국 대학의 교수

방법이 비판을 받는 것도 그 점이 아닌가 한다.

이런 사정으로 첫째 두 가지 학문하는 방법을 절충하고, 둘째 본질적인 것과 비본질적인 것을 구분하였으며, 셋째로 분량을 저쪽 대학교재를 참고하여 조정했다는 것이다. 백 교수님은 이렇게 끊임없이 새롭게 교재를 개편해 왔다는 것에서 학자적 성실성과 양심을 우리에게 교훈으로 남겨 주신 것이다.

나는 다시 3학년 2학기 〈비평론〉 시간에 백 교수님을 뵙게 되었다. 당시 현대문학 이론수업의 바이블로 통하던 웰렉과 워렌의 『문학의 이론』을 교재로 하였다. 이 책은 바로 백 교수님께서 번역한 책이었다. 영문학자 김병철 교수님과 함께였는데 백 교수님께서 미국에 계실 때 어려운 부분이 있으면 직접 저자들과 만나 설명을 들어가면서 번역하였다고 했다. 당시에 우리가 이해하기에 다소 난삽한 부분이 있었지만 다행히 교수님이 번역한 것이어서 많은 도움이 되었던 것 같다. 신비평에 대한 이론서이기도 했던 이 책은 문학을 이론적으로 공부하는 데 있어서나 비평을 새롭게 인식하는 데 크게 영향을 미쳤다고 할 수 있다. 뒤에도 이 책에 대한 중요성을 인식하여 거듭 번역하는 일이 있었다.

백 교수님은 그때 이미 흰머리가 보기 좋게 어울렸다. 강의의 내용은 항상 수강생들에게 생각의 여지를 남겨 주셨다. 어떤 질문을 하든 단정적인 결론을 주시지 않고 "~일 겝니다" 하고 학생들에게 또 다른 답이 있을 수 있다는 여운을 남겨 주신 것이다. 돋보기를 벗어 드시고 칠판에 쓰시던 글씨는 대단한 초서형이어서 이해하는 데 어려움을 겪곤 했다.

백 교수님은 생활에 있어서나 강의에 있어서나 저술에 있어서 학자적인 면모를 한 번도 흩트리는 일이 없으셨던 것 같다. 허튼 유머 한

번을 흘리지 않았던 것으로 기억된다. 5·16 후 박정희 국가재건최고
회의 의장이 케네디 대통령을 만나는 모습이 TV에 방영된 일이 있었
는데 그 다음 주의 강의에선가 "어째 어른 옆에 아이가 선 것 같아 좀
어색하더군" 했던 것이 유일한 농담이었다고나 할까.

또 한 가지 기억나는 것이 있다. 당시에 일본의 중견 여류 작가들이
한국을 방문한 일이 있었다. 그 소식을 전해 주시며 원고료에 관한 설
명을 하셨다. 일본의 중견 여류는 일본에서 400자 원고지 1장에 1만
엔씩 받고 있고, 이들 정도면 한 달에 100매 정도는 소비한다니까 월
100만 엔 수입이 된다는데 한국의 경우 200자 원고지 1장에 500원, 대
가가 소비할 수 있는 분량은 월 50매, 따라서 2만 5천 원의 한 달 수입,
이러니 일본 작가와 우리 작가의 생활이 비교나 되겠느냐는 것이었다.
이처럼 유머스러운 것도 논리적으로 설명하시는 것이었다. 옆에서 사
적으로 모신 일이 별로 없으니 나의 인상이 정확한지는 나도 모를 일
이다. 그만큼 할아버지 같은 인상이었지만 위엄이 넘쳤다고 해야 할
것이다.

나는 지면을 통해서만 뵈었던 문단의 원로 비평가를 이렇게 해서 우
리 단국대학교에서 뵙고 배울 수 있었다는 것이 지금 생각해도 참으로
다행스러운 일이요, 영광스럽다.

중재 장충식 선생의 문화 예술 사랑

중재 장충식 선생은 문학을 사랑한다. 음악을 사랑한다. 미술을 사랑한다. 스포츠를 사랑한다. 그리고 이들 예술가와 스포츠맨들을 사랑한다. 아니 중재 선생은 이들을 사랑할 뿐만 아니라 스스로 문인이요, 음악인이요, 미술이며, 스포츠맨이다. 이들 예술과 스포츠를 생활화하면서 살아가고 있는 것이다. 선생은 세 권의 수필집을 상재할 만큼 글쓰기를 좋아하고, 70 노령에도 플루트을 연주할 정도로 음악의 세계에 들기를 좋아한다. 세계적인 국내외 미술가들과 교류하고 그들의 작품을 소중하게 간수하고 감상하기를 좋아하는가 하면 고미술에 대한 이해 또한 놀라운 식견을 가지고 있다. 이는 선생이 얼마나 다양한 문화 예술에 대한 애정을 가지고 있는가를 설명하는 예가 될 것이다.

선생은 교내 음악 교수들의 음악 발표회에 참여하지 않은 교직원들을 안타깝게 생각하고 미술 교수들의 작품 전시회에 참여하지 않는 교직원에 대해서도 그 교양 없음을 나무란다. 단국대학교 졸업생 문인들로 구성된 〈단국문인회〉의 어려운 사정을 듣고 넉넉지 않은 재정 형편에도 수 년 전에 무려 2천만 원의 기금을 마련해 주었는가 하면 2000년 대학이 더할 수 없는 경제적 고통을 당할 때에도 2천만 원을 더 지원해 주었다.

김승국 총장이 취임했을 때에는 본인이 취임식을 사양하였음에도 취임 축하 음악회를 성대하게 마련하여 주었다. 뿐만 아니라 신임 교수들의 환영도 축하 음악회를 가지도록 권유하고 있다. "세계 여러 곳을 돌아보았을 때 꽃을 사랑하지 않는 나라는 마음이 가난한 나라요, 경제적으로 어려울 수밖에 없는 나라더라"면서 캠퍼스 안의 나무 한 그루, 꽃 한 송이에도 세심한 관심을 보인다. 선생은 음악을 사랑하지 않고, 꽃을 사랑하지 않고서는 좋은 학문을 할 수 없다고 단언한다. 정서적 안정으로 새로움에 대한 창조력을 가지기를 강조하는 것이다.

지체부자유자여서 발로 그림을 그릴 수밖에 없는 학생을 맡아 대학을 졸업시켰을 뿐만 아니라 외국 유학까지 보내 주었다. 아직 문화적으로 미개한 지역의 미술가를 초청하여 전시회를 가지게 하고 이들을 격려하는가 하면 이들 작품을 소중하게 보관한다. 한때 한국 장애인 문인회 회장을 역임한 것만 보아도 선생의 휴머니즘을 이해할 수 있다.

선생은 문학을 위하여 양 캠퍼스에 국어국문학과를 설치했고 최근에는 천안에 문예창작과를 신설했다. 일찍이 음악과를 설치하여 음악대학으로 발전시켰고 동양화, 서양화, 도예, 연극영화, 국악, 무용과를 설립했고, 금년에는 생활음악과를 신설하여 수준 높은 대중음악의 진흥을 꾀하고 있다. 1980년에는 문예교육진흥위원회를 두어 오늘날까지도 문예특기생을 뽑고 장학금을 주어 격려함으로써 많은 작가들을 배출하고 있다.

선생의 예술사항 문화사랑의 정신은 난파음악, 석주선기념민속박물관, 퇴계기념중앙도서관, 율곡기념도서관의 건립과 무관하지 않으며 일석기념관과 연민기념관의 건립과도 깊은 관계를 가진다고 할 것이다. 그리고 동양학 연구소를 통한 학문적 연구에도 이런 정신이 그대로 스며 있다 하겠다.

참으로 놀라운 것은 이러한 문화사랑의 정신이 타고난 천품의 영향도 있겠지만 끊임없는 노력의 소산이라는 점이다. 여러 예술 분야의 책을 꾸준히 섭렵하고 각종 예술 행사에 부지런히 참여하며 그 분야를 전공하는 사람들을 즐겨 만나고 있다. 이는 선생의 맡은 바 업무를 생각할 때 결코 쉬운 일이 아니다. 참고로 선생의 학창생활을 일별할 때 선생이 얼마나 이를 위하여 노력했는가를 이해할 수 있을 것이다.

중재 장충식 선생은 출생에서부터 성인이 될 때까지 우리 민족의 가난한 역사와 함께한 셈이다. 빼앗긴 나라를 다시 찾기 위하여 이역만리에서 목숨을 걸고 독립운동을 하신 부모에게서 출생하였으니 그 태어남부터가 유복한 가정에서의 출생과는 달랐다. 선생은 태어나자마자 친척집에 맡겨져 7세가 될 때까지 천진에서 유아기를 외롭게 보냈다. 학령이 되어 중국 요령에 계신 아버지의 부름을 받아 그리로 옮겨왔으나 아버지가 왜경에게 검거되어 1년 만에 서울로 따라오게 된다.

서울에 와서 초등학교를 다녔지만 항상 일제의 요시찰 인물인 아버지 때문에 순탄한 학창생활을 할 수가 없었다. 시도 때도 없이 일본 경찰이 집에 몰려와서 행패를 부렸고, 학교 선생에게 늘 꾸중을 들으면서 살아야 했다. 신상명세서의 아버지 직업란을 채울 수 없는 서러움을 당하기도 했다. 때문에 선생은 어려서부터 '민족'과 '나라'가 무엇인가를 생각하면서 살아올 수밖에 없었다. 더러는 창씨개명으로 일제에 순응하는 사람들에 대한 증오심도 가졌고 그것을 자랑하는 친구들의 얼굴이 보기 싫기도 했다. 여기에서 반항심이 일어 창씨개명한 사람들의 문패를 몰래 바꾸어 달다가 어른들에게 꾸중을 듣기도 했다.

어렵게 초등학교를 마치고 어머니가 계신 오룡배중학교에 입학했지만 북쪽에 소련의 손길이 미치자 부모를 따라 서울로 와서 서울중학교에 편입시험을 보아 합격한다. 그렇지만 아버님 범정 선생은 아들을 일본 학생들이 다니던 학교에 보낼 수 없다 하여 다시 협성초등학교에 편입시켰다. 때문에 선생은 초등학교 졸업장이 두 장이다.

다음에 휘문중학교에 입학하였지만 좌우익의 소용돌이 속에서 중학 생활 역시 순탄하질 못했다. 선생은 휘문애교동지회에 입회하여 정치적 투쟁을 일삼는 좌익세력과 대항하여 학생운동을 하였으며 6·25 전란으로 부산에 가서 군 입대를 하게 되니 중학 재학 중에 군 생활을 하게 된다. 피난기 보통 학생으로는 상상할 수 없는 대구중, 경주중의 고난에 찬 중학 과정을 거쳐 휘문을 졸업하니 중학생활 역시 파란만장한 생활을 했다 하겠다.

대학생활은 어떠했는가. 서울대를 희망했다가는 아버님께서 일본 사람들이 주로 다녔던 대학 입학을 허락하지 않을 것이 뻔함으로 고려대 경제학과에 지원, 합격했으나 이번에는 사회가 불안정함으로 의대를 진학하라는 아버님의 명에 따라 서울대 의대에 원서를 냈다. 그러나 제1지망인 의과대에는 불합격되었고 2지망인 물리학과에 합격하였다. 결국 적성이 맞지 않아 사범대 역사학과로 전과하여 대학을 다니게 되었고 졸업학기에 아버님이 경영하던 단국대학에 편입되어 대학 학업을 마치게 되니 대학생활 역시 보통 사람과는 다른 경험을 한 셈이다.

이 학창생활 어디에서 문학과 음악과 미술에 대한 여유를 찾을 수 있는가. 그러나 천성적인 기질을 우리는 찾을 수 있다. 선생은 초등학교 시절 그림 그리기를 좋아해서 크레용으로 문이나 벽에 그림을 그려 많은 꾸중을 들었다는 회고를 남겼다. 중학교 때에는 삽화를 그려서 금상을 수상하여 미술 공부를 계속하라는 교사의 권고를 들은 바도 있었으며, 휘문 교지에는 시를 발표하여 지금도 남아 있는 형편이다.

그러나 오늘날 선생의 문화 예술과 함께 하기는 이 같은 기질만으로는 설명되지 않는다. 끊임없이 노력해 온 결실이라고 보아야 옳다. 수필을 쓰고, 소설을 쓰고, 음악을 연주하고 하는 것이 전문가의 경지에 있음에 놀라지 않을 수 없다. 이렇게 살펴본 대로 학창생활을 통하여 교육을 받은 결과라기보다는 선천적인 기질에다가 그 분야에 대한 깊은 애정과 노력의 결실이라고 보아야 할 것 같다.

선생은 중학시절 송구 선수였으며, 대학 시절에는 럭비 선수여서 체육과 학생들은 자기 학과 학생으로 착각할 정도였다고 한다. 선생은 뒤에 대학에 체육교육과와 체육대학을 설립했는데 학창시절의 체육활동 경험과 무관하지 않을 것으로 생각된다. 선생은 지금도 다양한 운동을 좋아하거니와 다른 대학에 비하여 다양한 체육종목을 육성하고 있으며 선생의 체육회 활동은 여기에 기술하지 않더라도 주지하는 바이다. 선생은 대학 배드민턴, 육상, 스키, 축구, 태권도, 농구, 테니스 연맹 회장을 역임하고, 유니버시아드대회 한국 단장, 한국 올림픽 위원회 부위원장 등 체육 발전에 혁혁한 공헌을 하였으며 급기야는 남북 체육회담 한국측 수석대표로 회담을 주도하여 분단의 아픔 속에서 전 민족이 갈망하는 세계 청소년 축구대회 단일팀 구성을 이루어냈던 것이다.

이 같은 체육 전문가가 문학을 하고 음악을 한다는 것은 다소 이례적이라고 할 수 있다. 그렇지만 선생은 분명히 체육인이자 예술인이다. 그만큼 폭넓은 인생의 길을 걸어온 것으로 생각할 수 있고, 이러한 바탕 위에서 선생의 교육 철학이 형성되었으며 그것은 그대로 교육 현장에 이어지고 있다고 할 수 있다.

선생은 지금 소설을 창작하고 있다. 그것도 대하소설을 창작하고 있는 것이다. 1945년 광복기, 용천을 배경으로 우리 민족과 패망한 일본인들, 그리고 지배를 시작한 러시아인들 사이의 역사적 소용돌이 속에서 인간이 어떻게 존재하고 있었으며, 진정한 사랑이란 무엇인가를 그려 가고 있는데 그 의욕이 2~30대 젊은 작가 못지않다. 흔히들 소설은 사회의 거울이라 일러 왔는데 선생의 파란만장한 생애가 이 작품 속에 투영될 것으로 기대된다.

중재 선생은 체육인이기 전에 이 시대에 만나기 어려운 문화인이며, 문학인이기 전에 참으로 예술을 아끼고 사랑하는 예술인이다. 선생의 문화적 예술적 연령은 젊고 또 젊다.

부디 연부역강하시어 우리 대학의 문화와 예술 창달에 아니 한국의 문화 예술 진흥에, 그보다도 선생의 문학작품 창작에 큰 빛 비치기를 기원한다.

낙망이 없는 사람

― 김상배 교수의 삶과 문학

김상배 교수, 그는 오늘도 퇴계기념 중앙도서관 5층 후미진 모서리 방에서 어떤 책을 내면 대학 출판부의 명예도 살리고, 수지도 맞아서 위기에 처한 학교 살림에 도움이 될까 하고 고심하고 있을 것이다.

한 대학에 소속된 교수는 학교와 학문을 위하여, 또 학생을 위하여 봉사하는 길이 여러 가지가 있다고 할 수 있다. 어떤 분은 혁혁한 학문적 업적을 통하여 학교의 명예를 드높이는가 하면, 어떤 교수는 뛰어난 교육적 열정으로 많은 학생들의 존경을 받아 교직자로서의 이름을 떨쳐서 학교 발전에 기여하기도 할 것이고, 또 어떤 교수는 명철한 경영 능력을 통하여 학교 발전에 도움을 주기도 한다.

김상배 교수, 그는 단국대학을 나와서 단국대학을 위해서 청·장년기를 보낸 명실공히 단국인이다. 대학신문을 위하여 젊음을 바치었는가 하면, 총장 비서실장으로, 홍보실 책임자로, 대학 출판부의 산파로, 뒤에는 교수가 되어 학생처장으로, 오로지 단국의 운명과 함께 해온 단국의 산 역사이다.

또 그는 단국문학을 기르는 데 정원사가 되고, 비료가 되고, 심부름꾼이 되기도 했다. 신문 지면을 할애하고, 책을 출판하고, 모임을 주선하고, 급기야는 단국대학교 문예교육진흥위원장을 맡아 동문과 재학생을 연결하는 일, 동문 문인들의 잡지인 《단국문학》을 발간하는 일, 그 기금을 마련하는 일, 무엇보다도 내일의 단국 문인으로 기대할 수 있는 고등학교에 재학하고 있는 문학 지망생들을 발굴하는 일에 열심이다.

이런 면에서 김상배 교수는 학문적인 저술을 통하여 학교의 명예를 드러내기보다는 그러한 교수들의 활동을 돕는 데 일생을 바쳐 왔다고 해도 지나친 말이 아닐 것이다. 말하자면 음지에서 학교 발전에 뒷바라지를 한 셈이라고나 할까. 그는 학교가 어려움에 처할 때 더욱 필요한 인물이었다고 할 수도 있다. 대학사의 우여곡절 앞에 한 번도 비켜서 본 일이 없는 사람이 그이기 때문이다.

그리고 대학출판부협회를 창립하여 오랫동안 그 책임을 맡아 전국의 모든 대학들의 출판 활동을 활성화하는 데에도 많은 역할을 했다. 출판물을 통한 한국 대학 교육의 발전에 그가 남긴 업적은 결코 작게 평가할 수 없다고 어떤 대학 출판인은 말한다.

김상배 교수는 나의 마음 가운데 자리잡고 있는 몇 분 안 되는 선배 중의 한 분이다. 사실, 대학에서 학적부 상의 선배는 많지만 마음속으로 존경하는 선배는 그렇게 많지가 않은 것이 오늘의 실정이다.

더구나 김 교수는 나의 재학 기간보다도 훨씬 먼저 학교를 다니신 대선배이기 때문에 이분과 함께 강의실에서 만난 경험은 없으나 우리의 인연은 특별한 데가 있다. 우리가 대학을 다닐 무렵은 너나할것없이 참으로 어려운 경제적 여건 아래 놓여 있었다. 군 작업복을 개조해서 검게 염색을 한 옷 한 벌로 가을과 겨울을 지내야 했고, 담배들은 갑째 살 수가 없어서 한 개비, 두 개비 사서 피우던 때였다. 자취 생활을 하던 우리들은 향토 장학금이 떨어져서 국화빵 몇 개로 연명해야 하는 눈물겨운 나날도 경험하지 않을 수 없었다.

야간부에 재학했던 나는 그래도 직장에 다니는 동기들이 많이 있어서(동기라고 하나 나이는 나보다 훨씬 많은 인생의 대선배들이었다) 수업이 끝나면 대폿집에 들러 막걸리 한 되를 가운데 놓고 개똥철학을 하곤 했지만, 주간부 학생 중에는 그런 낭만조차 경험하지 못한 사람들이 많았다.

그 무렵, 글공부를 한답시고 모인 동인들이 〈화구회(火口會)〉였다. 이들 역시 가난하기는 마찬가지여서 어쩌다 시계를 가진 동인들은 막걸리집에 그것을 맡겨놓고 대포를 나누곤 했었다. 술 속에 시나 소설이 있는 것도 아니건만 열심히 마시면서 치기를 떨치곤 했다.

김상배 형은 그때 학보사의 주간이었다. 요즈음은 대학 교수 중에서 주간을 보임받고 있지만 그 당시 우리 단국대학교 학보사는 교수가 아닌 김 선배가 전임 주간이었다. 유일한 발표 기관인 학보, 더욱이 여기에 글이 실리면 막걸리 몇 되 값은 실히 되는 원고료가 나왔기 때문에 화구회원들도 학보사 언저리를 맴돌게 되었다.

《조선일보》 신춘문예 시조 부분에 일찍이 당선한 신승주, 그때나 이제나 농민문학으로 일관하고 있는 이동희, 가난한 가운데 순수를 고집했던 권응달, 나이로 보나 생각으로 보나 선배 동급생인 소설의 임호, 거기다가 신문사 학생 편집국장을 했던 김종률, 가난한 기자 시조시인 김춘호, 이런 멤버들이 혹시 학보에 글을 실으면 고료 나오는 날을 기다려서 막걸리 파티를 벌이곤 했었다. 벌써 이들 중 신승주, 권응달은 저승에서 우리를 지켜보고 있지만, 이제 생각하면 참으로 그리운 얼굴들이다. 이들의 뒤에 항상 김상배 주간이 있었다.

더러는 자리를 함께 해서 막걸리를 나누고 말없이 스폰서 노릇을 하기도 했지만 이들의 원고를 가급적 학보에 실어서 이른바 문학적 분위기를 고조시켜 주곤 했었다. 그때 나로서는 한참 선배인 형에게 말을 함부로 하거나 장난질을 할 형편은 아니었다. 그저 어려운 존재였을 뿐이었다.

나는 어렵사리 대학을 나오고, 취직을 하려 했지만 당시에는 참으로 취직난이 대단했다. 다행히 나의 모교 보문고등학교에서 중학교 학급 증설이 있다고 몇 분 은사님들이 주선해 주셔서 중학교 강사 자리에 들어갔지만 한 달 봉급이 3천 원이었다. 아마 그때 한 달 하숙비가 3천 원이었을 것이다.

그러던 어느 봄날, 난데없이 형에게서 전화가 온 것이다. 어디냐니까 대전역이란다. 지금 학보사 학생들과 속리산을 다녀오는 길인데 돈이 떨어져서 기자 학생들을 굶기게 되었으니 이 민생고를 해결하라는 것이었다. 참으로 난감한 일이었지만, 반가웠다. 단국 출신의 외로운 행보에 그래도 모교의 선배가 잊지 않고 찾아주었다는 것만으로도 주위에게 얼굴이 서는 일이어서 대번에 학교 앞 중국집으로 오도록 했다. 자장면 대접이 고작이었지만, 우리는 손을 굳게 잡고 서로에게 용기를 보탰다.

그후로 모교인 단국의 일은 까마득하게 잊고, 하루하루의 삶에 얽매어 세월을 보내고 있는데 오로지 모교의 소식은 김 선배가 보내 주는 학보와 가끔씩 날려 보내는 엽서를 통해서만 고향의 소식처럼 들을 수 있었다.

당시 나는 이런 저런 인연으로 여러 번 직장을 옮겨 다녔는데, 형은 학교 일로 가끔씩 대전을 찾았다. 어느 때는 도청에 볼 일이 있어서, 또 어느 때는 청양 농장의 문제로, 언제나 학교의 일을 가지고 이곳에 내려왔는데 우정 시간을 내서 나를 찾아주는 것이었다. 우리는 기껏해야 중국집이나 대폿집 그도 아니면 돼지 불고기 집에 앉아서 이런 저런 학교의 이야기를 나누었다. 그때마다 자기 맡은 일에 사명감을 가지고 최선을 다하는 모습이었다. 눈치로는 어려움이 있는 것 같은데 결코 어려움을 말하는 법이 없었다.

"군자지교(君子之交)는 담여수(淡如水)하고 소인지우(小人之友)는 감여밀(甘如蜜)이라"더니 우리는 그리 군자는 아니었지만 만날 때마다 물과 같이 담담한 시간을 보냈었다.

그후, 나는 학위 과정을 밟느라고 모교에 드나들게 되었고 시간만 있으면 형이 근무하고 있는 출판부에 들렀다. 만날 때마다 형은 친동생을 만난 듯 반가워하고 책 한 권이라도 자료를 찾아주기 위하여 힘쓰는 고마움을 보여주었다. 어쩌다 모교에 와서 말석을 더럽히게 되어 전보다 자주 만나 뵙게 되었는데 출판부 일을 할 때나, 학생처 일을 맡았을 때나 언제 만나도 여일하다. 참으로 사람이 이 세상을 살아가면서 다른 사람에게 여일한 인상을 주기가 얼마나 어려운 것인가를 절실히 느끼는 나로서는 형의 그러한 모습이 부럽기까지 하다.

지난해 학교가 학교 역사상 최악의 어려움으로 모두가 걱정하고 있을 때에도 그는 언제나 "이보다도 더 어려운 고비도 잘 넘겨 왔는데 걱정하지 않는다"며 묵묵히 자기 맡은 일에 정성을 다하여 봉사하는 모습이었다. 그는 봉고차에 『한국한자어 사전』과 『십팔사략(十八史略)』 같은 출판부의 책을 싣고 잠바 차림에 목장갑을 끼고 지방 나들이를 한다. 이곳 대전에 내려와서 서점을 순례하고, 충남대 송백헌 교수를 만나 책을 판다. "이럴 때일수록 출판부가 잘 운영되어서 학교의 위기를 넘어서는 데 기여해야 한다"면서 책을 들어올리느라 땀을 뻘뻘 흘린다. 나는 여기서 단국의 참일꾼의 모습을 보고 감탄한다. 그의 사전에는 '낙망'이라는 단어가 없는 것 같다.

나는 이 글을 쓰려고 김 교수의 수필집 『인형들의 사육제』를 실로 15
년 만에 다시 펴들었다. 그런데 이게 어찌된 일인가. 첫 페이지에서부
터 마지막 페이지까지 쉴새없이 한자리에서 읽어치웠으니 말이다. 수
필이라는 장르가 자기 고백적인 글이기 때문에 그 작가를 잘 알 경우
에는 자연히 흥미를 일으키게 되어 있지만, 이 책의 경우 그런 이유보
다도 그 글들이 바로 우리들이 살아온 대학생활의 이모저모가 너무도
생생하게 펼쳐져 있기 때문이 아닌가 생각된다. 아니 그것보다도 이
글의 배경이 바로 우리들이 생활해 온 모교인데다가 우리들이 살아온
세월이 고스란히 드러나 있고, 무엇보다도 글로 인식되기보다는 잔잔
한 음성으로 우리들의 추억들을 귀에 대고 감미롭게 소근대 주는 것
같은 문체의 힘이 아닌가 여겨진다.

그의 글은 그만큼 대학 캠퍼스 생활과 직결되어 있다. 그는 고등학교
재학 시절부터 문학활동을 해온 것으로 안다. 그래서 그의 동기나 선
후배 중에 누구라고 하면 대번에 아는 작가, 기자, 출판인, 문필가들이
많이 있다. 그렇지만 그는 순수한 문학작품을 위한 활동보다는 대학
신문을 만들면서 신문과 관계되는 글을 주로 써 왔다. 그래서 그의 첫
작품집인 이 『인형들의 사육제』 역시 단대신문을 만들면서 발표했던
글들, 주로 칼럼류의 글이 전부이다. 따라서 이 작품집을 읽고 있노라
면 단국대학의 발전과정을 보는 것 같은 착각을 일으킬 정도이다. 그
러나 작품 하나하나가 문학적 향기를 결코 잊고 있지 않다는 데 글의
특징이 있다.

흔히들 수필을 신변잡기류의 연수필과 자기의 주장을 논리적으로 기
술하는 중수필, 이른바 에세이로 나누는데 김 교수의 글들은 이들 두
종류의 중간에 위치한 글들이 많다. 신문의 글이지만 사실류로 보기에

는 신변적인 느낌이 강하고 신변적인 느낌을 쓴 글이라 하기엔 현실적 문제를 이지적으로 다룬 경우가 많다. 말하자면 신변적인 정서적 바탕에 캠퍼스 사회의 문제들을 예리하게 살펴서 경종을 울리는 글을 주로 써온 것이다.

우선 형식적으로 그의 글은 지루하지 않다. 220여 페이지의 책에 100편의 글이 담겨 있으니까 평균 2페이지의 짧은 형식을 가지고 있으며, 이 짧은 형식에 시시각각으로 일어나고 있는 문제들을 촌철살인의 수법으로 적지 않으면 안 되기 때문에 자연히 밀도 있는 서술일 수밖에 없다.

이 짧은 형식 속에 하나의 주장을 담기 위해서는 주제와 직결되는 예화를 끌어와야 하고, 설득력 있는 사실을 제시해야 하며, 어렵지 않게 이해되는 수법을 찾지 않으면 안 된다. 이러한 요건을 유감 없이 충족하고 있는 김 교수의 글들은 읽다가 중간에 팽개칠 수 없는 매력을 지니고 있는 것이다.

이들 작품에는 주로 대학은 대학다워야 하고 대학생 또한 대학생다워야 한다는 점을 강조하고 있다. "학생에게서는 책냄새와 노트냄새, 잉크냄새가 나야 마땅하다"고 주장하고, "대학은 무도회장이 아니며, 강의실이 외교 무대가 될 수 없다"고 말한다.

김 교수의 눈길은 늘 캠퍼스의 이곳저곳에서 일어나는 일을 놓치지 않는다. 개학과 수강 신청과 강의와 방학, 그리고 농촌 봉사 활동과 교생 실습, 뿐만 아니라 대학생들의 언어와 옷차림, 그들의 은어에 이르기까지 대학의 풍속도가 고스란히 글의 소재가 된다. 게시판에 부착된 선전 포스터나 동아리 활동에서 있었던 이런저런 이야기들이 모두 글의 재료가 되고 있다.

그는 지성과 낭만이 균형을 이룬 대학생활이어야 한다고 보고 있다.

그래서 학생들이 지나치게 낭만에 취하는 듯한 행동을 할 때는 이성을 찾도록 촉구하고, 낭만을 잃은 빡빡한 생활에는 정열을 가지라고 권하고 있다.

그의 대학생활에 대한 관찰은 예리하고도 정확하다. 가령 여학생들의 화장술이 학년에 따라 달라지고 있음을 지적하고 있는 「화장술」이나 컨닝의 유형을 나열하고 있는 「시험과 컨닝」 같은 글들, 대학 신문 기자 지망생의 답안 이야기인 「상식과 무식」, 교과서 없이 공부하는 대학생의 문제를 지적한 「불가사의」, 이러한 글들에 나타난 분석과 예시는 미소와 함께 많은 것을 생각하게 한다.

> 필자가 대학을 세운다면, 먼저 대학 주변에 울창하게 자랄 나무를 심어 사색의 진지를 구축하고 하늘을, 우주를 포용할 넓은 잔디밭을 가꾸고, 젊은 남녀 학생들이 끊임없이 지껄여 댈 수 있는 끽연실을 만들고, 차와 동정과 사랑과 낭만이 풍성한 찻집과, 동서고금의 저명한 석학들의 사상과 철학과 시를 섭렵할 수 있는 서점을 차례로 짓고, 그리고 난 다음 비록 조금은 잘못 설계되었거나 고풍스럽다 하더라도 우리만이 점령할 수 있는 대학의 건물을 짓겠다. 그리하여 하루 중 여덟 시간뿐 아니라 하루의 반을, 아니 일생을 그 대학의 거리에서 살고 싶도록 하고 싶다.
>
> ― 「꿈의 거리」에서

문명한 사람들은 도로를 만든 다음에 집들을 짓고, 문명하지 못한 사람들은 계획 없이 집을 먼저 짓고 길을 낸다는 지적과 함께 옥스퍼드 대학이나 하이델베르크 대학의 도시를 설명하면서 자신의 이상을 쓴 글이다. 이 글에서 보이는 것은 그가 얼마나 이상적인 로맨티스트인가를 잘 나타낸다고 할 수 있다.

그는 어쩌면 각박한 우리 사회에서 헐떡이면서 달려온 대학의 발전 과정을 누구보다도 한가운데에 서서 바라보면서 이러한 이상을 생각하게 되었는지도 모른다. 그의 글 이곳저곳에서 이러한 낭만을 만날 수 있다. 「다방과 도서관」이나 「착색식」, 「오동나무를 심는 마음」 같은 글들에서 이러한 그의 정신적 여유를 감상하게 된다.

그의 글에 등장하는 해박한 예화들, 각박 속에서도 결코 잃지 않는 유머, 이런 것들은 수필의 커다란 재산이다. 거기다가 다양한 독서와 많은 여행의 체험, 그리고 예리한 눈은 그의 수필을 풍요롭게 한다.

이제 그는 갑년을 맞는다. 우리가 기대하기는 신문 칼럼적인 수필에서 벗어나 그러한 요건에 매이지 않는 정말 문학적 향기를 지닌 수필을 쓰는 앞길이 있기를 바라는 것이다. 더 많은 건강과 정열과 일할 여건이 앞으로 오래 지속되기를 빈다.

세월따라 더욱 그리운 청농 선생

청농(淸儂) 진동혁 선생. 선생의 다정한 음성을 잃은 지가 벌써 1년이 되어 가네요. 사람 사이의 헤어짐이란 시간이 흐르면 흐를수록 기억에서 멀어지는 법인데 어인 일로 선생과의 헤어짐은 그와는 반대로 세월 따라 더욱 그리움이 짙어만 가니 우리 인연의 두께가 그렇게 두꺼웠던 모양입니다.

떠나시기 4~5일 전, 병원에 계시다고, 누구에게도 알리지 않았는데 당신에게만은 알리고 싶은 생각이 나서 알리는데 어쩌면 여러 날 병원에 누워 있게 될지도 모르겠으니 그리 알아서 하실 때, "걱정 마세요. 이제 병원을 찾았으니 이번에는 건강한 모습으로 만나게 될 수 있을 것입니다. 대전의 제 친구도 그 비슷한 증세였는데 병원 치료를 통하여 이제는 많이 좋아졌습니다. 가까운 시간에 한 번 찾아뵙겠습니다" 라고 말씀드렸더니 "글쎄요" 하시면서 말끝을 흐리셨는데 그게 마지막 통화가 될 줄을 누가 짐작이나 했겠습니까.

그것도 대학 종합 평가단으로 차출이 되어 강원도 강릉지역의 대학을 방문하고 있을 때 단풍조차 낙엽으로 떨어져 쓸쓸함을 더해 주던 숙소에서 그 소식을 들었으니 망연하기만 하였습니다. 이미 차편은 끊

기고 다음날 새벽부터 일정이 시작되어 끝내 떠나시는 모습도 뵈옵질
못했으니 그 죄스러움으로 더욱 그러한지도 모르겠습니다.

청농 선생. 선생은 근래에 보기 드문 예의·염치를 중시하는 학자셨
습니다. 주변에 어려움을 당하고 있는 사람을 그냥 지나치지 않으셨습
니다. 경제적으로 곤란을 당하고 있으면서도 학업에 정진하는 제자가
있으면 누가 알세라 조용히 불러서 학자금을 대어 주기도 하시고, 학
과에서 어려운 일을 도맡아 하는 조교들에게도 언제나 남다른 사랑을
베푸셨습니다. 특히 주변의 애경사를 철저히 챙기셨습니다. 심지어는
매일 신문의 애경사난을 빠짐없이 살피셔서 미처 통지를 받지 못한 지
인이 있으면 어떻게 하던지 축조의금을 전달하셨습니다. 이렇게 한 번
맺은 인연은 끈끈한 사랑으로 계속하셨습니다. 그래서 선생의 주변에
는 언제나 많은 선·후배, 친구 제자들이 함께 하셨습니다.

그리고 선생은 참으로 근검절약의 모범을 항상 보여주셨습니다. 강
의실을 지나다가 아무도 없는 교실에 전등이 켜져 있으면 쫓아가서 소
등을 하셨고, 우편물로 받은 각대 봉투를 그냥 버리시는 일이 없으셨
습니다. 반드시 모아서 다른 용처를 찾아 다시 쓰셨습니다. 아마도 집
안의 가계 역시 그러한 정신으로 운영해 오셨기에 말년까지 재산을 고
스란히 유지 발전시켰을 것입니다. 더러 주변의 교수들과 음식을 나누
는 기회가 되어도 형편에 비하여 결코 과다한 대접을 하시는 경우가
없었습니다. 친분 있는 동료들이 재산에 비하여 씀씀이가 인색하다는
이야기를 들을 정도로 절약하셨지요. 그러나 한번 푸지게 대접하기보
다는 검소하게 여러 번 대접하여 인간의 정을 자주 나눌 것을 생활의
신조로 하셨던 것 같습니다.

선생은 선친의 덕이었다고는 하지만 상당한 재산을 가지실 수 있었
고, 그 재산을 소중히 하고 이를 잘 유지 발전시켰습니다. 어떠한 유혹

에도 넘어가지 않으시고 바른 용처를 찾아서 쓰신 것으로 압니다. 선생께서 연구하는 국문학 분야의 자료를 위해서는 과감하게 투자하셨고, 학회나 학술적인 모임에는 절대로 인색하지 않으셨습니다. 흔히들 돈을 모으기보다는 어떻게 쓰느냐가 더 어렵다고들 하는데 선생은 그 재산을 뜻 있는데 쓰고자 그처럼 절약하셨을 것입니다. 결국 큰일의 도모에는 기회를 얻지 못하고 타계하셨지만 아마도 이승의 삶이 조금만 더 길었더라도 장학재단이나 학문 연구소 같은 것을 설립하셨을 줄로 압니다.

무엇보다도 선생은 학자로서 학문 연구에 남다른 정성을 쏟으셨고, 학술단체 육성에 진력하셨습니다. 한 작가의 작품으로는 가장 많은 양을 자랑하는 이세보의 시조를 발굴하여 시조문학상의 새로운 지평을 열었고, 시조학회를 창립하여 오늘의 학회로 발전시키셨으며, 말년에는 국어국문학회 대표 이사로 질병의 고통을 감내하셨습니다. 생을 마감하는 날까지 학회를 위하여 헌신하였다고 할 수 있지요.

선생과 나와의 인연은 내가 모교인 단국대학교 시간 강사로 발을 들여놓을 무렵부터 시작되었습니다. 그때 선생께서는 인문대 학장이셨습니다. 참으로 많은 사람들이 부러워하는 학과 분위기였는데 이 모든 것이 선생의 넓은 이해력과 지도력 때문이었다고 생각합니다. 그후로 선임이 되고 이런 저런 학교의 심부름을 맡게 되었을 때에도 참으로 따뜻한 사랑을 많이 베푸셨습니다. 언제 보아도 부러울 정도의 건강미, 넉넉한 풍채, 인자하신 음성, 젊은이와 함께 해도 어색하지 않은 정열, 우리는 선생과 생활하는 그 자체가 행복이었습니다. 등산으로 다져진 근육은 언제 만져 보아도 돌덩이 같았고, 전임교에서는 세종대왕 모델이었다는 용모, 학생들과 행사가 있을 때에는 한 시간을 함께 춤을 추어도 끄떡없었던 정열, 그런데 어쩌다 이렇게 허망하게 세상을 뜨셨습니까. 참으로 사람의 운명은 점칠 수가 없습니다.

선생과 중국 여행을 했던 추억을 잊을 수가 없습니다. 1990년 같은 학과의 황패강, 홍윤표 교수와 타 대학 교수들이 함께 어울려 10여 일 동안 중국을 여행할 때, 가는 곳곳마다의 관광도 뜻이 깊었지만 선생의 유머 한마디 한마디가 우리를 퍽이나 즐겁게 하였지요. 백두산 천지에 올라 안개로 가져진 정상에서 급조로 차려놓은 제물을 앞에 놓고 목이 매여 불러 보았던 〈우리의 소원〉 노래의 기억은 영원히 지울 수 없는 추억이 되고 있습니다. 연변의 길거리에서 팔던 개구리참외를 맛보지 못하고 지나치면서 아쉬워했던 일화는 두고두고 화제였지요. 오죽하면 〈구와회〉(일행이 9명이었음)를 만들어서 자주 만나자던 약속까지 하였겠습니까. 그 친구들 여기 두고 먼 길을 떠나셨군요.

선생은 아들 사랑이 지극하셨습니다. 그러면서도 결코 자식 자랑을 하지 않으셨지요. 언제나 남들 앞에서 자식의 문제가 나오면 겸손하셨습니다. 아드님이 군에 다녀와서 학원을 야무지게 경영할 때, 처음으로 자랑한 말씀이 "이 녀석이 아주 짠돌이야. 집세도 안 내면서 나보고는 무슨무슨 경비를 대라는 것이야" 하시면서 너털웃음을 모처럼 웃으시던 기억이 납니다. 이제 내 아들이 재산 관리를 제대로 한다는데 대한 자랑을 그렇게 반어법으로 하신 셈이지요. 그 아드님이 이렇게 선생 가신 지 1주년을 맞아 전집을 만든다니 얼마나 대견하십니까.

사모님과 아드님은 선생님 가신 후 유지에 따라 학과에 장학금 1천만 원을 기탁해 주셨고, 연구실에 남기셨던 서적 등을 모두 우리 대학 율곡기념도서관에 기증하셔서 후학들의 학문연찬에 도움을 주셨습니다. 선생은 가셨지만 선생의 정신은 대학에, 후학들에게 살아 있습니다.

청농 선생.

어차피 인생은 저승으로 가는 것, 그저 시기만 서로 다를 뿐이 아닙

니까. 선생께서는 이승에서 부처님을 지극히 모셨지요. 아마도 이승에
서의 공덕을 생각하면 극락의 저 윗자리에 앉아계시리라 생각합니다.
부디 이승의 짐 훌훌 털어 버리시고 영면하시기를 천만 번 축수할 따
름입니다.

옆에서 본 심양 유민영 선생

1

유민영 선생에게 환갑이 찾아왔단다. 아니, 이미 지난해에 찾아왔는데 이 이야기를 누구에게도 끄집어내 보이지 않아서 주변에서 무관심했었다고나 할까. 대학 교단에서 환갑을 맞으면, 유행처럼 회갑기념 논문집이라는 것을 발간하여 봉정식을 가지거나 요란하게 잔치를 벌이는 경우가 많았는데 선생은 일체 그러한 행사를 사양한 것이다.

사실 유 선생께서 판을 벌이려고만 마음을 먹는다면 이 나라에서 몇째가라면 서러울 환갑잔치를 치를 수 있었을 것이다. 그가 이룩해 놓은 학문적 업적으로나 전국적으로 산재되어 있는 그의 학통을 잇고자 노력하는 동료 후학의 세로 보나, 다양한 인간적 교분, 그리고 예술계의 친지들을 볼 때 아마도 장안의 화제를 일으키고도 남았을 것이다. 그러나 그는 단호히 이러한 잔치를 거부했다. 그리고 필생의 역저라 할 원고지 5천 장 분량의 『한국근대연극사』를 간행하여 기념으로 삼았을 뿐이었다. 이 같은 한 가지 사실만으로도 유 선생이 어떠한 인품을 가진 분인가 하는 면모를 엿볼 수 있으리라 믿는다.

선생은 우리 대학교 천안 캠퍼스 국어국문학과 소속으로 되어 있다. 그리고 이제 학과 역사가 20년에 미치지 못하고 있다. 이곳 학과 출신으로 대학원에 진학한 제자들이 〈어문연구회〉를 만들어 공부를 계속하고 있는데 자신들만은 그냥 지나칠 수 없다 하여 선생의 명을 거역하고 자기들 학회지를 내면서 선생의 환력을 기념하지 않을 수 없다는 갸륵한 생각에서 나더러 선생의 인간과 학문에 대하여 소개하라는 것이다. 그러나 옆에 모시고 생활한 지 불과 십여 수 년, 어떻게 선생의 인격과 학문을 잘 이야기할 수 있겠는가. 누가 되리라는 것을 뻔히 알면서도 이렇게 필을 드는 것은 평소 선생의 인격에 존경하는 마음이 커서 그리 함을 이해해 주셨으면 한다.

2

선생은 수필집 『상실의 계절』에서 이렇게 쓰고 있다.

일제 말엽에 소학교에 들어가 콩깻묵을 먹으면서 솔방울을 따기 위해 고사리 손이 빨갛도록 산비탈을 헤맸고 6·25 전쟁 때는 업히기도 걷기도 어중간한 나이로 피난길에서 배고픔에 떨어야만 했다. 그뿐만이 아니다. 전후의 어려운 상황에서 고등학교와 대학을 다니느라 거리에서 관제 플래카드도 많이 들었고 아르바이트라는 것을 개척하여 남의 집 신세께나 진 세대이다. 별 사회의식도 없었으면서도 4·19 때는 광화문 거리에서 한 반 친구를 잃는 아픔도 겪었다.

— 「좋았던 옛 시절」에서

50대 후반이나 60대 초반의 세대들이 평균적으로 겪었던 삶을 선생도 살아온 것이다. 선생은 1937년 경기도 용인군 남사면 진목리에서 30마지기 가까운 농사를 경영하는 중농의 아들로 태어났다. "상당수 멋쟁이 사내들이 그렇듯 풍류가 있었던 아버지는 하얀 모시 적삼을 입고 이따금 어디론가 훌쩍 떠나 며칠 뒤 돌아오시는 분"이셨고, 어머니는 "농촌에서 겨우 한글이나 터득한 구시대 여성"으로 "겨울을 제외하고는 들판에서 보냈고, 음식을 배불리 드시는 것도 제대로 본 적이 없는" 분이셨다 한다. 그는 수필집에서 "우리 어머니는 아이를 열 명이나 낳으셨다. 그 중에 다섯은 죽었고 그 반수인 다섯 명은 장성하였다"라고 쓰고 있다. 우리들 농촌에서 흔히 만날 수 있는 그런 가정환경에서 태어나고 성장했던 것 같다. 그런데 부친이 풍류도 풍류지만 토지개혁 때 상당한 농토를 가까운 사람들에게 모두 나누어 주어서 가세가 급격히 기울어지는 바람에 어려운 유년기를 보냈다고 회고하고 있다. 8대째 이곳에 정착해서 살았고 조부께서는 한학자로 근면 성실한 가계이었던 것 같은데 일제와 해방기의 시대적 변환의 와중에서 가세가 기울어진 것으로 보인다. 진위국민학교를 거쳐 20리 길을 걸어 오산중학교를 다녔는데 학교에서 반장을 맞았으나 구령을 씩씩하게 부르지 못한다고 항상 선생님의 걱정을 들었다고 한다. 먼 길에 피로하고 허기가 들었기 때문이었다.

선생은 초등학교 2학년 때 서커스 구경 갔던 일을 오래도록 잊지 못하고 있다. 아마도 오늘날 연극학을 전공하게 된 희미한 원인이 여기에 있지 않았나 보이기도 한다. 누나를 따라 늦은 봄 밤, 10리 길을 걸어서 난생 처음 구경을 갔었다는 것인데, "각종 곡예와 연극, 노래들로 엮어진 다채로운 프로"는 "완전히 흥분과 도취와 쾌락의 경지였다"고 회고하고 있다. 얼마나 좋았던지 다음날 몰래 천막을 들치고 들어가려다 들켜서 볼기를 맞았고, 다음날 아버지께 입장료 달랬다가 다시 따귀를 맞았으며 결국엔 그들에게 사정을 해서 선전 다닐 때 깃대를 들어 주고 끝나는 날까지 보고 또 보았다는 것이다.

선생을 공부의 길로 들어서게 한 결정적인 계기는 중학교 통학 때 춘원의 소설책을 만난 것이 아닌가 보인다.

집에서 시골 중학교까지는 자그만치 20리길이었으니 아이들이 다니기에는 적잖이 먼 거리였다. 처음에는 혼자 다니기 지루해서 고무줄 새총으로 산새도 잡으며 다녔다. 그러다가 우연하게 조숙한 옆자리 친구 덕분으로 춘원의 소설책을 하나 빌려보게 되었다. 집에서 읽으려니 농사 잡일 도우라는 아버님의 호통으로 중단될 수밖에 없었고 따라서 20리를 다니며 길거리에서 춘원을 읽게 된 것이다. 「무정」이었던가 「유정」이었던가 온통 씁쓸한 '사랑과 이별' 때문으로 해서 소년으로 하여금 길바닥에 뜨거운 눈물깨나 빠뜨리게 만든 소설이었다. 문학작품이 허구라는 것을 전혀 몰랐던 나는 그 주인공들의 슬픈 종말을 나의 일로 착각하고 울며 다녔다. 나의 10대 사춘기는 춘원의 소설 덕분으로 내 마음 속에서는 인도주의가 조금씩 싹터 갔는지도 모르겠다. 그때 나는 산길을 오가면서 장차 남을 돕는 일을 하겠다고 결심했으니 말이다. 일제 말엽과 전쟁을 겪으면서 지독히도 배도 곯았건만 장차 자라서 큰 돈 벌겠다는 생각을 하지 않은 것도 그 때문이 아니었겠는가.

— 「정처를 위한 긴 도정」에서

선생은 이때부터 독서에 대한 의미를 찾았던 것 같다. 이를 계기로 고등학교에 진학해서 본격적으로 독서를 하여 문학을 하게 되고 오늘같이 학문의 길에 들어서게 되었기 때문이다.

중학교를 마친 선생은 고모부가 서울의 적산 가옥에서 생활하고 계셨으므로 서울 생활에 희망을 걸고 한성고에 진학하게 된다. 그러나 고모부님 댁 역시 생활이 넉넉지 못하여 이때부터 고달프지만 가정교사 생활을 하지 않을 수 없었다. 그러면서 독서에 젖어들었는데 헤르만 헤세의 「데미안」이나 「페터카멘친트」에게 감명을 받았고 우연히 봉원사 절에서 가정교사를 하는 기회가 주어져서 불경을 읽을 수 있었다. 춘원의 소설과 헤르만 헤세의 작품들은 불경의 내용과도 무관하지 않아서 인생에 대한 많은 생각을 하게 되고 한때는 출가까지도 고려했었다고 한다. 선생은 이어서 투르게네프, 톨스토이, 도스토예프스키, 푸슈킨, 체호프 등 러시아 작가들의 작품에 빠져들기도 했고, 이러한 독서의 바탕 위에서 슈테판츠파이크나 슈트롬, 밀러, 괴테, 롤랑 등 독일 작품들을, 다시 싸르트르나 카뮈 등 실존 작가의 세계를 더듬고 아우렐리우스의 「명상록」에서 독서 편력을 일단락지었다고 쓰고 있다.

고교 시절 담임이었던 시인 최재형 선생은 서울대 문리대 독문과 진학을 권했지만 가정 형편을 생각할 때 사대를 선택하지 않을 수 없었다. 선생은 사대 국어교육과에 진학하여 이하윤, 김형규, 이응백 교수와 대우전임인 이두현 교수들을 만나게 된다. 대학생활에서도 가정교사의 굴레를 떨칠 수는 없었으므로, 자연히 낭만적인 대학생활보다는 책과 가까이하는 생활의 연속이었다. 특히 영어와 독일어, 불어 등 외국어 공부에 열심이었다. 대학생활이 끝나갈 무렵 본인은 앞으로 소설을 더 공부하거나 문학 평론을 전공할 생각을 가졌는데, 학문의 방향을 결정적으로 잡아준 것은 이두현 교수였다. 김윤식이 소설을 공부하여 평론을 전공한다니 연극 쪽을 공부하는 것이 어떻겠냐는 것이었다. 그는 아직 불모지와도 같은 연극 쪽을 선택했다. 그 선택은 본인에게는 물론 한국 연·희곡계를 위해서도 현명한 선택이었다.

　선생은 대학 졸업과 동시에 여주여고에서 교편을 잡아 국어와 독일어를 가르쳤다. 그곳의 아름다운 자연환경과 순박한 시골 학생들과 정을 붙이며 가르치는 일에 열중할 무렵, 5·16이 터지고 병역을 기피한 사실은 없었지만 군 미필자는 전원 입대시키는 바람에 군입대를 하게 된다. 당시에 현직 교사는 교보라 하여 1년 복무하면 되었는데 해직자라 하여 1년 6개월 동안 병역 의무를 하게 된다.

　고달픈 군대 생활 기간 중, 지난 날 잠깐 겪었던 여주에서의 교직 생활이 그리움으로 마음의 밑자락에 남아 있어서였던지, 아니면 그간 읽었던 작품들을 통하여 참인생의 길이 무엇인가를 생각해서였는지 선생은 제대 후, 섬마을인 적덕도의 중학교 교사를 희망했다. 그곳 교장이 찾아와 크게 환영하였고 여러 가지 편의까지 제공하기로 하여 출발하기에 이르렀는데 대학의 은사들을 찾아가 그러한 희망을 상의드렸을 때 모두들 깜짝 놀라면서 공부를 계속하는 것이 보다 이상을 실현하는 길이라는 강력한 만류로 결국 포기하게 된다. 광신상고에서 국어와 독일어를 가르치면서 대학원을 마치게 된 것이다.

　선생은 이때에 이화여자대학교 국문학과를 졸업하고 신구문화사에 근무하고 있던 박은경 씨를 만나 백년을 약속하고 생활의 안정을 찾는다. 사모님의 가정은 독실한 천주교 신자여서 처남은 신부로(현재 카톨릭 내학교 부총장), 처제는 수녀로 나가 홀로 된 장모님을 어머님으로 모시고 30년을 함께 사셨다. 대학원을 마치게 되자 서울대 법대와 가정대에 시간 강사를 얻을 수 있었는데 고등학교 교사를 겸할 수가 없었다. 이미 결혼을 해서 가장의 자리에 있었기 때문에 시간 강사료만으로는 가계를 이끌기가 어려운 형편이었지만 과감히 고등학교 교사 생활을 마감하고 대학 강의와 연구에 몰두하였다. 그러나 당시의 우리 사회는 여전히 경제적으로 어려웠다. 약 1년 반 동안 명성여고의 야간

부 교사를 하지 않을 수 없었다. 여기에서 시인 신동엽을 만나 그 격랑의 세월에 예술을 이야기하면서 어려움을 달랠 수 있었다고 선생은 회고한다.

1970년 35세 되던 해에 한양대학교에 전임자리가 나서 대학교수로 임용되면서 본격적으로 연구와 교육의 길을 걸어 오늘에 이르렀다. 1973년 독일 비엔나 대학에 유학하여 오지리 출신의 킬다만 기트리히 같은 세계적인 연극, 희곡 학자를 만나 학문의 시야를 넓힐 수 있었다.

선생의 영원한 친구, 학문과 인생을 터놓고 이야기하는 사이인 이태주 교수가 먼저 단국대학교에 와 자리를 잡고 있었는데, 단대에서 예술대학을 만들고 연극, 영화에 대한 집중적인 지원을 해서 그 분야를 발전시키려 한다는 소개를 받고 1980년, 천안 캠퍼스에 국문학과가 신설되자 이리로 부임하였다. 친구 따라 학문 따라 우리 대학에 뿌리 내리기 근 20년, 갑년을 맞는 감회는 참으로 깊으리라. 늦게나마 "교수가 학위를 가지지 않는 것이 어쩌면 신사복 입고 넥타이 매지 않은 것 같아서"라면서 국민대학교에서 박사학위를 받은 것도 기록해야 할까. 이곳에서의 생활을 통한 학문적 업적은 다음 장으로 미룬다고 하더라도 우리 대학의 예술대학장을 맡아 대학의 기틀을 만들어 놓았고, 한국 연극학회 회장, 예술의 전당 이사장, 정동 예술극장 이사장 등 굵직굵직한 사회봉사를 통하여 그리고 한국 연극·희곡사에 획기적인 업적이 될 각종 저술·논문을 통하여 찬연히 빛나는 갑년을 맞은 것이다.

3

유민영 선생은 몸과 마음이 곱다. 우선 살결이 여성처럼 곱다. 가을

햇볕에라도 한 시간쯤 서 있으면 금세 빨갛게 탈 것이다. 별로 찡그리는 일이 없기 때문에 얼굴에 주름살이 별로 없다. 말씨 또한 보드랍다. 전형적인 경기도의 억양을 지니고 있어서 억센 발음을 찾기 어렵다. 그러나 잠깐이라도 대화를 나누어 본 사람이라면 겉모습보다도 마음씨가 더욱 부드럽다는 것을 금세 느끼게 될 것이다.

선생은 고생스러웠지만 어릴 때 자라던 시골 고향의 정서를 늘상 그리워하고 있다. 그의 수필집 구석구석에는 지난 시절의 정서를 잊지 못하여 안타까워하는 모습이 스며져 있다. 이 같은 정서는 자연을 사랑하는 마음으로, 나아가서는 전통을 귀히 여기는 사상으로 이어지고 있는지도 모른다. 선생이 전통극의 여러 양상을 심도 있게 찾아내서 현대극에 접맥시킴으로 연극사의 전통 단절 이론을 극복한 것도 이러한 선생의 정서에 기인하는 것은 아닐까.

선생은 사라진 '무지개'를 안타까워하고, '잃어버린 소리'를 그리워한다. 무지개는 "어린이가 자연, 우주, 인생과 처음 맞닥뜨렸을 때 느끼는 일종의 원초적인 놀라움"인데 현대인들은 이 무지개를 찾지 않고 보지 못하고 있다고 한탄한다(「사라진 무지개」). 그리고 "신은 계절마다 다른 소리를 내며 그 소리의 오묘하고 설명할 수 없을 만큼 아름답고 깊은" 소리를 제공하고 있는데 이 또한 잃고 있다는 것이다. 고향을 찾았으나 너무나 달라져서 "산천도 간 곳 없고 풍정도 간 곳 없으며, 인재도 간 곳 없는" 황폐한 마을이 되어 있다고 한숨을 쉰다(「고향의 앞내」). 한때 수유리에 살았는데 그곳이 좋은 것을 이렇게 서술하고 있다.

수유리는 자연의 소리를 들을 수 있는 곳이어서 좋다. 구태여 집에서 새를 기를 필요가 없다. 우선 먼동이 터오는 새벽이면 꿩 우는 소리부터 들려온다. 낮이 되면 뻐꾹새도 운다. 그뿐이랴. 밤새도록 우는 소쩍새 소

리는 정말 고향의 소리 같다. 소쩍새 소리가 은은히 들려오는 기적 소리
와 함께 화음을 이루면 정말 슬프도록 아름답다. 더욱이 그 소리가 잠 안
오는 자정을 지나 들려올 때, 삶의 애연함마저 느끼는 것이다. 이러한 소
리 못지않게 내가 좋아하는 소리는 무논의 개구리 소리다. (…중략…) 의
예불소리는 갈메 수녀원의 낭랑한 저녁 종소리와 좋은 콘트라스트를 이
룬다. 그 소리는 자신을 돌아보고, 인생을 생각하게 해주는 울림이기 때
문에 산새소리나 솔바람 소리와 함께 영성이라 볼 수 있는 것이다. 이러
한 소리를 들으면서 산골짜기를 산책하는 것도 수유리 사는 재미다.

—「수유리 사는 재미」에서

이처럼 자연의 소리를 늘상 생각하고 있기 때문에 세속의 이러저러
한 일에 일희일비하지 않는다. 누가 자신을 향하여 어떠한 소리를 하
던 관심을 두지 않는다. 술자리가 길어지면 자연스럽게 집으로 간다.
자연의 소리가 언제 인간에게 예고를 하고 들려오고 또 꺼지던가. 지
극히 자연주의적이라 할 수 있다. 비교적 큼직큼직한 감투를 쓴 경험
이 있지만 그 감투를 차지하기 위하여 신경 쓰는 일은 별로 없었던 것
같다. 그리고 자연스럽게 벗어던지기도 한다. 물결 흐르듯 자연의 섭
리에 따라 사는 것을 생활의 신조로 삼고 있는 듯하다.

이러한 정서의 바탕에서 생활하고 있는 선생은 인생을 보는 눈도 대
체로 따뜻하다. 그는 들꽃 같은 인생을 사는 사람을 사랑하고 "인생은
한바탕 연극"이라고 강조한다.

소록도 같은 유적지에서 천형의 고통을 겪고 있는 환자들을 보상 없이
돌보고 있는 수도자와 의료인들, 뙤약볕 아래서 온종일 씨 뿌리고 가꾸는
들판 사람들, 벽지와 낙도만을 지원하여 가난한 어린이들에게 꿈을 심어

주는 일선 교사들, 구성진 밤새 소리 들으며 휴전선을 지키는 병사들, 시
장 바닥에서 몇 천원 어치의 좌판을 깔아 놓고 망연히 손님을 기다리는
주름 팬 노인들, 저녁에 통통배를 타고나가 새벽녘에 바다에서 돌아오는
어부들, 밤을 꼬박꼬박 새면서 국민의 재산과 생명을 지켜주는 경찰관과
방범대원들, 소방서원들, 편지와 소포를 한 짐씩 지고 수십 리 길 산간벽
지로 소식을 전하러 다니는 우체부들, 먼동이 트면서부터 밤 이슥할 때까
지 거리를 깨끗하게 쓸고 있는 청소원들, 야간열차를 뜬 눈으로 몰고 다
니는 철도 기관사들, 저임금에 시달리면서도 불평할 줄 모르고 국제시장
에 수출할 물건을 만들고 있는 공장 노동자들, 지체부자유자들이나 정박
아들을 가르치는 특수 교사들. 나는 이들을 존경하고 사랑한다.

—「이름 없는 들꽃처럼」에서

　오늘날 많은 사람들은 온 세상은 썩었으며, 구석구석마다 부정이 만
연하여 어느 한 사람 제대로 된 사람이 없다고 한탄을 하고 있는데 선
생의 눈에 비친 모든 사람들, 특히 "지체 높은 사람들에 비하여 권력
도, 돈도, 명예도 없는 사람"들을 이처럼 따뜻한 눈으로 보고 있다. 오
히려 애국을 떠드는 사람들은 "가시 많은 장미꽃" 같은 사람들이고 이
같은 이름 없는 들꽃들이 애국자라는 것이다.

　남편의 일시적 실수나 잘못을 형사처럼 따지는 아내를 좋아하지 않으
며, 어떤 것에도 속아 넘어가는 듯, 쓰고 단 것, 아픔과 슬픔도 모두 대하
처럼 넓은 모성적인 마음속에 용해시켜 버리고, 묻어주고, 관용하며, 울
음처럼 삼켜버릴 줄 아는 아내이기를 원한다.

—「여자, 그 영원한 여자」에서

선생은 이 같은 자연관과 인생관을 가지고 살아왔다. 이런 성격으로 어떻게 그 많은 자료를 모아서 저같이 방대한 학문적 업적을 남겼는지 의아스러울 때가 있다. 그러나 그렇기에 많은 사람들에게서 사랑을 받고 협조를 얻을 수 있었던 것은 아닐까. 상당히 많은 자료를 직접 살아 있는 원로 연극인, 희곡 작가, 학자들을 만나서 인터뷰를 통하여 얻었다. 그들은 이러한 인간성에 반해서 모든 자료를 기쁘게 제공한 것이 아니겠는가 하는 이야기이다. 지금도 선생의 문하에서 공부하기를 원해서 우리 대학의 대학원에 진학해 오는 사람들이 많이 있다. 그리고 그 문하를 거친 학자들이 학회를 만들어 모이고 있는 것도 선생의 이러한 인품의 영향이 아니겠는가.

4

유 선생은 문예비평가이자 연극학자이다. 따라서 그의 업적도 이 두 분야를 나누어서 기술할 필요가 있을 것이다. 벌써 오래 전부터 각 일간지의 신춘문예 심사위원으로, 문예지의 심사위원, 또는 추천위원으로 많은 극작가를 배출했으며, 각종 연극제나 작품 발표회의 심사를 맡아서 연극의 평가자로 활동해 왔다. 뿐만 아니라 의미 있는 연극이나 영화가 공연될 때마다 시평을 통하여 비평 활동을 전개해 왔다. 이 같은 일은 비평가로서의 업적이라 할 수 있다.

그러나 이 같은 비평 활동이 가능했던 것은 학자로서의 학문적 권위가 그 바탕을 이루었기 때문이다.

선생은 원래 소설이나 문학비평을 공부하고자 했었는데 대학원 과정에서 희곡이나 연극 쪽으로 방향을 바꾸었다는 것은 이미 기술한 바 있다. 사실 선생이 이 분야에 뜻을 둔 1960년대 초반만 하더라도 몇 분의 선학에 의해서 영세한 자료를 모아

놓은 정도로 불모지였다고 할 수 있다. 이 분야의 전공이 아닌 나로서는 학문적 업적을 설명하기는 어려우나 나름대로 다음과 같이 정리해 볼 수 있을 것이다.

첫째로 희곡사나 연극사에 대해 다른 사람들이 별로 관심을 가지지 않는 때에 선구적으로 그 분야에 뛰어들어 학문적 길을 걸었다는 점이다. 선임 교수의 권하는 바가 있었다고는 하더라도 사실 그 당시로서는 매력 있는 학문의 분야로 선택하기는 망설여지는 것이었다. 선행 연구가 많지 않아서 그 길을 걸어가기가 너무나 고달플 것이라는 것은 명약관화한 길인데도, 그리고 함께 연구하는 동료가 적어서 외로운 길이 될 것이라는 점이 분명했을 텐데도 용기를 가지고 그 길에 들어선 것이다. 더욱이 학창 시절에 연극을 했다거나 하는 경험을 가지지 않은 상태에서 그 분야를 연구하겠다고 들어선 것은 분명히 중대한 결단이었다고 보아야 할 것이다. 1964년에 막연하게 연극사를 써보겠다는 꿈을 가지고 국립도서관 자료실에 출근하다시피 했다고 했으니 군사 정권 하에서 온 사회가 경직되어 있었고 문화나 예술은 숨도 쉬지 못했던 때에 이런 결심을 한 것은 높이 평가해야 할 것이다.

둘째로 자료 니열로서의 연극사를 극복하기 위하여 피나는 노력을 했다는 점이다. "나는 십수 년 전부터 녹음기를 둘러메고 지금은 거의 은퇴하시다시피 한 노배우와 원로 연출가들을 찾아 나섰다. 당시의 생생한 상황을 증언으로서 참조하고 또 육성도 남기기 위해서였다. 그래서 나는 그동안 돌아가신 변기종, 박진, 서월영, 유치진, 복혜숙, 전옥, 김연수, 박녹주 등의 생생한 육성을 보관할 수 있었다"라고 회고하고 있다. 이는 오로지 "그간 출간된 연극사 관계 책들이 미흡한 사료의 나

열을 크게 벗어나지 못하고 있다"는 불만을 극복하기 위해서였다. 그는 입체적 재구성 형식을 주장했다.

셋째로 연극의 4대 요소인 희곡, 극장, 배우, 관중을 빠짐없이 고루 연구하여 연극 연구를 종합적으로 추진했다는 점이다. 선생은 『한국현대희곡사』, 『한국희곡론』 등 연극사 기술의 전제가 되는 희곡사를 정리하는 한편 『한국근대 극장사』를 써서 공연의 장인 극장에 대한 연구를 같이 했고, 『개화기 연극사회사』나 『우리시대 연극운동사』를 집필하여 배우나 관객에 대한 연구도 병행했다. 그런가 하면 장장 12년의 작업으로 원고지 5천 매 분량의 역저 『한국근대 연극사』를 출간한 것이다.

넷째로 전통극과 현대극의 단절을 극복했다는 점이다. 서양음악 중심의 현대음악사나, 서양화 중심의 근대미술사가 한국 예술사 기술의 커다란 맹점이 되어 있는 현실에서 선생은 연극의 경우 이를 극복한 것이다. 이미 1984년에 『전통극과 현대극』이라는 저술을 통하여 이 문제에 대한 기초를 닦았거니와 이번 연극사에서는 이 문제를 완전히 보완하였다. "필자가 신경을 쓴 것은 정통 연극만이 무대예술일 수 없다는 생각에서 지난 시대에 있었던 여러 가지 무대극 형태를 총체적으로 고찰한 점이다. 따라서 그동안 대중으로부터 많은 사랑을 받아 왔음에도 불구하고 무시되어 온 창극, 악극, 여성국극, 마당극 등을 고르게 객관적으로 기술하여 노력했다"는 고백에서도 이를 확인하게 된다.

다섯째로 이식문예사의 관점을 떨쳐 버린 것이다. 이는 한국의 모든 문예사 기술의 과제이기도 한데, 근대연극사 서술의 배경을 심도 있게 천착하여 일제 한국 병탄 이후의 전통예술 진전에 대해 논급함으로써 신연극, 신파극, 신극, 근대극에 이르는 발전의 개선을 분명히 했다는 점은 큰 성과라 할 것이다.

여섯째로 평이한 서술을 통한 대중적 접근을 쉽게 했다는 점이다. "현대와 같이 대중시대에 있어서 학술이 상아탑 속에서 고고하게 칩거만 하고 있는 것도 바람직하지 않다"고 주장해 온 선생은 가급적 모든 글을 평이하게 서술하고 있다. 에피소드의 활용, 각주의 본문 삽입, 용어의 평이화를 통하여 학문에 쉽게 접근하도록 한 것도 짚어 볼 만한 일일 것이다.

이 분야에 문외한이다 싶은 사람이 선생의 업적을 왜곡하지 않았나 우려가 된다. 그러나 필을 놓으면서 만일에 한국 연극사에 '유민영'이라는 학자가 없었다면 얼마나 답답했을 것인가를 더욱 가슴 깊이 느끼게 된다.

그동안 과로로 몸의 이곳저곳에 이상이 오는 것 같다는 말씀을 들으면서 우리들은 다소 걱정스럽다. 제발 이제는 갑년을 맞아 무리하지 마시고 재충전을 하여 백수천수를 누리면서 더 많은 학문적 업적을 남겨 주실 것을 감히 기원한다.

단국문학의 기둥 이동희 교수

이동희 선생, 이동희 교수 아니 이동희 선배. 아무래도 우리 사이에
는 이런 호칭들이 어울릴 것 같지 않네요. 교육자로서의 선생이나 교
수라는 칭호는 어쩐지 너무 먼 거리인 것 같고, 선배라고 부르기에도
우리 사이는 너무 가까운 것이 아니가 싶습니다. 대학 시절부터 무려
40여 년의 세월 동안 형처럼 친구처럼 그렇게 어울려 살아왔으니 공적
인 호칭이 오히려 쑥스럽기 때문입니다. 그래도 학과에서 발간하는 기
념논집의 공식적인 자리이니 선생이라 부르는 것이 무난할 것같이 생
각됩니다.

나 또한 정년을 얼마 남겨놓지 않은 상태에서 선생의 정년기념 논집
에 축사를 쓰라 하니, 글쎄, 축사라 해야 할지 위로의 글이라 해야 할
지 망설여집니다. 그러나 나는 서슴없이 축하의 인사를 드리고자 합니
다. 우리는 흔히 새로이 직장을 잡거나 승진을 하면 축하의 인사를 드
리곤 합니다만 사실은 임기를 마치고 명예롭게 물러날 때 참다운 축하
의 인사를 받을 수 있다고 생각합니다. 어찌된 일인지 우리 사회에는
축하를 받으며 자리에 올랐다가 명예스럽지 못하게 물러나는 사람들
이 너무나 많은데 이런 사람들이야말로 위로를 받을 사람들이라 하겠

지요. 그러니까 참다운 축하는 직장의 출발에 있는 것이 아니라 직장의 마감에 있다고 할 것입니다.

선생이야말로 약관 27세에 중등 교사로 교직에 들어서서 40세에 교수로 임명되었고, 그동안 석사와 박사 학위를 취득하면서 65세에 이르기까지 대학의 신문사 주간, 학과장, 학장을 역임하였는가 하면 무엇보다도 다정하고 존경받는 교수로 많은 연구 업적을 쌓고 정년을 하시게 되었으니 어찌 아름다운 퇴임이라 하지 않을 수 있겠습니까. 그뿐입니까. 25세에 문단에 데뷔하여 40년 동안 끊임없이 정력적으로 작품 활동을 하여 수많은 문학작품을 남기었고 문단의 여러 책임을 맡아 문단 발전에도 기여하였으며, 그러한 공로로 비중 있는 여러 종류의 문학상을 수상하였으니 이 또한 성공적인 삶이 아니었습니까.

무엇보다도 우리가 살아온 세월이 얼마나 험난한 역사의 고비였습니까. 6·25전쟁, 4·19, 5·16으로 이어지는 정치적 변혁, 경제개발과 민주화로 요약되는 격량의 기간이 아니었습니까. 이 격변하는 세월, 풍파가 심했던 우리 사회에서 정년하는 날까지 건강을 유지하고 명예롭게 자리를 물러날 수 있으니 축하받아 마땅하다고 생각됩니다.

이동희 선생. 우리는 우리 단국대학의 한남동 캠퍼스 역사가 개막되면서 만났네요. 나는 신당동 야간학부에 재학하면서 낮에는 막 시작하는 출판사에서 일하고 밤에만 대학에 나왔으니 학생활동은 별로 할 기회가 없었는데 대학이 한남동으로 옮겨오면서 좀 시간을 가질 수 있었지요. 그때 단대 신문에 어줍지 않은 글을 한 편 실었는데 선배인 선생이 찾아주셔서 사귀게 되었지요. 참으로 가난했던 시절. 검게 염색된 군복이 유일한 생활복이었는데 우리는 문학을 공부한답시고 억세게 어울려 다녔지요. 철판을 긁어서 동인지를 만들고, 어렵게 장소를 마련하여 시화전을 열었으며, 어쩌다 문학의 밤 행사를 하는 날이면 우리들의 잔칫날이었지요. 즐거우면서도 서러웠던 우리 젊은 날의 막걸리 잔치.

선생은 졸업하고 나서도 끊임없이 학교를 찾아 우리 후배들과 동아리 활동을 하셨지요. 아마 그렇지 않았다면 60년대 초 우리 대학 학생들의 문학활동은 거의 중단 상태가 되지 않았을까 회상됩니다. 졸업과 동시에 선생은 《자유문학》에 「挫折」이라는 작품으로 등단하게 되고 이어서 공보부에서 주최한 신인예술상에 「핏들」로 수상을 하면서 후배들에게 희망을 안겨 주셨습니다. 이러한 실력과 공로가 인정되어 대학 부설인 단국공고 교사로 임용되셨고 다시 대학으로 옮겨와 정년을 하시게 되었으니 선생이야말로 단국의 산 역사요, 단국 문학의 창시자이자 증인이라 할 수 있지요. 한마디로 선생은 단국문학의 가운데 기둥 노릇을 한 셈입니다.

인간은 태어나는 것이 중요한 것이 아니라 어떻게 살고 갔느냐가 중요하다고 하는데 대학과 졸업생과의 관계도 마찬가지라고 생각합니다. 대학에 다닌 것이 문제가 아니라 재학 중 어떻게 생활했느냐가 중요하고, 직장에 재직한 것이 중요한 것이 아니라 직장에서 무슨 일을 했느냐가 중요하다고 생각합니다.

선생은 단국과 인연을 맺으면서 재학 중에나 졸업을 해서나 단국에서 직장 생활을 하실 때나 오로지 단국의 문학을 위해서 정성을 다해 오셨습니다. 재학 중에는 앞에서 지적한 바와 같이 단국의 문학을 처음 일으키는데 큰 역할을 하였으며 졸업해서는 끊임없이 작품활동을 해서 후배들의 귀감이 되었을 뿐만 아니라 교수로 부임해서는 학생들 문학 지도에 헌신적이었으며 단국문학회의 창립과 운영, 단국대학교 문예교육진흥위원회의 창립과 운영 등 단국의 문학을 진흥하는데 늘 주도적인 일을 해오셨습니다. 그러니 단국의 문학하면 누구나 이동희 교수를 떠올리는 것이 당연하게 된 것이지요.

단대신문의 주간, 학과장, 학장 등 대학의 보직이나, 10여 편의 장편과 8권의 창작집, 그리고 농민문학회의 창립과 계간 《농민문학》의 간행, 한국문협 소설분과 회장 등 문학활동과 각종 문학상 수상 등은 연보에 잘 나와 있으니 다시 언급을 피하거니와 참으로 보통 사람으로는 해내기 어려운 업적을 남기셨습니다. 그러니 화려한 정년으로 박수를 보내드리지 않을 수 없습니다.

선생은 참으로 사람을 좋아합니다. 그리고 한 번 인연을 맺으면 끝까지 정을 같이 하십니다. 아마도 선생은 전화를 떠나서는 사실 수 없다고 할 것입니다. 그만큼 전화에 매달려 사시기 때문에 주변의 눈총도 많이 받으십니다만 이 또한 사람들과의 교분을 공고히 하는 수단이 아닌가 합니다. 누가 그랬지요. "이동희가 나쁘다는 사람은 나쁘다고 말하는 그 사람이 나쁜 사람이라"고요. 선생이 그토록 끈질기게 매달리는 농촌소설의 주인공들처럼 소탈하고 담백하며 의리를 소중하게 생각하는 농심을 가슴에 심고 살아왔다고 할 수 있지요. 한 번 이어진 인연의 끈을 끈질기게 잡고 늘어지는 그 끈기야말로 선생의 특성이요 성공의 비결이 되었는지도 모릅니다. 나를 통해 알게 된 친구들도 세월이 지나다 보면 나보다도 선생과 더 친밀하게 지내는 것을 여러 번 보아왔습니다. 그게 얼마나 큰 장점입니까.

나 또한 이 선생의 덕으로 오늘날 모교에 와서 교편을 잡고 있다고 할 수 있지요. 나는 학교를 졸업한 후, 모교에 오리라고는 꿈에도 생각해 본 일이 없었는데 내가 대전의 전문대학에 근무하고 있을 때, 예의 그 인연의 끈을 선생께서 끊지 않고 있었기에 연락이 된 것이지요. 어느 가을날 영동 고향의 난계예술제에 간다면서 대전에 들렀었지요. 그리고 연사가 사정상 펑크를 냈으니 대신 내려가자는 통에 연결이 되어서 모교로 옮겨오는 일을 추진하였으니 말입니다.

선생은 대학 시절에 자신을 가르쳐 주셨던 은사님들에 대한 의리를 끝까지 지켰습니다. 학산 김용호 선생님이 타계하신 후, 선생님의 작품 전집을 간행하였고, 문학의 밤에 항시 선생님을 추모하였으며, 교정에 시비를 세우는가 하면 지금까지 매년 스승의 날에 즈음하여 추모 행사를 거르지 않고 있습니다. 이무영 선생님에 대한 연모의 정 또한 한결같습니다. 선생은 이무영 선생님을 창작의 정신적 지주로 삼아 왔다고 할 수 있습니다. 농촌문학에 대한 변함없는 열정이 그러했고, 그의 학위 논문도 모두 이무영연구였습니다. 무영 선생님의 작품 전집을 간행했는가 하면 선생님의 유족에까지 깊은 관심을 가지고 돌보아 왔습니다. 근래에는 이무영문학상을 제정하는 데 힘써 그 결실을 보았으며 매년 무영문학제를 성대하게 추진해 오고 있습니다.

선생은 고향 사랑의 뜻이 깊습니다. 어찌 보면 모교인 단국대학에 대한 성심도 바로 그 고향 사랑의 정신이 함께 했는지도 모릅니다. 문학 활동을 함께 했던 동문 가운데 불행하게도 일찍 세상을 뜬 문인들에 대한 추모행사를 열심히 해왔고, 선생의 고향인 충북 영동의 문인들에 대한 관심도 끊임이 없습니다.

같이 공부했던 시인 권영달 동문이 타계하자 그의 추모비를 세우고 그의 가족까지 힘 닿는 데까지 돌보고 있으며 불행하게 간 한풍길 동문이나 신승주 동문에 대한 추모의 정을 우리들이 만날 때마다 강조하고 있습니다. 또한 작고한 고향의 시인 구석봉이나 농촌소설 작가 유승규 씨에 대한 크고 작은 추모 행사도 쉬지 않고 마련하고 있으며, 고향의 문화 행사에도 결석하는 법이 없습니다.

이렇게 제목만 나열하기도 바쁜 편이니 이 일에 얽힌 에피소드나 후일담은 또 얼마나 많겠습니까. 이제 정년을 하시면 시간적 여유를 가지고 이러한 이야기를 나누면서 회포를 풀어 보십시다.

우리 속담에 "사람이 든 자리는 잘 몰라도 난 자리는 크다"는 말이 있습니다만 선생이 자리를 비우면 아마도 우리 단대에서는 아쉬움이 많으리라고 봅니다. 동문 문인 모임인 〈단국문인회〉는 누가 채찍질할 것이며, 단국문학상은 누가 서두를지 걱정이 아닐 수 없습니다. 다행이 정년을 맞으시지만 옆에서 보기에 건강은 아직도 50대 같으니 앞으로도 재직시와 같이 관심 가져 주시길 청할 수밖에요.

이동희 선생. 당신은 충북 영동 매천 시골에서 나서 부천의 판잣집 같던 고난의 역경을 이기고 문명의 이기라 할 최신 시설을 갖춘 아파트에서 정년을 맞았습니다. 다시 영동으로 회귀하기 위하여 고향에 토담집을 마련한다니 생각과 삶을 귀일하려 하는군요. 농촌에 들어가 글쓰기를 그렇게 노래 부르더니 이제는 그 원을 풀게 되었구려. 이제 일상의 자잘한 짐을 훌훌 털어 버리고 본격적인 글쓰기에 몰입하여 대작을 남기시오. 건승을 빕니다. 그리고 다시 한 번 정년을 축하합니다.

고향 청산(靑山)으로의
회귀를 꿈꾸는 교육자의 삶

1

낙엽이 바람에 흩날리는 늦은 가을에 전화 한 통이 걸려왔다.

"저 보문학교 졸업한 김대현인데요. 혹시 기억하실려는지?"

내가 왜 김대현을 모르겠는가. 고등학교 시절 애늙은이처럼 의젓했던 학생. 그 당시로서는 한문을 익히고 입학한 학생이 드물었는데 조부님한테 한문을 배우고 입학했기 때문에 특별한 분위기를 가졌던 학생. 그리고 3학년 때 몸이 불편해서 얼마 동안인가 학교에 나오지 못했던 학생, 미술반에 있다가 나오는 통에 갈등을 겪었던 학생, 뿐만 아니라 대전대학(오늘의 한남대학)에 출강할 때 내가 근무하는 고등학교 졸업생이어서 반가웠던 학생, 아마 흥사단 아카데미에도 참여했었지.

그리고 얼마 후에는 중등 교사로 있다면서 1년에 한 번씩 연하장을 보내 주었던 그가 아니었던가. 그런데 근래 10여 년 동안은 소식을 몰랐었다. 그런 그에게서 전화가 걸려온 것이다. 어찌 반갑지 않겠는가.

사연인즉 교직에 있으면서 여기저기 발표한 글들과 자기가 꾸준히 공부해 온 시와 한시 작품, 기행문 이런 것들을 모아 보니 300여 페이지의 글이 되어서 책으로 엮어 볼까 하는데 발문을 써줄 수 없겠느냐는 것이었다. 그래서 만났다.

그가 살아온 이야기를 쉴새없이 해댔다. 나는 밥 먹는 것도 잊고 그의 이야기에 빠져들었다. 어떻게 하는 것이 참다운 교직자의 길인가를 놓고 방황했던 이야기, 대학원 한문학과에 입학하여 한문교사 자격을 얻어서 한문선생을 해온 이야기, 특히 그의 고향 옥천군 청산에 대한 애정 이야기, 교육의 길을 걸어오면서 교류했던 동료 교사와 학생들에 대한 이야기, 그리고 그의 창작에 대한 이야기까지 끊일 줄을 몰랐다. 그리고 화제는 현재로, 다시 자신의 미래로 흘러들고 있었다. 오늘 근무하고 있는 동신고등학교의 생활에 만족을 느낀다면서 이제는 정년을 앞두고 이것저것 정리하고 자기 고향에 내려가 조상의 사당을 짓고 학당을 세워서 대안학교를 운영하면서 여생을 유유자적하겠다는 포부까지 밝혔다.

나는 그가 넘겨 주는 원고를 들고 집에 와서 읽기 시작했다. 바로 음식점에서 그가 나에게 들려주었던 내용들을 곧바로 확인할 수 있었다. 말하자면 그가 쓴 글들은 그가 체험한 사실 그대로를 문장화했다는 이야기이다.

2

그의 글은 그의 삶 그 자체이며, 그의 인격을 고스란히 담아놓은 그릇이다. 그의 생각과 느낌이 가감 없이 스며져 있다.

먼저 그는 고려 속요 「청산별곡(靑山別曲)」의 배경이 그의 고향인 충북 옥천 청산(靑山)이며, 지은이도 청산인(靑山人)일 것이라는 강한 믿음을 가지고 있을 뿐만 아니라 어쩌면 자기의 조상 중의 한 분일 수도 있다는 생각을 가지고 있다. 따라서 그는 「청산별곡」에 대한 사랑이 남다르고 청산의 냇물, 청산의 바위, 청산의 물고기 한 마리에 이르기까지 청산별곡과 연계하여 생각하고 느끼고 있다. 이는 바로 자기 고향에 대한 자부심이요, 고향을 지키고자 하는 강한 의지요, 고향에 대한 사랑이다. 그는 그래서 기회만 되면 자기가 가르치고 있는 학생이나 동료 교사들을 이끌고 자기 고향 청산을 찾으며 고향 자랑을 아끼지 않는다.

그의 시 대부분에 '청산'이 나온다. 「신 청산별곡」은 말할 것도 없고 「하늘로 보내는 편지」, 「청산이여」, 「옹달샘」, 「귀거래 청산」, 「청산은 말이 없네」, 「보청천」, 「봄날」, 「구지봉에 서서」, 「산」, 「꽃바위 그늘 아래서」, 「매화」, 「철쭉꽃」, 「그리움」, 「귀거래사」, 「청산이 되고 싶다」 등 일일이 열거할 수 없을 만큼 많은 작품에 청산이라는 단어가 나오고, 청산에 있는 산이나 바위 등을 쓰고 있는 시도 상당히 많다. 말하자면 그의 시적 배경은 그의 고향 청산을 떠나서 이야기할 수 없다하겠다.

그리고 그의 시적 상상 또한 「청산별곡」의 세계에 맴돌고 있음을 알 수 있다.

　고향 청산으로 돌아가고 싶습니다
　새벽달 스치는 이슬
　손에 손잡고

　내 놀던 청산으로 돌아가리라
　아침햇살
　고운 집 언덕에서

참새 노래하네

나 낳은 청산으로 돌아가고 싶습니다
내 힘없어 이 세상 날 버린다 하여도
살아 갈 수 없을 때까지

—「귀거래사」 전문

이 시를 보더라도 "살어리 살어리랏다 청산에 살어리랏다"라는 「청
산별곡」의 이미지와 다름이 없다. 「청산별곡」에 대한 해설이 여러 가
지이고 어학적인 비밀이 아직도 많아 연구의 여지를 안고 있기는 하지
만 대체적으로 현실을 적극적으로 극복하고자 하는 의지의 표현이기
보다는 복잡하고 한 많은 현실을 떠나 자연과 더불어 은둔하는 이미지
라는 것은 대부분이 동의할 것으로 본다. 이 은둔은 패배와는 다를 것
이다. 설사 패배에 따른 감상이라 하더라도 자연과 벗하여 또 다른 세
계를 지향하는 의지의 일단을 느낄 수 있는 것이다.

그래서 그는, "교단생활 30여 년, 이제 교편을 내려놓고 내 고향 청
산 강가에서 모래성 쌓고 진달래꽃 따먹고 칡뿌리 캐먹던 그곳으로 내
려가 천자문 배웠던 금릉 김씨 재실 겸 서당을 중수하여 향리 아이들
이나 가르치고 허락한다면 대안학교를 세워 마지막으로 고향에서 봉
사하고 싶다"라고 말한다. 그에게 있어서 교편을 내려놓는다는 것은
결코 패배가 아니며 새로운 삶에 대한 꿈이요, 의지라고 할 수 있을 것
이다.

3

그는 어린 시절 조부에게서 한문을 배우면서 유가적인 도덕을 몸에 익혔다. 그후 불교재단에서 운영하는 고등학교에 다니면서 불교에 대한 이해를 했고, 다시 대학은 미션계 학교여서 기독교에 발을 들여놓기도 했다. 그러다가 그는 다시 한문 교사를 하면서 요즈음에는 주역에 심취해 가는 중이다. 이렇게 다양한 종교에의 섭렵은 자연히 그의 삶에 영향을 미치지 않을 수 없었다. 한때는 중이 되고자 백담사에 잠적했던 때가 있었고 이제는 귀거래사의 세계를 그리고 있다.

그의 교직은 그의 제자가 쓴 글에서 면모를 엿볼 수 있다.

"'이것이다' 하고 꼬집어내어 얘기할 만한 특징이나 매력은 없는 것 같은데도 만나면 기분 좋고, 돌아 서서도 그 여운이 감도는 듯한 사람, ㅡ여럿이 웃고 떠들 때 그저 조용히 앉아서 웃으며 듣기만 하는 사람, 비웃는다는 기색이 전혀 없이 귀 기울여 들으면서 잔잔하고 평화롭게 웃기만 하는 사람"(김은경)으로, "시적인 묘사와 지성적 낭만, 그리고 풍류, 방랑적 기질을 갖고 계신 분, ㅡ때로는 도인(道人) 같은 기질을 갖고 계신 분 ㅡ어떨 땐 진정 사나이다운 호연지기를 갖고 계신 분"(동시고 경종)이라 쓰고 있다.

이들 글을 통하여 보건데 학생들에게 사람 좋은 호인형 선생님으로 인식되고 있음을 알 수 있다. 평범 가운데에서 교육적 열정을 펼치고 있음을 이야기하고 있다. 이러한 성격은 여러 종교를 통하여 몸에 익힌 수양의 결과로 볼 수 있지 않을까.

그는 교직생활의 출발을 이렇게 회상한다.

괴테가 "노력하는 한 인간은 방황한다"고 했듯이 나도 때때로 고뇌하여 교단을 일탈하여 안개 낀 강가에서 서성거리며 방황하기도 했다.

73년 교직 초년병으로 나는 학생에게 열정적으로 지성과 감성, 그리고 야성적으로 인간의 애증과 진리의 향기를 그들에게 심어주려 했다.

부임 첫 시간—흰 칼라에 검은 교복의 성숙한 여고 3학년 모습은 나를 설레게 하고 긴장케 했다. 초롱초롱한 눈빛과 들꽃 같은 향기가 감도는 교실에서 「춘우(春雨)」(정몽주 지음)를 그 시대, 인간과 자연의 정을 서투른 그림까지 그려가며 열정적으로 가르치다 보니 종소리도 듣지 못했다. 학생들의 흐트러진 모습에서 알아채고 교실을 나오니 속옷이 땀에 젖어 온 몸이 끈끈함을 느꼈다.

봄이면 진달래, 철쭉꽃, 여름이면 장미꽃, 안개꽃, 가을이면 들국화, 갈대꽃 철따라 나의 책상 위에 놓여 있곤 했다. 과수원 하는 아버지가 보내준 사과 한 상자, 그녀의 어머니가 빚어준 농주.

—「꽃과 여고생」에서

여기에 그의 교직생활의 면모가 그대로 드러나 있다 하겠다. 열정적인 강의, 그 강의에 빠져든 학생들의 선생에 대한 존경심, 마침내 학부모들까지 그를 아끼고 사랑한다는 이 정적인 교직 생활이 바로 그가 추구해 나간 교직상이라고 할 것이다.

그는 어디를 가나 무엇을 보나 기록하기를 좋아한다. 그리고 그것을 글로 표현하려 노력한다. 그는 여행을 한 다음 반드시 그 여정을 기행문으로 남긴다. 중국, 일본 등 외국 여행은 물론 고향의 산에 다녀와서도 기록을 남긴다. 특히 그가 찾는 곳이 옛 성터, 중봉 선생 묘소, 정지용 생가, 박팽년 선생 생가, 만명 유래비, 문바위 등 역사의 향기가 묻어나는 곳들이라는 것에서도 그의 기행이 어떤 의미를 가지는 것인가 짐작할 수 있다. 그는 끊임없이 옛 조상들의 삶과 발자취에서 자신의

위치를 되돌아보면서 인생 역정의 방향을 잡아가려고 노력한다는 것
을 이해하게 되는 것이다.

사람이 세상에 태어나서 자기가 살아온 흔적을 기록으로 남긴다는
것은 끊임없이 자신을 돌아보는 생활을 한다는 증표이다. 역사적인 이
야기를 쓰면서 오늘의 역사를 생각하고 만나는 사람들에게서 자신의
행보를 되살펴 보게 된다. 이는 특히 교육자들에게 대단히 중요한 의
미가 있다고 본다. 그는 부단히 자기 수련을 게을리 하지 않고 있다는
것을 이들 기록을 통하여 확인하게 된다.

4

이제 그는 이번 문집을 통하여 지천명의 연륜과 30여 년의 교직 생
활을 정리한다. 그의 평소 언어처럼 유연한 성격에 결코 평범하지 않
은 인생을 보는 시각, 이제는 고향에 돌아가서 새로운 인생을 계획하
려는 그의 가슴에 행운이 함께 하기를 기원한다.

1969년. 35년 전 고교 졸업식장에서 석별했던 김대현이 중견 교사로
서 정년을 눈앞에 둔 나에게로 와서 자신의 노후를 이야기하는 이 기
막힌 인연을 우리는 아름답다고 해야 하겠지. 이 책을 통하여 결코 부
끄럽지 않은 생을 살고 있는 김 선생의 삶을 마음속으로 축복하면서
글솜씨를 말하기 전에 김 선생의 인격을 느끼는 것으로 책임을 면하고
자 한다. 부디 평강이 있기를.

상식(常識) 찾기의 직설(直說)과 청담(淸談)

1

변호사, 에세이스트 박상엽.

그를 가까이에서 끊임없이 지켜보며 가끔씩 술자리를 같이해 온 우리 대학교의 법과대학장 정주환 교수는 그를 한마디로 설명하여 "비상식의 바다에서 상식을 건져내면서 사는 사람"이라고 평한다.

그렇다 그의 글을 몇 페이지만 읽어본 사람이라면 그가 얼마나 상식을 부르짖고 있는지 금방 눈치챌 수 있을 것이다. 흔히들 법은 상식을 넘어서서 전문성이라는 올가미를 가지고 우리들 보통 사람을 괴롭히는 것처럼 생각하는 경우가 많다. 오죽하면 이현령비현령(耳懸鈴鼻懸鈴)이라는 말이 있을 정도로 귀에 걸면 귀걸이요 코에 걸면 코걸이식 해석을 통하여 우리들 상식을 복잡하게 만드는 것이 법인 것처럼 오해하는 경우까지 있겠는가. 그래서 우리네 보통 사람의 상식으로는 잘 판가름이 나지 않기 때문에 전문적인 법지식을 가진 변호사에게 부탁해서 자기가 당하고 있는 억울한 사정을 해결해 달라고 호소하고 있는 것이 우리네들이 아닌가. 그 법해석의 전문가 박상엽 변호사가 이번에 두 번째 에세이집을 상재한 것이다. 그렇다면 그의 글 속에서 독자들은 저 유명한 「베니스의 상인」에서 심장의 가까운 곳에서 살을 한 근 베어가되 피는 가져가지 말라 했던 명판관 포오샤의 기지가 넘치는 판결 같은 절묘한 언어들이 흘러넘칠 것을 기대할지도 모른다. 그러나 잘 생각해 보라. 포오샤의 그 판결은 결코 상식이 아니다. 어찌 보면 궤변 같은 것을 통하여 상식을 넘어서는 짓을 하는 자에게 일격을 가한, 말하자면 비상식적인 일을 비상식적인 판단을 통하여 상식으로 되돌리는 유쾌한 이야기가 되어 있는 것이다.

박상엽의 글에서는 그러한 이야기에서나 볼 수 있는 기상천외의 이야기를 기대해서는 안 된다. 보다 원천적인 상식을 찾는 즐거움을 주고 있다. 오늘날 우리 사회에 펼쳐지고 있는 가지가지 비상식적인 처사들을 곧바로 날카롭게 지적하고 명쾌하게 해석하며 대로는 대안을 제시한다. 특히 정치 지도자나 사회 지도층의 비상식을 야유하고 힐책하며 경고한다. 이렇게 보면 그의 글과 변호사라는 직업과는 아무런 상관이 없다. 실제로 변호사의 글이지만 무슨 법적인 해석이나 그가 겪은 재판에서의 일화 같은 것은 어느 곳에서도 찾아볼 수 없다. 그의 글은 신변잡기가 아니다. 흔히들 수필이라 하면 자신들의 신변에서 벌어지고 있는 일상적인 일화를 적는 것으로 생각하기 쉽지만 그렇지 않다. 고급한 수필일수록 고급한 지성이 배어 있고, 때로는 명상적이기까지 한 것이다.

수필에는 느낌을 주로 쓴 것과, 생각을 중심 소재로 한 것, 자기의 주장을 강하게 펼치는 것 등 다양하다. 그런데 박상엽의 수필에는 자기의 생각을 중심으로 자기의 주장을 정확하게 내세운 작품들이 많은 편이다. 다분히 사회 엘리트의 자리에서 세상을 보고 지도자적인 관점에서 논리를 편다. 그런 의미에서 어쩔 수 없이 변호사의 글이 되고 있는

지도 모른다. 그러나 그가 글에서 변호하고 있는 것은 어느 한 개인의
문제가 아니라 보다 광범한 대중의 입장에서, 진실로 상식적이고 일반
적인 다중을 위한 변호를 하고 있는 것이다. 그만큼 그의 글은 다중의
개성을 특징으로 한다고 할 수 있다.

이러한 내용적 특성 때문에 그의 글의 문체는 만연의 아름다움을
선물하고 있다. 짧은 길이의 글을 별로 찾을 수 없다. 적어도 15매
이상 40매, 50매의 글이 대부분이다. 자기의 생각이나 주장을 알리
기에는 짧은 길이의 글로서는 만족할 수가 없었을 것이다. 그런데
이러한 길이의 글을 읽으면서도 우리는 전혀 지루함을 느낄 수 없다
는데 이 에세이스트의 문체적 장점이 있다고 할 것이다. 말하자면
그의 글이 가지는 문학적 가치를 그의 문체에서도 십분 느낄 수 있
다는 것이다.

2

그렇다면 박상엽 씨가 가진 수필이라는 카메라의 렌즈는 어디를 향
히여 있는 것일까. 작가는 언제나 작가 나름의 시선을 가지고 대상을
보게 미련이다. 역시 이 글의 첫머리에서 지적한 것처럼 우리 사회의
비상식적인데 렌즈를 대고 있다. 그리고 그 비상식적인 대상은 우리
사회의 상류층에 견양되고 있다. 어찌 보면 우리가 살고 있는 삶 자체
가 비상식의 바다라 할 수 있다. 이 글을 쓰고 있는 나 자신에서부터
우리의 삶을 둘러싸고 있는 모든 것들이 비상식의 부조리 속에 놓여
있다고 해도 지나치지 않으리 만큼 오늘날 우리는 비상식의 바람결에
휘말리고 있는 중이다. 아침마다 펼쳐든 신문에서 다루고 있는 뉴스

가, TV에 비쳐지고 있는 수많은 그림들이 비상식의 외침들이 아닌가.
그런데 박상엽 변호사는 서민들의 비상식에 대한 우려보다 이른바 지
도층, 상류층의 비상식적 행태가 걱정인 듯하다.

대통령에서부터 장관이나 국회의원 같은 고관, 그리고 언론에 이르
기까지 우리 사회의 상류층에게서 발견되는 비상식을 가차 없이 찾아
내고 있는 것이다.

사지가 멀쩡하고 신체 건강한 자식을 합당한 명분이나 사유도 없이 군
대 보내지 아니한 부모가 고위공직에 취임하거나 국민들의 투표로써 선
출되는 국회의원이나 대통령에 출마하는 경우 사정은 전혀 달라진다 하
겠다. 자기 자식 귀한 줄은 알고 남의 자식 귀한 줄은 모르는 자가 수신이
나 제가는 그럭저럭 할 수 있을지는 몰라도 아무리 좋게 본다 하더라도
치국이나 평천하와는 거리가 멀다 하겠다.

—「사나이로 태어나서」에서

이 글의 시작은 "사나이로 태어나서 할 일도 많다만" 하는 군가의 가
사에서 출발하여 평범한 우리들에게서 늘상 화제의 대상이 되는 군 생
활 이야기, 특히 어느 날 책 보따리를 들고 공부하러 온 사람이 마치
공수부대에서 근무한 것처럼 설쳐대었으나 알고 보니 군 생활을 교묘
히 피한 어느 의사의 아들이었다는 비양심적인 행태를 비웃으면서 렌
즈를 어느덧 사회 지도층, 특히 정치인에게로 옮겨서 이같이 지적하고
있는 것이다.

얼마 전 정치 지도자나 고급 공무원들의 군 복무에 대한 기사가 나왔
다. 내로라하는 정치인일수록 어찌된 일인지 군 면제자가 많았다. 그
래서 그는 이들을 향하여 일갈한다. "멀쩡한 자들이 군복무 하나 제대

로 못하고 어영부영 넘겨버리고는 장관입네 국회의원입네 불룩 튀어
나온 배때기를 쭈욱 내밀고 양손은 뒷짐진 채 거드름을 피우는 꼴들을
국민들은 더 이상 용납해서는 안 된다"고 주장한다. "그런 그들일수록
애국이 어떻고 국가 안보가 어떻다느니 떠벌리는 말과 제스처는 훨씬
요란하고 거창하다"고 빈정댄다.

그의 렌즈는 어느덧 최고 통치자인 대통령에게로 옮겨 간다.

유감스럽게도 최근의 대통령들은 쩨쩨하게도 줄줄이 퇴임 후 되돌아가
살 자기 집을 대궐같이 뜯어고치고 치장하는 데만 정신들이 팔렸었다. 퇴
임 대통령의 집이 낡아 비가 새서 도저히 살 수 없다고 하는데도 과연 정
많기로 이름난 우리 국민들이 마냥 뒷짐진 채 수수방관만 하고 있을 것인
가. 설사 황희 정승을 뒤따라간다 한들 무엇이 부족하다 하리요. 저승까
지 가지고 갈 집도 아닌데. 우리 모두 두 눈 크게 뜨고 대통령이 하는 양
을 지켜보자.

— 「명절유감」에서

그는 우리 사회가 산업화되면서 아름다운 인정이 담긴 명절의 미풍
양속까지 잊어 가는 것을 안타까워하면서 잊어버린 명절을 찾기 위해
서도 지도자들이 앞장서 줄 것을 요청한다.

"대통령부터 솔선수범하여 명절 전에 요란한 선영, 선산 참배 행사
를 대충 끝내고 정작 명절날에는 휴양지에 깊숙이 파묻힌 채 남들이
뭐하는지 모르게 꽁꽁 숨어 있을 것이 아니라 명절날 직접 차례도 지
내고 동네 코흘리개 아이들 세배도 좀 받고 한 놈 한 놈 세뱃돈도 건네
주는 넉넉하고 다감한 모습을 보여줄 것"을 바라고 있다. 여기에서도
자신의 어렸을 적 명절에 대한 이야기를 기억하여 쓰고는 있지만 역시

상류층이 시범을 보일 것을 주문하여 그 카메라 렌즈의 대상을 그리로 돌리고 있음을 알 수 있다.

　　정권이 출범하여 최고통치권자의 권세가 드높았을 때는 갖은 아양과 아부로써 눈도장이 찍힐 수 있도록 수단과 방법을 다하고 그리하여 힘껏 욕심을 부려 과분한 감투, 자신의 능력으로 추스르기에도 가벼운 큰 감투를 얻어 쓰기 위해 기를 쓰더니 이제 서서히 서슬 퍼렇던 정권에게도 황혼이 찾아오니 빨아먹을 단물 실컷 빨아먹고 배를 두둑이 채운 소위 해바라기족들은 현 정권과 그 핵심 담당자들에 대해 비난의 화살을 날린다. 그들은 그와 같은 비난을 '비판'이라는 단어나 '고언'이라는 단어로 호칭한다. 그러면서 한편으로는 현 집권세력과 자신을 차별화하고 가급적 멀리 떨어져 있는 것으로 보이기 위해 갖은 애를 쓴다. 해바라기족들은 예서 끝나는 것이 아니라 뻔뻔스럽게도 자신은 현 정권으로부터 박해를 받았다고 호도하면서 단물로 가득 찬 새로운 먹이 앞으로 옮겨가 날카로운 이빨과 발톱을 감춘 채 또 다른 연극을 시작한다.

—「죄와 벌」에서

이 책의 글 가운데 거의 유일하다시피 한 법의 이야기를 다룬 소재의 이 글에서 그는 위와 같이 권력 주변의 인사들을 맹공한다. "민초가 남의 가게에 들어가 몇 천 원어치의 물건을 훔치는 것은 엄히 벌해야 하는 마당에 겁 없이 나랏돈을 몇 천억 원 단위로 꿀꺽꿀꺽 삼키는 것은 애초부터 처벌해야 할 죄로서 거론되지도 않는 사회, 중소기업을 하다가 끝내 부도를 낸 사장에 대해서는 법과 정의의 이름으로 철퇴를 가하면서도 피할 수 없는 외압 때문에 별다른 도리가 없었다는 구차한 변명 늘어놓기에 급급한, 이렇다 할 담보도 없이 몇 천억 몇 조원 은행

돈을 특정기업에 마구 대출해 주고 대출 사례금까지 넉넉히 챙긴 은행 장들에 대해서는 사법처리는 고사하고 대출과정에서의 외압의 실체에 대해서조차 수사할 생각을 아예 하지 않거나 축소 조작하는 사회에서 라면 법은 더 이상 사회 질서를 유지하기 위한 규범으로서의 정상적인 기능을 발휘할 수 없다"고 주장한다. 비상식이 아니라 몰상식이 되어 버린 이 사회의 단면을 명쾌하게 지적했다고 볼 수 있다.

그 민주사회의 제4부라 하는 언론에 대해서도 눈을 부라린다.

그를 만나본 사람은 누구나 공감하겠지만 얼굴에 악의라고는 전혀 발견할 수 없다. 수줍음까지 함께 한 그의 말씨에서 순박성마저 느낄 정도이다. 그러나 그의 생각은 이같이 당차다. 그의 「세상을 담는 그 릇」은 이렇게 시작한다.

"웃음은 웃는 자를 즐겁게 하면서 동시에 상대방의 마음을 편안케 한다."

"해맑은 눈동자를 상대방의 눈빛에 맞춰 가며 까르르 몸 전체로 웃 는 어린 아기의 천진난만한 함박웃음"

이렇게 시작한 글은 결국 다음과 같이 숨 가쁜 사회비평으로 이어진 다. 마치 그의 악의 없는 얼굴이 비상식적인 사회를 보면서 분노하는 모습으로 변한 것이리고나 할까.

언론사에 따라서는 일제치하에서의 몇 가지 보도사실만을 유달리 강조 하여 거론하면서 스스로 자신감 있게 민족정론지 운운하기도 하지만 창 씨개명, 신사참배, 징병 등 이른바 일련의 황국신민화 정책의 찬양 및 선 전에 앞장섰던 부끄러운 과거는 어찌하여 그렇게도 까마득히 잊었더란 말인가. 일본 제국주의자들을 머슴 상전 모시듯 깍듯이 받들고 더 나아가 황국신민화에 일로 매진했던 자들은 세상이 변하지 군사정권을 앞다투어

찬양하고 또한 독재자들과 야합하여 권력에 기생하면서 사세를 부적부적
키워나갔다.

—「세상을 담는 그릇」에서

누구도 건드리기를 꺼리는 언론을 향하여 이같이 일갈할 수 있는 것
은 하나의 용기라고 표현할 수 있다. 그는 젊은 변호사의 패기를 이 책
을 통하여 표현하려 하는지도 모른다. 그는 우리나라의 공무원에 대해
서도 다음과 같이 고언한다.

이와 같은 공무원 근무체계의 모순과 불합리성 때문에 우리나라의 공
무원 특히 행정부처의 고위직 공무원들은 일견 팔방미인인 것 같으나 한
꺼풀만 벗겨 보면 사실은 사람 잡는 선무당임을 어렵지 않게 알 수 있다.
우리 정부가 외국 정부를 상대로 어업분야뿐만 아니라 농수산물협상을
하든 통상 분야의 협상을 하든 지난번 한일어업협정에서 드러낸 미숙과
시행착오, 추태와 뻔뻔스러움 등 국가적 망신을 되풀이하지 않으리라는
보장도 확신도 없다. 어설프게 사람이나 잡는 선무당들이 어찌 20년, 30
년 한 분야에서만 일로매진한 베테랑급 전문가들로 구성된 협상상대국
대표들을 리드할 수 있겠는가.

—「물고기가 다니는 길도 모르면서」에서

그는 우리 사회의 상부층 구석구석을 이같이 예리한 눈으로 바라보
고 거침없이 힐난한다.

어느 날 우리와 함께한 술자리에서 변호사 생활 10년, 이제는 한 1년
쯤 안식년을 가진다고 한다. 재충전의 기간이 필요하다는 것이다. 아
마 이 책을 세상에 던지고 뛰는 가슴을 진정해 보겠다는 뜻이 담긴 것

이 아닐까 생각된다.

3

만 스물여덟의 젊은 나이에 두 아이의 아버지로 군법무관 생활을 시작했던 박 변호사는 이제 불혹을 넘어서서 많은 사람들에게 떳떳이 살아가는 길에 대하여 말하고 싶어하는 뜻을 이 책의 글들에서 확인하게 된다. 책의 첫머리에 실린 「청년에게 고함」이나 「정(政)과 정(正)」, 「빛과 그림자」, 「자선냄비 속의 동전」 같은 작품들이 그것이다.

그는 민태원의 「청춘예찬」을 연상시키는 「청년에게 고함」에서

세상이 그대의 멋진 언행에 찬사를 보낸다 하여 우쭐해 하거나 자만하거나 자기도취에 빠지지 말라.

세상이 그대의 하찮은 실수에 대해 손가락질한다 하여 그대의 뜻을 쉽사리 꺾거나 낙담하거나 한 번 정한 목표를 포기하지도 말라.

이렇게 경구 같은 언어를 쏟아내고 있다. 이는 작자의 내밀한 인격체 속에서 스스로 숙성한 자신만만함에서 비롯된다.

우리는 이 책을 읽으면서 그가 평소에 많은 책들과 대화를 계속하고 있음을 확인하게 된다. 여러 곳에서 만나게 되는 성현들의 가르침, 한문 문구, 동서를 넘나들고 있는 문학작품들. 이들을 통하여 그는 세상 사람들을 향해 말하는데 자신을 가진 듯하다. 그리고 끊임없이 계속한 여행에서 선인들의 살아감과 더불어 오늘을 살아가고 있는 모습을 보고 어떻게 사는 것이 현명한가 하는 물음에 나름대로 답을 얻고 있음

을 읽게 된다.

　　꽃이 아름답게 느껴짐은 쉬이 시들기 때문이요 또한 인생이 소중하게
여겨짐은 그것이 유한하기 때문이다. 작고 보잘 것 없는 존재일수록 더욱
의미가 깊고 값어치가 있음은 무한한 우주 앞에선 어쩔 수 없이 스스로도
미물일 수밖에 없음을 몸소 깨달은 자의 겸허 속에서 더욱 뚜렷하게 드러
난다. 자족과 분수를 모르고 한꺼번에 모든 것을 가지려고 잔뜩 욕심을
부리는 자에게 있어서 빛은 그 세기가 아무리 강하고 밝음의 정도가 아무
리 높다고 하더라도 남들의 시선을 계속 붙잡아 두지는 못한다.

—「빛과 그림자」에서

　　심심치 않게 만나는 이러한 담론은 이 책을 읽는 또 하나의 기쁨이
다. 한 발짝 물러서서 인생을 바라보는 여유가 없이는 이러한 언어가
생성될 수가 없다. 겨울철 산짐승들의 주린 배를 염려하여 도토리 따
기를 자제하기로 했다는 이들 부부의 생각은 각박한 삶을 살아가는 사
람들에게 담론 이상의 감동을 줄 수도 있을 것이다.

　　그런가 하면 사할린 동포의 고국 방문에 왕복공항료를 일본 적십자
사에 의존한 부끄러움이나, 동티모르 사태에 대한 물 건너 불구경하는
듯한 한국 정부의 무관심, 연변 동포에 대한 입장 등 도처에서 그의 휴
머니즘을 읽게 되는 것도 그의 관조적인 삶과 무관하지 않다고 보인다.

　　이 책에는 3부에 21편의 작품이 실려 있다. 그리고 각 편의 마지막
작품은 그의 해외 여행기이다. 그는 여행을 특별히 좋아한다고 한다.
그것도 온 가족이 함께 하는 것을 즐긴단다. 글의 소재를 찾는데 여행
처럼 좋은 것이 그리 많지 않다.

　　우리는 이제 그의 다음 작품집을 기대할 차례이다. 그에게는 지천명

과 이순, 그리고 불유구의 세월도 남아 있다. 연륜을 더해 가면서 우리에게 더 아름답고 속살 있는 글을 보여줄 것을 의심치 않는다. 더불어 외롭겠지만 비상식의 바다를 헤엄치면서 더 많은 상식을 건져 올리기에 힘써 줄 것을 요청하기로 하자.

아름다운 만남 그 여백의 조화

— 송국범·고귀숙 부부 전에

　어느 철학자는 '인생은 만남이다'라고 했다. 그렇다. 인생은 태어나
자마자 만남의 역사를 시작하고 죽음으로 그 만남의 막을 내리기 때문
에 그렇게 말할 수 있을 것이다. 우리는 태어나면서 사람을 만나고, 자
연을 만나고, 역사를 만나고, 운명을 만나게 된다. 부자 관계로 만나
고, 형제 관계로 만나고, 부부 관계로 만나며, 이웃 관계로 만난다. 시
민으로 만나고, 국민으로 만나며, 세계인으로 만난다. 일과 만나고, 제
도와 만나며, 집단과 만난다. 우리는 참으로 많은 만남과 함께 인생을
살아가게 되어 있다.

　우리는 누구나 태어나면서 어머니와 아버지를 만난다. 형제 등 가
족과 만난다. 이는 자신의 선택과는 무관한 운명적인 만남이다. 그
래서 우리는 이들 가족과의 만남을 천륜이라 하는지 모르겠다. 그런
데 자신의 의지와 신의 의지가 함께 해서 만나는 것이 부부간의 만
남이 아닐까. 서로 사랑하면서도 부부의 인연을 맺지 못하는 경우가
있고 그렇게 죽도록 사랑하는 관계가 아니면서도 부부가 되는 수가
있다. 오랫동안 사랑하였으면서도 운명의 장난으로 부부가 되지 못
하는 경우가 얼마나 많은가. 그러니 부부로 만난다는 것이 얼마나

소중한 인연인가.

오늘 우리가 만나는 이 만남은 참으로 아름다운 만남이요, 깊은 뜻이 있는 만남이며, 따뜻한 인정의 만남이다. 빈들 송국범 교장과 백월당 고귀숙 선생의 만남이 바로 그 만남이다. 이들 부부는 고귀한 인정으로 만났고 사랑으로 만났으며 같은 직업으로 만났는가 하면 예술로 만났다. 이보다 더 아름다운 만남을 어디에서 다시 만날 것인가.

아름답게 만나서 아름답게 살다가 아름답게 삶을 마무리하는 만남이 최상의 만남이라면 이들 부부의 만남은 분명히 아름답게 만나서 참으로 아름답게 살아가고 있는 만남이다. 이들 부부는 대전이라는 같은 지역의 보문고등학교와 호수돈여자고등학교를 나왔고 충남대학교와 한남대학교(당시에는 숭전대학교)를 졸업했다. 여기까지는 두 사람 사이에 어떠한 인연도 없었는데 서산의 팔봉중학교에서 같이 교직의 길을 시작하면서 이 아름다운 만남은 시작되었다.

농학을 전공하면서도 교직에 뜻을 두어 교원 자격을 얻은 송국범 교사와 국문학을 전공하여 교직을 희망했던 고귀숙 교사가 산과 바다와 들판이 어우러진 아름다운 고장, 이곳 서산 팔봉중학교의 한 교무실에서 만나게 되었다. 당시로서는 벽지에 가까운 자그마한 교육의 보금자리, 팔봉중학교는 그 설립자의 고귀한 뜻만큼이나 따뜻한 교정이었다. 여기에서 두 교사는 교육을 이야기하고 인생을 이야기하고 사랑을 이야기하였다. 특히 좋은 교사가 되기 위해서는 스스로 인격을 잘 가다듬어야 한다는데 뜻을 같이 하여 인격 수양의 길로 글을 쓰고 글씨를 쓰고 그림을 그리기로 했을 것이다. 아니 이들에게는 전부터 서예와 회화의 소질을 타고 났었는데 그 숨겨 두었던 소질을 개발하여 교육자로서의 품성을 가다듬기로 했다는 것이 더 정확한 설명이 될 것이다.

역사주의 문예 비평가들은 예술작품을 감상한다는 것은 그 작품을 창조한 작가를 이해하기 위한 한 수단이라고 말한다. 조개껍질의 화석을 분석하는 것은 화석이 되기 전의 그 조개의 생명체를 찾아보자는 작업인 것처럼 시나 소설 같은 작품을 감상하는 것은 궁극적으로 그 시나 소설을 쓴 작가를 이해하고자 하는 작업이라는 것이다.

이번 서산문화회관에서 이 지역 역사상 처음으로 초대하는 이 부부전의 작품을 감상하는 것도 결국 서예작품을 출품하고 있는 송국범 교장과 한국화를 전시하고 있는 고귀숙 선생의 인간을 이해하는 과정이 될진대 우리는 이 두 분의 인간적인 됨됨이를 먼저 이해하는 것이 이들 작품을 감상하는 지름길이 될 것으로 보아 여기에 소개하는 것이다.

빈들 송국범 교장은 그가 고등학교를 다닐 때 나는 교직 경험 4, 5년이 된 초년 교사로 교실에서 만났고, 백월당 고귀숙 선생은 당시 숭전대학교(현 한남대학교)에 강사로 출강할 때 작문 교실에서 만났다. 생각해 보면 우리 세 사람의 만남 또한 예사롭질 않다. 나는 이들이 부부가 되리라고는 꿈에도 생각하질 않았는데 뒤에 보니 이들은 부부 교육자가 되어 있었던 것이다. 어찌 아름다운 만남이 아니겠는가.

팔봉에서 교사로 만난 두 사람이 부부가 되기 위해서는 한 학교에 근무하기가 어색했다. 그래서 고 선생이 논산의 대건중학교로 자리를 옮기었다. 거리는 멀리 떨어져 있었지만 이들의 사랑은 더욱 가까워졌고 드디어는 백년의 가약을 맺었다. 고 선생은 다시 남편 곁인 대철중학교로 자리를 옮기어 사랑과 교육과 예술의 열정을 같이 불태우고 있는 것이다. 이 과정만 살펴보더라도 이들의 인격적 됨됨이를 잘 이해할 수 있으리라.

송 교장은 1977년에 교사로 부임하여 11년 만인 1988년에 같은 학교 교감으로 승진하였고, 다음 해에 교장의 책임을 맡게 되었으니 그에 대한 재단에서나 동료 선생님들의 믿음이 어느 정도인가를 짐작할 수 있다. 겉으로 보기에 너무 빠른 승진이어서 혹시나 세속적인 정치적 술수라도 부린 것이 아닌가, 아니면 재단과 특별한 관계를 가진 것이 아닌가, 의구심을 가지려는지도 모르지만 내가 아는 송 교장은 승진 따위를 위하여 고기 한 칼 들고 누구를 찾아다닐 위인이 못된다. 오로지 교직에 대한 열정과 정성과 성실성이 그를 그렇게 만든 것이다.

송 교장은 교직자로서의 생각과 체험을 『작지만 세상에서 제일 빛나는 자리』와 『학생은 영웅을 기다리고 있다』라는 두 권의 수필집 속에 감동적으로 써놓았다. 나는 앞의 책을 읽고 출석부 이야기며 가정방문 이야기, 그리고 교사로서의 보람 같은 이야기를 읽으면서 "여기 참 교사가 있구나" 하는 흥분을 맛보았다라고 편지를 써 보냈더니 뒤의 책 머리에 이 편지 전체를 복사해 넣어 주어서 당혹했던 일이 있었다. 그는 오로지 교육만을 생각하는 오늘날 쉽게 만날 수 없는 교육자이다. 이 글들은 교단에 선 우리들에게 무엇이 교육자의 길인가를 일깨워 주기에 충분하다.

송 교장은 이처럼 교육에 정성을 다하면서도 서예에 열심이었다. 그 결실의 한 부분을 오늘 우리는 이번 전시회에서 감상하게 되었다. 「독서양성정(讀書養性情) 연묵수심리(研墨修心理) 운필회중봉(運筆懷中鋒) 지장진선미(紙張眞善美)」라는 글에서 보이는 것처럼 먹을 갈고 글씨를 쓰는 것은 마음을 닦는 길이요 인격을 도야하는 길이며 진선미를 찾아가는 길이다. 곧 교육자의 품성을 길들여 가는 길인 것이다. 그러나 그의 서예의 경지는 이제 수양의 수준을 넘어서서 예술의 자리에 서 있다. 각종 전시회에서의 출품과 수상, 현판과 비문의 휘호, 특히 창조적인 한글 판본체의 개발 등은 이미 서예계에서 인정받은 바 있어서 안견미술대전에서 우수상을 수상한 바 있는 것이다.

송 교장은 훌륭한 교육자요, 수필가요, 서예가이다. 그리고 환경운농

가요, YMCA 이사, 경찰서 행정발전위원 등 사회 운동가이기도 하다. 어지러운 우리 사회에서 모범이 되는 지도자라 할 것이다. 그의 서예 작품에는 이 같은 그의 삶이 잘 녹아 있을 것이다. 때문에 전시회의 문을 열기 전부터 이렇게 기다려진다.

송 교장은 두 번째 수필집의 서문에 "같은 교육 동지로 나태하지 않도록 늘 일깨워 주는 아내에게 특별히 감사한다"고 쓰고 있다. 송 교장이 이같이 고귀한 삶을 살아갈 수 있었던 것은 그의 아내되는 고귀숙 선생 같은 반려자가 있었기에 가능했다고 할 수 있을 것이다. 고 선생은 대학 시절에도 남다른 작문 실력을 가지고 있었다. 언제나 그의 작품이 좋은 작품으로 선정되어 읽혀지고 토론되었던 것을 지금도 기억하고 있다. 또한 대학 시절부터 서예에 관심을 가지고 틈틈이 글씨 수련을 해왔는데 교직에 있으면서 한국화에 관심을 가져 홍익대학교 미술교육원에서 수학하였다. 옆에서 남편이 붓글씨를 쓰는 동안 고 선생은 그림 그리기에 열중하였다. 흔히들 부창부수라는 말을 하는데 이들 부부야말로 부창부수의 단계를 넘어 서로가 서로를 격려하고 때로는 선의의 경쟁자로 예술의 길을 걸어가고 있는 것이다. 이미 여러 전시회에 출품하여 많은 상을 받음으로 한국미협 서산지부 부지부장으로 미술계 지도자의 위치에 서고 있다.

문인화로 시작했던 그의 동양화는 우리들 조상들의 삶이 녹아든 현대적 산수가 새롭게 표현되고 있다. 이번 전시회를 통해 다시 한 번 화단의 평가가 있을 것으로 기대한다.

부부로 만나 훌륭한 가정을 일으키고 교육 동지로 수많은 제자를 정성껏 기르고, 예술의 길을 같이 걸어가는 참으로 아름다운 송 교장과 고 선생의 만남은 우리들 삶의 모범이라 할 것이다. 이같이 고귀한 만남의 중간 결산인 이 전시회에 이 무딘 글이 오히려 빛을 가리지 않을

까 걱정을 하면서 필을 놓는다. 앞으로 더욱 행복하고 보람 있는 나날
되기를 기원한다.

타고난 재질과 피나는 노력의 조화

— 임택수 문집 발간에

임택수, 그는 한국 방송음악의 대명사라 해도 지나침이 없다. 〈정 때문에〉 등 인기 일일연속극 음악을 300여 편이나 작곡했고, 〈목욕탕집 남자들〉 등 주간연속극 음악을 무려 700여 편이나 작곡하였으며, 교육영화, 문화영화 등 영화음악을 300여 편이나 작곡했다는 사실만으로도 이를 증명하고 남는다. 아니 약관 19세의 나이에 대전방송국 음악 전속으로 방송음악의 일을 시작한 이래 2년 후, 서울 KBS에 올라 오늘에 이르기까지 39년간을 라디오, TV, 영화음악을 담당해 왔으니 그 연륜으로 치더라도 그는 한국 방송음악 제작의 산 역사라 하지 않을 수 없다.

당장 오늘 저녁 TV 앞에 앉으면 그의 음악으로 장식된 드라마를 만나게 된다. 〈왕과 비〉, 〈엄마의 딸〉, 〈대추나무 사랑걸렸네〉, 〈내사랑 내곁에〉 등 인기 드라마의 음악 대부분이 그의 음악이기 때문이다. 그는 이제 이 같은 방송음악에서 최첨단 과학을 이용한 레이저 음악에로 손길을 뻗히고 있다.

무엇보다도 그가 한국 방송음악 발전에 크게 기여한 것은 1980년 2월 KBS TV에서 방영한 〈TV문학관〉을 맡으면서 방송음악을 창작곡으로 전환한 점이다. 그 전까지는 레코드판에서 이것저것을 선곡하여 활용하였기 때문에 창의성 문제는 물론 지적 소유권에 대한 부담을 가지지 않을 수 없었고, 한국 방송음악의 자존심도 말씀이 아니었는데 그가 창작곡을 쓰면서부터 대부분의 방송음악이 창작곡으로 전환하게 된 것이다. 이제 우리 방송음악은 선진국 형에 진입하게 된 것이다. 이러한 공으로 그는 1986년 제13회 〈대한민국 방송대상〉 음악부문 수상 등 크고 작은 많은 상을 수상하기도 했다.

이러한 길을 걸어온 그가 그의 체험을 바탕으로 방송음악 제작에 관한 저술을 한다니 한국 방송음악의 발전을 위하여 또 한 번 크게 공헌하게 될 것으로 생각되어 벌써부터 가슴이 설렌다. 이에 이 작가의 살아온 과정을 옆에서 지켜본 사람으로서 그 면모를 살피게 된 것을 영광으로 생각하지 않을 수 없다.

방송음악 작곡가 임택수는 대전의 인텔리 집에서 태어났다. 사업을 하시는 아버지는 최신형 전축을 들여놓고 음악이 흘러나오면 어머니와 함께 사교춤을 출 수 있었던 가정환경이었으니 짐작할 만할 것이다. 그러나 어느 날 갑자기 사업에 실패하여 집안이 기울어졌다. 당시에 수재들이 입학한다는 대전 사범 병설 중학교를 다니고 있었는데 집안 형편이 어려워지자 그는 학업에 몰두할 수 없었다. 그러나 그러한 역경이 그를 오늘의 음악인으로 자라게 한 기회가 될 줄은 아무도 몰랐다. 그는 신설 보문고등학교에 입학했다. 이 학교는 교장을 비롯하여 음악, 미술, 문학 등 예술에 관심을 가진 교사들이 여러 분 있었다. 어려운 가운데에도 밴드부를 창설하게 되었는데 그는 창설 멤버가 되어 열심이었다. 그런데 놀라운 것은 새로 들어오는 악기는 언제나 그의 차지가 되었다는 점이다. 그만큼 여러 악기에 쉽게 익숙했던 것이다. 결국 그는 클라리넷을 주로 연주했었는데 예술제 같은 데에서 독주를 통하여 많은 학생들의 박수를 받았다.

그는 악기에만 천부적인 소질이 있는 것이 아니라 방송과 음악에 관한 기계를 다루는데도 특별한 재능이 있었다. 학교 방송반 일도 도맡아 했는데 고장난 기계도 그의 손이 닿으면 신기하게 고쳐졌으며 전축 수리는 전문가 수준이어서 대전 시내의 다방 전축이 이상이 있다 하면 단골로 불려 다녔다. 그는 부모님이 추시는 춤을 어깨 너머로 배워서 다방의 전축을 고쳐 주고는 다방 종업원과 춤을 추었다는 소문도 퍼져 있을 정도였다. 늘씬한 키에 귀공자 같이 귀여운 하얀 얼굴, 어찌 보면 여성스러운 듯한 인상을 가지고 있어서 많은 사람들의 호감을 샀는지 모르겠다.

그러나 기울어진 가세는 그의 이러한 재질을 뒷받침해 줄 수 없었다. 우리가 보기에 그는 타고난 음악의 신기를 가지었는데 대학 진학을 포기하지 않을 수 없었다. 대학은 그만두고 다 다닌 고등학교 졸업장도 등록금을 내지 못해서 받지 못할 지경이었다. 당시에는 학교 형편도 어려워서 장학금 제도 같은 것도 없었다. 친구들이 주머닛돈을 모아 등록금의 일부를 내고 학교에서도 그의 재질과 학교에 공헌한 바를 생각하여 졸업자 명부에 등재했던 것으로 기억된다. 되돌아보기 싫은 이야기를 들추는 것은 그의 인간관계가 이처럼 따뜻했다는 것을 말하기 위해서이다. 그 어려운 형편에도 친구의 일이라면 언제나 앞장서서 함께 걱정한다.

그래서 그의 친구들은 그가 졸업하지 못할까 봐 본인보다도 더 걱정들을 했던 것이다.

그는 문학활동에도 열심이었다. 고등학교 문학동인회에 참여하면서 나름대로 작품도 열심히 썼고, 친구들과의 문학 이야기에도 빠지지 않았다. 선배에게는 형의 대접을, 후배에게는 아우의 사랑을 놓치지 않았다.

음악적 재질은 넘쳤지만 진학의 길이 막혔던 그는 앞길이 막막했다. 그런데 그에게 그 재질을 인정받을 수 있는 길이 열렸다. 그것은 당시 HLKI 대전 방송국에 드나들기 시작한 것이다. 그가 어떻게 해서 그곳을 드나들게 되었는지는 자세히 모르나 그의 형이 이미 아나운서로 활동하고 있었기 때문에 그렇게 연결된 것이 아닌가 하는데 이는 확실치 않다. 라디오만 방송되고 있을 때, 더러는 단막극에 성우 같은 것도 했고, 음향 효과를 내기도 한다고 들었다. 그는 열심이었다. 그리고 고등학교를 갓 졸업한 소년으로서 그 재질이 아까웠다. 당연히 방송국 사람들에게 사랑을 받았다.

그는 지방 방송에 다닌 지 2년 만에 서울 중앙방송에 진출할 수 있었고 김규환 선생의 눈에 들어 지도를 받으면서 본격적인 방송활동을 펼쳐 나갔다. 음악 교육 기관에서 정통으로 공부하지 못한 그는 다른 사람보다 몇십 배의 노력을 경주하였다. 현업에 종사하면서 늘 전문 서적을 읽고 실습을 통하여 자기 것으로 소화해 갔다. 그는 방송음악에 미쳐 들어갔고, 그만큼 주변의 인정을 받으면서 일이 많아졌다. 생각 같아서는 훌훌 털어 버리고 유학이라도 떠나서 본격적인 수업을 받아 보고 싶었지만 생활이 그것을 용납하지 않았다. 그러나 그의 음악은 현장에서 점점 더 익어 갔다.

부지런히 자료를 모으고, 새로운 기자재가 나오면 무리해서라도 집에 들여놨다. 지금 그의 집에 모아진 자료와 시설은 가히 박물관 수준이다. 이론만을 공부한 사람은 그의 집에 가서 실습을 해야만 제기능을 발휘할 수 있을 정도이다. 그의 아까운 실력은 대학에도 알려져 서울예술전문대학에서 강의를 요청해 와 학문적 체계를 세울 수 있었다.

그의 전문 영역에 대한 열정은 여기에서 끝나지 않는다. 그는 미국

PACIFIC WESTERN 대학교의 음악창작과를 통신을 통하여 졸업하고 학위를 취득했다. 그는 통신을 통하여 그곳의 교수들과 현장적인 문제를 늘 토론하고 진지하게 탐구해 나갔다. 일반적인 상식에서의 통신교육과는 유를 달리 하는 어려움의 연속이었다. 그러나 그는 해냈고 이제는 한서대학교 영상음악과 전임교수로 학생들을 지도하고 있다.

사실 오늘날의 대학 교육은 이론만으로는 부족하다. 오히려 현장적인 문제 해결을 더욱 중요시하게 되었다. 그래서 겸임교수제의 활용을 적극 권장하고 있는 것이 아닌가. 어느 대학에서 농학 교수를 채용하는데 농학 이론에서는 박사이지만 실습장에서 실질 소득을 높이는 농업 경영을 하는 교수를 뽑기는 어렵더라는 이야기를 하는 소리를 들은 바 있다. 그만큼 대학 교육에 있어서 학문적인 권위가 중요하지만 현장적인 문제 또한 그에 못지않게 중요한 것이다.

임택수 교수, 그는 분명히 방송음악의 교육에 있어서 이론과 실제를 완벽하게 지도할 수 있는 최적의 교수일 것으로 믿는다. 그가 이번에 저술하는 책도 우리나라 초유의 그 분야에 있어 권위 있는 글이 되리라고 확신한다. 더욱이 저자의 이야기로는 딱딱한 이론만이 아니라 실질적인 현장문제를 중심으로 체험적인 기술을 할 것이라니 그 길의 전문가가 아니더라도 방송음악을 이해하는 데 좋은 길잡이가 되리라고 본다.

그의 천부적인 음악성과 고난을 딛고 꿋꿋하게 헤쳐 나온 전문성 확립, 그리고 미친 듯 달려온 방송음악의 길이 오늘의 그를 만든 것처럼 이 책 또한 이 분야 개척의 초석이 되리라고 거듭 확신하는 것이다.